별이

설연雪蓮

초판 1쇄 찍은 날 | 2015년 11월 13일
초판 1쇄 펴낸 날 | 2015년 11월 20일

지은이 | 이수현
펴낸이 | 예경원

편집 | 유경화

펴낸곳 | 예원북스
등록번호 | 제396-2012-000132호
등록일자 | 2012. 7. 25
YRN | 제1-0122호

주소 | 경기도 고양시 일산동구 무궁화로 8-28 삼성메르헨하우스 1118호 (우) 410-837
전화 | 031-819-9431 팩스 | 031-817-9432
http://cafe.naver.com/yewonromance
E-mail | yewonbooks@naver.com

ⓒ 이수현, 2015

ISBN 979-11-5845-037-3 03810

설연

YEWONBOOKS ROMANCE STORY

雪蓮

이수현 장편 소설

차갑게 벼린 검(劍)은

설(雪)을 희롱한다

목차

序 · 6

1. 대륙에 몰아친 광풍狂風, 매화梅花 떨어지다 · 7

2. 설雪, 날카롭게 벼린 검劍을 만나다 · 26

3. 별리別離, 달빛 부서지다 · 55

4. 설雪, 사호砂湖의 바람과 마주하다 · 77

5. 얼음 사이를 비집고 피어난 꽃, 설연雪蓮 · 116

6. 사호砂湖의 바람은 설雪을 녹인다 · 138

7. 설雪, 흩날리다 · 165

8. 설雪, 갇히다 · 183

9. 차갑게 벼린 검劍, 설雪을 희롱하다 · 205

10. 스러져 가는 설화雪花 · 226

11. 건健, 설雪의 마음을 탐하다 · 247

12. 짙푸른 멍 · 270

13. 월계화月季花, 피어나다 · 297

14. 무사武士, 검劍을 버리다 · 316

15. 설연雪蓮, 만개滿開하다 · 337

16. 설雪, 봄을 잉태하다 · 361

終 · 381

작가 후기 · 389

나는 무사다.

주군을 지키기 위해서라면 목숨을 걸어야 하는.

하지만 차가운 검과 서늘한 옷자락만이

나의 전부는 아니다.

나는 무사다.

살기 위해선 검에 목숨을 걸어야 하는…….

그러나 무사이기 이전에 나는…….

1. 대륙에 몰아친 광풍狂風, 매화梅花 떨어지다

때는 매화가 만개하는 원광 5년 춘삼월. 대륙을 호령하는 한나라의 수도, 장안(長安)에도 매화가 흐드러지게 피었다. 장안의 황궁, 한서제의 모후(母后), 서희가 거처하는 비연각(飛燕閣)에도 매화는 아름답게 피었다. 하지만 사람들이 흐드러진 매화를 즐기며 봄을 누릴 사이도 없이 중원은 요동치고 있었다.

現 황제, 한서제. 그는 하루가 멀다 하고 승전보를 도성으로 알려왔다. 그가 이민족(異民族)을 정복할 때마다, 황궁 대신들의 가슴은 선뜩해졌다. 前 황제의 10번째 황자로 태어나, 황제 계승 순위에서 턱없이 거리가 멀었던 그였다. 더구나 당시 부왕인 강제에게는 적장자로 태어나 태자의 자리에 있던 유명태자도 존재하였다.

그러나 다소 유약했던 유명태자와는 달리, 후궁인 서희의 아들로 태어난 한서제는 어릴 적부터, 검에 남다른 실력을 보여주었다. 그의 나이 13세에 이미 스승의 실력을 간단히 뛰어넘었다. 그가 보여주는 검술은 검무(劍舞)에 가까웠다. 적진에서도 그의 검무에 수많은 적들의 목이 베어졌고, 그들은 죽어가면서도 마치 검무에 취한 듯했다 한다. 그의 검술이 실력을 발휘할수록 한(漢)의 영토는 점차 늘어났다. 이제는 명실공히 대륙의 절반 이상이 그의 수중에 놓였다.

때는 한나라가 그 위세를 사방으로 펼치는 역동적인 시대였다. 이민족의 정벌은 백성들을 침략의 공포로부터 보호하기 위한 것이었다. 하여 한나라의 황제인 한서제는 사방으로 원정군을 출정시켜 영토를 광대하게 넓혔다. 세계의 외곽을 넓혀놓은 것이다.

오늘도 장안은 한서제의 승전보로 들썩였다. 이번에는 제국의 시조(始祖)인 한희제가 통한의 눈물을 흘렸던 흉노족을 정벌하였기 때문이다. 말을 타고 제국의 변방을 출몰하는 이들을 대적하기 위하여 길고 긴 장성을 쌓았던 것이 희제였다.

그러나 중원을 통일한 희제조차 기병을 앞세운 흉노족에게는 대패하였다. 보병 위주의 한나라 병력에 비해, 압도적인 기동력의 기병을 앞세운 흉노족에게 패한 희제는 화친이라는 포장하에 흉노족에게 장유(長襦), 금포(錦袍), 비여(比余, 머리빗), 금, 녹색비단, 붉은 비단 등 각종 물산을 제공해 왔다.

그것은 평화를 얻기 위한 조공이나 다름없었다. 비단 물산뿐만 아니라 화친을 위한다는 미명하에 한제국은 공주들을 흉노의 선우들에게 시집보내 왔고 현 황제인 서제의 고모(姑母)도 흉노의 선우(單于, 흉노의 군주)에게 시집을 갔다. 그 희제의 통한의 적이었던 흉노를 그의 손자인 한서제가 정복한 것이었다.

한서제가 흉노 정벌을 시작한 것은 그의 나이 21세였다. 때마침 흉노가 조약의 갱신과 지속을 요구해 왔기 때문이었다. 개전(開戰)을 반대하는 많은 이들을 물리치고 한서제는 다음과 같이 일갈하였다.

"짐은 한(漢)의 시조 희제가 저들과 화친을 한 이후 대대로 일족의 여인들을 선우에게 시집보내 왔다. 게다가 견포(絹布) 역시 저들이 원하는 대로 보내주고 있다. 그럼에도 불구하고 매 겨울 저들은 황하의 물이 얼면 살찐 말을 끌고 쳐들어와 국경지대의 백성들은 한시도 마음을 놓지 못하고 있다. 짐은 이를 가엽게 여기어 전쟁을 하고자 한다."

결국 주전파의 주장대로 흉노 정벌이 시작되었다. 이후 한서제는 전쟁을 반대했던 이들이 무색하게 매번 승전보를 전해온 것이다. 올해 27세의 한서제는 직접 전쟁터에서 병사를 이끌고 적을 무찔렀다. 그는 뒤에서 장수를 보내 정벌을 하는 황제들과는 달랐다. 다른 남자들보다 머리 하나가 큰 장신의 한서제는 그 길고 긴 팔다리로 춤을 추듯 검을 휘둘렀다 한다. 그 결과 장성 너머로 흉노를 몰아낼 수 있었다.

오늘 서희는 한서제가 휴도에서 보내온 죽간을 읽고 있었다.

—소자, 기련산 일대에 잠시 머물 예정입니다. 군(郡)을 세워 한족들을 이곳으로 이주시킬 예정입니다. 그리하면 곧 흉노의 휴도에도 장안의 노랫소리가 울려 퍼질 것입니다. 황궁으로 돌아가기까지 어마마마의 무탈을 비옵니다.

서희는 내용을 읽고 깊은 한숨을 내쉬었다. 한서제 덕분에 이제 중원은 명실공히 하나의 제국으로 통합되었다. 흉노의 복속은 그 화룡정점이 될 터였다. 하지만 아직까지 황후의 자리는 비어 있었고, 꽃을 희롱하듯 여인들과 짧은 유희를 즐길 뿐 한서제는 후사에는 도통 관심이 없어 보였다.

기실 날카롭게 벼린 검처럼 한서제의 용모 또한 출중했다. 한번 그의 얼굴을 본 여자들은 속절없이 그에게 빠져들었으나, 한서제의 무심함에 곧 하나둘 지쳐 갔다. 비록 몸을 섞을지라도 항상 차가운 그의 마음에 들어오는 여인은 없었다. 게다가 지금은 여인보다는 흉노 정벌에 집중하고 있는 한서제를 서희는 어찌해야 할지 머리가 지끈거렸다.

3개월 후.

다각, 다각, 다각.

환하게 뜬 만월로 사위는 대낮처럼 밝았다. 기련산 부근 언지산을 향하여 밤을 뚫고 두 개의 작은 그림자가 움직이고 있었다. 훌륭한 말에는 작은 소년과 그의 호위무사인 듯한 한 남자가 타고 있었다. 깊은 밤임에도 불구하고 그는 고삐를 재촉하고 있었다. 소년은 긴 여정에 지친 듯 반쯤 잠이 든 상태였다. 거의 말에서 미끄러질 듯한 소년을 내려다보면서 그제야 남자는 말의 속도를 다소 늦추었다.

"공자님, 잠시만 기다려 주십시오. 아무래도 오늘 밤 안으로 언지산에 당도하기는 어려울 듯하오니 잠시 쉬어갈 수 있는 곳을 찾아보도록 하겠습니다."

남자의 말에 소년은 반쯤 감았던 눈을 떴다. 총명해 보이는 소년이었다.

"알았다."

소년은 점잖게 대답했으나 마치 어미 품속을 파고드는 작은 강아지처럼 남자에게 매달렸다. 그런 소년을 내려다보는 남자의 얼굴이 잠시 구름 속에 가려졌던 만월이 나타나자, 하얗게 빛나는 듯 드러났다.

지나치게 해사한 얼굴이었다. 검은 눈망울과 오뚝한 콧날, 그 아래 자리 잡은 입술은 젊은 처자의 앵두 같은 입술처럼 붉었다. 작은 얼굴과 가녀린 턱 선이 남자라기보다는 아직 덜 자란 소년처럼 보였다.

그러나 그의 눈매만은 매서웠다. 손에 든 검은 분명 무사의 검이었다. 크기나 모양새로 보아 절대 허투루 만든 검은 아니었다.

온몸을 둘러싼 흑의는 한 치의 틈도 허용하지 않았다.

남자는 이윽고 조그마한 동굴의 입구를 발견하고서는 말을 멈추었다. 입구가 작아서 덩치가 큰 남자라면 들어갈 수 없어 보였다. 훌쩍 말에서 내린 그는 안쪽을 가만히 살펴보고, 주위를 재빠르게 살펴보았다. 지나치게 주변을 경계하는 모양새였다.

남자는 우선 소년을 안으로 들여보냈다. 다시 주변을 살피는 남자의 체구는 전체적으로 가늘어 보였다. 키는 작지 않았으나 팔다리가 훌쩍하니 긴 그는 건장하기보다는 낭창낭창해 보였다. 그는 주변을 다시 한 번 둘러보고 말을 나무에 묶고, 이내 잰 몸놀림으로 주변의 마른 가지들을 그러모았다. 아무래도 불을 피우려는 듯했다.

6월이라 하나 북쪽 고원에 가까운 이곳은 밤이 되자 온몸이 얼어붙을 듯 기온이 뚝 떨어졌다. 소년은 두툼한 모피를 둘렀으나, 남자의 옷은 이 밤을 그대로 견디기에는 지나치게 얇아 보였다.

동굴 안쪽으로 들어온 남자는 구석에 애처로운 짐승처럼 누워 있는 소년에게 시선을 돌렸다.

"공자님, 피곤하시더라도 잠시 요기를 하고 주무십시오."

남자의 말에 소년은 부스스 눈을 떴다. 나이는 대략 7~8세 정도, 영민한 눈을 가진 소년이었다. 밤중에 말을 타고 험난한 산을 넘는 것이 힘들기도 하련만 소년은 의젓했다. 그래도 어두운 동굴 안이 무서웠던 듯 남자의 등장을 몹시 반기는 눈치였다.

"신속하게 불을 피우겠습니다. 몸을 녹이시고 요기를 하십시오."

남자는 빠른 속도로 불을 피우고 작은 봇짐에서 말린 고기를 꺼내어 소년에게 건넸다. 딱딱하고 차가운 말린 고기를 보고 잠시 소년은 얼굴을 찡그렸지만 별말 없이 먹기 시작했다. 남자는 꼼짝하지 않고 가만히 소년이 먹는 모습을 보고 있었다.

　"설, 너도 함께 먹자꾸나."

　소년은 남자에게 함께 먹을 것을 권했다. 설이라 불린 남자는 아무 말 없이 가죽 주머니를 내밀었다. 물을 달게 마신 소년을 보고서야 긴장했던 그의 얼굴에 설핏 미소가 떠올랐다. 노란 불빛 아래 미소를 띤 그의 얼굴은 순식간에 인상이 바뀌었다. 날카로운 무인의 얼굴이 찰나 요염한 여인의 얼굴로 바뀐 것이다. 그러나 이내 그 미소는 꿈인 듯 사라지고, 설은 곧 무표정한 얼굴로 돌아갔다.

　"하루 종일 고단하였을 테니, 얼른 눈을 붙이십시오."

　소년은 반대하지 않고 곧 설이 마련해 준 간단한 잠자리에 들었다. 딱딱한 동굴 바닥이 불편할 터인데도 소년은 다디단 잠에 곧 빠져들었다. 잠이 든 소년을 보고서야 그제야 설의 긴장한 얼굴 표정이 다소 풀렸다.

　설은 온몸이 물 먹은 솜처럼 느껴졌다. 최근 삼 일을 쉬지 않고 달려왔다. 명마도 힘에 부친 듯 헐떡거리는 거리였다. 설에게 지난 삼 개월은 악몽과도 같았다. 언제 제대로 잠을 잤는지 기억조차 할 수 없었다. 그리고 자신이 마지막으로 무엇인가를 먹은 것이 어제 아침이었다는 것에 겨우 생각이 미쳤다.

설은 극심한 피로와 배고픔 속에서 간신히 몽롱해지는 정신을 부여잡고 있었다. 쫓긴다는 공포와 어린 공자를 보호해야 한다는 의무감이 쓰러질 것 같은 몸을 위태위태하게 지탱하고 있었다.

일곱 살의 어린 소년을 데리고 언지산까지 이동하는 일은 결코 녹록하지 않았다. 게다가 공자는 흉노인이라기엔 얼굴이 지나치게 하얗고 설은 이목구비가 영락없는 한족이라 더욱 이동이 어려웠다. 그러기에 부득이하게 밤에만 움직일 수밖에 없었고, 이동은 더뎠다.

겨울이 지나고 날이 따뜻해지기 시작하면 유목민들 모두가 본인들이 키우는 양, 소, 말 등의 짐승들을 데리고 한정된 초원을 찾아 이동한다. 추위와 건조한 환경으로 모두가 먹고살 만한 초원은 줄어들었기 때문이었다.

그런 척박한 환경을 이겨내야 하는 이들에게 한가한 전쟁 규칙 같은 것은 없었다. 포로를 잡지 않는 것이 유목민의 특성이었고, 지금 전쟁 중에 있는 그들에게 더더구나 외부인을 받아들일 만한 여유는 없었다. 물자가 부족하다 보니 식량을 구하는 것도 녹록하지 않았다. 그래서 항상 비싼 값을 치를 수밖에 없었다.

이동 경로 또한 쉽지 않은 길이었다. 황하를 따라 하란산을 따라 움직였다. 황하와 나란히 북으로 달리는 산맥이 하란산이었다. 하란산 바위에는 많은 암화(巖畵)가 그려져 있다. 수렵과 채집을 하던 옛날, 사냥의 대상이 되는 동물들은 생존이었고, 목표였고, 희망이었다. 암화가 보여주듯이 유목민들에게 짐승은 귀한 존재였고, 그것을 나누는 것은 쉬운 일이 아니었다.

하여 음식을 구하는 날보다 구하지 못하는 날이 많았다. 게다가 구한 음식은 먼저 호연제게 먹이고, 설은 쓰러지지 않을 정도로만 음식을 섭취하였다. 또 언제 음식을 구할 수 있을지 장담할 수 없다 보니 되도록이면 말린 고기나 저장이 쉬운 것을 구해 아껴야 했기 때문이었다. 물 또한 충분하지 않았다.

게다가 낮에는 뜨거운 초원은 밤이 되면 급격하게 온도가 떨어졌다. 넓고 황량한 초원에서 태양은 그 존재가 너무 강렬했다. 끝없이 펼쳐진 초원과 그 위에 펼쳐진 넓은 하늘은 도망치는 설과 호연제에게는 두려운 존재였다. 끊임없이 말을 달리다 보면 그 아득함에 압도당하는 기분이었다. 더위와 추위, 배고픔과 목마름 그리고 공포와 싸우면서 견뎌온 지난 삼 개월이었다.

삼 개월 전, 피바람을 불러오는 것으로 알려진 한서제는 조금도 지체하지 않고 한달음에 휴도의 중심으로 밀려들어 왔다. 마치 검무를 추는 것 같았던 한서제는 그 이름만으로도 사람들의 모골을 송연하게 만들었다.

한희제가 한을 세우고 유일하게 패배한 전투가 흉노와의 전투였다. 훌륭한 말을 기반으로 기마병이 강력했던 흉노는 한서제가 그렇게 빠르게 휴도를 점령할 것이라 예상을 미처 하지 못했다. 그러나 한서제는 검술만 능한 남자가 아니었다. 병법과 전술에 능했던 그는 아직 전쟁을 치르기에는 다소 이른 3월에 흉노를 급습했고, 그 공격은 주효했다.

물밀듯이 밀어닥치는 한나라의 군사를 피해 설은 급히 자신이 모시던 선우의 아들인 호연제만을 데리고 휴도를 빠져나올 수밖에 없었다. 밀려오는 한군의 말발굽 아래, 적은 군사로 대적하던 이치산 선우는 급박한 상황에서 아들을 설에게 부탁했다.

"어렵고 힘든 길이다. 호연제를 부탁한다. 언지산으로 가서 묵돌을 찾거라. 그곳에서 잠시 이 피바람이 지나기를 기다려라. 내게 단 하나 남은 자식이다."

설은 은인인 이치산 선우의 부탁을 거절할 수 없었다. 그러나 선우가 부탁하지 않았더라도 설은 자신의 어린 주군을 절대 버려두지 못했을 것이다. 설은 선우 이치산의 일곱 살 난 아들, 호연제가 태어났을 때부터 공자의 호위무사로 살아왔다. 그러나 설과 호연제의 관계는 단순히 주군과 호위무사와는 달랐다.

이치산의 첫 번째 연지(아내를 일컫는 흉노의 표현)가 바로 설의 어머니였기 때문이었다. 설의 어머니는 한나라와 흉노 간의 화친을 위하여 화번공주(花蕃公主, 옛날 중국에서 정략상 이민족의 군주에게 출가시킨 공주)로서 흉노 쪽으로 시집을 왔다. 하지만 그녀는 시집온 지 얼마 안 되어 여아를 출산하고 그 아이가 삼칠일도 되기 전에 죽었다.

그러나 곧 주변에는 그 아이가 선우의 아이가 아니라는 소문이 파다하게 퍼졌다. 그도 그럴 것이, 태어난 여아는 피부가 눈처럼 하얗고, 이목구비는 한족과 같았다. 그 아이가 바로 설이었다. 선우는 차마 설을 내치지 못하고, 옆에 거두었다. 설은 그러한 자신을 거두어준 선우를 진심을 다해 모셨다. 하지만 설은 딸이 아닌 신하의 신분으로 남복을 하고 검을 들어야 했다.

설의 어미가 죽고 이치산 선우가 새로 연지로 맞이한 흉노의 여인에게 태어난 아이가 호연제였다. 그 귀한 아들의 호위무사로 설을 임명하였을 때, 주변은 소란스러웠다. 그러나 설은 그 모든 것에 아랑곳하지 않고 호연제를 마치 친동기와 같이 보살폈다. 호연제 또한 어미보다 설에게 더욱 강한 애착을 보였다.

선우의 부탁을 받고, 단신에 호연제만을 데리고 화급하게 휴도를 빠져나왔다. 가진 것이라고는 호연제가 지닌 옥패와 약간의 보석류가 전부였다. 간신히 오는 길에 작은 마을에서 모피를 하나 구해서 호연제에게는 입힐 수 있었다. 일단은 이치산 선우가 말한 대로 기련산의 일부인 언지산으로 가서 전쟁이 정리되기를 기다리고자 했다.

기련산 일대는 흉노의 대단위 목장이 있는 곳이다. 그리고 언지산은 그 지맥으로 서역과 연결되는 상단의 길이 시작되는 요충지였다. 연지의 주원료인 홍람이 많이 재배되는 덕분에 연지산으로 불리기도 했다. 사람이 많은 곳이라 잠시 몸을 숨기기에 적당하리라 생각했다. 호연제는 말을 좋아하니, 목장에 몸을 의탁할 수도 있어 보였다.

이런저런 생각으로 머리가 복잡해진 설은 잠시 잠에 빠진 호연제의 얼굴을 바라보았다. 가족이 없는 설에게 호연제는 동생과도 같았다. 더구나 설을 내치지 않고 거두어준 호연제의 부친에게 유일하게 은혜를 갚을 수 있는 길이 호연제를 보호하는 일이었다. 만약 호연제의 부친이 설을 거두어주지 않았다면, 그녀는 사막에 버려져 죽었을 수도 있었다.

하지만 연지산으로 간다 해도 호연제의 외숙부인 묵돌이 그들을 받아주지 않는다면 무슨 뾰족한 수가 있는 것도 아니라 설은 마음이 답답하기만 했다. 급하게 챙겨온 보석도 환금하기에는 적절치 않았기 때문이다.

물론 흉노인들은 남녀노소를 가리지 않고 장신구를 많이 한다. 남자건 여자건 갖가지 보석으로 꾸미는 것이 기본이다. 정주하지 않는 이들은 모든 것을 이동하기 편한 상태로 두기 때문에 귀중품들 또한 몸에 두르는 것이다.

장신구는 주로 금, 은, 동, 옥석 등으로 만들어졌으며, 팔찌, 반지 등도 많이 착용하였다. 그리고 머리 장식으로 신분을 구별하였다. 녹송석, 마노, 호박, 벽옥, 수정, 진주 등이 있었고 색상은 홍, 황, 백, 흑, 녹, 갈색 등으로 다양하였다. 그러나 신분을 감추기 위해 많은 장신구들을 오던 길에 거의 헐값에 처리를 했고, 또 그중 상당한 금액이 말을 사는 데 들어갔다. 하여 수중에 남아 있는 돈도 얼마 되지 않았다.

설이 잠 못 들고 뒤척이고 있을 때였다. 까무룩 얕은 잠 속으로 빠져들던 그녀는 갑자기 들려온 인기척에 번쩍 정신이 들었다. 검을 고쳐 잡고 바깥의 소리에 귀를 기울였다.

"아차, 말이다."

말은 숨길 수가 없었다.

"이런 곳에 웬 한혈마(汗血馬, 서역에서 온 덩치가 큰 명마)가?"

한 남자의 음성이 들려왔다. 설은 잠이 든 호연제를 급히 흔들어 깨웠다.

"공자님, 만약 무슨 일이 발생하면 연지산으로 가서 묵돌 어르신을 찾으십시오."

호연제의 얼굴에 공포가 떠올랐다.

"안 돼, 설! 도망가자."

"입구는 하나뿐입니다. 도망갈 곳은 없습니다. 제가 시간을 끌터이니 공자님은 몸을 숨기십시오."

그 말과 함께 설은 앞으로 나아갔다.

"웬 놈들이냐?"

그동안의 기근으로 도적 떼가 들끓고 있었는데, 이들도 그중 한 무리 같았다. 남자는 넷, 설은 빠른 시선으로 상대방의 전력을 확인했다.

"어라. 이 말이 너의 것이냐? 그놈 아주 좋은 말을 지녔군."

"물러서라."

설의 말에 남자들은 코웃음 쳤다.

"계집같이 생긴 놈이 용기가 가상쿠나!"

남자들은 호리호리한 체구의 설이 혼자라는 것을 알고 무시하기 시작했다.

"조용히 한혈마만 넘기면 살려주마."

남자들은 키득대기 시작했다. 설은 빠른 몸놀림으로 우두머리로 보이는 남자에게 다가갔다.

"마지막 경고다."

설의 눈이 차갑게 반짝였다. 순식간에 자신의 목에 들어온 검에 남자는 잠시 움찔했으나 상당히 빠른 몸놀림으로 검을 쳐냈다. 장기전으로 돌입하게 되면, 설이 절대적으로 불리했다. 체력이 열세이기 때문에 설은 속전속결로 끝내야 했다.

설은 빠르게 한 사람을 처치하였으나, 세 명이 덤벼들자 힘에 부쳤다. 평소라면 네 명 정도야 어렵지 않게 처리할 수 있으나, 지난 삼 개월간은 호연제를 돌보느라 거의 잠을 자지 못했고 먹은 것도 부실하여 체력이 한계에 달했기 때문이다.

설은 호연제가 조심히 사라지는 것을 보면서 다시 검에 집중했다. 그러나 점점 뒤로 밀리기 시작했다. 낭패였다. 가까스로 다시 한 놈을 처치하였으나, 기력이 급격하게 떨어지고 있었다. 어지러운 와중에도 그녀는 최대한 시간을 벌고자 하였다. 그때 다른 패거리가 있었던지 호연제가 잡히는 모습이 눈에 들어왔다.

"공자님!"

설은 빠르게 호연제 쪽으로 다가갔다. 그때 어깨 한쪽에 날카로운 통증이 느껴졌다. 잠시 틈이 벌어진 사이에 일격을 당한 것이다. 극심한 통증을 느끼면서도 설은 호연제 쪽으로 다가갔다.

다행히 호연제를 잡고 있는 것은 한 남자였다. 일단 그 남자부터 처리하고, 다시 두 명을 마주하였으나 설은 빠르게 자신의 몸에서 힘이 빠져나가고 있는 것을 느꼈다. 두목인 듯한 남자가 검을 설에게 휘두르자, 가까스로 막아냈다. 그러나 설은 뒤로 두 걸음이나 밀려났다. 다시 한 번 남자가 검을 휘두르자 다소 반응하는 속도가 떨어졌다.

그때였다. 설은 갑자기 자신의 뒤편에서 빠르게 치고 나오는 기척을 감지했다. 긴 남색 장포 자락이 바람에 깃발처럼 흩날렸다. 번개처럼 빠른 검이 설에게 향하던 칼을 가볍게 쳐 내었다.

챙강!

갑자기 나타난 남자의 검에 밀려 두목은 두어 걸음이나 뒤로 물러났다. 곧 남자는 두목의 오른쪽 옆구리를 노렸다. 두목은 너무나 빠른 남자의 검의 속도에 미처 자세를 잡지도 못했다. 달빛을 받아 남자의 검이 날카로운 은빛으로 반짝였다. 남자의 차가운 검이 두목의 옆구리를 단 한 번에 베었다.

스윽!

군더더기 없이 깔끔하고 심지어 아름답기까지 한 움직임이었다. 남자는 가볍게 몸을 돌렸다. 곧 뒤에서 자신을 노리는 무뢰배를 향하여 또 한 번의 검이 움직였다. 남자의 검은 머리가 달빛에 반짝거린다 느낀 찰나, 뒤에서 그를 공격하려던 무뢰배의 가슴 위로 붉은 선이 피어났다. 무뢰배는 자신이 검에 베었다는 사실조차 미처 인지하지 못했다. 공포로 눈을 크게 뜬 무뢰배는 이내 앞으로 쓰러졌다.

남자는 호흡 하나 흐트러지지 않았다. 검무를 추듯 가볍게 단세 번의 몸놀림이었다. 달빛에 비친 남자의 그림자가 길게 땅에 드리워졌다. 주변을 가득 메운 비릿한 혈향만이 조금 전 대결이 있었음을 알려주었다. 남자의 옷자락이 바람에 부드럽게 서걱거렸다. 간신히 검에 의지하고 있던 설은 순식간에 발생한 상황에 당황했다. 장신의 남자가 그녀를 바라보며 빙긋 웃었다.

"자네 빠르기는 하지만 체력이 너무 허약한 것 같군."

남자는 검을 검집에 넣으면서 설을 바라보았다. 바람이 남자의 머리카락을 가볍게 스쳤다. 웃음 사이로 그의 가지런한 하얀 이가 보였다. 그러나 설은 그가 매우 천천히 말을 하고 있는 것 같았다.

"감…… 사…… 합니다."

설은 희미해져 가는 의식을 간신히 붙잡으며 대답했다. 생각보다 상처가 깊었던 듯, 출혈이 심했다. 설은 호연제를 살펴보았다. 언제 왔는지 호연제 주변에는 두 명의 남자가 보호라도 하듯이 서 있었다.

"공…… 자님, 괜…… 찮으십…… 니까?"

"나는 괜찮아!"

호연제는 다소 긴장한 얼굴이었으나 다행히 외상은 없어 보였다. 순간 설의 긴장이 풀렸다.

"설!"

호연제의 외침을 들으면서 설은 자신이 바닥에 추락하고 있다는 생각을 마지막으로 했다.

풀썩 앞으로 고꾸라지는 설을 건(健)이 받아 들었다. 건의 남색 장포가 서걱거렸다. 건의 서느런 옷자락에 설이 지친 듯 머리를 기대왔다. 건은 순간 설이 지나치게 가볍다는 생각을 했다. 정신을 잃고 쓰러지는 설을 가볍게 받아 들 정도로 건의 체구는 늠름했다. 큰 키와 넓고 탄탄한 어깨를 지닌 그는 당당했다. 그러나 무엇보다 눈길을 끄는 것은 타고난 우두머리인 듯 자신만만한 건의 태도였다. 자신에게 다가와 설을 받으려는 호위무사인 위청에게 건은 가만히 손을 들어 올렸다.

"아이를 살피게."

건의 음성에는 거역할 수 없는 위엄이 서려 있었다. 위청이라 불린 남자는 읍을 하고 물러섰다. 곧 곽정이 호연제를 건 앞으로 데려왔다. 호연제는 건의 품 안에 기절한 설을 보고 놀란 기색이 역력했다. 지금 이대로 아이와 무사를 두고 떠날 수는 없었다. 건은 다소 시간이 지체되겠지만 데리고 가기로 결정했다.

"목적지가 어디인가? 이곳을 지나감은 연지산으로 향하고 있는 듯한데, 그렇다면 함께 연지산으로 가자꾸나."

호연제는 예상치 못한 상황에 놀랐으나, 빠르게 남자를 따르기로 결정했다. 설이 쓰러진 지금, 우선 치료가 필요했고, 이들이 자신들에게 위협적이지 않다고 판단하였기 때문이었다. 호연제는 가볍게 고개를 끄덕였다.

건은 신속한 결정을 내리는 아이의 명민함에 싱긋 미소를 지었다. 건은 기절한 설을 안고 자신의 말에 탔다. 건은 예상치 못한 자신의 결정에 다소 신경이 쓰였으나, 한번 결정한 이상 그의 행동에는 지체함이 없었다.

연지산으로 향하던 건의 행보가 이렇게 늦어진 것은 예상치 못한 말의 부상 때문이었다. 건을 태우고 다니는 것이 부담이 되었던지 말의 다리가 부러진 것이었다.

장거리를 가기에는 몽골마가 적당한데 문제는 몽골마의 몸집이 작다는 것이었다. 웬만한 남자보다 머리 하나가 큰 건을 태우기에는 덩치가 큰 서역에서 온 한혈마가 적당했다. 이제 연지산까지의 거리가 반나절도 남지 않은 시점이라 부랴부랴 다친 몽골마를 팔고 말을 구하느라 시간이 지체된 것이었다. 그래서 이 늦은 시간에 산을 지나게 되었고 설과 호연제를 만나게 된 것이다.

갈 길이 급했던 건을 멈추게 한 것은 필사적인 설의 움직임 때문이었다. 멀리서 바라본 설이란 자의 검은 성실하고 정확했다. 번개와도 같은 빠른 솜씨였다. 그것을 그는 흥미롭게 바라보았다. 검이라면 건 또한 누구에게도 지지 않았다. 또한 호위무사인 위청과 곽정 또한 가히 천하제일검(天下第一劍)이라 할 만했다.

그러나 설의 검은 달랐다. 설의 검에서는 무(武)의 기운보다는 다른 기운이 강했다. 그것은 살생을 위한 것이 아니라 소중한 것을 지키고자 하는 애처로운 외침과 같았다. 자신의 목숨보다 필사적으로 어린아이를 보호하려는 의지가 강했다. 아이를 지키려는 단 하나의 신념, 그것이 설의 검을 지배하였다.

설의 검이 움직일 때, 공기를 채우는 것은 비릿한 혈향이 아니었다. 그것은 향긋한 묵향(墨香) 같은 그런 고고한 느낌이었다. 그리고 설의 검술은 출중하였으나 체력이 약했다. 설의 검에는 강함과 약함이 교묘하게 공존하고 있었다. 그 미묘한 균형이 건의 마음을 움직였다.

　건은 안아 든 설에게서 왠지 희미한 꽃향기가 진동하는 것 같았다. 더구나 자신의 가슴에 등을 기대고 정신을 잃은 설이라 불린 자는 마치 여인과 같았다. 한 줌에 잡히는 지나치게 가는 허리와 가녀린 목선, 매끄러운 머리카락 때문이었다. 건은 자신이 그동안 너무 여인을 멀리했던 것 같다고 자조적으로 웃었다. 그러나 자신의 품속에 쏙 들어오는 설의 느낌이 싫지 않았다.

2. 설雪, 날카롭게 벼린 검劍을 만나다

건과 일행은 연지산에 도착하여 우선 객잔에 여장을 풀었다. 설의 치료가 급했다. 건은 가볍게 설을 안아 들고 방으로 옮겼다.

"위청, 따뜻한 물과 깨끗한 천을 주인에게 빌려오너라."

건은 의술에 밝아 간단한 상처 정도는 직접 치료할 수 있었다. 걱정스레 설을 바라보는 호연제에게 건은 일렀다.

"걱정하지 마라, 내가 치료를 해줄 터이니."

"아닙니다. 설은 제가 돌보겠습니다."

"검날이 약간 스친 듯하지만 상처가 생각보다 심할 수도 있다."

"괜찮습니다. 그 정도라면 저도 치료할 수 있습니다."

호연제는 한사코 설을 자신이 직접 돌보겠다고 우겼다. 건은 호연제의 고집에 할 수 없이 고개를 끄덕였다. 건은 일단 자신의 방 침상에 설을 눕혔다. 마침 위청이 뜨거운 물과 깨끗한 천을 가지고 안으로 들어왔다. 건이 눈짓하자 위청이 뜨거운 물이 든 대야와 천을 침상 옆 탁자에 올려두었다.

"나리, 도와주셔서 감사하오나 이제부터는 제가 돌보겠습니다."

호연제가 단호한 목소리로 말했다.

"너 혼자서는 무리다."

건이 도와주겠다고 나섰으나 호연제의 음성은 강경했다.

"이 아이는 제가 부리는 아이입니다. 상처 치료도 제가 하겠습니다."

그렇게 실랑이를 벌이고 있는 것을 위청은 조용히 한구석에서 관찰하고 있었다. 꼬맹이의 태도가 생각보다 단호했다. 어린아이답지 않게 강경한 태도에 주군도 잠시 망설이고 있는 듯했다. 그리고 저렇게까지 단호하게 구는 데에는 나름 자신감도 있어 보였다.

그때였다.

"공자님."

혼절하였던 무사가 깨어났다. 출혈이 심하였던지, 얼굴에 핏기하나 없이 창백했다. 그 소리에 실랑이를 벌이던 건과 호연제가 동시에 돌아보았다.

"공자님, 저는 괜찮습니다. 심려를 끼쳐 송구합니다."

그리고는 설은 건을 똑바로 쳐다보면서 말했다.

"공자님과 저를 구해주셔서 감사드립니다. 치료는 공자님께서 도와주시면 저 스스로 할 수 있습니다."

건은 자신을 똑바로 바라보는 까만 눈동자에 마음이 울렁거리는 것을 느꼈다. 분명 남자일 텐데 그 눈빛은 묘하게도 건의 마음을 움직였다. 맑고 정직한 눈빛을 바라보면서 건은 그 부탁을 차마 거절할 수가 없었다.

"알았네. 저기 치료에 필요한 것들이 있으니 사용하시게."

"감사합니다. 잠시 자리를 비켜주시면 치료를 얼른 마치겠습니다."

의연하게 말하고 있으나 설의 목소리는 상처 때문인지 살짝 떨렸다. 건은 구석에 서 있는 위청에게 눈짓을 했다. 그러자 위청이 안에서 무엇인가를 꺼내 건에게 주었다.

"검날에 입은 상처에 뿌리면 아주 좋은 약재일세."

그 말과 함께 건과 위청은 바깥으로 사라졌다. 사라지는 건은 아릿한 사향을 남겼다.

이튿날, 건이 위청, 곽정과 더불어 조반을 먹고 있자니 호연제가 아래로 내려왔다. 무엇인가를 찾아 두리번거리고 있자 위청이 그를 알아보고 자리로 불렀다. 탁자로 다가오는 호연제의 얼굴 표정이 생각보다 나쁘지는 않아 보였다.

"함께 조반을 들지 않겠나?"

위청이 권하자 호연제가 지친 듯이 털썩 자리에 앉았다. 자리에 앉는 호연제를 보면서 건이 물었다.

"무사의 상처는 어떠한가?"

건의 질문에 호연제가 한숨 놓인 표정으로 답변했다.

"다행히 상처가 생각보다 심하지는 않았습니다. 그리고 주신 약재가 도움이 많이 되었습니다. 하지만 출혈이 다소 심했던지 아직은 깨어나지 못하고 있습니다."

호연제가 이내 자세를 바로 하고 건에게 고개를 숙였다.

"감사합니다, 나리. 어제 나리가 도와주지 않으셨다면 정말 큰일 날 뻔했습니다."

"인사는 생략해도 된다. 그런데 의원을 불러야 하지 않겠느냐?"

건의 질문에 호연제는 고개를 가로저었다.

"아닙니다. 저 정도 상처는 곧잘 스스로 치료했었던지라 괜찮습니다. 다만, 이번에는 지난 삼 개월간 거의 제대로 먹지도 쉬지도 못하여, 체력이 많이 약해져 있었던 듯합니다. 그것이 아무래도 조금 걱정입니다."

호연제의 걱정스런 음성에는 설을 아끼는 마음이 가득 담겨 있었다.

"설이란 자는 그대의 호위무사인가?"

"그렇습니다. 제가 태어날 때부터 제 곁에서 저를 지킨 아이입니다."

건은 호연제를 지키려던 필사적인 설의 검이 이해가 되었다.

"나리."

생각에 잠겨 있던 건이 호연제의 음성에 고개를 들었다.

"잠시, 설이 회복될 때까지만 신세를 지어도 되는지요?"

어린 주군은 자신의 수하를 위하여 도움을 청하고 있었다. 건은 어리지만 자신의 수하를 위하여 자존심을 내려둘 줄도 아는 호연제가 기특하다는 생각이 들었다.

"물론이다. 있고 싶을 때까지 있어도 된다."

"감사합니다."

설이 정신을 차린 것은 다음날 오후였다. 눈을 뜨자 낯선 천장이 눈에 들어왔다. 지나치게 부드러운 침상과 그만큼 부드러운 이부자리는 낯설었다. 몸을 일으키려 하자 날카로운 통증이 어깨에 느껴졌다.

"흐음."

얕은 신음 소리가 자신도 모르게 흘러나왔다. 다행히 상처 부위는 생각보다 넓지 않았으나 꽤나 날카로운 검이었던 듯 베인 부위가 꽤 깊었다. 호연제의 도움으로 간신히 치료를 했으나, 그동안의 피로가 깊었던지 곧 혼절하듯 잠에 빠져들었던 것이 생각났다. 낭패였다. 한시가 아까운 와중에 상처로 주군의 발을 묶다니, 설은 그런 자신이 한심해서 크게 한숨을 내쉬었다.

드르륵!

갑자기 문이 열리는 소리에 설은 반사적으로 자신의 옆에 있는 검을 움켜쥐었다.

"설!"

호연제가 득달같이 방으로 들어왔다.

"이제 좀 정신이 들어?"

어린 주군은 설이 상당히 걱정이 되었던지, 설이 깨어난 것을 보고는 반색을 하였다. 그리고는 평소답지 않게 설을 끌어안았다.

"공자님!"

모시는 주군이라 하나 현재로서는 이곳에서 서로가 의지할 사람은 설과 호연제 둘뿐이었다. 어린 주군이 얼마나 노심초사했을지 생각이 미치자 설은 호연제가 안타까웠다. 또 누가 자신을 이처럼 걱정해 줄까 싶어 설도 마음 한구석이 따뜻해졌다. 설은 살며시 다치지 않은 왼팔을 들어 호연제의 머리를 살짝 쓰다듬었다. 그러자 호연제가 민망했던지 짧게 헛기침을 하면서 몸을 떼었다.

"상처가 심하지 않으니 다행이다."

애써 어른스런 답변을 하는 호연제를 설은 친근한 눈으로 바라보았다. 주군이라 하나 이제 겨우 일곱 살이다. 순식간에 부모를 잃고 쫓기는 상황이 힘들기도 하련만 의젓한 모습을 보여왔다. 그런 어린 주군이 기특하여 설은 따뜻한 눈빛으로 호연제를 바라보았다.

"이런 화급한 와중에 지체하게 되어 대단히 죄송합니다."

"괜찮다. 아무리 시간이 급하다 해도, 설 너보다 중하지는 않다."

호연제는 무뚝뚝하게 중얼거리더니 민망했던지 다른 말을 꺼냈다.

"배가 고프지 않으냐? 내 아래 일러 뭔가 먹을 것을 가져오도록 하마."

"어찌, 그런 일을 스스로……."

설이 미안해하며 차마 말을 끝맺지 못하자 호연제는 점잖게 손을 들었다.

"다친 수하를 보호하는 것도 주군의 몫이다."

훌쩍 자라 버린 어린 주군이었다.

호연제가 방을 나서자 설은 생각에 잠겼다. 베인 부위가 아물려면 적어도 보름을 걸릴 것이었다. 그동안에는 검을 제대로 쓸 수 없고 호연제를 지키는 것이 여의치가 않았다. 또한 상처가 아문다해도 당분간은 예전만큼 검을 쓰기는 어려울 터였다. 지끈거리는 머리를 부여잡고 설은 앞으로 어찌해야 할지 고민에 빠졌다.

"무슨 생각을 그리 골똘히 하는 것이오?"

갑자기 위에서 들려온 남자의 음성에 설은 순간 움찔했다. 기척을 미처 느끼지 못했다. 아무래도 그는 대단한 공력의 소유자인 듯했다. 예상치 못한 그의 등장에 설은 순간 몸을 긴장했다. 남자는 들고 온 쟁반을 침상 옆 조그만 탁자에 내려놓고는 아무렇지도 않게 당연한 듯 침상 주변의 의자를 끌어와 앉았다.

의자에 앉는 그의 움직임은 절도가 있었고 군더더기가 없었다.

그것은 타고난 우아한 움직임이었다. 그의 자세 또한 반듯했다. 그에게서는 강한 무(武)의 향이 났다. 그것은 검을 쓰는 자만이 느낄 수 있는 것이다. 그러나 그의 기운은 맑고 강했다.

설은 그의 손을 바라보았다. 굵고 기다란 손가락 마디에는 굳은살이 박여 있었다. 얼마나 오랫동안 검을 썼을지 미루어 짐작이 갔다. 남자가 무엇인가를 생각하는 듯 지그시 설의 얼굴을 바라보았다. 그의 눈동자가 시리고 차가운 흑요석처럼 반짝거렸다. 설은 태어나 처음으로 남자의 눈빛이 아름다울 수 있다는 것을 알았다. 그의 시선에 설의 심장이 크게 두근거리기 시작했다.

쿵, 쿵, 쿵.

설은 자신의 커다란 심장 소리가 그에게 들릴 것 같아 불안해졌다.

"어인 일로?"

"어린 주군이 그대에게 죽을 가져다주겠다 하기에, 내가 대신 가지고 왔소."

그제야 한쪽에 놓인 죽이 보였다. 멀건 흰죽이었으나 설은 며칠간 제대로 된 음식을 먹지 못했던 탓에 배가 몹시 고팠다.

"감사합니다."

"좀 괜찮아지셨소?"

"예, 덕분에 많이 좋아졌습니다. 나리!"

설의 말에 건은 설의 얼굴을 살폈다. 다행히 여전히 창백하기는 했으나 어젯밤보다는 훨씬 상태가 나아 보였다. 먹을 것을 들고 가는 호연제를 복도에서 만나서는 거의 뺏다시피 하여 대신 들고 온 것이다. 건은 그런 자신의 행동이 이해되지 않아서 민망했으나 이렇게 설을 마주하자 왠지 기분이 좋아졌다.

설은 특이한 사내였다. 분명 검을 휘두르는 솜씨는 보통을 넘었고, 건 스스로 그것을 목도하였다. 그럼에도 불구하고, 설은 무사라기보다는 왠지 젊은 처자 같아 보였다. 단정한 눈매와 날렵한 콧대, 그리고 특히 앵두 같은 입술은 아무리 봐도 여인과 같았다. 그리고 지나치게 해사하고 하얀 피부는 한족 여인보다 더 아름다워 보였다. 그러나 분명 복장은 한족의 복장이 아니었다. 그렇다고 흉노의 복장도 아니고, 어떤 소수민족의 복장인 듯하였다.

그가 주군이라 모시는 호연제도 분명 한족의 피가 일부 섞인 듯했다. 도대체 이들의 정체는 무엇일까? 분명 무엇을 피하여 도망치고 있는 것이 분명했다. 어린 주군도 그 나이답지 않게 지나치게 말을 아꼈기 때문이었다. 공자라 불리는 것을 보아하니 아이는 귀한 집안의 자손인 듯했다. 그러나 설의 움직임은 단지 호위무사라 하기엔 어린아이에 대한 애착이 강했다.

산에서 만난 설의 검은 벼랑에 몰린 듯 날카롭고 예민했다. 체력의 열세를 만회하기 위해 기동력에 집중한 듯하였다. 그러다 보니 설의 검법은 공간이 넓은 곳에서는 유리하나, 공간 확보가 되지 않을 때에는 다소 무리가 있다. 그럼에도 불구하고 설의 검은 필사적이었다. 그것은 소중한 것을 지키고자 하는 이의 검이었다. 도대체 그 아이는 설에게 어떤 존재인 걸까?

그는 설에 대한 자신의 관심이 단순히 특이한 무사에 대한 흥미인지 어떤 것인지 알 수 없었다. 처음엔 설이 흥미로웠다. 혼자서 네 명을 상대하는 것은 그에겐 전혀 어려운 일은 아니었다. 그러나 갈 길이 화급한 그는 그냥 지나치고자 했다. 그런데 설의 움직임은 그의 눈길을 끌었다. 하지만 설의 움직임은 과도한 피로로 다소 둔해져 있었으나 그 필사적인 마음만은 그에게도 전해졌다.

뚫어지게 자신을 응시하는 건의 시선에 설은 불편해졌다. 마치 무엇인가를 캐내려는 듯한 눈빛에 설은 평정을 유지하기가 어려웠다. 이 남자의 존재감은 대단했다. 그저 옆에 앉아 있을 뿐인데도 설은 무엇인가 거대한 것이 자신을 둘러싸고 있는 기분이었다. 그것은 단지 그가 다른 사람들보다 머리 하나 정도 크고, 기골이 장대하다는 것과는 달랐다. 도대체 무엇을 하는 이일까? 그의 검솜씨는 매우 뛰어났다. 한 번에 두 명을 간단하게 처리하였다.

그러나 그의 얼굴은 희귀할 정도의 미남자였다. 반듯한 이마와 짙은 눈썹, 그리고 그 아래 자리 잡은 눈은 형형할 정도로 강한 느낌을 주었다. 그가 자신을 바라보자 설은 그의 맑은 눈빛에 빨려드는 기분이었다. 그리고 날카로운 콧날과 강한 입매는 그가 지닌 의지를 강하게 표현하고 있었다.

그의 생김새나 옷차림을 보아하니 한족임에 틀림없어 보였다. 그가 입고 있는 장포는 단순한 청색이었으나 매우 질감이 좋아 보였다. 근처를 오가는 상인인 걸까? 한희제가 흉노와 화친을 맺은 이후 한과 흉노는 관시(關市, 흉노와 한족 간의 공식 거래 시장)를 통하여 정기적인 교역을 하고 있었다. 특히 이곳 연지산 부근은 좋은 말이 생산되어 말을 구하기 위하여 상인들이 자주 찾는 곳이었다.

서로가 각자의 생각에 빠져 있어서 대화를 나누지는 않았으나 이상하게도 편안한 분위기였다. 그 고요를 깨트린 것은 '꼬르륵' 하고 설의 배에서 나온 소리였다.

"이런. 시장하겠소. 어서 음식을 들도록 하오."

그제야 건은 설에게 음식을 권하였다. 설이 다소 민망한 듯 살짝 미소를 짓자 순간 건은 망치에 머리를 맞은 기분이었다. 무표정하던 설의 얼굴에 미소가 피어오르자 순식간에 아리따운 여인의 얼굴로 보였기 때문이었다. 그러나 그 미소는 순식간에 꿈인 듯 사라지자 건은 여우에라도 홀린 기분이었다. 설은 다시 무표정한 얼굴로 돌아가 있었다.

갑자기 건이 이불을 확 들추자 설은 깜짝 놀라 몸을 움츠렸다.

"어찌……."

설의 당황한 눈망울을 보자, 건은 순간 설의 떨리는 도톰한 입술을 덮쳐 버리고 싶다는 생각을 하였다. 실제로 닿는 느낌도 보이는 것만큼 달콤할지 궁금해졌다. 건은 자신이 미친 것은 아닌지 살짝 고개를 가로저었다.

"소란 떨 것 없소. 죽을 그 상태로 먹을 수는 없을 테니까."

건은 설의 어깨와 허리에 팔을 넣어 일으켰다. 움찔 긴장한 설이 느껴졌다.

"저 혼자 할 수 있습니다."

갑자기 너무 가까이 있는 그에게서 달콤한 사향이 느껴지자 설은 동요했다. 누군가 이렇게 가까이 자신의 곁에 있는 것이 낯선 설은 건이 갑자기 다가오자 당황했다. 몸을 빼내려고 하였으나 갑자기 그러는 것도 이상하게 느껴지지 않을까 싶어 설은 긴장한 채 가만히 건이 하는 대로 내버려 두었다. 그러나 설은 자신의 얼굴이 점점 붉어지고 있는 것을 아프도록 느꼈다.

건은 점점 붉어지는 설의 얼굴을 보며, 갑자기 더 놀려주고 싶은 생각이 들었다. 일부러 안아 일으키면서 자신 쪽으로 살짝 끌어당기자 이제는 설은 얼굴뿐만 아니라 하얀 목덜미까지 도홧빛으로 물들었다.

"나리!"

설의 목소리가 가느다랗게 떨렸다. 건은 순간 그 목소리가 여인의 목소리처럼 달콤하다는 생각이 들었다. 왠지 건은 설의 다른 모습을 끄집어내고 싶었다.

"아직도 열이 있는 겐가? 이마가 뜨겁군."

건은 부러 설의 이마에 손을 얹었다. 설의 피부가 손끝에 감기듯 착 붙었고 매우 부드러웠다.

"그게 아니오라, 방 안이 더워서…… 그렇습니다."

설은 더듬더듬 중얼거렸다.

"그래? 덥다면 뜨거운 죽을 먹긴 어렵겠군."

건은 그대로 설을 자신의 품 안에 끌어안은 채 죽을 한 수저 떴다. 조심히 바람을 불어 식힌 후 설의 입으로 수저를 가져갔다.

"나리, 저 혼자 먹을 수 있습니다."

"오른팔을 다쳐서 왼손으로 먹기엔 불편할 게요."

"그래도 제가 할 수 있습니다."

"자꾸 거부하면 시간이 더 걸릴 걸세."

건은 정말로 설이 죽을 다 비울 때까지 끌어안은 채 먹일 기세로 보였다. 죽을 굳이 먹여주고 싶다면 잠시 설을 일어나 앉게 하면 될 터였다. 그러나 굳이 건은 설의 어깨를 끌어안고, 옆에 앉았다. 지금껏, 누구도 이렇게 가까이 온 적이 없었다. 그동안 검만을 수련하고, 호연제를 지키는 것에 집중하다 보니, 제대로 성인 남자와는 이야기를 나누어본 적이 없는 설이었다. 그래서 어떻게든 그와 거리를 두고 싶었다. 그러나 설이 품 안에서 벗어나려고 아무리 몸을 움직여도 건의 팔은 바위처럼 꿈쩍하지 않았다.

설은 그가 단지 힘이 센 것이 아니라는 것을 곧 깨달았다. 아무리 어깨를 다쳤다고 하지만, 무술을 익힌 설이다. 평소라면 충분히 빠져나올 수 있었다. 하지만 그는 전혀 힘을 쓰지 않는 듯, 설을 가볍게 끌어안은 듯했으나, 그 힘은 무시무시했다. 거부하면 거부할수록 시간은 더 걸릴 것이고, 설은 이제 온몸이 부끄러움으로 펄펄 끓고 있었다. 여기서 벗어나려면 한시라도 빨리 죽을 먹는 것이 상책인 듯싶었다. 설은 자신의 뜨거운 얼굴이 아파서 생긴 열이라고 건이 생각해 주길 바라면서 얌전히 입을 벌렸다.

도무지 무슨 맛인지 알 수가 없었다. 겨우 한 수저를 삼키자, 건은 다시 한 수저를 뜬 후 입바람을 불어 식히기 시작했다. 부끄러운 맘이 컸지만, 그동안 음식을 섭취하지 못했던 위는 죽을 미친 듯이 받아들였다. 죽이 절반쯤 비어갈 쯤에야 설은 죽이 그렇게 뜨겁지 않다는 것을 깨달았다.

그런데도 건은 매우 꼼꼼히 한 수저 한 수저 바람을 불어 식혔고, 설은 자신의 귓불에 느껴지는 그의 숨결에 움찔움찔했다. 분명 죽을 식히려는 것일 텐데, 어쩐지 건은 계속 자신의 귓불에 바람을 불고 있는 것 같았다. 설은 그때마다 온몸에 이상한 감각이 피어오르는 것 같았고, 열이 펄펄 끓는 것 같았다. 방 안이 더운 것과는 상관없었다.

하지만 그것이 자신의 착각인지도 몰라 설은 뭐라 말을 하지도 못하고 소심하게 바르작거렸다. 제발 그만두기를 부탁하고 싶기도 하고, 또 계속 부탁하고 싶기도 해서 설은 자신의 마음을 알 수가 없었다. 더구나 그가 끌어안고 있는 왼쪽 어깨에 닿은 그의 손가락 때문에 어깨가 타는 것만 같았다.

자신의 품속에서 얼음처럼 굳어버린 설이 느껴졌다. 역시나 생각처럼 그의 품 안에 들어온 설의 어깨는 여인인 듯 가냘팠다. 그리고 건은 설에게서 왠지 자정향(紫丁香, 라일락) 향기가 풍기는 기분이었다. 기실 굳이 이렇게까지 끌어안고 죽을 먹여줄 필요는 없었다. 하지만 왠지 건은 그렇게 하고 싶었다. 얼굴이 붉어진 설을 보자 건은 설이 여인처럼 아름답다는 생각을 했다. 건은 자신의 생각이 가당치 않아 우스웠지만 왠지 잡은 설의 어깨를 놓고 싶지 않았다.

설이 계속 긴장하고 있는 것이 느껴졌으나 건은 부러 끝까지 고집을 부렸다. 이내 포기한 듯 설이 입을 벌리자, 건은 작은 강아지에게 먹이를 주듯 떠먹였다. 설은 배가 고팠던지 죽을 잘 받아먹었다. 죽은 뜨겁지 않았으나 건은 일부러 죽을 식히는 척 설의 귓불에 바람을 불었다. 그때마다 설은 움찔 몸을 바르작거렸다. 설의 반응이 너무 귀여워서 부러 한 수저 꼼꼼히 식혔다. 죽이 다 비어갈 때쯤, 건은 자신의 얼굴에 땀이 송골송골 맺히는 것을 느꼈다. 죽을 다 비우고서도 건은 설을 계속 끌어안고 있었다.

쿵, 쿵, 쿵. 설은 자신의 거세게 뛰는 심장 소리가 크게 들렸다. 이제 죽도 다 비웠으니 얼른 그의 품에서 벗어나야 했으나, 설은 얼른 몸을 떼지 못했다. 설은 왠지 그의 품속이 따뜻하다는 기분이 들었다. 잠시 그 안온함을 즐기고 싶었다. 게다가 자신을 남자로 알고 있는 건이니 갑작스레 몸을 떼어내면 과민하다고 생각하지 않을까 싶었다. 또한 그의 팔이 사슬처럼 자신을 끌어안고 있어서일 뿐이라고 설은 애써 자신을 설득했다.

건은 고개를 살짝 돌려 설을 바라보았다. 동시에 설도 고개를 들어 그의 눈을 바라보았다. 허공에서 얽힌 두 사람의 시선은 떨어지지 않았다. 건이 그 눈빛에 빠져들 듯 점점 얼굴을 내려 설의 얼굴에 다가왔다. 설도 마치 보이지 않는 끈에 묶인 듯 시선을 돌릴 수 없었다. 설은 점점 다가오는 건의 입술을 말없이 바라보았다.

"주군!"

바깥에서 들려오는 위청의 목소리에 두 사람은 화급하게 떨어졌다. 설도 건도 시간이 어떻게 흐르고 있는지 미처 알아차리지 못했다.

"들어오라!"

건이 목소리를 가다듬고 말했으나 왠지 그 목소리가 쉬어 있는 듯했다.

안으로 들어온 위청이 건을 바라보았다. 건의 눈빛이 열기를 머금고 반짝거리고 있었다. 반면 설의 얼굴은 과할 정도로 붉어서 그 모습이 왠지 여인처럼 보였다. 그리고 방 안의 분위기는 손에 잡힐 듯 묘한 긴장으로 가득 차 있었다. 이상하게도 위청은 들어와선 안 될 공간에 침입한 기분이 들었다. 하지만 위청은 얼른 그 생각을 버리고 본인의 임무를 수행했다.

"주군, 급히 드릴 말씀이 있습니다."

설은 순간 어디론가 숨어버리고 싶었으나, 간신히 평정을 유지하였다. 위청이라 불린 사내는 매우 급한 말인 듯했으나 설이 있는 곳에서는 말을 꺼내기가 불편한 듯했다.

"제가 자리를 비우겠습니다."

침상에서 일어서려는 설의 손을 건이 잡았다. 건이 설의 손을 잡는 순간 설과 건 모두 찌릿한 감각에 화급히 손을 놓았다.

"우리가 자리를 옮기겠소."

건은 그렇게 말하고는 자리를 떴다. 방을 나서는 건도 방 안에 남아 있는 설도 갑자기 빨라진 심장박동에 놀라고 있었다. 그리고 자신들을 휘감았던 찌릿한 감각의 정체에 대하여 각자만의 생각에 빠져들었다.

먼저 방에서 나온 위청이 복도에서 설의 방문을 조심스레 닫는 건을 바라보았다. 그 움직임이 이상하게도 매우 조심스럽고 애틋하게 보여 위청은 고개를 갸웃했다. 건이 위청을 돌아보며 따라오라 눈짓을 하였다. 두 사람의 걸음은 자연스레 객잔 뒤편에 위치한 정원 쪽으로 향했다.

"무슨 일이냐?"

"알아보라 하신 가장 큰 목장에 대한 일입니다."

"그래, 어찌 되었느냐?"

"역시 묵돌이라는 자가 가장 좋은 말을 가지고 있다 합니다. 게다가 인품이 좋아 그를 따르는 자가 다수라 합니다."

"고생했다."

위청은 간단히 읍을 하고 물러났다. 건은 정원을 바라보면서 어떻게 묵돌을 설득할지 고민했다. 아직도 한나라와 흉노와의 전쟁은 진행 중에 있었다. 그래서 무엇보다 말이 필요했다. 적은 수의 말이라면 다른 곳에서도 구할 수 있었다. 하지만 대규모의 말이라면 구매하는 것에는 한계가 있었다. 직접 말을 키우고 훈련시킬 수 있는 이가 필요했다. 그리고 그런 인재를 키우기 위해서도 능력 있는 사람이 필요했다. 그러나 선우의 곁을 떠나 언지산에 머물고 있다고 하나, 과연 묵돌이 손쉽게 건에게 협력을 할지는 의문이었다.

묵돌은 대략 십 년 전 이치산 선우의 곁을 떠나 언지산으로 들어왔다. 그 이후 그는 흉노와 한나라 간의 전쟁에는 끼어들지 않았다. 지금은 그저 말을 판매하는 목장주 행세를 하고 있지만 그를 주의 깊게 살펴볼 필요가 있었다.

그러나 이내 그의 생각은 다시 방 안에 누워 있는 설에게 향했다. 그러자 설과 호연제가 타고 있던 말이 매우 좋은 한혈마였다는 데 생각이 미쳤다. 흉노는 주로 다리가 짧은 몽골마를 애용한다. 초원과 사막이란 악천후를 견디는 힘이 강하기 때문이다. 몽골마는 거친 풀을 적게 먹으면서도 버틸 수 있다.

작은 말로 진군하면, 행군하면서 휴식 시간에 풀을 뜯어 먹게 하면 그만이지만, 큰 말은 그것으론 모자라서 말들이 먹을 풀을 따로 싣고 가야 하는 보급상의 문제가 크다. 큰 말은 작은 말의 네 배까지 먹기도 한다. 반면 서역에서 온 한혈마는 빨리 달릴 수 있다는 장점이 있지만 오래 달리지는 못한다. 하여 한혈마는 일부 계층의 사람들만이 탈 수 있었다.

말뿐만 아니라, 생각해 보면 설의 생김새 또한 이 지역의 흉노인들과는 달리 지나치게 하얀 피부가 한족과 같았다. 키는 한족 여인들보다는 다소 컸다. 호연제도 흉노인이라 보기에는 하얀 피부가 강해 보였다. 건은 이들이 혹시나 전쟁 중에 행방불명 된 선우의 아들이 아닌가 하는데 생각이 미쳤다. 한나라는 한희제가 흉노에게 패한 이후 왕실의 여인들을 선우에게 시집보내 왔고, 선우의 직계에는 일부 한족의 체질적 특성이 발현되곤 했다. 그러나 아직 이들이 행방불명된 선우의 아들이란 증거는 없었다.

그런 의미에서 지나치게 조심스런 설과 호연제를 한동안은 계속 곁에 두고 그 정체를 파악해 봐야 할 듯했다. 그들의 정체는 시간을 들여 천천히 살펴볼 생각이었다. 건은 자신이 설과 호연제를 보호하려는 것은 그 사유일 뿐이라 애써 자위했다. 그러나 한편으로 건은 그보다 설에 대하여 알아볼 생각에 더욱 기분이 좋아졌다.

이튿날, 조반을 먹고 있자니 설이 다친 어깨에도 불구하고 옷을 모두 차려입고 아래로 내려왔다. 아직 거동하기가 불편할 텐데 굳이 내려온 설을 보자 건은 얼굴을 찌푸렸다. 설은 조심히 내려와 호연제의 옆자리에 앉았다.

"괜찮아, 설?"

호연제는 걱정스럽게 물었다. 설은 간단히 고개를 숙였다.

"나리, 저희 주군께서 당분간 이곳에 머물기를 청하셨다 들었습니다."

설의 질문에 건은 고개를 끄덕였다.

"송구하오나 그럼 당분간 신세를 지겠습니다."

"그런데 아직 몸도 성치 않은데 어찌 내려왔소? 청하면 음식을 올려줄 터인데?"

"괜찮습니다. 팔을 조금 움직이기가 불편해서 그렇지 거동하는 데에는 지장이 없습니다. 예전에도 이런 검상은 자주 치료를 했었습니다."

설의 무뚝뚝한 대답에 건은 설이 얼마나 오랫동안 검을 들었던 무사인지를 떠올렸다. 호연제 말로는 본인이 태어났을 때부터라고 했으니 적어도 칠 년은 검을 들었다는 뜻이다. 게다가 그 이전부터 검을 익혀왔을 것이다. 건 또한 검을 익히는 동안 무수한 크고 작은 검상에 시달렸다. 검을 든 무사가 되는 일은 쉽지 않은 일이었다.

"나리, 제가 머물고 있는 방이 본래 나리가 묵으실 방이라 들었습니다. 제가 오늘 주군의 방으로 옮기겠습니다. 폐를 끼쳐서 죄송합니다."

설의 말대로 설이 지금 머물고 있는 방은 본래 건이 묵기로 했던 방이었다. 하지만 그곳이 가장 넓은 방이었기에 다친 설을 거기로 옮긴 것이었다.

"별로. 그저 그 방이 가장 넓었기에 그리한 것뿐이오. 괘념치 마시오."

"아닙니다. 어찌 신세를 지는 마당에 그런 폐까지, 제가 옮기도록 하겠습니다."

건은 설의 고집이 마음에 들지 않았으나 고개를 끄덕였다. 건은 찬찬히 설의 얼굴을 살폈다. 본인 말대로 어제보다는 상태가 좋아 보였다. 그러나 창백한 설의 얼굴에 여전히 신경이 쓰였다. 그 때문인지 크고 까만 눈이 얼굴에서 더욱 도드라져 보였다.

살짝 고개를 숙이고 음식을 먹는 설의 얼굴 위로 긴 속눈썹이 그림자를 드리웠다. 그 눈매가 자못 여성스러워 건은 살짝 고개를 갸우뚱했다. 맑고 흰 눈자위와 까맣게 빛나는 맑은 눈동자, 긴 속눈썹이 화장으로 꾸민 여인들보다 더욱 아름다웠다. 건은 점점 더 설 안에 무엇이 있는지 궁금해졌다.

연지산에 도착한 지 벌써 이레가 지났다. 설의 상처는 하루가 다르게 매우 빨리 호전되고 있었다. 건이 준 약도 효과가 좋았으나, 그동안의 피로에서 벗어나 휴식을 취하고 좋은 음식을 섭취한 것이 주효했다. 다행히 근육을 다친 것은 아니어서 벌어진 상처가 아물면 조심스럽게는 검을 쓸 수도 있을 것 같았다.

호연제가 잠시 머물 것을 명하여 이곳 객잔에 계속 머물고 있긴 하였으나 언제까지 머물 수는 없었다. 또 이곳에 온 사유는 묵돌 어르신을 뵙는다는 분명한 목적이 있었다. 물론 사전에 어떠한 연락도 하지 않아서 묵돌이 자신들을 환영할지는 미지수였다. 하지만 설은 선우의 간곡한 부탁을 믿었다. 선우가 그렇게까지 간곡하게 부탁할 때에는 분명 묵돌이 그들을 받아주리라는 믿음이 있었을 것이었다.

흉노인들은 결코 원한을 잊지 않는다. 소중한 이들이 사망하게 되면 제 얼굴에 생채기를 내면서 그 원한을 기억한다. 그야말로 철천지원수를 갚는다는 의미였다. 척박한 사막에서 살다 보면, 눈

에 보이는 땅이 넓어 보여도 사실상 넓은 것이 아니었다. 좋은 목
초지는 한정되어 있고, 그것을 지키기 위하여 처절한 전쟁도 수없
이 벌어지는 것이다. 그러나 그 처절한 원한만큼, 약속도 소중했
다. 하여 설은 선우와 묵돌 간의 그 약속을 믿었다.

하지만 지금 이곳에 발이 묶인 설은 어떻게 묵돌에게 연락을 취
해야 할지 고민이 되었다. 섣불리 움직였다가는 정체를 들킬 우려
가 있었다. 다행히 그들을 쫓는 한군의 움직임은 없어 보였다. 또
어떤 면에서는 한족인 건과 함께 지내는 것이 정체를 숨기기에도
좋을 듯싶었다.

설이 요양으로 그녀 평생 처음으로 편하게 지내는 동안, 호연제
와 건은 부쩍 친해졌다. 검에 대하여 이야기를 나누면서 일단 친
해졌고, 말에서 나서 말에서 죽는다는 흉노인답게 말 이야기를 하
면서도 친해졌다. 건은 말에 대하여 상당히 해박한 지식을 가지고
있었다. 그래서 설은 원래 생각했던 대로 그가 말을 거래하는 상
인이라고 믿고 싶었다. 이해관계에 따라 움직이는 상인이라면 지
금까지 폐를 끼친 부분은 적절한 보상을 하면 될 것이라 생각되었
다.

이런저런 생각으로 머리가 어지러운 설은 크게 한숨을 내쉬었
다. 지금 객잔에는 그녀만이 남아 있었다. 건은 아침 일찍부터 외
부로 나갔고, 위청은 그런 건을 호위하여 함께 외출하였다. 남아
있던 호연제는 곽정을 따라 잠시 바람을 쐬겠다며 외출했다. 호연
제가 외부에 나가는 것이 걱정이 되긴 하였으나 곽정의 무예가 워

낙 훌륭하였기에 설은 잠시라면 괜찮을 거라 생각하였다. 벌써 이레 가까이 설과 호연제는 객잔 안에 갇혀 있다시피 하였다. 초원을 말을 타고 이동하는 흉노인에게 이런 감금과도 같은 생활은 고역이었을 것이다.

오후가 되면서 여름 햇살이 기분 좋게 방 안을 채웠다. 잠깐 정원에서 햇살을 즐기던 설은 치료를 위해서 안으로 들어왔다. 상처를 물로 씻어내고, 약을 다시 바르고, 다시 깨끗한 천으로 감싸야 했다. 호연제가 있으면, 자리를 비켜달라고 부탁을 해야 했으므로, 혼자 남은 지금 설은 편안한 마음으로 치료할 수 있었다.

설은 혼자서 끙끙대며 어깨에 감싼 천을 풀었다. 설은 천에 따듯한 물을 묻혀서 조심스레 환부 주변을 닦아내었다. 다행히 상처는 많이 아물어 있었다. 건이 준 약재는 어떤 약재인지는 모르나 검상에 매우 효과가 좋았다. 그 또한 검을 다루는 무인인지라, 아무래도 크고 작은 부상에 시달렸을 것이다.

설은 치료를 끝내고 겨우겨우 어깨에 천을 감쌌다. 그대로 첨유(저고리)를 입으려던 설은 잠시 망설였다. 그동안은 급하게 치료를 하는 데 급급하다 보니, 미처 가슴을 감싼 천을 교체하지 못했다. 상처에서 흐른 피가 말라서 검은 얼룩이 곳곳에 있었다. 설의 가슴을 감싸고 있던 천이 조금씩 사라지자 그 아래 숨어 있던 설의 가슴이 드러났다.

설은 자신의 가슴에 군데군데 묻어 있는 혈흔을 조심스레 닦아내었다. 혈흔을 다 닦아내고, 다시 천을 감으려던 설의 모습이 거울에 비쳤다. 설은 문득 거울에 비친 자신의 모습을 뚫어지게 바라보았다. 천을 두르지 않은 자신의 모습이 낯설었다. 설은 그런 자신에게서 눈을 떼지 못했다.

그동안 인지하지 못하였으나, 자신의 몸이 지나치게 여성스런 곡선을 하고 있었다. 흉노인들은 주로 육식을 하기에 한족보다는 키가 크고 영양상태가 좋았다. 그래서 흉노인들은 한족 여인들의 가녀린 미모를 흠모했다. 지금 거울에 비친 설은 한족의 여인들처럼 가냘파 보였다.

설은 아비가 누구인지는 모르나 한족 여인에게서 태어났고, 아마도 그 아비 또한 한족일 터였다. 거울을 바라보면서 설은 자신에게 고스란히 전달된 부모의 핏줄을 보았다. 늘 두꺼운 천으로 감싸여 있던 가슴은 봉긋하게 부드러운 곡선을 그렸고, 가느다란 허리와 둥그런 엉덩이가 남자와는 달랐다.

그 모습을 바라보던 설은 왠지 서글퍼졌다. 자신의 나이 이제 겨우 열여덟이었다. 여인으로 한참 아름다운 나이에 항상 남복에 자신을 가리고 있었다. 자신과 비슷한 나이의 여인들은 벌써 지어미가 되어 있기도 하였다. 그러나 설은 자신에게도 그런 날이 올지 알 수 없었다. 남복을 하고 검을 든 순간 그런 희망은 마음속 깊이 꽁꽁 묻었다. 여자란 약한 존재였다. 강해지지 않으면 제 스스로를 보호할 수 없었다. 설은 그런 생각으로 누구보다 치열하게 검을 들었다. 하지만 오늘 거울 속에서 발견한 것은 또 다른 자신의 모습이었다.

그런 생각에 빠져 있던 설은 방문을 두드리는 소리에 화급하게 정신을 차렸다.

"설, 안에 있는가?"

건이었다. 그가 들어오기 전에 천을 두르는 것은 불가능하였다. 하여 설은 부리나케 첨유만을 입고 이불 속으로 들어갔다. 미처 대답을 하기도 전에 건이 방 안으로 들어왔다.

"상처가 덧난 것이냐?"

급하게 첨유를 입느라 어깨에 통증을 느낀 설의 이마에서 식은 땀이 흘러내렸다. 그것을 본 건이 혹시나 다시 미열이 오르는지 걱정스런 눈초리를 설을 바라보았다. 게다가 이 시간에 침상에 누워 있는 설이 걱정되었다.

그가 가까이 다가와 설의 이마를 짚자 설은 움찔하였다. 지금 설은 겨우 첨유만을 입고 있었다. 그 아래는 무방비하였고 설은 마치 아무것도 입지 않은 기분이었다. 어서 건을 내보내야 했다.

"아닙니다. 잠시 졸음이 와서 오침(午寢, 낮잠)을 청하려던 참입니다."

설의 말에 건은 안심한 듯 침상 옆에 있던 의자를 끌고 와 앉았다. 그가 자리에 앉자 설의 가슴은 심하게 두근거렸다. 그가 곁에 있으면 항상 침착하지 못한 설이었다. 설을 바라보는 그의 시선은 항상 부드러웠다. 그러나 그의 시선이 자신을 향할 때마다 설은 자신이 고스란히 드러나는 것 같아 수줍어졌다. 그리고 그는 매우 예민하게 설의 감정을 읽곤 했다. 그래서 자꾸만 그의 시선을 피하는 설이었다.

"그런데 무슨 일이십니까?"

설의 질문에 건이 매우 기분 좋은 미소를 지었다. 그러자 하얀 이가 드러났고, 설은 그런 건의 상쾌한 얼굴에 눈이 부셨다. 자신도 따라서 함께 웃고 싶을 만큼 청신한 미소였다. 갑자기 설의 심장이 저릿했다.

"오늘 잠시 나갔다, 약을 구했다네. 노루발풀(다년초로 칼에 베여서 상처가 났을 때 노루발풀의 잎을 으깨어 짜낸 즙을 환부에 문질러 바르면 좋다)이 검상에 아주 좋아서 상처에 바르면 흉터가 거의 남지 않는다고 하더군."

최근 건은 설을 마치 동생처럼 대하고 있었다. 그래서인지 설의 상처에 좋다는 것을 하루가 멀다 하고 구해왔다.

"감사합니다, 나리."

"그러지 말고, 자리에서 일어나 보시게. 내가 약을 발라주겠네. 혼자서는 아무래도 불편할 것이 아닌가?"

건은 바로 상처를 보려는 듯, 설이 덮고 있는 이불에 손을 뻗쳤다. 침대로 다가오는 건의 큰 몸집이 설에게 그림자를 드리웠다. 설은 그의 그림자에 포옥 안기는 기분이었다. 이불을 들추려 다가오는 건의 손에 설의 심장박동이 거세게 올라갔다. 곧 그의 강건한 손이 이불을 잡는 순간 설은 긴급한 나머지 이불을 그러잡고 새된 소리를 질렀다.

"이미…… 조금 전에 치료를 했습니다."

너무나 높은 목소리에 건이 우뚝 손을 멈추었다. 설의 필사적인 심정이 고스란히 느껴졌다. 그것은 수줍어하는 여인의 목소리처럼 애처로웠다.

"그러한가? 그럼 여기 약을 두고 갈 터이니 쓰도록 하게."

건이 순순히 그 말을 남기고 나가자, 설은 안도의 한숨을 내쉬었다.

바깥으로 나온 건은 잠시 방문 앞에 서 있었다. 설이 길게 한숨을 내쉬는 소리가 들렸다. 너무 긴장한 나머지 설은 미처 인지하지 못했으나 설의 새된 목소리가 건에게는 여인의 목소리처럼 들렸다. 평소에도 소년처럼 가는 목소리였던 설이었으나, 조금 전의 목소리는 달랐다.

그리고 설이 긴장한 듯 자신의 입술을 축이자, 건은 그 입술에서 시선을 뗄 수 없었다. 설의 얼굴이 묘하게도 여인처럼 보였다. 또다시 설에게서 느껴지는 미묘한 불균형이었다. 건은 생각에 잠긴 듯 잠시 방문을 물끄러미 바라보다 발길을 돌렸다.

저녁에 곽정과 호연제까지 돌아오자 다시 객잔은 떠들썩해졌다. 항상 그렇듯이 다섯 명은 사이좋게 저녁을 들었다. 그러나 설은 오늘 자리가 매우 불편했다. 아까부터 건이 자신을 유심히 살피고 있었다. 그러나 설은 차마 그와 눈을 마주할 수가 없었다. 오후에 예상치 못하게 너무 동요한 모습을 보였다.

그가 방을 나서고 곰곰이 생각해 보니 자신의 행동이 아무래도 과했다는 데에 생각이 미쳤다. 그러나 별다른 내색 없이 건은 방을 나섰다. 설은 그래서 평소처럼 행동하자 다짐했으나 오늘 계속 건의 시선이 자신에게 꽂히는 기분이었다. 설은 음식이 코로 들어가는지 입으로 들어가는지 알 수 없었다. 오히려 건이 가타부타 아무런 말도 하지 않자 더욱 초조해지는 설이었다.

설이 건의 시선에 초초해하는 것과는 상관없이 식탁은 흥겨웠다. 위청이나 곽정 모두 말이 많지는 않았으나 호연제 덕분에 대화가 끊이지는 않았다. 호기심이 많은 호연제는 특히 위청이나 곽정에게 검에 대하여 많은 질문을 했고, 두 사람 모두 성실히 답변해 주었다. 그들은 대화에 집중하느라 건이 오늘 저녁 거의 한마디도 하지 않았다는 사실을 눈치채지 못했다.

저녁 내내 건은 뚫어지게 설을 관찰하고 있었다. 가만히 생각해 보니 설은 별로 말이 없었다. 묻지 않으면 본인이 스스로 먼저 말하지 않았다. 목소리가 아직 변성기 전의 소년처럼 가는 것은 그러려니 했으나 생각해 보면 벌써 성년이 지난 사내라 하기에는 목소리가 지나치게 가늘었다.

게다가 지금 관찰하니 전체적으로 몸집이 여인처럼 낭창낭창했다. 밥을 먹는 설의 손도 희고 긴 것이 무사의 손이라기보다는 바느질에 어울릴 듯해 보였다. 분명 검을 잡은 손에 굳은살이 박여 있긴 했으나 전체적으로 가느다란 손가락이었다.

가만히 목선을 바라보니 항상 설이 목을 가리고 있다는 것에 생각이 미쳤다. 물론 이곳이 하절기라도 밤에는 기온이 뚝 떨어져 춥긴 했으나 설은 유독 애를 써서 목을 가리고 있었다. 그리고 설은 웃지 않았다. 지난번 죽을 건네줄 때 보았던 찰나의 미소가 건의 뇌리에 박혀 있었다. 건은 자신이 지금 무엇을 찾고 있는지 알 수 없었다. 건은 남색(男色)의 취미는 없는데, 설에게 향해지는 자신의 관심이 도를 넘고 있는 기분이었다.

3. 별리別離, 달빛 부서지다

설이 언지산에 도착하고 나서 보름이 지나자, 한낮의 대기는 대지를 태워 버릴 듯이 뜨거워졌다. 특히 올해는 7월의 열기가 평소보다 더욱 높았다. 여름이라 환부가 탈이 나지 않을까 호연제는 걱정했지만 다행히 설의 상처는 거의 아물었다.

설은 잠시 외부 동정도 살필 겸 해서 오랜만에 객잔을 나섰다. 현재 설이 머물고 있는 곳은 연지산의 입구 쪽이었다. 실제 말을 키우는 목초지가 있는 곳은 말로 약 반나절 정도 조금 더 들어가야 한다. 그러나 이곳은 온갖 정보가 모이는 곳이었다. 한서제가 흉노를 정벌한 이후 정세가 어떠한지 알아볼 요량이었다.

원광 5년, 한서제가 황제에 등극한 지 벌써 12년이 지났다. 태후인 할머니가 승하하고, 그의 친정(親政)이 시작된 지는 5년이라는 시간이 흘렀다. 한서제가 흉노족의 침입을 막아내기 위해서 보병 위주의 한나라 군체질을 기병으로 보완하고자 노력해 왔다는 것을 모두가 알고 있었다.

그리하여 한서제가 3개월 전 이광(李珖) 등과 더불어 흉노의 본거지인 휴도를 치고는 바로 말의 산지인 기련산 부근 언지산으로 급하게 일부만을 데리고 이동하였다는 설이 파다했다. 만약 이곳이 한서제의 손에 들어간다면, 향후 한나라에 튼튼한 말을 공급할 전략적 요충지가 될 터였다.

연지산은 서역으로 향하는 교역로의 시작이다. 그리하여 먼 길을 떠나는 상단이나 여행자는 이곳에서 좋은 말을 구해왔다. 한서제는 월지(月氏)에서 가져온 덩치가 큰 한혈마를 아낀다는 소문이 파다하였으나 기병에게는 장거리에 적합한 몽골마가 적당했다. 이곳은 목초지가 넓게 펼쳐져 있어 좋은 말을 구할 수 있었다. 하여 한서제가 열 일을 제쳐 두고 이곳에 군(郡)을 설치할 예정이라는 것이 중평이었다. 더불어 한족을 이주시킬 계획이라는 소문이 파다했다.

설은 생각보다 빠르게 한서제의 정책이 차근차근 실행되고 있음을 알았다. 그런 생각에 빠져 거리를 걷고 있던 설은 설명할 수 없는 살기에 순간 몸을 긴장했다. 설은 검을 고쳐 잡았다. 분명 누군가 자신의 뒤를 따르고 있었다. 설은 아직 자신이 검을 어느 정도나 쓸 수 있는지 가늠할 수 없었다. 설은 아무렇지도 않은 척 상대방의 정체를 파악하기 위하여 작은 골목 쪽으로 걸음을 옮겼다. 큰 대로에서 검을 휘두를 수는 없었기 때문이었다. 사람들이 시야에서 사라지고 설은 자신의 뒤를 따르는 살기가 점점 자신에게 다가오고 있음을 알았다.

휘익!

날카로운 검이 공기를 갈랐다. 설은 빠르게 뒤로 돌면서 자신의 검으로 상대방의 검을 막아냈다. 거의 본능에 가까운 움직임이었다. 그러나 아직 완쾌되지 않은 어깨에 강한 충격이 느껴졌다.

"헉!"

설은 자신의 가벼운 몸을 십분 활용하여 훌쩍 뒤로 물러섰다. 상대는 한족은 아니었다. 정체를 알 수 없는 복장이었다. 그저 온몸을 둘러싼 흑의만이 눈에 띄었다. 그것은 하나의 천으로 목 부분에만 구멍을 뚫어 뒤집어쓴 듯한 모양새였다. 상대는 한 명, 그러나 검을 다루는 솜씨는 결코 범상한 자는 아니었다.

"누구냐?"

설의 질문에 상대는 아무런 말도 없었다. 오직 정확히 설의 목숨을 끊는 것이 목표인 듯 최대한 효율적인 움직임으로 검을 휘둘렀다.

챙!

허공에서 맞부딪힌 두 검이 날카로운 소리를 내었다. 설은 알아야 했다. 자신을 노리는 자가 누구인지. 그래서 평소 단번에 급소를 공격하던 방식을 버리고 상대방의 검술이 어떠한지 파악하고

자 하였다. 그러나 합이 길어질수록 점점 설이 불리해졌다. 게다가 아직 다친 어깨가 완전하지 않았다. 점점 뒤로 밀려나던 순간, 설은 순식간에 방향을 바꾸어 상대방의 빈 공간을 노렸다.

상대는 설이 그렇게 빠른 속도로 방향을 바꿀 것을 예상하지 못한 듯했다. 설은 상대방의 왼쪽 옆구리를 노렸다. 설의 검이 옆구리를 스쳤다 판단한 순간, 상대방의 검도 설의 목덜미를 노렸다. 설이 고개를 살짝 돌린 순간, 설은 검이 자신의 머리를 살짝 스친다는 것을 느꼈다. 머리를 묶었던 끈이 검에 끊어져 머리카락이 시야를 가렸다. 그리고 빠른 회전에 잠시 중심을 잃었다. 그러나 설은 상대방도 자신의 검에 스쳤다는 것을 본능적으로 알 수 있었다.

그때였다. 잠시 상대방이 설의 일격으로 주춤한 사이, 위청이 나타났다. 그리고 누군가 중심을 잃은 자신을 강한 팔로 끌어안았다. 건이었다. 그의 강인한 팔근육이 느껴졌다. 등 뒤로 닿는 그의 늠름한 가슴이 방패처럼 설을 보호했다.

위청의 검술은 대단하였다. 빠르고 정확할 뿐만 아니라 화려했다. 상대방의 빈 곳을 찾아 날카롭게 움직였다. 설도 검을 많이 써왔고 많은 이들과 대결을 해왔다. 분명 그의 솜씨는 무사들 중에서 최상위에 속했다. 밀리던 정체불명의 살수도 승산이 없다고 판단하였던지 빠르게 사라졌다.

"괜찮은 것이냐?"

머리 위에서 들려오는 건의 음성에 설이 고개를 돌렸다. 맑고 강한 시선이 찌르듯이 설의 눈빛과 부딪혔다. 설은 너무나 강렬한 그의 시선에 순간 대답을 미처 하지 못했다. 격렬한 대결로 숨이 찬 설의 가슴이 크게 들썩였다. 그러나 단지 대결로 인하여 호흡이 가쁜 것과는 다른 것이 섞여 있었다. 그의 뜨거운 눈빛에 사로잡힌 듯 그 짧은 시간이 영원처럼 느껴졌다. 사르르, 풀려 버린 설의 귀밑머리가 그의 호흡에 살랑거렸고, 건의 시선이 그것을 따라 움직였다.

건은 설이 자신을 마주 보는 순간, 숨을 살짝 들이켰다. 머리를 묶고 있던 끈이 풀리고 까만 머리채가 그녀 얼굴 주변을 감싸자, 순식간에 설의 얼굴은 무사의 얼굴에서 여인으로 바뀌었다. 건은 순간 멍하니 설을 바라보았다. 객잔으로 복귀하던 건은 대로에서 설을 노리는 듯한 자를 발견하고는 위청과 함께 뒤를 밟았다. 설도 살수의 정체를 눈치채었는지 인적이 드문 곳으로 이동하는 것이 보였다. 그러나 설과 살수는 매우 빨라서 건과 위청이 도착하기 이전에 검이 부딪혔다.

설은 아직 어깨가 완전하지는 않아 보였으나 상당히 빠른 움직임을 보였다. 상대방은 정확히 살(殺)이라는 한 가지 목적을 가지고 움직였다. 건은 살수의 검이 설의 목을 노리는 순간 심장이 철렁했다. 그러나 설이 동시에 상대방의 빈틈을 노리는 것을 알았다. 아주 찰나의 순간 설이 몸의 방향을 틀지 않았더라면 목이 날아갔을 것이다.

위청에게 살수의 처리를 명하고, 갑자기 가려진 시야 때문에 비틀거리는 설을 낚아채었다. 그제야 무엇인가 소중한 것을 자신의 품에 안은 느낌이었다. 설은 자신의 품 안에 맞추기라도 한 것처럼 한 품에 쏙 들어왔다. 여린 여인을 안은 것처럼 설의 몸이 부드러웠다. 정수리에 입술을 묻고 싶을 만큼 사랑스러웠다.

서로의 시선에 갇혔던 설이 짧은 미몽에서 깨어난 것은 옆에서 들려온 위청의 질문 때문이었다.

"어디 다치신 곳은 없으십니까?"

그제야 설은 건의 품속에서 빠져나왔다. 몇 초간 설은 지금 여기가 대로변이며, 조금 전까지 본인이 살수와 대결하고 있다는 사실조차 잊었다. 그의 목소리에 뒤를 돌아본 순간 찌르는 듯한 그의 시선에 아무런 생각도 할 수 없었다. 그의 눈이 열기를 품어 반짝였다. 그의 시선이 자신의 귀밑머리를 향하는 순간, 설은 그가 마치 자신의 머리를 쓰다듬는 기분이었다. 오소소한 소름이 돋았다.

"다행히 다친 곳은 없습니다. 감사합니다."

설은 뛰어난 실력을 보여준 위청에게 무사의 예로 감사함을 표하였다.

"얼른 객잔으로 복귀하심이 좋을 듯합니다."

객잔으로 복귀하는 길에 설과 건은 각자의 생각으로 머릿속이 소란스러웠다.

복귀한 설과 건, 위청 일행을 호연제가 근심스런 표정으로 맞이하였다. 설은 일단 호연제를 이끌고 방으로 갔다.

"설, 괜찮아?"

호연제는 무엇인가 묻고 싶은 표정이었다. 아마도 대로에서 대결이 있었다는 소식이 먼저 도착한 듯하였다.

"괜찮습니다."

"그런데 머리는?"

호연제가 설의 머리를 바라보면서 근심스럽게 물었다. 설은 그제야 자신의 머리카락이 신경 쓰였다. 급한 나머지 머리를 제대로 묶지도 못했다.

"별일 아닙니다. 잠깐 검에 스쳐, 머리 끈이 끊어졌습니다."

"다행이구나. 그건 그렇고 벌써 저녁인데 뭐라도 먹어야지."

"공자님께서는 뭘 드셨는지요?"

"응, 내 걱정은 하지 마. 네가 늦어지는 듯하여 나는 이미 곽정과 먹었다."

설은 생각보다 호연제가 그들과 잘 어울리고 있어서 다소 안심이 되었으나 아직 정체를 알 수 없는 이들이었다. 은인이라고는 하나 정체를 들켜서는 안 된다.

"혹시 제가 없는 동안 별다른 일은 없으셨는지요?"

"걱정하지 마, 설. 옥패는 잘 지니고 있어."

설은 주변을 살폈다.

"예, 공자님. 절대 그것을 누구에게도 보여주어선 아니 됩니다. 그리고 아무래도 이곳을 떠나야 할 것 같습니다."

설의 말에 호연제는 예상했다는 듯이 그저 고개를 끄덕였다.

설에게 자객의 정체에 대하여 무엇인가 짚이는 것이 있는지 묻고자 건은 설의 방으로 향했다. 그러나 문 앞에서 건은 잠시 멈칫했다. 건은 안에서 소곤거리는 두 사람의 대화에 신경이 쓰였다. 분명 저들은 정체를 숨기고 있었다. 설은 특히나 경계심이 강했다. 그리고 오늘 정체불명의 살수가 설을 노린 것을 볼 때 분명 저들이 평범한 이들은 아닐 것이라는 확신이 들었다. 건은 헛기침을 하고는 문을 열었다. 호연제가 설의 곁에 딱 붙어 있었다.

"잠시 나눌 말이 있다."

건의 말에 호연제와 설이 긴장하는 것이 느껴졌다. 그러나 건은 세상에 마치 둘뿐이라는 듯 찰싹 붙어 있는 호연제와 설이 왠지 마음에 들지 않았다. 분명 저들에게는 무엇인가 더 큰 비밀이 있었다.

"일단, 자네를 노린 자가 누구인지 아느냐?"

"모릅니다."

설이 짧게 대답하였다.

"그렇다면 혹시 짐작되는 바가 있는가?"

"없습니다."

건은 설의 짧은 답변이 맘에 들지 않았다. 계속 그를 거부하고 있는 것만 같았다.

"그대를 노린 자는 분명 최고의 살수였다. 어찌하여 그런 자가 그대를 노리고 있는 것이냐?"

"그동안 무사로서 많은 이들과 대결을 해왔습니다. 그중 제게 원한을 품은 자가 한둘은 있었겠지요."

건은 설이 더 이상 대답을 하지 않을 것이라는 것을 알았다. 건을 똑바로 바라보는 설의 눈빛은 단호했다. 그 눈과 마주한 순간 건의 가슴이 다시 울렁거렸다. 미처 묶지 못한 매끄러운 검은 머리카락이 설의 얼굴을 부드럽게 감싸고 있었다. 까맣다 못해 푸른 빛이 도는 머리채 때문에 설의 하얀 피부가 더욱 돋보였다. 설의 입술은 단호하게 닫혀 있었으나 흥분으로 오히려 설의 붉은 입술은 관능적으로 보였다. 건은 중요한 이야기를 나누어야 함에도 아까 저잣거리에서 자신의 호흡에 사르르 날리던 설의 귀밑머리를 떠올렸다.

"나리, 아무래도 계속 이곳에 머무르면서 더 이상 신세를 질 수가 없습니다. 하여 저희들은 이곳에 계신 먼 친척 어르신의 댁으로 옮길까 합니다."

"폐 될 것 없다."

건이 무뚝뚝하게 대답했다.

"그리고 그 어르신은 너희를 두 팔 벌려 환영한다 하던가? 전쟁으로 모두가 어려운 시절이다. 지금 군식구를 두 명이나 받을 수 있는 자가 몇이나 되겠는가?"

설이 살짝 입술을 깨물었다. 묵돌 어르신은 호연제의 외삼촌이었다. 그러나 호연제가 태어났다는 소식은 전했으나 실제 묵돌이 호연제의 얼굴을 본 적은 없다. 휴도에 밀어닥친 한군(漢軍)을 피해 사방팔방으로 흩어진 지금, 호연제의 신분을 증명할 것은 옥패뿐이었다. 단지, 설은 선우와 묵돌이 나누었던 만약에 큰일이 발생하면 서로의 자식을 돌봐주겠다는 약속만 믿고 이곳까지 온 것이었다.

"걱정하지 마세요. 저랑 설은 말을 잘 다루니, 말을 돌보면 두 사람 분의 양식은 벌 수 있습니다."

호연제가 의젓하게 대꾸했다. '맹랑한 녀석'이라고 건은 생각했다. 설이 호연제의 호위무사인 것은 맞았다. 하지만 어린 녀석이 설이 마치 제 것인 양 구는 것은 맘에 들지 않았다.

"공자님 말씀이 맞습니다. 제가 일을 하면 됩니다."

'이런 고집불통!'

건은 속으로 중얼거렸다.

"나리 덕분에 목숨을 건졌고, 이곳 연지산까지 무사히 올 수 있도록 도와주셔서 감사드립니다. 그리고 오갈 데 없는 저희를 보살펴 주신 것도요. 저희가 진 신세는 부족하나마 이것을 받아주십시오."

설은 작은 마노석을 내밀었다.

"필요 없다."

건은 계속 고집을 부리는 설에게 화가 났다.

"나리, 저희가 이곳에 있어야 할 사유가 무엇입니까?"

설이 똑바로 건을 바라보며 물었다.

"그저 바깥은 위험하니까……."

건은 말꼬리를 흐렸다.

"어차피 위험한 전쟁 중입니다. 이곳에 있으나 다른 곳에 있으나 별 차이는 없습니다. 저희가 있어야 할 다른 사유가 있으십니까?"

건은 설의 질문에 뭐라 대답해야 할지 알 수 없었다. 위험에 처한 이들을 도와주고 상처를 치유하는 동안 보호해 준 것은 사실이었다. 그러나 그뿐 설과 호연제가 떠난다고 하면 막을 사유는 없었다. 그러나 건은 선뜻 설과 호연제가 떠나는 것을 허락하고 싶지 않았다.

"아직 자네를 노린 살수의 정체가 밝혀지지 않았다. 누가 배후에 있는지 모르는 상황에서 섣불리 움직이는 것은 오히려 위험하다. 여기는 관시에 참여하는 이들을 위하여 상당히 경비가 강하고, 또한 위청과 곽정의 무예 또한 출중하니 오히려 이곳에 있는 것이 더욱 안전할 것이야."

건의 냉철한 말에 설은 잠시 주춤했다. 오늘 저자에서 자신을 노린 자가 누구인지 확실치 않은 상황에서 섣불리 움직이는 것은 오히려 호연제를 위험에 노출시킬 우려가 있는 것이 사실이었다. 기실 이곳이 다른 곳보다는 더욱 안전하리라는 건의 말이 틀린 것도 아니었다.

"알겠습니다. 조금만 더 신세를 지도록 하겠습니다."

설의 대답에 건의 표정이 눈에 띄게 밝아졌다. 밖으로 나가려던 건이 갑자기 돌아섰다. 설은 갑작스런 그의 움직임에 움찔했다.

건이 머리 끈 하나를 설에게 건넸다.

"받으라!"

"갑자기 이것을 왜 제게 주시는 것입니까?"

설이 당황하여 망설이자, 건은 머리 끈을 설의 손에 쥐어주었다. 그의 손이 닿은 오른손이 타는 듯이 뜨거웠다.

"그저 급하게 필요할 듯하여 여분을 주는 것이니 부담 갖지 않아도 된다."

설은 파란 비단으로 만들어진 머리 끈을 조심히 받아 들었다. 건이 방을 나서자, 설은 깊은 생각에 빠졌다. 어떻게든 묵돌과 연락을 취해야 했다. 믿고 싶지는 않지만 분명 자신을 노린 자의 검법이 매우 익숙하였다. 아무래도 흉노족 내부에서도 호연제를 찾고 있는 듯했다. 설은 옆에 잠이 든 호연제를 바라보면서 점점 더 그를 지키는 일이 결코 쉬운 일이 아님을 절감했다. 저도 모르게 건이 준 머리 끈을 쓰다듬고 있던 설은 머리에 얼른 묶었다. 그가 안심하라고 머리를 쓰다듬어 주는 것 같았다. 설은 자신의 어이없는 생각에 고개를 좌우로 흔들었다.

이튿날, 건이 평소보다 약간 늦게 아래로 내려가자, 위청, 곽정, 호연제와 설이 함께 밥을 먹고 있었다. 파란 머리 끈을 하고 있는 설을 보자 뭐라 규정할 수 없는 감정이 건의 마음을 채웠다. 기쁘기도 하고, 마음 한구석이 간질간질한 기분이었다. 식탁으로 다가서며 건은 자꾸 설에게 쏠리는 시선을 어찌할 수 없었다.

무엇인가 재미있는 이야기를 위청이 했던지 조반을 들기 위해 모여 있던 그들은 다 함께 웃음을 터뜨렸다. 그러면서 곽정이 옆에 앉은 설의 등을 툭 쳤다. 순간 건의 얼굴이 굳어졌다. 물론 그들은 동료들 간의 농으로 쳤을 것이다. 자리에 앉는 건을 위청과 곽정이 반겼다.

"내려오셨습니까? 어찌 이 시간까지 늦잠을 다 주무시고……."

곽정이 싱글거리며 인사를 건넸다. 하지만 건은 곽정을 쏘아보았다. 건의 강한 눈빛에 곽정이 웃음기를 지우고 순간 정자세를 취했다. 건은 식탁에 놓인 음식을 그저 우걱우걱 입안으로 넣었다. 설은 시선을 마주치지 않고, 호연제에게만 집중했다. 건은 설의 관심을 독점한 호연제를 불만스럽게 바라보았다. 건은 설이 일부러 자신의 시선을 피하는 것만 같았다. 그저 옆에 있는 주군을 돌보고 있는 것이었지만, 자신과 얼굴조차 마주치려 하지 않는 설에게 부아가 치밀었다.

"나리, 오늘 영 심사가 사나워 보이십니다."

위청이 무뚝뚝한 말투로 사실을 지적하자 건은 순간 멋쩍어졌다. 건은 자신이 왜 설의 사소한 행동 하나하나에 이리 신경을 쓰고 있는지 몰랐다. 왜 다른 사내들을 대하는 것처럼 자연스럽게 설을 대할 수 없는지 의아했다. 왜 굳이 떠나려 하는 설을 붙잡는 것인지, 건은 스스로도 자신의 마음을 이해할 수 없었다.

조반을 마치고 나서 설과 호연제는 객잔을 나섰다. 일단은 조금 더 객잔에 건의 일행과 머물기로 하였으나 이는 어디까지나 한시적이었다. 묵돌 어르신을 찾는 동시에 만약의 경우에 대비하여 당분간 머물 만한 곳을 찾고자 함이었다. 그러나 설이 움직이기 전에 이미 묵돌이 그들을 찾고 있었다.

안 그래도 묵돌은 객잔에 어린 소년과 호위무사가 나타났다는 것을 알고 있었고, 그들이 혹시나 사라진 선우의 아들인 호연제가 아닐까 하여 동정을 살피고 있었던 것이다. 호위무사가 도중에 부상을 입었다는 것을 알았고 그들을 보호하고 있는 자들이 한족으로 보인다는 정보에 섣불리 움직일 수가 없었다. 묵돌이 관심을 보인다면 설과 호연제의 정체를 의심할 가능성이 높았다.

휴도를 친 한군이 차기 선우를 쫓고 있다는 설이 파다했다. 한서제는 영악한 인물이었다. 그는 항상 자신이 정복한 국가의 왕족들을 한족의 성을 주어 장안에 살게 했고, 좋은 대우를 해주었다. 비록 민족이 다르더라도 정복된 이들도 이제는 자신의 신민(臣民)이라는 것을 보여주기 위한 고도의 정책이었다. 그러나 딱히 정책이라고만은 볼 수 없는 것이, 실제로도 한서제는 새로 편입된 정복지의 사람들을 공평하게 대하였다. 그렇기에 한서제의 능력도 출중하였지만 그런 젊은 나이에 중원을 본인의 발아래 복속할 수 있었던 것이다.

그러나 지금 흉노족 내부 사정은 복잡했다. 결국 휴도를 친 한군의 손에 이치산 선우는 전사하고 말았다. 선우가 전사하자 좌현왕과 우현왕이 서로가 자신이 차기 선우임을 주장했고, 그리하여 호연제는 한족뿐만 아니라 흉노족 내부에서도 혈안이 되어 찾고 있었다. 누구의 손에 먼저 발견되느냐에 따라 호연제의 정치적 쓰임새는 달라졌다. 묵돌은 설과 호연제가 객잔을 나섰다는 소식을 듣자마자, 득달같이 움직였다. 객잔 앞에서 조금 떨어진 곳에서 묵돌은 어린 소년과 그의 호위무사로 보이는 일행을 발견했다.

"잠깐!"

묵돌의 부름에 호위무사가 재빠르게 돌아보았다. 경계하는 눈빛이 역력했다. 아무리 보아도 무사의 얼굴 생김은 한족에 가까웠다. 게다가 희귀한 미소년 같은 얼굴이라 너무나 눈에 띄었다.

"나다."

묵돌은 살며시 가죽 옷을 들쳐서 호연제가 지닌 동일한 옥패의 반쪽을 보여주었다. 그제야 설은 묵돌의 얼굴이 아스라이 떠올랐다. 묵돌이 갑자기 선우의 곁을 떠난 것이 벌써 십 년 전이라 희미했지만 가까이 보니 어렸을 적 그가 자신에게 종종 말을 걸어주었던 것이 기억났다. 겨우 설이 검을 움켜쥐었던 손에서 힘을 풀고 인사를 하였다.

"어르신!"

"여기는 너무나 눈이 많다. 일단 잠시 장소를 옮기자꾸나."

묵돌은 근처에 있던 또 다른 작은 객잔으로 둘을 이끌었다.

호연제를 바라보자 그 얼굴에서 누이의 얼굴이 보였다. 태어났다는 소식을 들었으나 실제 얼굴을 본 것은 오늘이 처음이었다.

"백부님, 처음 인사드립니다."

호연제는 나이답지 않게 명민해 보였고 몇 개월에 걸친 도피로 지쳐 보일 법도 했으나 생각보다 씩씩했다.

"그래. 어미를 닮았구나."

묵돌은 조용히 호연제를 응시했다. 하나뿐인 여동생의 핏줄이었다. 떠도는 유목민의 습성상 한번 시집을 가면 다시 만나는 것은 매우 드물었다. 그러나 선우는 무에 그리 걱정이 되었는지 무슨 일이 생길 때를 대비하여 어린 호연제의 안위를 거듭 부탁했었다. 그래서 휴도가 한군의 손에 떨어졌다는 소식을 듣자마자 묵돌은 호연제가 자신을 찾아오리라 예상하고 있었다.

"빨리 찾아뵙지 못해 송구합니다. 불초하게도 소생이 부상을 입어 치료하느라 시간이 소요되었습니다."

무사의 말에 묵돌은 그를 바라보았다. 아무리 보아도 호위무사라 하기에는 허약해 보였다. 그리고 어쩐지 여인의 향기가 느껴졌다.

'혹시 그 아이가?'

묵돌은 선우에게 시집왔던 한족의 공주가 낳은 여아를 거두었다는 데 생각이 미쳤다.

"내가 설이냐?"

그렇다는 듯 설이 간단히 읍을 했다.

"고생이 많았다."

"어르신, 잠시만 이곳에 저희가 머물 수 있을는지요? 선우께서 일이 발생하면 어르신을 찾아뵈어라 이르셨습니다."

"알고 있다. 하지만 지금 상황이 좋지 않다. 한군이 너희를 쫓고 있는 것을 아느냐?"

"알고 있습니다. 한서제가 정책적으로 정벌한 국가의 왕족을 장안에 머무르게 한다는 것을 들었습니다."

"게다가, 지금 우현왕과 좌현왕도 너희를 찾고 있다."

묵돌의 말에 설은 일순 긴장했다. 선우는 중앙을 통치하고 그 휘하에 좌현왕과 우현왕을 두어 다스렸다. 그들은 선우의 유고 시 언제든지 차기 선우가 될 수 있는 역량을 지닌 이들이었다. 지금 한나라와의 전쟁 와중에는 어린 호연제보다는 그들이 훨씬 선우가 될 가능성이 높았다.

선우의 자리는 장자가 자동적으로 승계하지 않는다. 차기 선우는 반드시 전쟁에서 자신의 능력을 증명해 보여야 했다. 흉노의 족장들의 지지를 받는다면 장자가 아닌 이들이 선우로 등극할 수도 있다. 따라서 호연제가 없는 편이 양쪽 모두에게 세를 규합하기에는 유리하였다. 지금 우현왕과 좌현왕이 찾는다는 것이 호연제에게는 위험할 수도 있었다.

"사실은 얼마 전 자객이 저를 공격했었습니다. 분명 그 검술은 저희 흉노족의 품세였습니다."

"그 이야기는 나도 들었다. 둘 중 하나겠지."

묵돌이 턱을 쓰다듬으며 생각에 잠긴 듯 대답했다. 묵돌의 대답에 설이 긴장했다.

"그럼 어찌할까요? 이곳도 결코 안전하지 못하고 오히려 어르신께 몸을 위탁하면 정체를 들킬 가능성이 더 클 텐데요."

"자네가 호연제와 이곳에 있으면 곧 정체가 탄로날 거야. 자네 생김새가 너무 눈에 띄어."

설도 그 사실을 알고 있다.

"잠시 사호(砂湖)로 피신하는 것이 어떻겠나?"

"사호라 하심은?"

"그곳에는 회족도 존재하고 상단이 이동하는 길을 따라 많은 인종들이 모이는 곳이다. 거기라면 오히려 정체를 숨기기 용이할 것이다. 게다가 호연제도 대대로 시집왔던 한족의 피가 섞여 오히려 그 편이 숨기 편할 것이네."

설은 묵돌의 말에 동의했다. 지금은 호연제의 정체를 숨기는 것이 중했다.

"그럼 바로 떠나도록 하겠습니다."

설은 빨리 결단을 내렸다. 그리고 이곳에 있으면 계속 마음이 건에게 향할 것 같았다. 차라리 멀리 떨어진 것이 좋았다.

"말로도 족히 칠 일이 걸리는 길이다. 지금 당장 떠날 수 있겠느냐?"

"예, 바로 떠나겠습니다."

설의 표정이 굳건했다.

"공자님, 힘이 드시겠으나 바로 이동하시지요."

호연제는 고개를 끄덕였다.

"내 바로 말을 준비하지. 몽골마가 장거리에는 좋을 걸세."

"예, 그러시면 대신 저희가 가지고 있는 한혈마를 어르신께 맡기겠습니다."

"알았네. 우린 그저 한혈마와 몽골마를 거래한 것으로만 하세."

"알겠습니다."

인사를 하고 물러나는 설의 옷깃 사이로 하얀 옥패가 반짝였다. 객잔으로 돌아가는 두 사람의 뒷모습을 바라보며 묵돌은 생각에 빠져들었다. 하얀 옥패처럼 새하얀 얼굴을 지녔던 여인, 연영(淵影)! 이치산 선우에게 시집왔던 한(漢)의 화번공주로 설의 어미였다. 그녀를 장안에서 휴도로 데려오는 임무를 맡은 이가 바로 묵돌이었다. 거친 초원의 삶을 어찌 견딜까 걱정했었는데 아니나 다를까 설을 낳고 삼칠일이 채 안 되어 그녀는 죽었다. 그녀가 선우에게 오기 이전에 이미 설을 임신하고 있다는 사실을 묵돌을 알고 있었다.

설이 지니고 있는 그 옥패는 설의 아비라는 자가 징표로 주었다고 했다. 설이 자신의 어미와 아비에 대하여 어디까지 알고 있는지 몰랐다. 아무래도 그 옥패에 대해서는 제대로 모르고 있는 것 같았다. 그런데 어찌 선우는 저 아이를 거두었는지, 저 아이와 호연제의 운명이 어떻게 흘러갈지 묵돌은 예측할 수 없는 미래에 한숨지었다.

묵돌을 만나고 돌아온 밤이었다. 달이 밝기도 했다. 이곳 초원에도 밤에는 선선한 공기가 좋은 여름이 온 것이다. 설은 창문에 붙어 서서 하염없이 달을 바라보았다. 호연제를 재우고 나자, 설은 이제 떠날 준비를 해야 한다는 생각이 들었다. 짐은 단출했다. 그러나 설은 조금이라도 시간을 벌듯이 미적미적 느리게 움직이고 있었다.

유목민의 삶에서 전쟁과 이동은 떼어낼 수 없는 것이었다. 목초지를 따라 가축을 몰고 이동해야 했고, 겨울에는 황하를 넘어 전쟁을 했다. 흉노인의 어린아이는 이미 다섯 살이면 자유롭게 말을 부렸고, 기동력을 앞세워 부족 전체가 모두 전쟁에 나섰다. 스산한 북풍을 맞으며 목초지를 찾아 이동하는 삶에 익숙해졌지만 항상 설은 추위에 시달렸다. 고비는 한낮에는 탈 것처럼 뜨겁지만, 밤이 되면 급격히 온도가 떨어진다. 하여 흉노인들은 여름에도 가죽 옷을 입는다. 그럼에도 사막에 서리가 떨어질 때면 설은 항상 추위에 시달렸다. 그 추위는 그저 몸이 추운 것이 아니었다. 설은 항상 마음 한 켠이 외로웠고, 그 외로움에 시달렸다.

그러나 지금 보름 가까이 이곳에서 지내는 동안 설은 그 외로움을 느끼지 못했다. 오히려 태어나 처음으로 일상이 주는 소소한 재미를 느끼고 있었다. 이곳은 말을 구매하러 오가는 상인들을 위하여 만들어진 객잔이었다. 하여 한족을 위하여 꾸며진 내부가 중원의 것과 비슷하다고 하였다. 일단 몸이 파고들 것처럼 푹신한 침상도 설에게는 낯선 것이었다.

거기다 먹는 것도 너무나 달랐다. 흉노는 이동 중에는 화기(火氣)를 쓰지 않는다. 말안장 밑에 넣어둔 생고기를 먹거나, 아니면 가죽 부대에 넣어두었던 발효된 우유를 먹었다. 그러나 이곳에선 항상 곱게 칼로 썰어 요리한 음식이 나왔다. 어느새 자신도 모르게 그 안온함에 빠져 있었다.

하지만 그녀에겐 주어진 일이 있었다. 이젠 여기를 벗어나야 했다. 어서 호연제와 자신이 안전하게 숨을 수 있는 곳으로 떠나야 했다. 이미 너무 오랫동안 머물렀다. 몸을 완벽하게 치료해야 한다고 계속 자위하면서 하루하루 떠나는 날짜를 미루고 있었다. 그러나 자신을 공격한 살수와 묵돌을 만나자 이제는 정말 떠나야 할 시점임을 알았다.

그러나 무엇인가가 자꾸 설의 발목을 잡았다. 그것은 건이었다. 떠나기 전에 인사라도 할까 하는 생각을 했으나, 그러지 않기로 했다. 그저 스쳐 지나가듯 잠시 인연을 맺었을 뿐이었다. 본래 정주하지 않고 초원을 떠도는 것이 흉노인의 삶이다. 설이 그에 대하여 아는 것이라고는 없다. 어디에 사는지 무슨 일을 하는지 아무것도 아는 것이 없었다. 이제 떠나면 언제 그를 다시 만날 기약은 없었다. 이렇게 그저 스쳐 지나가는 것이 운명인 걸까?

지금 설은 호연제의 안위를 최우선으로 생각해야 했다. 지금까지 한 번도 그 임무에 의문을 가졌던 적은 없었다. 그러나 건을 생각할 때마다 설의 심장이 요동쳤다. 그녀에게 없었던 감정이라는 것이, 기대라는 것이 계속 생겨나고 있었다. 그것은 조금씩 설에게 스며들었다. 건의 다정한 눈빛, 그의 미소 그 모든 것들이 설의 마음 한 귀퉁이에 어느새 자리를 차지하고 있었다. 그리고 봉인했었던 욕망이 눈을 뜰 것 같았다.

설은 이내 결심한 듯 검을 검집에서 뽑았다. 그리고 건이 주었던 머리 끈도 꺼내 들었다. 설이 검을 휘두르자 푸른 비단 머리 끈이 애처롭게 두 동강이 나서 바닥에 떨어졌다. 설의 눈에서 떨어진 눈물 한 방울이 푸른 비단을 검게 물들였다.

4. 설雪, 사호砂湖의 바람과 마주하다

바람이 거세었다. 벌써 며칠째 말을 달리고 있는 것인지 설은 알 수가 없었다. 가도 가도 끝없이 너른 초원은 시간을 잊게 했다. 쫓긴다는 절박함과 호연제를 보호해야 한다는 무거운 책임과 그리고 마음 한 켠에 무엇인가 소중한 것을 잃어버린 듯한 상실감이 그녀를 극단으로 몰아붙였다.

해가 중천에 솟아오르자, 대기가 너무 뜨거웠다. 이런 상태에서 계속 달리다간 정신을 잃기 쉽다. 다행히 호연제는 다섯 살이면 말을 타는 흉노인답게 잘 따라오고 있었다. 설은 뒤따라오는 호연제에게 손짓을 했다. 잠시 쉬어가자는 손짓에 호연제도 말의 속도를 줄였다. 물이 든 가죽 주머니를 전하자 호연제가 달게 마셨다.

"너도 마셔야지, 설!"

호연제가 다시 가죽 주머니의 입구를 막는 설을 걱정스레 바라보았다. 연지산을 떠나고 거의 5일이 되었으나 설은 거의 먹지도 잠을 이루지도 않았다. 물론 휴도를 벗어나 쫓길 때에도 그랬던 설이지만 최근 설은 무엇인가 중요한 것을 잃은 듯 얼굴에서 온통 빛이 사라진 듯했다. 부상에서는 회복되었다고는 하나 아직 완전한 상태는 아니다. 그 상태에서 쉬지 않고 말을 달리는 것을 보니, 마치 일부러 자신을 혹사시키는 것 같았다.

"저는 괜찮습니다. 이제 두어 시진만 더 달리면, 오늘 저녁 즈음에는 사호에 도착할 듯합니다. 잠깐 쉬고 움직이시죠."

호연제는 그런 설을 그저 안타깝게 바라보았다.

바람이 만들어낸 고운 무늬의 모래 둔덕에 발자국이 듬성듬성 찍혀 있었다. 모래언덕에서 바라다본 황하가 고고하게 흐르고 있었다. 겨울이 와서 황하의 물이 얼면 흉노족들은 살찐 말을 이끌고 중원으로 내려간다. 침략과 물러남을 반복하는 두 민족 간의 대결과는 상관없이 유유히 흐르는 황하는 수많은 사연을 담고 있을 터였다. 그것을 내려다보는 설과 호연제에게 황하의 황톳빛 물살이 시렸다.

강가의 억새가 저녁 바람에 부드럽게 흔들렸다. 강 주변에 산을 넘어가면 바로 거비(戈壁, 풀이 자라지 않은 거친 초원)였다. 건조한 암석지대 중간중간에 있는 초원을 찾아 이동하는 것이 흉노족이었다. 지금 그 초원을 떠나 떠돌고 있는 이 여정이 언제쯤 마무리가 되는지 그 무게에 설의 마음이 무거웠다. 그 거비로 다시 돌아갈 수 있을지 설은 아스라한 표정으로 옆의 호연제를 바라보았다.

광활하게 펼쳐진 사막 옆에 호수가 자리 잡고 있었다. 호수를 둘러싼 갈대가 하얗게 아름다운 풍경을 자아내고 있었다. 모래로 둘러싸인 호수 주변에는 갈대가 풍성했다. 모래와 호수가 함께 보여주는 풍경은 장관이었다. 게다가 이곳은 오래전부터 회족이 살고 있어, 다른 곳과는 다른 문화가 있었다. 다행히 묵돌 어르신이 말한 대로 이곳에는 온갖 인종이 다 모여 있어, 호연제나 설도 그리 눈에 띄지 않았다. 묵돌이 미리 연통을 넣어두어서, 설과 호연제는 작은 객잔에 자리를 잡았다. 이곳에 잠시 머물다 상황을 봐서 다음 행보를 결정하기로 했다.

온몸에 쌓인 먼지를 물로 씻어내자 설은 기분이 상쾌해졌다. 사호 주변에선 어디보다 조욕 문화가 발달해 객잔에서도 상당히 호사스러운 조욕을 즐길 수 있었다. 설이 방으로 돌아오자, 호연제는 피곤했던지 단잠에 빠져 있었다. 생각해 보면 한꺼번에 부모를 잃고 벌써 근 넉 달째 쫓기고 있었다. 그런데도 불평 하나 없이 있어준 호연제가 기특했다. 잠이 든 그 얼굴을 가만히 바라보면서 설은 더 이상 호연제가 단순히 자신이 모시는 주군이 아니라는 생각이 들었다. 설에게는 기댈 곳 없는 이 세상에서 유일하게 애착을 가지고 있는 존재였고, 이제는 동생처럼 느껴졌다. 호연제가 있는 한 설도 기운을 낼 수 있었다.

온몸이 피곤에 지쳐 있었지만 설은 잠을 이루지 못했다. 연지산의 객잔을 떠나오고 나서 계속이었다. 너무나 자주 그녀는 건을 생각하고 있었다. 그리고 설은 자신이 너무도 쉽게 낯선 건을 신뢰하고 있었다는 것을 알았다. 그리고 그에게 의지하고 싶었다. 그의 커다란 손이 가끔 호연제의 머리를 쓰다듬을 때면, 그녀도 아기처럼 그에게 기대고 싶었다.

"나리."

설은 나직이 그를 불러보았다. 그녀는 그가 시원하게 웃음 짓는다는 것과 위청과 곽정에게는 엄격하지만 좋은 주군이라는 것도 알았다. 훌륭한 검술을 지녔으되 결코 검을 함부로 휘두르지 않았으며, 약자에게는 다정했다. 가끔 그가 그녀를 지그시 응시할 때면, 그녀의 심장이 쿵쿵거렸다.

"하아."

침상에서 뒤척이며 설은 그를 다시 볼 날이 있을지 안타까운 마음에 한숨을 내쉬었다. 새벽이 오려는지 닭 우는 소리가 설의 가슴을 저미게 했다. 설은 일어나, 차가운 달빛을 바라보았다. 건이 휘둘렀던 칼날같이 시린 달빛이었다. 짧은 여름밤이 길기만 하였다.

사호에 밤이 찾아오자 뜨거웠던 대기는 청량하게 느껴질 만큼 온도가 떨어졌다. 더위를 피해 시원한 밤에 열린 시장은 여러 가지 소음으로 소란스러웠다. 그 소란한 시장을 뚫고 세 명의 남자가 조용히 움직이고 있었다. 범상치 않은 기운을 풍기는 이들은 척 봐도 무인임에 틀림없었다. 주변을 살피는 날카로운 눈빛, 그리고 손에 쥐고 있는 검. 그리고 무엇보다 전체적인 품세가 검을 다루는 이들임을 여실히 보여주고 있었다.

특히 가운데에서 움직이고 있는 남자는 그 화려한 미모 때문에 사람들의 시선을 끌었다. 키가 훤칠하니 크고 팔다리가 긴 그는 한눈에 척 봐도 고귀한 태생으로 보였다. 그리고 타고난 듯한 우두머리의 위엄 때문인지 지나가던 이들은 저도 모르게 옆으로 비켜서고 있었다.

그러나 정작 당사자인 건은 그러한 주변의 시선에는 아랑곳하지 않았다. 그렇게 거침없이 걷던 그가 갑자기 걸음을 멈추었다. 우뚝 건이 멈춰 서자 그 뒤를 따르던 위청과 곽정도 걸음을 멈추었다. 검을 든 범상치 않은 건이 홀연히 멈추어 서자 주변의 공기마저 움직임을 멈추는 것 같았다. 모든 것이 움직임을 멈춘 그 순간, 건의 동공 안으로 오직 하나의 존재만이 살아서 움직였다. 건의 심장박동이 순식간에 빨라졌다. 그리고 호흡도 거칠어졌다.

설이었다.

건은 야시장(夜市場) 한 귀퉁이에서 설과 호연제를 마침내 발견하였다. 무엇인가를 바라보면서 이야기를 하던 설이 뒤를 돌아보는 순간, 건은 눈을 번쩍 뜨고야 말았다. 호연제의 말에 무엇이 즐거웠는지 설이 방긋 웃었다. 항상 무표정하던 설이 웃자 건은 번개에라도 맞은 것 같았다.

벌써 근 열흘을 설의 행방을 찾아 헤매었다. 아무런 인사도 없이 그저 훌쩍 떠나 버린 설이었다. 그저 잠시 스쳐 지나갈 인연이라 생각해도 되었다. 그러나 설은 목에 걸린 가시처럼, 건의 뇌리에서 지워지지 않았다. 건은 설에 대한 자신의 감정의 정체를 알 수 없었다. 하지만 그냥 그 감정을 그대로 묻어둘 수는 없었다. 설을 다시 만나 이 감정의 정체가 무엇인지 반드시 알아야만 했다. 그래서 필사적으로 행방을 수소문했다. 설과 호연제가 사호로 이동했다는 것을 알게 되자, 한 치의 망설임도 없이 건은 사호로 움직였다. 그러나 생각보다 행복해 보이는 설을 보자 건은 서운한 맘이 들었다. 그동안 잠 못 이룬 것이 자신뿐인 듯했다. 어쨌거나 드디어 그들을 찾아낸 것이다.

설을 향해 가까이 다가설수록 검을 쥔 건의 손이 땀으로 흥건하게 젖어왔다. 그것이 반가움 때문인지 아니면 긴장 때문인지는 알 수 없었다. 그리고 건은 자신에게는 보여주지 않았던 미소를 아낌없이 호연제에게 보여주는 설에게 슬슬 부아가 치밀어 올랐다. 도대체 설은 왜 이런 감정들을 자신에게서 끄집어내는 것인가? 그러나 지금 건은 이 모든 감정을 이성적으로, 논리적으로 분석하는 것은 포기했다. 설에게는 항상 이성보다 감정이 먼저 움직였다.

설과 호연제는 변장을 하고자 하였는지 오늘은 한족의 복장을 하고 있었다. 자연스레 사람들 속에 섞여 있었다. 한 걸음, 한 걸음 설과의 거리가 가까워질수록 건의 마음은 명확해졌다. 이 감정의 정체가 무엇인가는 이제 더 이상 중요하지 않았다. 중요한 것은 설의 존재였다. 설이 그의 곁에 있다는 것이, 함께 숨을 쉰다는 것이 중요했다. 그렇게 마음을 정리하자 설에게 다가서는 건의 발걸음이 가벼워졌다.

호연제가 시장에 있는 과일을 보고 그 모양이 못생긴 돼지 얼굴 같다고 하자 설은 오랜만에 즐거워졌다. 그동안의 긴장에서 다소 해방된 설의 얼굴에도 웃음이 피어났다. 그 웃음이 여인의 것처럼 아름다워 과일을 팔던 남자가 멍하니 설을 바라볼 정도였다.

그러나 즐겁게 웃던 설의 얼굴이 갑자기 굳어졌다. 매우 강한 기운이 찌르는 듯 자신의 뒤통수에 닿았기 때문이었다. 설은 이내 호연제를 자신의 옆으로 바싹 끌어당겼다. 아무리 호연제가 답답 하다고 간청을 했어도 이 시간에 외부로 나온 것은 경솔했다. 사호에서는 설과 호연제의 모습이 그리 이상해 보이지 않았고 게다가 객잔 주인에게 빌린 한족의 복장으로 변복하자 다소 마음이 놓였던 탓이었다. 설은 황급히 객잔으로 돌아가기 위해서 호연제의 손을 잡고 방향을 틀었다. 호연제가 갑작스런 설의 움직임에 놀라 설의 이름을 불렀다.

"설? 갑자기 무슨 일이야?"

그러나 설은 호연제의 목소리를 미처 인지하지 못했다. 주변의 떠들썩하던 소음이 순식간에 모두 사라지고 설은 적막 속으로 빠져들었다. 설의 신경은 오직 한 사람의 발자국 소리에 집중되었다. 설은 얼어붙은 듯 꼼짝할 수 없었다. 자신을 향해 다가오는 건의 강한 시선에 설은 포박되었다. 그의 강한 시선이 주술처럼 설을 옭아매고 있었다. 그와의 거리가 조금씩 가까워질수록 설의 심장박동이 빨라졌다. 이마에서 송골송골 굵은 땀방울이 솟아났다. 호흡이 빨라졌고, 모든 주변의 것들이 색채를 잃었다.

두 사람의 시선이 허공에서 만나 부딪혔다. 수많은 사람들 속에서 오직 두 사람뿐이었다. 서로 검을 겨누듯 누구도 시선을 돌리지 않았다. 강한 눈빛이 칼날처럼 서로의 가슴을 베었다. 거리가 조금씩 가까워질수록 건과 설의 감정 파장이 함께 공명했다. 건의 시리고도 차가운 눈빛이 점점 열기를 더해 심해의 물처럼 검푸르게 변했다. 건의 마음이 거대한 해일이 되어 설을 감쌌다. 수많은 질문과 대답은 말이 되지 않고 허공에서 비말(飛沫)처럼 흩어졌다.

묻고 싶은 것도, 하고 싶은 말도 많았다. 설에 대한 거리가 점점 가까워질수록 건의 심장이 세차게 요동치고 있었다. 그러나 설을 향해 다가가던 건은 갑자기 느껴지는 살기에 움찔했다. 분명 살기가 호연제를 향하고 있었다. 건은 침착하게 위청과 곽정에게 눈짓으로 주변을 살피라 일렀다. 위청과 곽정의 눈빛이 매섭게 변하였다. 그리고 건을 호위하면서 주변을 살피기 시작했다. 건의 마음이 급해졌다. 한 걸음이라도 빨리 설에게 가야 했다.

휘이익!

그때 바람을 가르는 단도의 소리가 건의 심장에 먼저 박혔다. 건은 자신의 발걸음이 검보다 빠르지 못함을 처음으로 한탄했다. 설이 아직도 멍하게 자신을 바라보고 있었다.

"설!"

건의 외침에 그제야 설이 혼곤한 미몽에서 깨어났다. 그러나 설이 미처 행동을 취하기에는 날아오는 단도의 속도가 너무 빨랐다. 설이 본능적으로 호연제를 감싸 안았다. 건은 그저 멀리서 설의 어깨에 박히는 단도를 그저 바라볼 수밖에 없었다.

"안 돼, 설!"

호연제의 비통한 외침이 허공을 갈랐다. 건은 바닥에 쓰러지는 설을 멍하니 바라보았다. 아무런 생각도 할 수 없었다. 건은 생전 처음 전장에서도 느껴보지 못했던 공포를 느꼈다. 설에게 가는 거리가 천리라도 되는 것 같았다. 건이 다가가 쓰러지는 설을 끌어안았다.

"하악…… 하악……."

설이 거친 호흡을 내뱉었다.

"공…… 자…… 님을……."

흐려지는 의식 속에서 설은 호연제의 안위를 걱정하고 있었다. 필사적으로 건에게 호연제를 부탁하려는 듯 입술을 달싹였다.

"설!"

건의 목소리가 공포로 떨렸다.

"주군! 어서 자리를 피하셔야 합니다!"

단도가 날아왔던 방향으로 살수를 쫓아가던 위청이 돌아와 건을 채근하였다. 정신을 잃은 설을 안고 그 자리에 돌처럼 굳어버린 건이었다.

살수의 움직임은 너무나 빨랐다. 위청이 단도가 날아온 방향으로 갔을 때에는 이미 아무런 흔적도 찾을 수 없었다. 하지만 언제 다시 살수가 나타날지 모르는 상황이었다. 어서 건과 다친 설을 안전한 곳으로 이동시키는 것이 급했다. 일단 설과 호연제의 거처는 위험했다. 설과 호연제의 행방을 찾는데 자신들도 족히 열흘이 걸렸다. 그러나 변복한 호연제를 공격한 이들이라면 이미 거처는 파악이 되었을 터였다. 일단 상처 치료가 급한 설과 호연제를 건이 기거하고 있던 지기의 집으로 급하게 이동했다.

다각, 다각, 다각…….

어둠을 가르고 말 세 필이 빠른 속도로 움직였다. 거대한 문이 보이자 말의 속도가 줄었다. 문 앞에 당도하자 건은 급하게 다친 설을 안아 들고 집 안으로 들어갔다. 급박한 건의 움직임에 위청과 곽정도 신속하게 움직이기 시작했다. 한 번 다쳤던 곳인데다 이번에는 단도가 박혔다. 이번만큼은 호연제 혼자서 처리할 수 있는 상태가 아니었다.

"곽정, 공자를 돌보아라."

"위청, 그대는 나를 따르라."

설을 안고 들어서는 건의 음성은 그 누구의 반론도 받아들이지 않겠다는 듯 단호했다. 건은 설에 대한 걱정으로 심장이 졸아드는 것 같았다. 치료를 위해 급하게 방 안으로 그녀를 옮겼다. 위청이 건의 위급한 마음을 알아챈 듯 신속하게 건이 머무는 방의 문을 열었다. 그리고는 이내 치료에 필요한 물품을 가져오기 위해서 사라졌다.

건은 자신의 침상에 설을 내려놓았다. 희미한 불빛 아래 드러난 설의 인상은 더욱 가녀려 보였다. 출혈로 하얗게 질린 얼굴은 아무리 봐도 남자라기엔 너무 부드러워 보였고, 콧날 또한 오뚝했고, 특히나 입술은 핏기를 잃었으나 젊은 여인의 입술같이 요염했다.

"하악⋯⋯."

설이 고통으로 신음하자 건의 마음이 다급해졌다. 위청이 돌아오기를 기다리는 일각이 영원처럼 느껴졌다. 식은땀을 흘리는 설의 얼굴을 건이 조심스레 닦아주었다. 그러나 단도가 박힌 상처에서 흐르는 피의 양이 너무 많았다. 건의 얼굴이 설의 얼굴처럼 점점 창백해졌다. 설이 살수의 움직임을 인지하지 못한 것은 건 때문이었다. 설의 놀란 얼굴이 떠올랐다. 설도 분명 자신을 보고 동요했음이 분명했다.

"주군."

위청이 물품을 가지고 들어왔다. 뜨거운 물과 약재, 그리고 깨끗한 천 등 잡다한 물건을 재빠르게 자리에 내려두었다. 워낙에 잦은 부상을 손발을 맞추어 치료해 온 터라, 건이나 위청 모두 의술에는 밝았다. 평소와 같이 위청이 건을 돕기 위해 곁으로 다가오려 했다. 그러나 건은 이번에는 왠지 위청의 도움이 달갑지 않았다. 설의 몸에 자신이 아닌 사람의 손길이 닿는 것이 거북했다.

그래서 건이 다가오려는 위청을 눈으로 가만히 위치를 가리켰다. 위청에게 혹시 모를 도움이 필요할 수도 있었기 때문이었다.

건의 넓은 등이 위청의 시야에서 설을 차단했다. 치료를 위해서 건이 설의 첨유를 벗기려 하자, 설은 무의식중에서도 거부하는 듯 몸을 뒤틀었다. 순간 건은 설의 가슴을 싸고 있는 천을 발견했다.

'역시, 여인이었군!'

속으로 탄식하며 건은 순간 '끙' 하고 한숨을 쉬었다. 그러나 동시에 왠지 그것이 너무나 당연하게 여겨졌다. 그 수많은 불면의 밤과 감정의 정체를 알 수 없어 고민했던 질문에 대한 대답이 드디어 구체적으로 나타난 것이었다.

"청, 나 혼자 할 터이니 자네는 물러나게."

위청은 의아한 표정을 지었으나, 곧 물러났다.

저고리를 벗기자 깊게 팬 상처가 드러났다. 조심조심 피를 닦아 내고는 건은 눈살을 찌푸렸다.

"아무래도 흉터가 남겠군!"

건은 뽀얀 그녀의 어깨에 남게 될 흉터가 못내 안타까웠다. 옷을 벗겨내자 설은 지나치게 작아 보였다. 과연 저 가는 팔목으로 검을 휘두를 수나 있을까 하는 생각조차 들었다. 아마 본인의 눈으로 직접 보지 못했다면 건은 믿지 않았을 것이다. 그만큼 설의 어깨며 팔은 가느다랬다. 약을 바르고, 깨끗한 천으로 상처를 감쌌다.

"고…… 옹…… 자님."

설은 그 와중에서 어린 호연제를 찾는 듯했다. 건은 가만히 설의 이마를 짚었다. 이마가 불덩이처럼 뜨거웠다. 건은 과연 그녀가 이 상처를 잘 견뎌낼 수 있을지 걱정이 되었다.

"으음……."

가냘픈 신음 소리가 들렸다. 그녀가 통증을 느끼는지 약하게 신음을 내뱉었다. 열이 지나치게 높았다. 건은 그녀가 그대로 목숨을 놓아버릴 것 같아 초조했다.

"하악. 안 돼……."

악몽에라도 시달리는 듯, 설은 혼곤한 미몽 속에도 헛소리를 질렀다. 건은 가만히 그녀의 손을 잡았다. 그러자 그녀의 악력이라고는 믿을 수 없을 만큼 강한 힘으로 그녀는 자신의 손을 붙잡았다. 그녀의 하얀 얼굴을 바라보며, 다시 잡힌 손을 바라보던 건도 어느 사이 깜빡 잠 속으로 빠져들었다.

건은 잠결에도 꽉 잡은 설의 손을 놓지 않았다. 건의 커다란 구릿빛 손안에 잡힌 설의 손이 매우 희고 작아 보였다. 침상에 기대어 잠이 든 건의 얼굴이 오랜만에 매우 편안해 보였다. 그동안의 불면의 밤을 보상받은 듯 설이 자신의 곁에 있는 것만으로도 마음이 평온했다.

쿵쿵 문을 두드리는 소리에 건은 잠이 깼다. 밤새 침상에 기대어 그녀의 손을 붙잡고 잠이 들었던 모양이었다. 아직도 그녀는 생명의 동아줄처럼 그의 손을 잡고 놓아주지 않고 있었다.

"아니 됩니다."

곽정의 목소리가 낮게 들렸다. 아마도 꼬맹이가 들어오려는 것 같았다.

"설이 어떤지 확인을 해야겠습니다."

어린아이답지 않게 단호한 음성이었다.

"들어오너라."

건의 음성에 문이 벼락같이 열리고 호연제가 안으로 뛰어들어 왔다.

"설!"

칭칭 붕대에 감싸인 설을 확인하고 호연제는 말을 잇지 못했다.

"위험한 고비는 넘긴 듯하구나."

건의 말에 호연제는 다소 안심한 듯했다.

"이제부터는 제가 설을 돌보겠습니다."

호연제가 다소 비장하고 어른스러운 말투로 주장했다.

"보다시피 그녀가 내 손을 놓지 않아서 말이지."

건은 빙긋 미소를 지었다. 그러자 호연제는 꽤나 놀라운 얼굴을 했다.

"미안하지만 알아버렸어."

건의 말에 호연제는 더 이상 대꾸를 하지 않았다.

"아무래도 당분간은 이 방에 있는 것이 좋을 것 같구나. 걱정하지 마라."

호연제는 조그만 입을 앙다물더니 뭔가를 결심한 듯 말했다.

"아무쪼록 잘 부탁드립니다. 제겐 소중한 사람입니다."

설은 자신이 지금 어디에 있는지 알 수 없었다. 온 세상은 하얗게 눈에 뒤덮여 있었다. 벌써 봄일 텐데 눈은 한겨울에 내리는 눈처럼 두터웠다. 그러나 설은 두렵지 않았다. 어미가 그녀에게 준 단 하나가 바로 설(雪)이라는 휘였다. 그래서인지 설은 눈 속에 있으면 차갑다기보다는 포근했다. 그러나 가도 가도 끝없이 내리는 눈 속을 헤매다 보니 발걸음이 무거웠다. 그리고 점점 추워졌다.

눈은 그치지 않고, 이제 그녀를 괴롭히는 것은 추위가 아닌 외로움이었다. 훌쩍훌쩍 어린아이처럼 울고 싶은 감정과 애써 싸우고 있었다. 그러나 순간 무엇인가 매우 따뜻한 것이 그녀의 주변을 감쌌다. 순간 느껴진 온기에 그녀는 손을 내밀었다.

따뜻했다.

한 번도 잡아보지 못한 어미의 손처럼. 설은 자신을 내치지 않는 따뜻한 손에 매달렸다. 그저 그 온기라면 다소나마 눈 속에서 의지가 될 것 같았다. 설은 지금 지쳐 버렸다. 죽음과도 같은 피로가 그녀를 둘러쌌다. 18년 동안 계속 긴장해 왔던 신경이 피로를 호소하고 있었다. 하지만 따뜻한 손의 온기는 그녀를 다독이는 듯했다. 그래서 설은 그 손을 놓지 못했다.

혼절했던 설이 깨어난 것은 근 이틀이 지나서였다. 눈을 뜨자 여기가 어디인지 순간 어리둥절했다. 몸을 일으키려 하자, 어깨에 강한 통증이 느껴졌다.

"드디어 정신이 들었군."

건의 음성에 설은 화들짝 놀라 얼굴을 들었다. 자신을 둘러싼 건이 뿜어내는 기운에 설은 머리가 어지러운 느낌이었다. 야시장에서 그를 본 이후 느껴졌던 떨림이었다. 건의 시선에 설의 모든 것이 낱낱이 드러나는 기분이었다. 처음으로 설은 자신이 여자라는 사실을 강하게 느꼈다.

설은 그의 눈빛에 완벽히 포박당했다. 수많은 생각들이 갈피를 잡지 못하고 설의 안에서 부딪혔다. 왜 그가 사호에 있는 것일까? 호연제를 쫓아 여기까지 온 것인가? 만약 그가 호연제를 찾았다면 그 사유는 무엇일까? 그렇다면 그를 피해야 하는 것은 아닐까? 그러나 혹여…… 그가 자신을 찾아 여기까지 온 것이라면? 그렇다면…… 그도 혹시 자신 때문에 잠 못 이루었던 것은 아닐까?

수많은 질문들이 설 안에서 피어났다 사라졌으나 그것은 차마 소리가 되지 못했다. 자신을 바라보는 그의 시선을 고스란히 받아 내는 것만으로도 이미 감정의 파장은 설이 감당할 수 있는 범위를 훨씬 넘어서고 있었다. 가장 중요한 호연제의 안위를 물어야 함에도 설은 순간 할 말을 잃고 말았다.

빨려 들어갈 것 같은 그의 시선에서 겨우 시선을 돌려 설은 간신히 자신이 호위무사라는 사실을 떠올렸다. 날아오는 단도를 막았다 하나 정신을 잃은 이후 어떤 일이 있었는지 설은 알지 못했다. 그래서 호연제의 안위가 걱정되었다.

"저, 공자님께서는 어떠십니까?"

건은 호연제부터 찾는 설이 내심 못마땅했다. 자신의 부상이 훨씬 심하다는 사실을 전혀 생각하지 않고 있었다. 그동안 설의 삶이 어떠했을지 충분히 상상이 되었다. 모든 삶의 중심이 호연제를 축으로 돌고 있었다.

"공자는 괜찮아. 아래에서 위청, 곽정과 아침을 먹고 있네."

"또 너무 많은 신세를 지었습니다."

설은 나직이 감사의 인사를 보냈다. 설은 아까부터 건의 시선에 불편함을 느끼고 있었다. 항상 강렬한 존재감을 지닌 그로 인하여 그 옆에 있을 때마다 항상 심장이 두근거리던 설이었으나, 오늘은 더 침착할 수가 없었다. 그리고 그 불편함은 평소와는 다른 두근거리는 긴장을 품고 있었다.

침상 옆에 있는 작은 의자에 앉은 그는 별말이 없었다. 그러나 왠지 그가 그렇게 앉아 있는 것이 예전과는 다르게 느껴졌다. 마치 건은 의도적으로 무엇인가로부터 그녀를 보호라도 하려는 것 같았다. 그것 역시 불편한 설은 그제야 자신이 상반신에 하얀 천만 두르고 있다는 것을 깨달았다.

'이런 낭패다. 대체 이 천을 감아준 것은 누구인가?'

설의 얼굴이 붉게 물들었다. 이렇게 무방비로 남자 앞에 자신을 드러낸 적은 없었다. 차마 건에게 자신을 치료해 준 것이 그인지 물어볼 수도 없었다. 만약 그라면 이제 그를 어떻게 대해야 할지 아득했다. 그녀를 건이 남자로 알고 있었기에 설은 그의 곁에 머물 수 있었다. 그저 동료처럼, 동생처럼 옆에 머물면서 건에게로 향하는 감정을 포장할 수 있었다. 그런데 지금 자신이 여인이라는 것이 밝혀지자 설은 어찌할 바를 몰랐다. 그의 시선을 평범하게 받아내기가 힘이 들었다. 그리고 자신의 존재가 처음으로 누군가에게 노출되었다는 공포가 설을 감쌌다. 하지만 그 공포는 무엇인지 모를 달콤한 저릿함을 품고 있었다.

건은 눈을 뜬 설을 보자 겨우 안심이 되었다. 그러나 그녀의 까만 눈망울을 마주한 순간 가슴이 심하게 울렁거렸다. 마치 마음속을 한눈에 꿰뚫어 보는 듯한 눈빛이었다. 이름처럼 하얀 피부를 가진 설의 얼굴에서 까만 눈동자는 유독이 눈에 띄었다. 건은 어찌 이런 여인을 한동안 남자라 착각할 수 있었는지 한심할 지경이었다.

가만히 그녀를 응시하자 설이 불편해하는 기색이 역력해졌다. 그녀의 기다란 속눈썹이 파르르 떨렸다. 그리고 가볍게 입술을 깨물었다. 수줍게 고개를 숙이는 설은 그저 아리따운 여인이었다. 그녀는 본인의 상처를 치료한 것이 의원인지 건인지 차마 물어보지 못하고 있는 것이 분명했다. 그리고 설은 여인이라는 것을 드러낸 것을 수줍어하고 있었다. 하지만 건의 마음은 기쁨으로 계속 술렁거리고 있었다. 이제 그녀를 조금씩 알아갈 참이었다. 그러나 지금은 너무나 수줍어하는 설을 당황시키지 않는 것이 중요했다. 그래서 부러 무뚝뚝하게 대꾸하였다.

"자네를 치료한 것은 나쁜이야."

무뚝뚝한 한마디에 설은 그가 자신이 여인임을 알았고 그것을 남에게는 비밀로 해주었다는 것을 깨달았다. 지금껏 아무에게도 보인 적 없던 몸을 건이 보았다고 생각하니 아무리 치료라고 해도 목까지 붉어졌다.

건은 그녀가 얼굴부터 목까지 온몸이 도홧빛으로 물드는 것을 물끄러미 바라보았다. 그는 순간 그녀의 몸에 자신의 순흔을 남기면 어떤 빛깔이 날지 궁금해졌다. 눈처럼 하얀 피부는 마치 자석처럼 그의 시선을 끌어당겼다. 그는 치료할 때 보았던 그녀의 아름다운 몸이 떠오르자, 몸 한구석에 열기가 치밀어 오르는 것을 느꼈다. 그리고 설이 여인이라는 사실을 아무에게도 알리고 싶지 않았다. 오직 자신만의 여인으로 남겨두고 싶었다.

"죄송하지만 옷을 주십시오. 그리고 어서 공자님을 뵙고 싶습니다."

건은 냉큼 자신을 밀어내는 설이 야속했다.

"옷은 혼자서는 입을 수 없네."

"그래도……."

설은 민망한 듯 입술을 달싹였다. 촉촉한 설의 작은 혀가 마른 입술을 부드럽게 쓸었다. 순간 건은 그녀의 붉은 입술을 자신의 입술에 머금고 싶었다. 그녀의 작고 여린 몸을 자신의 품에 끌어안고 싶었다. 그녀의 까만 머리채를 부드럽게 쓰다듬고 그녀의 등을 다독여 주고 싶었다. 그리고 그녀의 귓가에 자신에게 기대어도 된다고 속삭이고 싶었다.

"굳이 옷을 입겠다면 말리지 않겠으나, 그 이야기는 내 손을 빌리겠다는 뜻으로 알겠네."

그제야 설은 자신이 오른팔을 거의 움직일 수 없다는 것을 알았다. 하지만 계속 이렇게 있는 것은 난감했다.

"며칠만 참도록 하게. 내 특별한 약재를 썼으니, 곧 벌어진 상처가 아물 걸세."

그 말을 남기고 건은 휙 밖으로 나아갔다.

건은 방문을 닫으면서 긴 한숨을 내쉬었다. 계속 있다가는 아픈 설을 덮칠 것만 같았다. 부끄러움에 얼굴을 붉히는 그녀의 얼굴과 차마 눈을 마주치지 못하고 허공을 떠도는 그녀의 시선과 손을 대면 미끄러질 것만 같은 검다 못해 푸른빛이 도는 듯한 머리채까지…… 모든 것이 건에게는 유혹적으로 보였다.

설은 건이 방을 나갔음에도 불구하고 계속 안절부절못했다. 도저히 지금의 상황을 받아들이기가 어려웠다. 엄청난 그의 존재감은 그녀를 계속 떨게 만들었다. 그것은 공포와는 다소 다른 미묘한 느낌이었다. 그 앞에서 그녀는 자신이 매우 약한 존재가 된 것같았다. 더구나 자신이 여인이라는 것을 그에게 노출하고 나니, 자신을 둘러싼 갑옷 하나가 벗겨진 듯한 기분이었다.

설이 안절부절못하고 있을 때, 누군가 문을 두드렸다. 순간 긴장한 설은 그제야 제 몸에 항상 분신같이 붙어 있던 검이 보이지 않는다는 것을 깨달았다. 주변을 아무리 둘러봐도 검은 보이지 않았다. 검이 없으면 호연제도 자신도 지키기 어렵다.

"누구십니까?"

"나야, 설."

호연제의 음성에 설은 그제야 다소 긴장을 풀었다. 이불 속으로 몸을 숨기자, 호연제가 벼락같이 뛰어들어 왔다.

"괜찮은 거지?"

"공자님, 누워서 뵙게 되어 죄송합니다."

"괜찮아. 난 설이 죽을까 봐……."

차마 말을 잊지 못하고, 흐느끼는 호연제를 보자 설은 마음 한 귀퉁이가 따뜻해졌다.

"또 이런 모습을 보여 송구스럽습니다."

설이 다정하게 호연제의 머리를 쓰다듬으며 말했다.

"아 참, 이런 내 정신을 보게. 배고프지? 내 아래 일러 죽을 가져오라 하겠네."

호연제는 민망한 듯, 중얼거리고는 바깥으로 나갔다. 설은 호연제의 마음 씀씀이가 고마웠다. 어린 공자가 얼마나 맘을 졸였을지 상상이 갔다. 그러나 그가 잘 돌봐주었던지, 호연제의 얼굴은 좋아 보였다.

설은 다친 어깨를 바라보면서 깊은 생각에 빠졌다. 다행히 이번에는 간신히 죽음의 위협에서 벗어났으나, 호연제를 노리는 살수는 꽤나 신속하게 그들의 움직임을 따라잡았다. 설은 빠른 속도로 그들을 위협하는 이의 정체가 두려워졌다.

이튿날, 저녁이 되어 바깥일을 마치고 돌아오자마자 건은 설의 방부터 찾았다. 하루 종일 누워 있는 설이 내내 걱정되어 집중하지 못했던 건이었다.

"호연제가 와 있었군!"

호연제는 동그란 눈을 뜨고 건을 바라보았다.

"설이 저녁을 먹었는지 걱정이 되어서 죽을 가져왔습니다."

호연제의 말에 건은 빈 죽 그릇을 보았다. 아쉽게도 연지산에서처럼 죽을 다시 먹여줄 기회가 없어져서 건은 쓴웃음을 지었다.

"치료를 해야겠으니 잠시 자리를 비켜주겠나?"

호연제는 못내 걱정스러운 듯 설을 바라보다 자리를 비켰다. 곧, 위청이 깨끗한 천과 따뜻한 물을 가지고 들어왔다. 건은 마치 그녀를 위청의 시야에서 가리듯이 침대를 등지고 앉아서 위청에게 지시했다.

"그쪽에 두고 나가보게."

위청이 나가자 건은 설을 돌아보았다. 설은 순간 다시 긴장했다. 설은 건의 큰 장포를 걸치고 있었다. 자신의 옷은 검에 베이고 피에 젖어 입을 수가 없었고 그렇다고 그냥 있을 수는 없어서, 부득이하게 건의 옷을 빌린 것이다. 빌렸다기보다는 건이 벗어놓은 장포를 그저 걸친 것이었다.

자신의 장포를 걸치고 있는 설을 보고 건은 피식 웃었다. 마치 엄마 옷을 입은 작은 소녀 같았다. 그러나 그녀가 자신의 옷을 걸치고 있는 것은 묘하게도 건에게 기쁨을 주었다. 마치 그녀가 자신의 것인 듯했다. 그리고 그 옷 대신 자신이 직접 그녀를 감싸 안고 싶었다. 자신의 향기로 가득 채워진 그녀를 느끼고 싶었다. 설의 어깨로 향하는 건의 손끝이 미세하게 떨리고 있었다.

설은 자신을 내려다보고 웃는 건을 보자 민망해졌다. 왠지 그는 자신을 볼 때마다 비웃는 것만 같았다. 지금은 상처 때문에 이리 있지만, 그녀는 당당하게 남자들과 겨루어 호위무사 자격을 얻었다. 그러나 그 앞에선 계속 자신이 여자라는 사실이 강하게 인식되었다. 건의 손이 설의 어깨 쪽으로 다가왔다. 저도 모르게 설은 숨을 멈추고 말았다.

장포를 벗겨내자 설의 몸이 드러났다. 순간 긴장하는 설을 짐짓 무시하고 건은 어깨에 묶여 있는 천을 풀기 시작했다. 차츰차츰 그녀의 어깨가 눈앞에 드러났다. 하얀 어깨 위로 붉은 상처가 드러났다. 건은 눈살을 찌푸렸다. 벌어진 상처는 많이 아물었으나, 아직도 완치되기엔 꽤 시간이 걸릴 듯했다.

설은 자신의 어깨에 와 닿은 따뜻한 천에 깜짝 놀랐다. 건은 따뜻한 물을 묻혀 상처 부위를 조심스럽게 닦아내기 시작했다. 아픈 것인지, 뜨거운 것인지 설은 건의 손이 닿을 때마다 긴장할 수밖에 없었다. 치료를 위해서는 어쩔 수 없으나, 설은 왠지 너무나 부끄러웠다. 그러나 건은 아무런 표정의 변화가 없었다. 그는 순수하게 상처 부위를 보고 있는 것 같았다. 설은 괜히 자신만 신경을 쓰고 있는 것 같아서 생각을 다른 곳에 집중하고자 했다. 어깨를 닦던 손길이 갑자기 가슴에 두른 천을 향하자 설은 반사적으로 건의 손을 쳐냈다.

"상처가 가슴 위쪽까지 있어. 이쪽도 약을 발라야 해. 그리고 피
묻은 천을 언제까지 두르고 있을 것인가?"

물론 설도 피가 말라붙은 천을 교체하고 싶었으나 차마 그럴 수
가 없었다.

"제가 하겠습니다."

"움직이기 힘들 거야. 그리고 지금은 내가 의원이라고 생각하
게."

설은 속으로 당신은 의원이 아니지 않느냐고 항의하고 있었다.
그러나 곧 아무렇지도 않아 하는 건의 얼굴을 보자 자신만 괜스레
신경을 쓰고 있는 것 같았다. 건은 심상한 얼굴로 가슴을 감싸고
있는 천을 한 겹씩 풀었다.

그러나 조금씩 조금씩 그녀의 가슴이 드러날수록 건은 점점 더
평정심을 유지하기가 어려웠다. 드디어 모든 천이 풀리자 가슴 위
쪽까지 나 있는 검 자국이 드러났다. 어깨 쪽보다 심하지는 않았
으나, 그래도 꽤 깊게 나 있었다. 지난번에는 드러난 곳까지만 치
료를 할 수 있었다. 조심히 따뜻한 물에 적신 천으로 피를 씻어냈
다. 더불어 가슴에 묻어 있는 핏자국도 조심스럽게 닦아내기 시작
했다. 아름다운 가슴이 드러났다. 봉긋한 가슴은 한 손에 다 잡히
지 않을 만큼 탐스러워 보였다. 게다가 너무도 부드럽고 탄력적이
었다.

건은 호흡을 흩트리지 않기 위해서 필사적으로 노력했다. 차가

운 공기에 노출된 유실이 꼿꼿이 서 있었고 건은 그것을 자신의 입에 머금고 싶었다. 점점 가슴을 닦아내는 손길이 느려지고 있었다. 이제는 닦고 있는 것인지 애무하고 있는 것인지 분간이 가지 않았다. 건이 천을 움직일 때마다 설의 몸이 뒤로 약간씩 젖혀졌고 그때마다 물에 젖은 그녀의 유실이 야릇하게 흔들렸다. 건을 유혹하는 그 움직임에 저항하기가 너무나 힘이 들었다.

설은 자신의 가슴이 드러나는 순간 숨을 들이켰다. 이렇게 무방비하게 누군가에게 자신을 드러낸 적은 없었다. 상처는 꽤 깊이 나 있었지만, 피를 닦아내는 건의 손길에 설은 아픔조차 미처 느끼지 못했다. 건이 천으로 가슴을 스칠 때마다 설은 자신의 유실이 꼿꼿하게 서는 것을 느꼈다. 그가 가볍게 유륜 주변을 스치자, 온 신경이 가슴으로 모이는 것만 같았다. 숨을 쉬기도 어려웠다. 그의 손길을 피해 조금씩 몸을 뒤로 젖히자 그의 손길이 더욱 부드럽게 가슴을 애무하는 것 같았다.

건은 설이 긴장으로 거의 숨을 멈추고 있다는 것을 깨달았다. 건은 정신을 차리고 상처 치료에 전념했다. 피를 다 닦아내고는 약을 어깨의 상처부터 조심스레 발랐다. 가슴 위쪽에 닿았을 때, 온몸의 열이 손가락으로 몰리는 것만 같았다. 그녀의 살결은 너무나 곱고 부드러웠다. 건은 그 부드러움을 조금이라도 더 느끼고자 매우 꼼꼼히 약을 발랐다. 건은 가까스로 정신을 수습하고 겨우 약을 다 바를 수 있었다. 그리고는 깨끗한 천으로 상처를 조심스레 감았다. 설의 몸이 조금씩 천에 가려지자 건은 안타까운 느낌이 들었다.

"다 되었네."

건의 음성이 약간 목이 쉰 듯이 들렸다. 헛기침을 하고서 건은 자신의 장삼을 살며시 설의 어깨에 둘러주었다.

"당분간은 가슴에 천을 두르지 않고 있는 것이 상처가 빨리 아무는데 좋을 거야."

설은 차마 그의 얼굴을 마주할 수 없었다.

"어찌 이 상태로 계속 있을 수 있겠습니까? 드나드는 사람들도 있는데요."

"당분간은 모든 이의 출입을 금하지."

건이 대답했다.

"그리고 제 검을 돌려주십시오."

설의 부탁에 건은 살짝 얼굴을 찌푸렸다. 검이라니. 저 몸을 하고선 검을 휘두를 생각인 것인지, 건은 못마땅했다.

"아직 검을 쓰기엔 무리야."

"알고 있습니다. 하지만 검은 제 분신과도 같은 것이니 돌려주십시오."

설이 단호하게 대답했다. 그렇다. 무사에게 검은 분신과도 같은 것이다. 그도 자신의 검을 한시도 몸에서 떼어놓지 않고 있었다. 하지만 왠지 설에게 검을 돌려주면 그녀는 여인이 아닌 무사의 모습으로 돌아갈 것 같았다.

"나리."

애원하는 듯한 설의 목소리에 건은 조금 더 고집을 부려, 그 목소리를 계속 듣고 싶었다.

"건(健)이다."

툭 던지는 건의 말에 설은 고개를 들었다.

"내 휘 말이다. 건."

설은 아직껏 그의 이름조차 몰랐다는 사실을 그제야 깨달았다. 휘는 부모나 혹은 정인(情人), 혹은 친동기간이나 친구처럼 아주 가까운 사이가 아니라면 함부로 부르지 않는다.

"어찌 제가 함부로 나리의 휘를 부를 수 있겠습니까?"

설의 떨리는 음성을 들으며, 건은 그녀가 자신의 휘를 나지막이 부르는 목소리를 상상했다. 침상에 그녀의 까만 머리채를 풀어두고 열락에 들뜬 눈으로 자신을 바라보는 설이 그려졌다. 망설이던 설은 맑은 눈으로 건을 바라보았다.

"검이 없으면 불안합니다. 게다가 지금 같은 상황이라면 더더욱 검이 필요합니다."

건은 설의 목소리에 깃든 불안감을 눈치챘다. 지금 그녀는 불안한 것이다. 게다가 살수가 계속 그녀와 호연제를 노리고 있는 상황이니, 더욱 검을 필요로 하는 것이라 짐작이 되었다.

"검은 곧 돌려주지."

건은 그 말을 남기고는 빠른 걸음으로 방을 빠져나갔다. 건이 나가자 설은 그동안 참고 있던 숨을 토해내었다. 긴장으로 심장이 터질 것만 같았다. 설은 가만히 손을 들어 자신의 두근거리는 심장에 대었다. 격하게 뛰고 있는 심장박동 소리를 혹시나 건이 들은 것은 아닌지 걱정스러웠다.

오늘 그가 가슴에 손을 대는 순간 심장이 멈추는 줄 알았다. 그의 손이 가슴에 닿는 순간 찌릿한 감각이 온몸을 휘감았다. 너무나 생소한 감각에 설은 어쩔 줄을 몰랐다. 그에게 무방비로 가슴을 드러내는 것이 얼굴이 타들어가는 것만큼 부끄러웠다. 설은 자신의 가슴이 언제 그렇게 커다랗게 부풀었는지 민망했다. 그동안 검을 쓰든 동안 그저 귀찮다고 생각했던 가슴이었다. 그러나 왠지 건의 감탄하는 듯한 시선에 부끄러우면서도 달콤하고 저릿한 감각에 당황스러웠다. 전혀 경험하지 못했던 감정에 설의 마음이 격하게 요동치고 있었다.

보름이 지나자 상처는 매우 빠른 속도로 아물었다. 건의 약은 다른 어떤 약보다 효과가 뛰어난 듯했다. 이제는 가볍게 팔을 움직일 수도 있었다. 치료는 매일 계속되었고, 그때마다 설은 부끄러움에 죽을 것만 같았다. 그러나 항상 건의 표정은 침착했다. 설은 애써 그에게는 자신은 그저 환자일 뿐이니 신경 쓰지 말자 다짐을 했다. 하지만 그의 손길이 닿을 때마다 항상 긴장할 수밖에 없었다. 평소 같았으면 붕대를 두른 채 벌써 움직였을 테지만 건은 절대 움직이지 말 것을 명했다. 딱히 그의 지시를 따를 필요는 없었으나, 설은 그런 그의 관심이 싫지 않았다.

점점 그녀는 건의 정체가 더욱 궁금해졌다. 연지산에서 만났을 때에는 말을 거래하는 한족 상인이 아닐까 잠시 생각했었다. 그러나 지금 사호에서 그를 마주하다 보니 상인이라고 보기엔 건은 조금 다른 분위기를 풍겼다. 물론 상인들도 자신을 보호하기 위하여 무예를 익히지만, 그의 검은 분명 호신을 위한 검이 아니었다. 그리고 무엇이 그리 바쁜지 종일 나갔다가 저녁이 되어서야 돌아왔다. 항상 아침과 점심은 호연제와 더불어 방에서 먹고, 저녁은 너무나 당연한 듯이 그와 함께했다. 설은 자신이 건과의 저녁을 매우 기다리고 있다는 것을 미처 깨닫지 못했다.

설은 무료한 나머지, 창밖을 바라보았다. 때는 여름이라 신록이 푸르렀다. 여름은 가장 신선한 시기였다. 여름에도 가죽옷을 입어야 하는 이곳이다. 그래도 낮에 따뜻한 햇살이 비치면 상당히 선선하고 기분 좋은 나날이 지속되는 것이다. 지금의 이러한 평화가 언제까지 지속될 수는 없었다. 상처가 아물면 곧 여기를 나서야 했다. 언제까지 그에게 신세를 질 수는 없었다.

그러나 호연제는 건을 마치 숙부라도 되는 듯 따르고 있었다. 의지할 수 있는 남자 어른이 그리웠을 것이다. 선우의 아들이라 하나 정사에 바쁜 선우는 아들과 긴 시간을 보내지 못했다. 선우란 그저 물려받은 자리가 아니다. 경쟁을 거쳐 전쟁에서 자신의 능력을 보여주지 못하면 위태로운 자리였기 때문이다. 호연제도 열 살이 되면 출정하여 그의 능력을 보여야만 했다. 지금 설이 부상을 입고 호연제에 대한 호위가 부족한 상황에서 건은 커다란 고목처럼 든든한 버팀목이 되어주었다. 설은 어느새 자신도 그를 꽤나 신뢰하고 있다는 것을 깨달았다.

그러나 한편으로 매우 빠르게 자신들의 움직임을 따라온 건의 신속함에 놀라고 있었다. 최근 사호로 한서제의 군대가 움직이고 있다는 소문이 파다하였다. 건도 혹시 그것과 어떤 연관이 있는 것은 아닌지 설은 걱정스러웠다. 이렇게 그에게 신세를 지고 있는 것이 과연 적절한 일인지 빨리 묵돌 어르신과 연락을 해야겠다고 설은 생각했다.

"휴, 이제 낮에는 꽤 덥군!"

건이 방 안으로 들어서며 중얼거렸다. 저녁 햇살에 길게 늘어진 건의 그림자가 방 안을 채웠다. 설이 급히 창문에서 몸을 돌렸다. 자신의 장삼을 걸친 그녀는 아무리 봐도 그저 여린 소녀로만 보였다. 하지만 그녀의 손에는 검이 들려 있었다. 설은 검을 돌려받은 이후로 한시도 검을 떼놓지 않았다.

"잘 다녀오셨습니까?"

설의 조용한 마중에 건은 기분이 좋아졌다. 매일 집으로 돌아오면 설은 조용히 자신을 맞아주었다. 어느새 건은 돌아올 때마다 자신을 맞아주는 설을 생각하면서 걸음을 서두르고 있는 자신을 발견했다.

"어깨는 어떠한가?"

"이제는 상처도 거의 아물었고, 팔도 이전보다는 움직이기에 수월합니다."

설의 상처를 치료하기 시작한 지가 벌써 보름 가까이 지났다. 하긴 매일 치료할 때마다 보고 있어서 상태는 잘 알고 있었다. 이미 벌어진 상처는 거의 아물었다. 생각보다 약재의 효과가 좋았다. 이 상태라면 일주일 정도만 더 지나면 완치될 것이다. 그러나 건은 왠지 상처가 너무 빨리 호전되는 것 같아서 불만이었다.

그는 치료 시간을 즐겼다. 그의 손이 닿을 때마다 온몸을 붉히는 설이 어여뻤다. 매번 부끄러워하는 그녀를 위해서 애써 침착한 표정을 지으려 노력하고 있었다. 가끔은 일부러 가슴을 치료인 척 살짝 애무해 보는데 경험이 전무한 설은 애써 치료로만 생각하는 듯, 뭐라 말을 하지 못하고 당황했다. 그것이 재미있어 계속 그녀를 희롱하고 싶었다.

처음에는 무척이나 파리해 보였던 설은 좋은 음식과 휴식을 취하자 점점 꽃처럼 피어나고 있었다. 그 모습을 보면서 건은 매일매일이 즐거웠다. 하긴 그녀는 한창 아름다울 나이였다. 어떤 사연이 있어서 남복을 하게 되었는지는 모르나, 건은 그녀의 아름다움을 자신이 발견하게 되어 한편으론 다행이라는 생각이 들었다.

"들어가겠습니다."

위청이 따뜻한 물과 약재, 그리고 깨끗한 천을 가지고 항상 두던 자리에 두고는 나갔다. 설은 다시 긴장되었다. 조용히 침상에 자리를 잡고 앉으니 건의 손길에 장삼이 아래로 내려갔다. 상처가 심한 어깨에만 천을 둘러, 나머지 상반신은 모두 나신이었다. 차마 눈을 마주하지 못하고 설은 눈을 그의 가슴에 고정하였다.

건이 천을 천천히 풀기 시작했다. 점점 피부가 드러날 때마다, 더불어 설의 피부는 붉게 변해갔다. 어깨를 감싼 천이 떨어지고, 어깨가 드러나자 건은 꼼꼼히 상처를 살펴보고는 따뜻한 천으로 조심히 닦아냈다. 설은 그의 손길이 스칠 때마다 온몸에 오소소 소름이 돋았다. 그것은 추위와는 다른 것이었다. 항상 긴장하지만 무엇인가 애가 탔다. 그의 손길이 가슴 둔덕에 약하게 난 상처 쪽으로 움직이자 설의 긴장이 극도로 높아졌다. 그는 너무나 부드럽게 상처 주변을 닦아냈다. 여기 상처는 그리 심하지 않아 이제는 거의 흰색 자국만 보일 뿐이었다.

상반신을 드러낸 설의 모습이 불빛에 비쳐 은은하게 드러났다. 하얀 설의 피부가 도자기처럼 매끄러웠다. 그녀의 하얀 목덜미가 너무나 가냘파 보였다. 건은 그 목덜미를 물어뜯고 싶은 기분이었다. 그리고 설의 움푹 파인 쇄골을 자신의 입술로 쓸어주고 싶었다.

그의 시선이 아름답게 부풀어 오른 설의 가슴을 향해 내려갔다. 그의 시선을 눈치챈 듯, 설이 애써 머리를 내려 그녀의 가슴을 가리려 노력했다. 하얀 피부와 대비되는 까만 머리채 때문에 그것이 더욱 유혹적으로 보인다는 것을 설은 미처 인지하지 못하고 있었다.

건의 손길에 설의 숨결이 거칠어졌다. 그녀의 얼굴은 남자 앞에서 수줍어하는 여인의 얼굴이었다. 검을 내려둔 그녀가 점점 꽃처럼 아름답게 피어나고 있었다. 그의 손길이 닿는 자리마다 설의 피부에서 파닥거리는 요동이 그대로 느껴졌다. 설의 피부가 주는 따듯한 열기에 건의 호흡도 점점 거칠어졌다. 건은 그녀 피부의 온기를 느끼려고 느려지는 자신의 손길을 애써 움직였다. 상처를 닦아내던 건의 손길이 설의 유륜 주변으로 향하자 설이 긴장한 듯 숨을 들이켰다.

"헉!"

설이 긴장으로 숨을 들이켜자 설의 가슴이 유혹적으로 출렁거렸다. 설의 앵두 같은 유실이 꼿꼿하게 일어서 존재감을 드러내고 있었다. 그것이 부끄러운지 설의 눈가가 촉촉하게 젖어들었다. 그리고 하얀 얼굴이 이제는 도홧빛을 지나 검붉어질 정도로 달아올랐고, 그녀의 목덜미부터 가슴까지 온통 붉게 물들었다. 나긋나긋한 그녀의 육체는 건을 유혹하는 꽃이었다. 그녀의 온몸은 달콤한 꽃처럼 건을 유혹하는 향기를 뿜어내고 있었다.

건의 이마에서 송골송골 굵은 땀이 솟아나고 있었다. 그녀를 확 자신의 품 안으로 끌어당겨 안고 싶은 자신의 욕망을 겨우 참고 있었다. 건은 간신히 정신을 수습하고 따뜻한 천을 들어 설의 가슴의 조심스레 닦아내었다. 설이 갑자기 눈을 들어 건의 눈빛을 마주하자 건은 더 이상 아무런 생각도 할 수 없었다. 그녀의 살짝 벌어진 입술과 촉촉한 눈가, 그녀의 달뜬 얼굴에 더 이상은 저항하기 어려웠다.

아름다운 설의 가슴을 천천히 닦아내던 천이 건의 손에서 스르르 떨어졌다. 그저 떨어진 것인지, 그가 떨어트린 것인지 그것은 중요치 않았다. 건이 자신의 커다란 손바닥으로 설의 가슴을 감쌌다. 부드럽게 아래위로 쓰다듬자 꼿꼿이 일어난 설의 유실이 건의 손바닥을 밀어냈다. 고운 피부는 손에 착 달라붙는 듯했고, 꼿꼿이 선 유실은 그를 유혹했다. 건은 그 유혹에 더 이상 저항할 수도 저항하고 싶지도 않았다. 건의 이마에서 떨어진 굵은 땀방울 하나가 '툭' 하고 설의 어깨에 떨어졌다. 너무나 자연스레 그는 얼굴을 내려 그녀의 뽀얀 어깨에 입술을 대었다.

뜨거운 건의 손바닥이 설의 가슴을 감싸 쥐자 설은 숨을 멈추었다. 그저 자신의 가슴을 감싸는 그의 강인한 손을 멍하니 바라보았다. 몸을 움직여 피해야 한다는 생각조차 할 수 없었다. 하얀 자신의 가슴에 닿은 그의 구릿빛 손가락이 미치도록 색정적이었다. 그의 손바닥에 닿은 유실이 꼿꼿하게 서는 것을 느끼자 설의 얼굴이 타는 듯이 뜨거워졌다. 그러나 그의 손과 마찰하는 작은 돌기에서 시작한 열은 불꽃이 되어 설을 태우고 있었다. 타는 듯한 감각에 설은 모든 생각을 멈추었다.

그리고 그의 입술이 자신의 어깨에 닿자, 설은 거의 자리에서 뛰어오를 뻔했다. 설은 온몸의 열이 한곳으로 집중되는 기분이었다. 그의 혀가 살짝 간질이듯 그녀의 쇄골을 핥자 설은 거의 실신할 지경이었다. 그러나 온몸이 사슬에 묶인 듯 꼼짝할 수가 없었다. 부끄럽고 당황스러워 설의 눈가가 촉촉하게 젖어들었다.

그녀의 쇄골에서 움직이던 그의 혀가 목을 타고 얼굴로 올라왔다. 순간 그의 입술이 그녀의 볼을 훔치고 귓볼을 핥았다. 자신의 온몸을 휘감는 열기에 설은 당황했다. 그것은 간지럽기도 하고, 뜨겁기도 한 묘한 감각이었다. 천천히 그의 입술이 자신의 입술로 다가왔다. 설은 거부해야 한다고 생각하면서도 자신의 온몸을 감싸는 감각에 정신을 잃을 것만 같았다. 그의 입술이 자신의 입술에 닿는 순간, 그의 입술이 놀랍도록 부드럽다는 생각을 했다. 깜짝 놀라 살짝 입을 벌리자 갑자기 입안으로 그의 혀가 쏟아져 들어왔다.

설이 놀란 듯이 움찔하는 기척이 느껴졌다. 입안으로 들어가 그녀의 매끈한 치열을 훑고 도망가는 혀를 잡아챘다. 도망치려고 하는 그녀의 혀를 단단히 붙든 채 휘감고 이어서 위턱 주변을 간질였다. 예상대로 그녀의 입술은 달콤했다. 그 달콤함을 계속 탐하고 싶을 만큼, 그녀는 그를 취하게 만들었다. 각도를 바꾸어 그녀 입안의 다른 쪽을 공격했다. 그녀의 긴장한 몸에서 스르르 힘이 빠지는 것이 느껴졌고, 그녀의 몸이 건 쪽으로 가까이 다가왔다. 그녀의 달콤한 타액을 들이마시고 혀끝으로 입가에 흐르는 타액을 살짝 훑었다. 입맞춤이 점점 깊어졌다.

애타게 설의 입술을 탐하던 건의 입술이 쇄골을 따라 아래로 내려갔다. 건의 혀는 소담스레 솟은 가슴의 둔덕을 희롱하고 그리고는 꼿꼿이 서 있는 유실을 한입에 머금었다.

"하앙…… 응……."

설의 신음 소리가 뇌쇄적으로 들렸다. 건은 그녀의 달콤한 음성을 들으며 뾰족하게 세운 혀로 콕콕 찌르듯 휘감다가 달콤하게 머금었다. 나머지 한쪽 가슴도 자신의 손으로 주무르자 설의 신음은 깊어졌다.

"……아, 으응, 그만……."

달콤했다. 부드럽고 탄력적인 그녀의 가슴이 건을 유혹하고 있었다. 누구의 손도 닿지 않은 분홍빛 유실은 그 자체로 유혹적이었다. 조용히 손을 옆구리로 옮기자 가느다란 그녀의 허리가 한 줌에 들어왔다. 유실에서 입을 떼고 가만히 가슴 둔덕을 따라, 그리고 쇄골을 따라 목으로 혀를 놀리자, 그녀의 팔딱이는 맥박이 느껴졌다. 그는 그녀의 하얀 목을 힘껏 빨아들였다. 마치 자신의 흔석을 남기듯. 붉은 꽃잎이 그녀의 하얀 목에 새겨졌다. 그는 이후 그녀의 턱 선을 혀로 덧그리고 설의 달콤한 아랫입술을 살짝 깨물었다. 설이 놀라 입을 벌리자 재빨리 입속으로 혀를 다시 밀어 넣었다.

침입해 온 혀는 마치 제 것처럼 설의 입속을 훑었다. 그의 혀는 자신의 입을 철저히 유린했고 더불어 그의 손은 당연한 듯 가슴을 애무했다. 넘어갈 것만 같은 설을 그의 큰 손이 등을 받쳤고, 점점 설의 온몸의 감각이 그의 손길과 그의 혀에 의해 깨어났다. 마치 술에라도 취한 듯, 온몸이 달아올랐다. 그가 귓불을 핥고 귀에 뜨거운 바람을 불어넣자 혼절할 것만 같았다.

"설, 그대는 아름다워!"

그가 저음으로 속삭이자 온몸에 소름이 돋았다. 그가 가만히 손으로 그녀의 벗은 등을 쓸어내리자 설은 자신도 모르게 몸을 활처럼 휘었다. 그녀 스스로 가슴을 마치 그를 향하여 내미는 형국이었다. 다시 그의 혀가 가슴을 깨물자 그에 닿아 있는 모든 피부가 견딜 수 없을 만치 뜨거워졌다. 그의 손이 다시 그녀의 가슴을 만지고 허리를 재어볼 때마다, 설은 그저 신음만 뱉을 뿐이었다.

"하읏……."

그녀는 지나치게 예민했다. 온몸이 그의 손길에 닿을 때마다 피부 밑에서 파닥거리는 요동이 느껴졌다. 그녀를 서서히 침상에 눕히고 건은 점점 아래쪽으로 입술을 옮겼다. 혀로 그녀의 온몸을 덧그리듯이 배로 내려갔고 배꼽 주변을 핥자 설이 깜짝 놀라 발을 허공으로 찼다. 설은 그녀를 희롱하는 그의 혀와 동시에 자신의 가슴을 애무하는 손길에 속수무책이었다. 그녀의 배를 배회하던 혀가 다시 가슴으로 올라왔고, 그와 동시에 그의 손길은 아무도 닿지 않았던 처녀지로 향했다. 고(바지) 안으로 쑥 파고드는 그의 손을 미처 알아차리지 못할 만큼 설은 경험이 없었다.

건은 설의 호흡을 빨아들이듯 깊게 입맞춤하며, 한 손은 가슴을 애무하며 그녀의 비부에 손을 넣었다. 그녀의 작고 여린 꽃잎을 손가락으로 여러 번 부드럽게 덧그리자 그녀의 비부가 젖어들었다. 작고 여린 꽃잎 속으로 건이 살며시 중지를 밀어 넣자 설의 온몸이 긴장하는 것이 느껴졌다.

"아, 아앗."

설은 자신의 몸이 자신의 것이 아닌 것만 같았다. 건의 손가락이 몸 안쪽을 파고들자, 달콤한 감각에 갑자기 아픔이 느껴졌다.

그러자 마치 그는 그녀를 달래듯 손을 위로 움직여 붉게 부풀어 오른 작은 진주를 만졌다. 순간 온몸이 찌릿했다. 생전 느껴보지 못했던 감각에 설의 온몸이 덜덜 떨렸다.

"제발, 그만……."

통증과도 같은 쾌감에 설은 자신이 무엇을 애원하고 있는지 몰랐다. 건의 손가락이 진주를 살살 문지르고, 자신의 비부에서 흘러나온 액을 손가락으로 떠올리듯 문지르자 설은 정신을 잃을 것만 같았다. 다시 얕은 부분을 맴돌던 손가락이 다시 꽃잎 안으로 파고들자 순간 설은 자신의 허리를 튕겼다. 그가 집요하게 안을 자극하면서 동시에 진주를 문지르자 설은 머리가 하얗게 되는 것 같았고, 건의 달뜬 눈을 바라보면서 정신을 잃었다.

건은 설이 정신을 잃자 자신이 너무 설을 몰아붙인 것이 아닌가 걱정이 되었다. 처음으로 절정을 맞이한 설이 사랑스러웠다. 건은 그녀의 얼굴에 붙어 있는 머리카락을 살짝 떼어내고는 입술에 살짝 입을 맞추었다.

"이런. 아직 제대로 완쾌되지도 않은 아이를 데리고……."

건은 자신의 품 안에 안겨 정신을 잃은 설을 내려다보며 탄식했다. 이럴 생각은 없었다. 단지 그녀 어깨에 떨어진 땀을 닦아내고 싶었다. 그러나 그녀의 살결은 자석처럼 그를 끌어당겼다. 놀랄 만치 부드러운 목선을 따라 입술에 닿았을 때, 그는 그녀가 아프다는 사실조차 잊었다. 그녀의 피부는 놀랍도록 부드러웠고, 그녀의 향기는 미약처럼 그를 취하게 만들었다.

건의 품 안에 안긴 설은 자신의 품에 꼭 맞았다. 건은 자신의 품 안에 꼭 맞는 그녀를 떼어내기 싫었다. 하지만 아직 그녀에게는 휴식이 필요했다. 잠시 그녀의 머리카락을 손으로 쓸어내리던 그는 살며시 그녀를 자리에 눕히고는 이불을 가만히 덮어주었다. 붉게 부풀어 오른 설의 입술을 손가락으로 살며시 덧그리며, 건은 눈 속에 피어난 붉은 꽃 같다는 생각을 했다.

"오늘은 여기까지만이다. 하지만 다음에는 봐주지 않을 거야."

건은 자신의 타액으로 온통 젖은 설을 간단히 닦아내고 살며시 이불을 덮어주었다. 아무래도 오늘 밤은 유난히 길 것 같았다.

5. 얼음 사이를 비집고 피어난 꽃, 설연雪蓮

며칠 전 치료 중에 정신을 잃은 그날 이후 설은 건을 볼 수 없었다. 그러나 아직도 그때의 자신의 행동을 떠올리기만 해도 온몸에 열기가 서렸다. 설은 자신의 추태를 생각하자 쥐구멍에라도 숨고 싶었다. 그건 도대체 무엇이었을까? 그 감정은 도대체 무엇이었을까? 그리고 그는 자신을 어떻게 생각하고 있는 것인가? 설은 그 밤 이후 계속 마음의 갈피를 잡지 못하고 있었다. 그러나 한편으로는 부끄럽지만 계속 그 이후를 생각하고 있었다.

"더 이상은 안 돼!"

그가 대체 어떤 생각으로 설을 대하고 있는지 그녀는 알 수가 없었다. 다만 다정한 그의 손길에 속절없이 빠져들었다. 그동안은 치료라 애써 자신의 감정을 숨겨왔지만 더 이상은 안 되었다. 더 머무르게 되면 그녀는 더 이상 호위무사가 아닌 여인이 되어버릴 것 같았다. 그동안 봉인해 왔던 여인으로서의 욕망이 눈을 뜰까 무서웠다. 그저 필부의 아내로 자식들과 함께 평범하게 살아가는 봉인해 왔던 희망.

누군가에게 기대한다는 것이 얼마나 어려운 것인지 그녀는 알고 있었다. 그러나 계속 건의 곁에 머무르면 그에게 점점 더 많은 것을 기대하게 될 것이다. 그에게 감사의 인사를 전하고 여기서 끝내야만 했다. 살수가 계속 설과 호연제를 노리는 상황에서 아무런 상관 없는 건과 그리고 위청, 곽정까지 그런 위험에 노출시킬 수는 없었다.

호연제 그리고 곽정과 저녁을 먹으면서도 설은 자신의 생각이 계속 건에게 향하고 있음을 알았다. 남겨진 곽정에게 들으니 긴급한 일로 출타 중이라고만 하였다. 곽정은 건이 없는 동안 마치 호위무사처럼 호연제와 설의 주변을 지켰다.

"그 옷 생각보다 잘 어울리십니다."

무뚝뚝한 곽정이 설의 옷을 보면서 한마디 했다. 그동안은 건이 설을 그의 방에 꽁꽁 숨겨두어 얼굴조차 볼 수 없었다. 그러나 오늘 설은 어렵사리 구한 한족 남자의 옷을 입고 있었다. 곽정은 그 모습을 보면서 설이 흉노인이라기보다는 장안에서 볼 수 있는 미남자 같다는 생각을 했다.

"제 어미가 장안의 여인이었으니까요."

설의 대답에 곽정은 고개를 끄덕였다. 많은 여인들이 흉노족에 납치되기도 하였고, 한 황실도 그동안 화친이라는 명목하에 왕실의 여인들을 선우에게 시집보내 왔다. 아마 설도 그런 기구한 운명의 여인들에게서 태어난 모양이었다.

"나리는 언제쯤 돌아오실까요?"

왜냐고 묻는 듯한 곽정의 눈빛에 설은 대답했다.

"이제 떠나야 할 것 같습니다."

설의 간결한 대답에 곽정은 그녀가 굳은 결심을 했음을 알았다. 곽정은 설의 행방을 몰라 애태우던 건을 떠올렸다. 모든 일에 초연한 주군이 설의 행방이 묘연해졌을 때에는 초조함을 감추지 못했다. 지금도 곽정은 건의 호위무사로서 그와 함께 움직여야 했으나 건의 명으로 설과 호연제를 보호하고 있었다. 그러나 설은 여전히 주군의 곁을 떠날 생각만 하고 있었다. 도대체 무슨 사연인 것인지, 이들의 정체가 궁금했다. 그리고 호연제를 노리는 살수의 정체는 누구인 것인지, 곽정의 머릿속에는 수많은 의문부호만 남았다.

오늘 밤 건에게 떠난다는 말을 해야 하는데, 설은 그 말을 어떻게 꺼낼지 마음이 무거웠다. 이번에는 연지산에서 그를 떠나올 때처럼 아무런 인사도 없이 갈 수는 없었기 때문이었다. 답답한 마음에 설은 그저 창밖에 뜬 만월을 하염없이 바라보고 있었다.

"달구경을 하는 겐가?"

건의 음성이 머리 위에서 들려왔다. 건은 피곤에 지친 얼굴이었다. 무심코 인사하려던 설은 정신을 잃었던 그 밤 이후, 처음 얼굴을 마주한다는 데 생각이 미쳤다. 달아오르는 얼굴을 애써 무시하면서 설은 심상히 대꾸했다.

"오셨습니까?"

설의 조용한 목소리를 듣자 건은 집으로 돌아온 듯 포근했다. 피곤했던 세상사를 다 잊어버릴 수 있을 것 같았다. 의자에 긴 몸을 누이자 그제야 긴장한 설의 모습이 눈에 들어왔다. 밝은 달빛 아래 유난히 설의 머리카락이 까맣게 보였다. 건은 그녀를 침상에 누이고 그녀의 긴 머리카락을 쓰다듬고 싶었다. 자신의 손가락 사이로 매끄러운 그녀의 머리카락이 흩어지는 것을 상상했다. 그리하면 모든 피곤이 사라질 것 같았다.

"나리, 드릴 말씀이 있습니다."

설의 붉은 입술이 살짝 떨렸다.

"이제 제 어깨의 상처도 다 나은 듯하니 내일은 이곳을 떠나겠습니다."

건은 예상했던 말이었으나 그녀가 떠난다는 말에 가슴이 선뜻했다.

"그래? 떠나면 대체 어디로 갈 생각인가? 게다가 아직 검을 쓰기엔 팔이 완전치 않을 텐데?"

"알고 있습니다만, 언제까지 나리의 신세를 질 수는 없습니다."

"내가 신세라 생각하지 않는다면?"

설은 건의 말에 고개를 들었다. 투명하리만치 맑고 뜨거운 눈빛으로 건이 그녀의 눈을 바라보았다. 설은 그의 맑은 눈에 빨려 들어갈 것만 같았다. 평소에는 차갑고 날카롭게 느껴지던 그의 눈빛이 열기를 머금고 반짝였다. 그의 눈빛에 사로잡힌 듯, 설은 움직일 수 없었다. 의자에서 천천히 일어나는 건을 바라보자 설의 심장이 터질 듯이 쿵쿵거렸다. 그가 조금씩 그녀 쪽으로 다가오자, 설은 그녀의 심장 소리가 그에게까지 들릴 것만 같아 몸을 숨기고 싶었다.

"설, 내 곁에 머물러도 된다!"

낮은 건의 음성에 설은 최면에 걸린 듯했다. 간신히 그 달콤한 음성에 설은 벗어났다.

"나리, 저희가 곁에 있으면 위험해집니다."

억눌린 듯한 설의 음성이었다. 건은 설의 부드러운 볼에 가만히 손가락을 미끄러뜨렸다. 그러자 설이 숨을 훅 하고 들이쉬는 것이 느껴졌다. 건은 부러 검지로 설의 매끄러운 볼을 천천히 쓰다듬었다.

"떠나고자 하는 사유가 정녕 그뿐인 것이냐?"

"달리 무슨 사유가 있겠습니까?"

설은 자신의 볼을 쓰다듬는 건의 손길에 긴장했다.

"정말 내가 위험해지기 때문에 떠나는 것이냐?"

건의 욕망에 젖은 듯한 눈이 그녀를 찌를 듯이 바라보았다.

"달리 머물고 싶은 사유는 정녕 없는 것이냐?"

"제가 머물러야 할 이유는…… 없습니다."

목이 쉰 듯한 설의 음성이 건에게는 유혹적으로 느껴졌다. 그리고 설 또한 건의 유혹에 빠져들 것만 같았다.

"위험한 것은 내가 아니라 너인 것 같은데?"

건의 약간 쉰 듯한 음성에 설은 온몸이 긴장했다.

"제 몸에 손대지 마십시오."

단호하게 말하려 했으나 설의 음성은 심하게 떨리고 있어서, 오히려 건을 자극했다.

"이렇게 계속 만지면 너는 나를 어찌할 것이냐?"

건은 볼을 쓰다듬던 검지를 스르르 내려 팔딱거리는 설의 목덜미로 가져갔다. 닿을 듯 말 듯 스치는 손길이 설의 애를 태웠다.

"그리고 내가 너의 목에 입을 맞추면?"

건의 입술이 목에 닿자, 설은 그저 모든 것을 잊고 싶었다. 건의 손이 다시 아래로 미끄러져 가슴에 닿았다. 차츰차츰 설의 몸이 창가로 밀어붙여졌다. 건이 깊은 입맞춤을 하자 설이 자신도 모르게 팔을 올려 그의 목을 끌어안았다.

찌릿!

그때였다. 아직 완쾌되지 않은 어깨의 통증이 설의 온몸을 관통했다. 그제야 설은 환각에서 깨어난 듯 정신이 들었다.

"헉!"

설이 격통으로 비명을 지르자, 건은 급히 몸을 떼었다.

"괜찮은 것이냐?"

"나리, 오늘 밤은 공자님의 방에서 지내겠습니다."

설은 아릿한 향기를 남기고는 검을 들고 바깥으로 사라졌다. 건은 손을 들어 그녀의 뒤돌아선 어깨를 잡고 싶었다. 건은 내밀었던 손을 내려 주먹을 꽉 쥐었다. 나가는 설의 모습이 거부인 것 같아 건은 심장이 쓰렸다. 그리고 해소되지 않은 몸 안의 열기가 건을 괴롭혔다. 그녀가 격통으로 신음하지 않았다면 그대로 그녀를 안아버렸을 것이다.

자신에게 곁을 내주지 않는 설이 야속했다. 선택지라고는 떠나는 것밖에 없다는 듯, 자신을 밀어내기만 하는 설이었다. 그러나 건은 그녀를 곁에 두고 싶었다. 그녀가 어떤 상황에 있는지 무엇을 피해서 그리 숨고자 하는지 건은 알아야만 했다. 그녀가 떠나야만 한다면 그녀가 떠나지 못하도록 그 상황을 정리하면 될 터였다. 여자에게 이리 집착하고 있는 자신이 스스로도 낯설었다. 그러나 한 가지는 확실했다. 그녀가 어떤 상황이든 건은 그녀를 놓을 수가 없었다. 건은 바로 위청을 불러 설과 호연제에 대하여 알아볼 것을 명했다.

그러나 떠나려는 설의 발걸음을 주저앉힌 것은 사호에 부는 모래 폭풍과 호연제였다. 모래 폭풍이 불기 시작하면 그것이 멈출 때까지 꼼짝도 할 수 없다. 게다가 장기간의 도피 생활과 설의 부상 때문에 노심초사했던지 호연제가 자리에 드러눕고 말았다. 벌써 반년 가까이 도피 생활을 해왔으니 어린 호연제가 지칠 만도

했다. 아무리 이동에는 이골이 난 유목민이라지만 쫓긴다는 정신적인 압박은 상상을 초월하는 것이었다.

설은 그동안 자신이 제대로 호연제를 돌보지 못해 탈이 난 것 같아서 미안하기 그지없었다. 호위무사인 자신이 오히려 연이은 부상으로 병석에 있다 보니 호연제에게 큰 신경을 쓰지 못했다. 그동안에는 호위무사인 자신보다는 오히려 위청과 곽정이 호연제를 돌보아주었다고 할 만했다.

게다가 설은 부상뿐만 아니라 건에 대한 감정과 그가 새롭게 열어주는 세계에 빠져 허우적대고 있었다. 그게 미안하고 또 미안했다. 다행히 호연제의 상태는 심각하지는 않았다. 그동안의 피로가 누적된 것으로 좋은 음식과 휴식을 취하면 된다는 것이 의원의 진단이었다.

"공자님, 죄송합니다."

그동안 주군의 상태가 어떠했는지 제대로 살피지 못했다니 설은 호위무사로서 자격이 없다고 자신을 자학했다.

"괜찮아, 설. 너무 걱정하지 마."

어린 주군은 오히려 설을 위로했다. 그러나 파리한 호연제의 안색을 보는 설의 마음은 타들어갔다. 잠이 든 호연제를 바라보던 설은 살그머니 방 안을 빠져나왔다. 설은 답답한 마음을 금할 수 없어 잠시 바람이라도 쏘일 생각으로 정원으로 향했다. 이제 여름도 막바지에 다다른 듯, 곧 서늘한 바람이 불어올 터였다.

그 밤 이후 호연제를 간호한다는 핑계로 며칠째 계속 건의 얼굴을 피하고 있었다. 밤에 잠들지 못하고 있을 때마다 설은 건의 낮은 음성과 자신을 치료해 주던 그의 다정한 손길을 떠올렸다. 그러다 보면 생각은 항상 그의 손길에 정신을 잃었던 그 밤으로 돌아갔다. 처음으로 느낀 감각. 설은 자신의 몸 안에 그런 감각이 존재한다는 것을 처음으로 깨달았다. 그의 입술이 자신의 입술에 닿을 때 얼마나 뜨거웠는지, 자신의 몸에 닿았던 그의 손길이 얼마나 부드러웠는지도 새록새록 떠올랐다.

이미 설은 심각하게 평정심을 잃고 있었다. 야시장에서 건을 재회하였을 때에도 설은 살수의 움직임을 읽지 못했다. 건의 곁에 머물수록 설은 무사가 아닌 여인이 되어갔다. 점점 호연제를 보호하는 일이 어려워졌다. 호연제의 안위보다 자신의 마음을 어지럽히는 일이 생겼다는 것이 그녀에게는 충격이었다.

정원에서 생각에 빠져 있는 설에게 다가서는 건의 발걸음이 결연했다. 한사코 떠나려고만 하는 설을 어찌하면 붙잡을 수 있는지 건을 그 방법을 알지 못했다. 위청이 그리 애를 썼으나 설에 대한 정보는 알 수가 없었다. 철저하게 신분을 위장한 듯 파고들수록 설과 호연제의 정체는 오리무중이었다. 그녀가 떠나야 할 사유가 있다면 그 상황을 정리하고 싶었다. 그러나 아무리 찾아도 설과 호연제에 대하여 밝혀지는 것이 없어 건은 답답하기 이를 데 없었다.

건은 알아야 했다. 왜 그녀가 떠나려고만 하는지, 그녀에게 직접 물을 것이었다. 아니면 그녀가 머물 이유를 만들어줄 것이었다. 무엇인가를 피해서 숨어야만 한다면, 건이 직접 보호할 것이었다. 혹시 호연제가 선우의 아들이더라도 상관없었다. 그녀를 곁에 둘 수만 있다면 건은 호연제 또한 함께 보호할 생각이었다. 그들의 신분을 철저하게 숨겨서라도 곁에 두고 싶었다.

달빛에 감싸인 설은 건의 마음속을 지배하는 폭풍과는 상관없이 여전히 아름다웠다. 그녀의 머릿속에 어떤 생각이 있는지 건은 그녀의 온 마음을 가지고 싶었다. 그녀가 날아가기 이전에 그녀를 자신의 것으로 만들고 싶었다. 건은 처음으로 애타게 무엇인가를 가지지 못하는 고통을 깨달았다. 아무리 애를 써도 사람의 마음을 제 맘대로 할 수 없다는 것이 고통스러웠다. 자신을 태우는 설에 대한 열망이 고통스러워 건은 물리적인 아픔을 느낄 정도였다.

정원 구석에 자리 잡은 설은 깊은 생각에 빠져 다가오는 건을 피하지 못했다. 미처 피할 사이도 없이 건은 설의 팔을 잡고 자신의 방으로 이끌었다. 건에게 잡힌 팔이 타는 듯이 뜨거워졌다. 설이 뿌리치려 했으나 건의 강한 힘에 설은 꼼짝할 수가 없었다. 건의 시선이 밧줄처럼 설을 강하게 옭아매었다.

"너희가 내 곁에 있으면 내가 위험해지는 사유가 무엇이냐?"

건의 질문에 설이 몸을 움찔했다.

"그것은……."

설은 순간 말문이 막혀 말을 더듬었다. 그러나 이내 정신을 차리고 최대한 냉정한 어조로 답변했다.

"나리도 보셨다시피 살수가 저희를 노리고 있습니다. 연지산에서는 나리의 도움으로 간신히 넘겼고, 야시장에서는 공격을 막을 수 없었습니다. 그 배후가 누구인지는 알 수 없으나, 저희를 공격하는 시도에 나리도 다른 분들도 해를 입을까 그것이 걱정되옵니다."

"살수가 호연제를 노리는 사유가 무엇이냐? 이제 고작 일곱 살인 어린아이가 무슨 잘못이 있어 이런 무지막지한 상황이 된 것이냐?"

건의 질문에 설의 뒷목으로 식은땀이 흘렀다.

"그 사유는 말씀드릴 수 없습니다. 나리가 아신다고 해서 어찌하실 수 없는 일입니다."

또다시 자신을 밀어내는 설이었다. 언제까지 그녀는 이 모든 짐을 혼자서 감당하려는 것인지, 건은 안타까웠다. 그리고 마음을 보여주지 않는 설이 야속했다.

"언제까지 그대 혼자서 호연제를 보호할 수 있을 거라 생각하는가?"

건의 질문에 설의 눈썹이 파르라니 떨렸다. 설 스스로도 호연제를 보호하는 것이 점점 버거워졌다. 그러나 설이 아니면 누가 호연제를 보호한다 말인가? 설은 자신의 검을 움켜쥐었다. 호연제가 의지할 수 있는 사람은 현재는 자신뿐이었다. 힘을 내야만 했다.

"내 옆에 머물러야 하는 이유가 무엇이냐고 물었었지?"

건의 말에 설이 번쩍 고개를 들어 그의 눈을 바라보았다. 설의 눈빛이 촉촉하게 젖어 아름답게 반짝였다.

"내가 너와 호연제를 보호해 주마."

그의 나지막한 음성이 그녀를 부드럽게 휘감았다. 설은 그의 말에 따르고픈 유혹을 느꼈다.

"저를 보호하시다니요? 당치 않습니다. 저는 공자님을 모시는 호위무사입니다. 주군을 보호하는 것이 제 임무고, 더불어 제 몸 하나 정도는 건사할 수 있습니다."

설은 유혹을 이겨내기 위해 그가 아닌 자기 자신에게 말했다.

"알아. 자네가 주군과 자신을 지킬 만한 검 솜씨를 지니고 있다는 걸."

건은 어느 순간 그녀 곁에 다가와 있었다. 호흡마저 느낄 듯한 가까운 거리에 그가 서 있었다. 설은 차마 그 얼굴을 마주하지 못하고 눈앞에 있는 그의 가슴에 시선을 두었다.

"하지만, 설!"

더 이상은 안 되었다. 그의 말을 계속 들으면 유혹에 무릎을 꿇을 것만 같았다.

"나는 그대가 내 곁에서 지친 날개를 쉬었으면 좋겠어."

그녀도 이 버거운 짐을 잠시 벗어두고 싶었다. 잠시 따뜻한 그에게 기대고 싶었다. 하지만 호연제를 보호하여 차기 선우가 될 수 있도록 돌보는 것은 설의 숙명이었다. 사막에 버려질 위기에 처한 자신을 구해준 이치산 선우에게 그녀가 은혜를 갚을 수 있는 유일한 길이다. 그것을 모두 포기하고 자신의 행복을 위해 건의 옆에 머물 수는 없었다.

"설!"

건이 나직이 자신의 이름을 부르며 그녀의 턱에 손을 대어 고개를 들어 올렸다. 형형한 그의 눈빛이 그녀를 응시하고 있었다.

"잠시 쉬어도 돼."

건은 가만히 손가락으로 그녀의 부드러운 입술을 쓸어내렸다. 그녀의 긴 속눈썹이 파르라니 떨렸다. 건은 아주 소중한 것을 대하듯, 가만히 그녀의 감긴 눈꺼풀에 입을 맞추었다. 그리고는 놀랍도록 보드라운 그녀의 볼을 두 손으로 잡고, 경건하게 그녀의 이마에 자신의 입술을 맞추었다. 밝은 달빛 아래 그녀는 요염한 관능을 뽐내고 있었다. 그는 방울방울 흘러내리는 그녀의 눈물을 핥고, 그녀의 눈꼬리에 입을 맞추었다.

"나리!"

그녀의 억눌린 듯한 쉰 음성이 들렸다.

"지금 나를 거부하고자 한다면 너의 검으로 나를 베어도 좋다."

설은 자신의 검을 꼭 움켜쥐었다.

"하지만 네가 나를 베지 않는다면, 나는 오늘 그대를 내 품에 안을 것이다."

건은 검을 꼭 쥐고 있는 그녀의 닫힌 손을 살며시 풀었다. 그녀의 작고 보드라운 손에 살생을 위한 검은 어울리지 않았다. 그녀의 목덜미에 입을 맞추면서 건은 그녀의 손에 들린 검을 빼앗아 옆의 탁자에 내놓았다.

파들파들 떨고 있는 설이 너무나 아름다웠다. 검을 내려놓고, 그녀의 머리를 하나로 묶고 있던 매듭을 풀고 머리를 꼼꼼히 풀었다. 그녀의 윤기 나는 까만 머리가 휘양처럼 그녀의 얼굴 주변을 감쌌다. 그녀의 머리카락 사이로 손을 찔러 넣으며 그는 입맞춤을 계속했다.

그녀의 입속으로 들어가 그녀의 고른 치열을 훑고 작고 귀여운 분홍빛 혀를 낚아챘다. 설의 달콤한 타액을 삼키고 자신의 타액을 밀어 넣었다. 그녀가 헐떡임에 숨을 쉬지 못할 때까지 집요하게 그녀를 탐했다.

"하아."

그녀의 달뜬 신음 소리가 음악처럼 느껴졌다. 잠시 숨 쉴 틈을 주고서는 건은 다시 그녀의 아랫입술을 살짝 깨물었다. 다시 그녀의 입안으로 침범하여 입천장을 간질였다. 그녀에게선 꽃향기가 나는 것 같았다.

"나…… 으리."

그는 목이 말랐다. 애타게 건은 설을 탐하고 그녀의 입술을 덧그리고는 부드러운 볼을 지나 그녀의 귓불을 빨아들였다. 그녀의 귓가에 따뜻한 바람을 불어넣으며 건은 속삭였다.

"건이다. 내 이름……."

건은 그녀의 어깨에서 첨유(저고리)를 벗겨냈다. 달빛에 그녀의 하얀 어깨가 드러났다. 그는 그녀의 하얀 어깨를 입술로 감쌌다.

설은 건이 목덜미를 강하게 빨아들이고 어깨를 입술로 감싸자

짜릿한 전율이 온몸에 흘렀다. 그의 혀가 가슴에 간신히 걸쳐 있던 첨유를 헤치고 가슴을 입으로 감싸는 순간 설은 그만 뒤로 넘어질 것만 같았다. 무너져 내리는 설의 가느다란 허리를 건이 안아 들었다. 설은 양손으로 그의 어깨를 잡았다. 그런 그녀를 건은 조심히 안아 들고 침상으로 향했다.

침상에 그녀를 천천히 눕히고, 건은 그녀의 상체에 느슨하게 걸려 있는 첨유를 떼어냈다. 하얀 그녀의 나신이 드러났다. 흥분하여 흔들거리는 유실을 건은 한입에 머금었다. 혀로 쪼듯이 그녀의 유실을 탐하자 꼿꼿하게 일어섰다. 다른 한쪽 가슴도 그는 마음껏 애무했다. 그의 손에 착 달라붙는 그녀의 피부에 그는 그의 흔적을 아낌없이 남겼다. 그녀의 흰 가슴에 그가 피워낸 붉은 꽃이 아름답게 피어났다.

"허억, 나으리!"

설은 터져 나오는 신음을 숨길 수가 없었다. 그가 가슴을 희롱거리던 입술을 그녀의 귀에 대고는 나지막이 속삭였다.

"이제, 여자가 되도록 해."

이젠 그를 거부할 수가 없었다. 그녀도 오늘은 여자가 되고 싶었다. 설은 자신의 유실을 머금은 그의 머릿속으로 손을 집어넣었다.

건의 입술이 점점 아래로 내려갔다. 그의 손길에 설의 고(바지)가 벗겨졌으나 설은 미처 그 사실을 알아채지 못했다. 건이 설의 배에 입을 맞추자 설의 온몸이 요동쳤다. 그가 살며시 손을 그녀의 비부 사이로 가져가자 설은 본능적으로 다리를 오므렸다. 건이 그녀의 허벅지를 가볍게 애무하자 그녀의 다리가 스르르 벌어졌다. 건은 입술을 내려 무릎 부근에서 허벅지를 타고 점점 위로 올라갔다. 그녀의 하얀 허벅지를 애무하고, 조금씩 위로 향하자 설의 온몸에서는 꽃향기가 피어나는 듯했다.

설은 뜨거운 건의 숨결이 점점 더 자신의 중심을 향해 다가오자 알 수 없는 예감에 심장이 쿵쿵거렸다. 드디어 그의 더운 숨결이 그녀의 체모를 스쳤다. 설은 너무나 두려워 그저 이불을 그러쥐었다. 무엇인가 엄청난 일이 벌어질 것만 같았다. 곧 매우 부드러운 무엇인가가 그녀의 꽃잎에 닿았다. 그것이 그의 혀라는 것을 알자 그녀는 그만 큰 충격에 빠졌다.

그의 혀는 살아 있는 것처럼 그녀의 꽃잎을 덧그리고는 그 위에 있는 붉은 진주를 강하게 빨아들였다. 척추를 관통하는 듯한 쾌감에 설은 그만 정신을 잃을 것만 같았다. 그가 혀로 진주를 살짝 빨아들였다가 다시 살살 핥아대었다. 그녀는 더 이상 몸이 자신의 몸 같지가 않았다. 그는 두터운 혀로 그녀의 진주와 꽃잎을 계속 희롱하면서 동시에 그녀의 가슴을 으깨듯이 만졌다. 가장 부끄러운 곳을 무방비로 드러낸 설은 거미줄에 걸린 거미 같았다.

다시 그의 입술이 배를 거쳐 흔들리고 있는 유실을 살짝 이로 깨물자 설은 자지러질 것만 같았다. 그와 동시에 설은 갑자기 자신의 계곡 틈을 파고드는 그의 손가락에 몸을 굳혔다. 그의 손가락이 그녀의 안을 헤집자 설은 찌릿한 감각에 허리를 들썩였다.

가슴과 비부에 가해지는 감각에 설은 눈앞이 어질어질했다. 그가 손가락을 하나 더 넣자 설은 숨을 훅 들이쉬었다.

"하악, 제발 그만……."

설은 고통과도 같은 쾌감에 정신을 차릴 수 없었다. 그가 두 개의 손가락을 계곡 틈으로 밀어 넣고 엄지손가락으로 진주를 살살 돌리자 설은 격렬한 쾌감에 머릿속이 하얗게 변하면서 몸을 활처럼 휘었다.

건은 자신의 손길에 아름답게 피어나는 설을 보자 더 이상 참을 수가 없었다. 설의 온몸은 맛있는 과일처럼 그를 유혹하고 있었다. 건은 서둘러 옷을 벗었다. 온몸으로 그녀를 느끼고 싶었다.

설은 순간 그가 자신의 몸에서 떨어지자 허전했다.

"으응."

조르듯 그녀가 신음하자 곧 그의 강한 몸이 그녀를 끌어안았다. 그의 탄탄한 가슴에 설의 가슴이 맞닿았다. 그의 피부도 자신처럼 뜨거웠다. 강렬한 열기에 설은 녹아버릴 것만 같았다. 동시에 자신을 휘감는 저릿한 쾌감에 설은 몸을 뒤틀었다.

설을 강하게 끌어안고 있던 건이 살짝 몸을 떼었다. 그의 머리가 다시 그녀의 입술에서 시작하여 설의 몸의 곡선을 따라 아래로 아래로 내려갔다. 그녀의 목덜미를 스치고, 탐스러운 가슴의 유실을 살짝 깨물었다. 그리고 설의 눈처럼 하얀 배를 건의 혀가 살짝 스쳤다. 자신의 타액으로 설의 몸이 반짝거리는 것이 묘하게 건을 자극하였다. 마침내 아래로 여행을 계속하던 건이 절정의 여운에 빠져 있는 설의 여성을 탐욕스럽게 핥았다. 진주를 다시 입술로 살짝 물었다가 혀끝을 뾰족하게 세워 계곡으로 밀어 넣었다. 애액이 흘러넘치는 것을 보면서 그는 그녀가 자신을 받아들일 준비가 되었음을 알았다.

건이 살짝 몸을 일으켰다. 건의 입술이 설의 애액으로 반짝거리고 있었다. 이미 흥분할 만큼 흥분한 그의 분신은 이미 만반의 준비를 하고 있었다. 건은 자신의 분신을 천천히 설의 여성에 문질렀다. 너무나 작은 설의 여성이 과연 자신을 다 받아들일 수 있을지 걱정이 되었으나 건도 이미 한계에 다다랐다. 천천히 그녀의 몸속으로 조금씩 들어갔다. 설의 몸이 긴장하는 것이 느껴졌다.

손가락과는 질량이 다른 것이 자신의 몸 안으로 밀려들어 오려하자 설은 움찔했다.

"괜찮아. 심호흡을 하도록 해."

다정한 그의 말에 설은 안심이 되는 기분이었다. 하지만 두려움에 설은 건의 어깨에 매달렸다. 건은 계속 다정한 말을 속삭이며 설의 꽃잎을 벌리고 안으로 들어왔다. 순간 몸 안을 가득 채운 그의 분신 때문에 설은 그만 비명을 지르고 말았다. 몸이 갈라지는 것 같은 엄청난 고통이었다. 하지만 곧 비명은 건의 입술에 막혀 소리가 되지 못했다.

"허억, 그만, 아파요……."

설이 애처롭게 흐느꼈다. 아파하는 설을 보자 건은 안타까웠다. 하지만 여기서 그만둘 수도 없다. 건은 그녀의 몸 안에서 잠시 움직임을 멈추었다.

"천천히 숨을 쉬어."

약간 흐트러진 듯한 그의 다정한 음성에 설은 자신이 호흡을 멈추고 있었음을 알았다. 건이 그녀의 진주를 손가락으로 살짝 만지고 목마른 듯한 입맞춤을 하자 그녀의 몸속에서 애액이 흘러넘쳤고 건은 그제야 그녀의 몸 안에서 살며시 움직이기 시작했다. 설이 뱉어낸 뜨거운 숨결이 느껴졌다. 방 안의 온도가 펄펄 끓는 것 같았다.

사랑스러웠다.

자신의 몸 아래에서 바르작거리는 설이 너무나 사랑스러웠다. 설의 눈에서 흘러내리는 눈물을 입술로 훔쳤다.

"미안하구나. 여인에게 처음은 힘든 법이다."

그녀는 고통을 참을 수 없었던지 바들바들 떨리는 손으로 건의 어깨에 매달렸다.

"나리……."

설의 아름다운 얼굴을 보면서 건은 허리를 힘껏 추어올렸다. 설의 가는 허리를 건의 두툼한 큰 손이 얽어맸다. 설과 건은 태곳적부터 한 몸이었던 듯 밀착되었다.

뜨거웠다.

그의 몸 아래에서 설은 꼼짝할 수 없었다. 그가 움직일수록 몸 안의 열기는 거세어졌고 두 사람의 거친 숨소리만 들렸다. 설은 격렬한 건의 움직임을 미처 따라가지 못해 그저 그에게 매달렸다.

우주가 흔들리는 것 같은 충격 속에 설의 눈앞이 어지럽게 요동쳤다. 어지러운 시야 너머로 건의 얼굴이 보였다. 열에 들뜬 그의 얼굴, 그러나 맑은 눈동자는 지그시 그녀를 바라보고 있었다. 그의 맑은 눈 속에 자신의 모습이 담뿍 담겨 있었다. 땀방울이 송골송골 맺힌 그의 얼굴은 관능적이었다. 설은 그의 아름다운 얼굴에 손을 뻗었다. 그러자 건은 그녀의 손바닥에 타는 듯한 입맞춤을 퍼부었다.

"설!"

자신을 탐하는 그의 정열에 설은 부서질 것만 같았다. 그가 허리를 힘껏 추어올리자, 설의 가느다란 몸이 뒤로 젖혔다. 그의 두 팔에 그녀는 꼼짝없이 갇혔다. 도망가려는 그녀의 가는 허리를 그의 커다란 손이 밧줄처럼 휘감았고, 그의 분신은 쉴 새 없이 그녀의 몸 안을 들락거렸다.

"하아, 설!"

자신의 이름을 부르는 그의 목소리에 설의 온몸이 떨려왔다. 그가 자신의 이름을 불러주자 자신의 이름이 너무나 아름답게 들렸다. 그의 목소리는 음악처럼 그녀의 몸을 가득 채웠다. 그녀는 본능에 따라 그의 움직임을 따라갔고 그렇게 그들은 함께 검무를 추는 것처럼 움직였다. 그가 주는 열기는 시간이 지날수록 강렬해졌다.

설의 아름다운 눈빛에 건은 빠져들 것만 같았다. 아름다운 그녀의 눈망울에 오롯이 자신이 들어 있었다. 설은 티끌 하나 없는 맑은 눈으로 자신을 바라보았다. 그 눈동자에 취한 건은 그녀의 영혼을 빨아들이듯 그녀에게 입맞춤했다. 두 사람의 거친 호흡이 섞이고, 영혼까지 하나가 되었다.

자신을 탐하는 그의 열정이 너무 강해서, 설은 온몸이 떨려왔다. 숨이 턱턱 막힐 정도로 격렬하게 밀어붙이는 건의 흐름을 따라갈 수 없어서 설은 그저 그의 가슴에 매달렸다. 아래에서 시작한 열기가 척추를 타고 설의 온몸 구석구석으로 흘러갔다. 처음에는 고통뿐이었던 감각에 점차 달콤함이 덧칠해지고 있었다. 아직도 고통이 달콤함을 압도하고 있었다. 그러나 고통 속에서 달콤하고 간지러운 듯한 저릿함이 설을 조금씩 채우고 있었다.

그가 자신을 원하는 것이 눈물이 날 만큼 기뻤다. 그 감정이 너무나 사랑스러워 설은 건의 굵은 목을 강하게 끌어안았다. 그가 자신을 마음껏 탐하기를 바랐다. 이 온몸이 타버릴지라도 그가 주는 이 모든 감각이 사랑스러웠고 소중했다. 첫 경험의 달콤한 고통은 오직 건만이 자신에게 줄 수 있는 것이었다. 그래서 고통마저 사랑스러웠다.

절정을 향하여 건은 마지막 힘을 쏟아부었다. 그는 온몸에 힘을 주며 파정했다. 머릿속이 하얗게 변했다. 그는 그녀를 부러질 듯이 강하게 자신의 가슴에 끌어안았다. 자신에게 꼭 맞는 그녀를 꽉 끌어안자, 그녀가 답삭 안겨왔다. 자신의 것을 남김없이 그녀의 몸 안에 쏟아내고는 건은 설의 몸 위로 털썩 쓰러져 내렸고 설은 그만 정신을 놓아버렸다.

건은 정신을 잃은 설의 젖은 이마에 부드럽게 입맞춤했다. 그리고 눈물에 젖어 있는 그녀의 눈꺼풀에, 붉게 부풀어 오른 입술에 입 맞추었다. 건은 그녀의 머리카락을 부드럽게 쓸었고, 가만히 손을 내려 그녀의 나신을 부드럽게 매만졌다. 어느 한곳 아름답지 않은 곳이 없었다. 그는 그녀의 봉긋한 가슴을 재어보고, 가는 허리를 만지고 그녀의 다리를 쓸었다. 다시 그녀의 입술에 입 맞추자 잠시 힘이 빠졌던 그의 분신이 다시 힘을 얻었다. 그러자 설의 몸이 가늘게 떨렸다.

건은 다시 그녀를 안고 싶었으나, 자신의 욕망을 억눌렀다. 첫 경험에 지친 그녀를 다시 몰아붙이고 싶지는 않았다. 그저 건은 소유권을 주장하듯 그녀를 자신의 품 안에 꼭 끌어안았다. 작은 새가 그의 품에서 지친 날개를 쉬고 있었다. 잠시라도 놓아두면 곧 날아가 버릴 것 같아 건은 두려웠다.

설연(雪蓮).

건은 그녀가 미처 봄이 오기도 전에 눈 사이로 곱게 피어나는 연꽃 같은 설연(雪蓮, 복수초) 같다는 생각이 들었다. 시린 눈 사이로 누구보다 빨리 봄을 맞이하려는 듯 여린 속살을 드러내는 꽃처럼 호위무사라는 겉옷을 벗겨내면 설은 누구보다 아름다운 여인이었다. 그 속살을 자신만이 알고 있다는 사실에 건은 왠지 뿌듯했다. 그는 그런 그녀를 꼬옥 끌어안았다.

6. 사호砂湖의 바람은 설雪을 녹인다

　이튿날, 설이 잠에서 깨어났을 때에는 밝은 여름 햇살이 방 안을 가득 채우고 있었다. 등 뒤가 포근했고 무엇인가 매우 따듯하고 무거운 것이 그녀의 허리에 걸쳐져 있었다. 번쩍 정신이 들면서 설은 혼곤한 잠에서 갑자기 깨어났다. 그 따뜻함의 정체는 건이었다. 그가 뒤에서 그녀를 꼬옥 끌어안고 있었다. 그의 가슴이 그녀의 등에 맞닿아 있었고 그녀의 엉덩이며, 다리까지 그의 몸에 찰싹 붙어 있었다.

　설은 무거운 몸을 일으켰다. 그러자 전혀 몰랐던 곳에서 아릿한 통증이 느껴졌다. 아직도 그가 자신의 몸속에 있는 것만 같았다. 겨우 몸을 일으키자, 밤새 나신으로 그의 품 안에서 잠들었다는 것을 알았다. 온몸이 다시 불이라도 붙은 듯 뜨거워졌다. 그가 깨기 전에 얼른 옷을 입어야 했다. 설은 떨어지기 싫은 따뜻한 품속에서 겨우 빠져나와, 침상 아래로 발을 살며시 내려놓았다.

미처 그녀의 발이 바닥에 닿기도 전에 설은 자신이 다시 오롯이 그의 품 안에 안긴 것을 알았다. 눈을 뜬 그가 뒤에서 그녀를 끌어 안은 것이다. 안 그래도 붉게 물들었던 그녀의 몸이 이제는 거의 검붉게 변해 버렸다. 설은 그의 넓은 가슴에 포로가 되어버렸다. 게다가 그녀는 그의 허벅지에 앉은 모양새가 되었다.

당황스러워진 설이 애써서 자신의 품에서 벗어나려 하자, 건은 그녀의 목덜미에 입술을 가져갔다. 어젯밤 그가 피운 꽃자리를 다시 힘껏 빨았다. 그러자 설의 몸이 움찔했다. 자연스레 그녀의 가슴을 애무하자 설이 가느다란 신음을 내뱉었다.

건은 입술을 떼어내고 그녀를 돌려 자신을 마주 보게 고쳐 안았다. 설은 어찌할 바를 몰라 몸을 바르작거렸다. 설이 차마 시선을 그와 마주치지 못하고 있자 건은 가만히 그녀의 턱을 들어 올렸다. 그녀의 맑은 눈빛을 주시하며, 건이 붉게 부풀어 오른 그녀의 입술로 다가가자 그녀는 살며시 눈을 감았다. 그는 그녀의 아랫입술을 살짝 깨물었고, 쪼는 듯이 가볍게 입맞춤했다. 감은 그녀의 눈꺼풀에도 입 맞추었다. 그리고는 그녀의 귓가에 나직이 속삭였다.

"어젯밤에는 미안했다."

건의 말에 설은 어젯밤의 기억이 떠올라 다시 부끄러워졌다. 귓가를 스치는 그의 낮은 목소리가 지독하게도 관능적이었다. 설은 그의 목소리에 온몸이 울리는 것 같았고, 그러자 어제 건이 들어왔던 하초에서 아릿하지만 달콤한 통증이 피어났다.

"몸은 괜찮은 것이냐?"

자신의 몸을 걱정해 주는 너무나 다정한 건의 목소리에 설은 너무나 수줍어졌다. 건의 물음에 설은 차마 답하지 못하고 그저 그의 가슴에 뜨거운 볼을 부볐다. 작은 고양이처럼 애정을 갈구하는 듯한 설은 너무나 유혹적이었다. 게다가 그녀는 자신이 얼마나 건을 자극하는지 미처 깨닫지 못하고 있었다. 건은 다시 몸 안쪽이 뜨거워지는 것을 느꼈으나 그저 그녀를 가만히 안아주었다.

설은 그의 품 안에서 여자가 되었다. 무사라는 갑옷을 벗자 설은 그저 작고 여린 여인이었다. 살기 위해서 검을 들었던 설이었으나 그 검을 내려두자 여린 속살이 고스란히 드러났다. 그것이 무서워서 설은 그저 뜨거운 볼을 그의 단단하고 넓은 가슴에 부볐다.

누구도 그녀를 살갑게 안아준 적이 없었다. 그의 넓은 품속에서 설은 태어나 처음으로 안온함을 느꼈다. 한번도 느껴보지 못했던 아버지의 품속에 안긴 작은 아기처럼 설은 그에게 보호받고 있는 기분이었다. 설은 처음으로 사람의 체온이 위안이 될 수 있음을 알았다. 그런 온기가 너무 좋아서 설은 자꾸만 그의 따뜻한 가슴에 몸을 밀착했다. 그녀를 밀쳐 내지 않고 품어주는 그가 좋았다.

"윽. 그렇게 너무 달라붙지 마."

머리 위에서 건의 쉰 목소리가 들렸다. 그러자 설은 화급히 몸을 떼었다. 설의 울 것 같은 표정에 건은 그녀의 머리를 흩뜨렸다. 손가락에 감기는 그녀의 머리카락은 비단처럼 부드러웠다. 그 손길은 너무나 부드러웠고, 거부하는 손길은 아니었다.

"싫어서가 아니야."

왠지 무뚝뚝하고 난감해하는 목소리에 설은 고개를 들어 그의 얼굴을 바라보았다. 그제야 설은 그의 욕망에 흐려진 눈빛을 보았다.

"자꾸 그렇게 바라보면 다시 안아버릴지도 몰라."

그가 조심스레 설의 아랫입술을 깨물었다. 그리고는 혀로 그녀의 윗입술을 살짝 핥았다. 설의 눈꺼풀이 파르르 떨렸고, 건은 그녀의 입속을 거칠게 파고들었다. 작은 혀를 살며시 당겨 자신의 혀로 휘감자 설이 몸을 움츠렸다. 다시 살살 달래듯이 입천장을 간질이고 치열을 훑어내자 설이 가르랑거렸다. 열심히 설의 입안을 공략하자 설이 서툴게 반응했다. 건은 그런 설의 서툰 반응이 좋았다. 그녀의 감각을 그가 하나하나 일깨우고 싶었다.

수줍어하는 설이지만 그의 손길에 예민하게 반응했다. 계속 설의 입안을 탐하면서 가만히 손을 들어 그녀의 부드러운 뺨을 쓰다듬고, 천천히 검지로 목덜미를 타고 내려갔다. 그녀의 예민한 가슴에 손을 내리자, 설의 몸이 놀랄 만치 부드러워졌다. 자신의 허벅지에 앉아, 자신에게 입술을 내밀고 또한 가슴을 희롱당하는 설은 아름다웠다. 그의 흥분한 분신이 느껴지자 설이 당황하는 기색이 역력했다.

"나리!"

억눌린 듯한 그녀의 음성이 너무나 요염했다. 타는 듯한 목마름으로 그녀의 입술을 탐하던 건은 천천히 목덜미를 타고, 입술을 내렸고, 그녀의 뒤로 넘어지려는 등을 받치고는 수밀도와 같이 달콤한 그녀의 가슴을 입에 물었다.

흥건한 건의 타액이 가슴을 적셨다. 쪼는 듯이 한쪽 가슴을 혀로 핥던 그는 혀로 유실을 살살 굴렸고 이내 가볍게 이로 깨물었다. 설의 몸이 활처럼 휘자 그에게 조르듯이 가슴을 더 내미는 꼴이 되었다. 한쪽 가슴을 희롱하던 그는 반대편 유실을 머금었고, 설은 이제 아무것도 생각할 수 없었다. 그저 두 손으로 건의 어깨에 매달렸다. 건은 입술로 혀로 그녀의 가슴을 희롱하더니 이내 손을 그녀의 비부로 가져갔다. 설은 자신도 모르게 하초가 흥건하게 젖은 것을 알았다.

건은 아직 어젯밤의 여파로 부풀어 오른 그녀의 여린 비부를 살며시 쓰다듬었다. 아직 아플 것이 분명했다. 그가 부드럽게 그녀의 꽃잎을 아래위로 덧그리자 설의 몸이 활처럼 휘어졌다. 살며시 안쪽으로 중지를 밀어 넣자 설이 헉 하고 숨을 들이켰다. 여전히 좁았다. 살짝 손가락을 움직이자 설은 손가락 하나도 버거워했다. 건은 엄지를 위로 올려 붉은 진주를 살며시 쓰다듬었다. 그러자 설이 신음을 내뱉었다.

"허억, 나리."

설의 몸이 바들바들 떨려왔다. 건은 검지까지 그녀의 계곡으로 밀어 넣었다. 손가락을 살며시 움직여 그녀의 안을 넓혔다.

설은 그의 손가락에 정신을 차릴 수가 없었다. 그가 그녀의 작은 진주를 쓰다듬는 순간 눈앞이 하얗게 변했다. 온몸을 휘감는 쾌감은 분명 어제와는 달랐다. 아직도 아릿한 통증이 느껴졌으나 이것은 분명 쾌감이었다. 그녀가 얕은 절정에 달하고는 몸을 축 늘어뜨려 그의 가슴에 몸을 기대었다. 그러자 건이 그녀의 다리 사이로 자리를 잡더니 성난 그의 분신이 그녀의 여성 입구를 건드렸다. 설이 다시 긴장하자 건이 그녀의 귓불을 핥으며 속삭였다.

"긴장을 풀어!"

그러더니 곧 그녀의 몸 안으로 그의 분신이 파고들었다. 순간 설은 어젯밤에 느껴진 고통이 생각나 눈을 꼭 감았다. 그러나 생각했던 충격이 느껴지지 않아 설은 잠시 눈을 떴다. 아름다운 눈동자가 그녀를 그윽하게 바라보고 있었다.

"몸에서 힘을 빼. 힘을 주고 있으면 아플 게야."

그녀의 긴장을 풀어주려고 다정하게 그가 속삭였다. 설은 그러나 어떻게 해야 힘을 뺄 수 있는지 알 수가 없었다. 그러자 더욱 몸이 굳어버렸다. 건이 부드럽게 설의 등을 쓰다듬고는 천천히 그녀 안으로 조금씩 들어왔다. 설은 무서운 듯이 그의 어깨를 붙잡고 매달렸다.

건은 자신에게 매달리는 설이 좋았다. 그리고 그녀가 그의 어깨에 매달릴 때마다 그녀의 유실이 그의 가슴에 맞닿아 건은 더욱 흥분했다. 그러나 설은 그것조차 깨닫지 못하고 있었다. 건은 서두르지 않고 조심조심 움직였다. 인내심을 가지고 서툰 설의 몸을 조금씩 열어갔다.

"아아!"

설이 신음을 흘렸다.

"괜찮아진 것이냐?"

건은 사랑스러운 설의 뺨을 달래듯이 어루만졌다. 설은 받은 숨을 내쉬며 살짝 고개를 끄덕였다. 건은 그녀의 뒷덜미에 손을 대어 그녀의 얼굴을 자신 쪽으로 끌어서는 그녀의 부푼 입술에 입을 맞추었다. 실짝 윗입술을 깨물자, 설의 몸이 반응했다.

"아름답구나!"

너무나 깊게 파고드는 건 때문에 정신을 차릴 수 없었다. 설의 몸이 살짝 반응하자, 건이 깊게 설의 안으로 쑥 들어왔다.

"허억!"

그녀는 휘몰아치는 감각에 그저 신음만 내뱉을 뿐 어떤 말도 할 수 없었다. 건이 허리를 추어올리자 온몸에서 소름이 돋았다. 하지만 초야(初夜)의 아픔은 느껴지지 않았다. 애타는 느낌에 자연스레 설도 건의 움직임에 따라 스스로 몸을 움직였다. 그것은 본능이 일러준 것이었다. 건이 그녀를 강하게 끌어안자, 심장과 심장이 맞닿았다. 온몸에 전해지는 그의 체온이 따뜻했다. 허리에서 시작한 날카로운 유열은 설의 온몸을 태웠다.

머리끝에서 발끝까지 설은 건으로 가득했다. 그를 가득 자신의 몸에 담고 싶었다. 아직 그는 버거웠지만 설은 그에게 좀 더 다가가고 싶었다. 그런 설의 마음을 느꼈는지 건의 움직임이 격렬해졌다. 건의 허리짓이 과격해지자 찌걱찌걱 살과 살이 마찰하는 소리가 강해졌다. 그러자 설의 꽃잎이 울컥울컥 계속 달콤한 꿀을 토해내었다. 흥건한 애액이 끊임없이 흘러내렸다. 어젯밤과는 달리 자신의 체중이 실리자 건의 분신이 더욱 깊게 설의 안쪽에 닿았다. 설은 애타게 그의 어깨를 끌어안았다. 끌어안지 않으면 어디론가 날아가 버릴 것만 같아서 무서웠다.

"나리, 아앙…… 안 돼요!"

설은 열락에 들떠 저도 모르게 신음했다.

"하악, 나리, 저를 잡아주세요. 날아…… 가 버릴 것만 같아……."

"날아가도 된다!"

건이 뜨거운 목소리로 설의 귓가에 속삭였다. 설의 애원에 그는 굵은 두 손으로 설의 허리를 잡고 강하게 당기면서 허리를 반대로 강하게 추어올렸다. 그리고 안에서 그의 분신이 점점 부피를 더해가자 설의 신음이 깊어졌다.

"나으리, 하악…… 항!"

건이 살짝 허리를 돌려 꽃잎 입구를 휘젓자, 설의 정신이 몽롱해졌다. 강한 쾌감을 참을 수 없었던 설이 저도 모르게 경련하며 몸을 비틀었다. 동시에 설의 내부가 건의 분신을 강하게 조였다. 그러자 건의 분신이 한계치까지 커졌다. 설의 온몸이 절정으로 바들바들 떨렸다.

"나리, 안 돼요…… 하앙…… 아…… 아……."

한계치까지 커진 건의 분신에 설이 애절하게 애원했다. 건이 잡
아먹을 듯 설의 입술을 탐했다.

"설!"

그가 그녀의 이름을 애타게 부르며 설 안에 강하게 토정했다.
설은 모든 것을 잊고 그저 건의 어깨에 얼굴을 기대고 달콤한 숨
을 내쉬었다. 이 압도적인 힘 앞에 모든 것은 의미를 잃었다. 그저
지금은 순수하게 서로를 원하는 남자와 여자가 있을 뿐이었다.

건의 분신이 몸을 빠져나가자 설의 꽃잎이 미처 다 삼키지 못한
백탁액이 주르륵 흘러내렸다. 설의 꽃잎이 파르르 떨렸다. 건이
지친 그녀의 등을 부드럽게 쓰다듬었다. 그리고 그가 자신의 어깨
에 놓인 설의 정수리에 입술을 대고 커다란 손으로 머리카락을 부
드럽게 쓸어내렸다. 너무나 다정하고 사랑스러운 그의 행동에 설
의 마음이 따뜻해졌다. 언제까지 이 온기를 기억하리라 그런 생각
을 하면서 까무룩 설은 다시 정신을 잃었다.

건은 자신의 가슴에 얼굴을 묻고 정신을 잃은 설을 가만히 끌어
안았다. 계속 끌어안고 싶었지만 이 상태로 있다가는 설이 감기에
걸릴 것 같았다. 건은 떼어내기 싫은 그녀를 억지로 떼어내어 침
상에 눕혔다. 밝은 아침 햇살 아래 그녀의 하얀 나신이 눈부셨다.
곳곳에 그가 남긴 순흔이 붉게 남아 있었다. 그것이 설이 자신의
소유라는 증거라도 되는 것 같아 유독 아름다워 보였다.

건은 시비에게 명하여 따뜻한 물과 천을 부탁했다. 건은 치료를 하듯 자신의 타액과 체액으로 물든 그녀를 깔끔히 닦아냈다. 익숙지 않은 경험에 지친 그녀는 쉬이 깨어나지 못했다. 허벅지에 묻은 파과(破瓜)의 흔적을 보면서 건은 얕은 한숨을 쉬었다. 오늘은 쉽게 했어야 했는데, 아직도 붉게 부풀어 오른 그녀의 여성이 안쓰러워 보였다. 하지만 그는 그녀가 목말랐다. 탐해도 탐해도 그녀는 부족했다. 건은 살며시 그녀의 이마에 입을 대고는 가만히 이불을 덮어주었다.

한 번 놓쳤던 작은 새였다. 건은 이제는 그녀를 절대 놓아줄 수 없었다. 실수는 한 번이면 족했다. 그녀가 누구든 자신의 곁에 둘 결심을 하자 그동안 어두웠던 마음이 진정되며, 건은 상쾌한 기분이 되었다.

다시 설이 깨어났을 때 시간은 벌써 정오를 향하고 있었다. 설은 자신의 빈 옆자리를 허전하게 바라보았다. 배가 고파진 설은 얼른 몸을 일으켰다. 설은 자신이 얌전히 자리옷을 입고 있는 것을 발견하고는 깜짝 놀랐다. 분명 건에게 망측한 자세로 안겨 정신을 잃었었다. 그러나 그의 타액과 체액으로 흥건했던 몸이 말끔했고, 자리도 말끔하게 정리되어 있었다. 설은 자신의 붉은 뺨을 두 손으로 감쌌다. 폭풍 같았던 밤이었다. 설은 몸을 일으키려 했지만 온몸이 물 먹은 솜에라도 젖은 듯 꼼짝할 수가 없었다.

결국 설은 꼬박 하루를 앓아누웠다. 호연제는 혹시나 설에게 큰

일이라도 있는가 싶어서 계속 방 주변을 기웃거렸다.

"나리, 설이 대체 어디가 아픈 것인가요? 다친 곳이 탈이 났나요? 그동안 거의 먹지도 쉬지도 못했습니다. 모두 제 탓이에요."

호연제가 울먹이자, 건은 민망해졌다. 분명 호연제의 말이 사실이지만 그녀를 극단으로 몰아붙인 것은 자신이었다. 건은 위청과 곽정이 자신을 의미심장하게 바라보자 헛기침을 했다.

이제 그들도 설이 여자라는 것을 알게 되었고, 호연제와 설을 애써 쫓으라 했던 건의 행동을 이제야 이해하였다. 어떤 여자에게도 관심을 두지 않았던 건이 유독이 설을 보호하고자 했던 것도 다 이런 남녀 간의 애달픈 끌림 때문이었을 것이다.

"너의 탓이 아니다. 곧 일어날 테니 너무 노심초사하지 않아도 된다."

건은 근심에 찬 호연제의 머리를 쓰다듬었다.

"괜찮아지겠죠?"

"걱정하지 마라. 설은 내가 보호할 터이니……."

건의 말에 위청과 곽정은 놀랐다. 그 정도일 줄은 몰랐다. 그들은 생각보다 그들의 주군이 설을 아끼는 마음이 매우 크다는 것을 알았다. 게다가 건은 종일 앓아누운 설의 곁을 떠나지 않았다. 간단한 시중을 들겠다는 시비도 물리쳤다. 건에게 이를 말이 있어 저녁 무렵 방에 잠시 들른 위청은 건이 다정하게 설의 이마의 땀을 닦아주는 것을 보았다. 위청은 자신의 눈을 의심했다. 여인에게 건이 저리 다정하게 구는 것을 본 적이 없었다. 설을 바라보는 건의 얼굴이 너무나 사랑스러운 존재를 바라보는 듯 부드러웠다.

위청은 건의 마음에 설이 단단히 자리 잡은 것을 알았다. 아직 그녀의 정체에 대하여 밝혀진 것은 없었다. 위청은 설이 그저 이름 없는 여인이기를 소망했다. 아무런 제약 없이 설이 건의 곁에 머물기를 위청은 달에게 빌고 싶었다. 그래서 건이 행복해지기를, 주군의 행복한 얼굴을 보고 싶어하는 위청이었다.

사호 주변은 갈대가 무성하여 좋은 풍광을 자랑했다. 때는 이미 8월 하순이라 낮에는 너무나 뜨거웠고, 밤에는 기온이 뚝 떨어졌다. 이렇게 뜨거운 낮의 태양과 밤의 낮은 온도가 지속되어 암석들이 널리 깔린 황량한 건조지역인 거비(戈壁)가 생기는 것이다. 흉노인들은 그 거비의 일부에 있는 얼마 되지 않는 초원을 찾아 이리저리 헤매었다.

이동이 많은 만큼 그들의 짐은 단출했다. 그래서 그런지 설도 호연제도 짐이라고는 거의 없었다. 사계절 내내 입는 가죽옷을 제외하고는 변변한 옷가지도 없었다. 그리고 무엇 하나 기대하는 것도 없었다. 설은 이곳에 온 지 벌써 한 달 가까이 흘렀으나 건에게 딱히 부탁한 것이 없었다. 오직 한 가지 부탁하였던 것은 자신이 입을 남복 한 벌뿐이었다. 그리고는 안전을 위하여 당분간 자신을 이곳에서 일하는 무사처럼, 그리고 호연제를 자신의 동생으로 대해달라고 부탁했다. 건은 흔쾌히 그녀의 부탁을 받아들였다. 호연제를 노렸던 살의 기운이 언제 이들을 다시 해하려 할지 알 수 없었기에 어떡해서든 그녀를 그의 곁에 두고 싶었기 때문이었다.

건은 그녀가 여인이기를 바랐으나 혼절에서 깨어나자마자 설은 다시 무사로 돌아갔다. 물론 여러 가지 안전을 위해선 설을 사람들이 남자라고 생각하는 편이 좋았으나 건은 그녀가 가끔은 자신에게만은 여인의 모습을 보여주었으면 싶었다. 하지만 그녀를 안았던 그날 이후, 건은 그녀를 만지기는커녕 얼굴조차 볼 수가 없었다. 건도 이곳에서 여러 가지 업무로 분주했고, 설은 거처를 바로 무사들이 있는 곳으로 옮겨 버렸다.

아리따운 설을 무사들이 득실득실한 곳에 놓아두려니 마음이 바작바작 타는 듯했다. 건은 그나마 호연제가 설과 같이 있다는 것으로 위안했다. 물론 위청과 곽정이 건의 명에 따라 주의 깊게 설과 호연제를 보호하고는 있으나, 그들은 어디까지나 건의 호위 무사였다. 따라서 건과 함께 움직여야 했다. 하여 건은 다른 무사들이 혹시나 설의 정체를 알아차릴까 노심초사했다.

한편 건은 계속 위청에게 설과 호연제의 정체에 대하여 알아낸 것은 없는지 확인하고 있었다. 아무래도 그날 야시장에서 살수는 호연제를 노렸음이 분명했다. 겨우 일곱 살 먹은 아이를 노릴 사유가 무엇인가? 그리고 지나칠 정도로 설은 호연제의 안위를 걱정했다. 단순히 모시는 주군의 안위를 걱정하는 것과는 달랐다. 그리고 분명 그날 단도는 흉노인의 것이었다. 같은 흉노인이 쫓을 이는 과연 누구인가?

현재 흉노는 선우가 승하하고, 우현왕과 좌현왕 간의 권력 다툼이 심해졌다. 한서제가 선우의 아들을 찾는 것처럼 그들도 선우의 어린 아들을 찾고 있었다. 그리고 연지산에서 설과 호연제가 그리 감쪽같이 종적을 감출 수 있었던 것도 누군가의 도움이 없었다면 불가능해 보였다. 건은 호연제가 선우의 아들이 아니기를 빌었다. 건은 그저 그들이 이름 없는 이들이기를 바랐다.

이런저런 생각에 잠겨 있는 건에게 죽간이 도착했다. 어머니에게서 온 것이었다. 벌써 일 년 가까이 집을 비우고 있으니 어서 황도로 돌아오라는 간곡한 부탁이었다. 건도 이제는 슬슬 장안으로 돌아가야 한다는 것을 알았다. 하지만 왠지 쉽사리 발길을 옮길 수가 없었다.

어머니의 걱정이 신경 쓰이지 않는 것은 아니었으나, 건은 후사보다는 일이 급했다. 열여섯에 얻은 그의 첫 번째 아내는 아쉽게도 이듬해 병사하고 말았다. 그동안 건은 일에 빠져 아내를 들이지 못했다. 후사를 잇는 것이 중요함을 모르는 바는 아니나, 아들을 보고 싶을 만큼 마음에 드는 여인은 없었다. 그의 미모에 혹한 여자들은 주변에 끊이지 않았고, 건 또한 그녀들의 유혹을 굳이 거부하지 않았다. 그러나 누구도 그의 마음을 붙들지는 못했다. 그의 차가움에 여인들은 한숨지었다. 건의 어머니는 누구에게도 마음을 주지 않는 아들을 보면서 애달아 했다.

건은 답답한 심정으로 발걸음을 사호로 옮겼다. 사호의 바람이 막힌 속을 뚫어줄 것만 같았다. 노을이 지는 사호는 아름다웠다. 고즈넉한 사호 주변에서는 서걱대는 갈대의 서늘한 바람 소리만이 들렸다. 건이 그 풍광에 심취해 있을 때, 작은 움직임이 건의 신경을 잡아끌었다. 건은 그 정체를 쫓아 가까이 다가갔다.

설이었다.

그녀가 갈대숲에 숨어서 작은 어깨를 말고는 몸을 웅크리고 있었다. 그 모습이 길을 잃은 강아지처럼 애처로웠다. 그리고 설에게서 느껴지는 분위기가 평소와는 사뭇 달랐다. 그것은 설의 검에 섞여 있던 건을 묘하게 이끌던 약함이었다. 건은 순간 설에게 무슨 일이 있었는지 걱정이 되었다. 그것은 이성이 아니라 그저 건의 심장이 그대로 느낀 것이었다. 분명 호연제를 향하여 날아오는 단도를 몸으로 막아낼 정도로 강단이 있는 설과는 다른 설이 그 앞에 있었다.

설은 자신의 어깨에 조용히 내려앉은 손길에 흠칫했다. 그러나 곧 그가 건임을 알았다. 그에게선 항상 독특한 사향이 풍겼다. 그 향에 취하는 것 같다는 생각을 하곤 했었다. 건은 아무런 말도 하지 않고 그저 그녀의 어깨에 손을 얹고 기다려 주었다. 한참이나 그렇게 두 사람은 아무런 말 없이 함께 호흡했다. 보름달이 휘영청 솟아 사호를 물들이고 있었다. 두 사람의 그림자가 달빛을 받아 일렁이는 사호에 길게 드리워졌다. 그렇게 한참을 아무런 말이 없었던 설이 조용하게 입을 열었다.

"제 휘(이름)가 왜 설(雪)인지 아십니까?"

설의 음성이 무겁게 가라앉아 있었다. 설을 방해하지 않기 위해 건은 숨을 죽였다.

"낯선 휘죠. 흉노인에게는. 한족인 어머니가 지어주신 휘입니다."

건은 왜 설이 한족의 하얀 피부를 가지고 있었는지 이해가 되었다.

"어머니는 저를 임신한 채로 공자님의 아버님께 시집을 왔습니다. 결국 저를 낳고는 채 삼칠일도 안 되어 세상을 떠났지요. 그 어미가 제게 남겨준 유일한 것이 설이라는 휘입니다. 아비와 만나 저를 가지게 된 것이 첫눈 오는 날이었다고요. 그 어미가 죽은 날이 바로 오늘입니다. 아마 공자님의 아버님께서 거두어주지 않으셨다면 저도 같이 죽었겠지요."

설은 잠긴 목소리로 조용히 읊조렸다. 건은 아무런 말 없이 설이 말을 마치기를 기다렸다. 그리고는 그저 그녀의 어깨를 조용히 끌어안았다. 그녀의 어깨가 건의 커다란 손에 쏙 들어왔다. 이렇게 가냘픈 여인이 검을 들고 호연제를 지켰다는 것이 기특하게 느껴질 지경이었다.

설은 아무런 말 없이 자신의 곁을 지켜주는 건이 고마웠다. 지금은 아무런 말도 필요 없었다. 밤이 되어 바람이 찬데 조용히 자신의 온기를 나누어 주는 건은 그 존재만으로도 큰 위안이 되었다.

"외로웠겠구나!"

건의 한마디에 설은 자신의 마음속 한 켠에서 팽팽히 긴장하고 있던 실이 툭 하고 끊어지는 느낌이었다. 그녀의 사정을 아는 이들은 가끔 힘들었겠다고 위로를 했다. 하지만 힘든 것은 견딜 수 있었지만 정작 그녀를 힘들게 한 것은 이 세상에 혼자라는 외로움이었다. 건의 그 말에 설의 눈에서 눈물이 차올랐다.

설의 눈물은 달빛을 받아서 보석처럼 반짝였다. 건은 조용히 손을 들어 그녀의 눈물을 닦아주었다. 그리고는 건은 자신의 뺨을 설의 뺨에 가져다 대었다. 설의 눈물이 느껴졌다. 다시 눈물이 차오르자, 설의 눈썹에 맺혔던 이슬 한 방울이 이번에는 건의 입속으로 빨려 들어갔다. 건은 이내 자신의 입술로 그녀의 눈썹이며 볼에 어린 눈물을 씻어냈다. 그리고는 살며시 입술로 설의 콧등에 입맞춤했다. 그리고는 다시 입술을 그녀의 귓불로 가져가 가만히 속삭였다.

"나에게 기대어도 된다."

건의 따뜻한 음성에 설의 마음은 녹아들었다. 그가 귓불에 따뜻한 숨을 불어넣자, 그녀의 귀밑머리가 사르르 날렸다. 그가 다시 입술을 뺨으로 미끄러뜨려 입술에 다가오자 설은 그의 더운 숨결을 환영했다. 뜨겁게 달아오른 그의 달뜬 호흡을 설은 기쁘게 맞이했다. 건이 아랫입술을 살짝 깨물자 설의 입이 자연스레 벌어졌다. 입안으로 그의 혀가 쏟아져 들어왔다. 설의 혀도 이번에는 도망가지 않았다. 서툴게 그의 혀를 맞이하였다. 설은 건의 혀가 생명이라도 되듯이 애타게 혀를 엮었다.

건은 항상 도망가던 그녀가 자신을 거부하지 않자 온몸이 후끈 달아오르는 기분이었다. 시작은 그저 그녀를 위로하고 싶었다. 하지만 그녀에게 닿는 순간 모든 것은 의미를 잃었다. 서걱대는 갈대 소리와 그 앞에 설뿐이었다. 밤이 되어 사호의 온도가 급격히 떨어졌으나 뜨거운 두 가슴은 추위를 몰랐다.

설이 달뜬 신음을 흘리자 건은 그녀의 허리를 덥석 끌어안았다. 그제야 모든 것이 완벽해진 기분이었다. 건은 그녀를 그의 품에 조용히 안아주었다. 그의 온몸은 그녀에 대한 열기로 뜨거웠으나 건은 슬픔에 빠진 설을 위로하고 싶었다. 그저 설이 자신이 곁에 있다는 것을, 힘이 들 때, 자신에게 기대어주기를 바라는 그 마음을 포옹으로 전하고 싶었다.

설은 입맞춤으로 달뜬 얼굴을 건의 가슴에 묻었다. 서늘한 그의 옷자락이 뜨거운 얼굴에 시원하게 닿았다. 설은 그의 가슴에 얼굴을 묻고 너무나 안도했다. 마치 집에라도 돌아온 듯, 설은 그의 품속이 너무나 안온했다. 이 유혹을 피하기 위해서 그동안 한사코 건과 만날 기회를 피해왔었다.

그녀는 계속 생각했다. 그가 그녀를 안았던 것은 그저 여인이 필요해서였던가? 설은 한 번도 겪어보지 못한 남자와 여자와의 내밀한 감정에 무방비했다. 이럴 땐 도대체 어찌해야 하는지 알 수가 없었다. 아무런 훈련도 없이 거대한 적을 맞이하여 검을 들고 초원에 서 있는 기분이었다. 그녀가 가진 그에 대한 감정은 무엇인가? 그는 계속 원하지 않았던, 그녀가 숨겨왔던 내밀함을 끌어내었다. 그것이 혼란스러워 설은 건을 피해왔다. 그러나 설은 오늘 깔끔하게 자신의 감정을 인정했다. 숨기고 누르려 해도 더 이상은 자신에게 그 감정을 속일 수 없었다. 건이 자신을 어떻게 생각하고 있는지 알 수 없으나 최소한 설의 감정은 확실해졌다.

그를 은애(恩愛)한다.

건은 조용히 설을 안아 들었다. 점점 떨어지는 온도에 더 이상은 바깥에 있을 수가 없었다. 안으로 들어가야 했으나 그녀를 떼어놓기도 싫었다. 설이 거부하지 않고 조용히 그의 가슴에 얼굴을 기대자 건은 모든 것을 얻은 것만 같았다.

집 안으로 들어오자 건은 발걸음을 자신의 방으로 옮겼다. 추위에 굳은 그녀를 빨리 녹여주고 싶었다. 건은 조심히 그녀를 침상에 눕혔다. 그리고는 자신도 그녀의 곁에 누웠다. 피곤했던지 설은 곧 그의 품에서 잠이 들었다. 그러나 설의 작은 두 손은 건의 옷자락을 꼭 잡고 있었다. 마치 건이 어디론가 가버리는 것을 두려워하는 듯한 그녀의 손길에 건은 차마 그 손을 떼어낼 수 없었다. 그렇게 잠이 든 설의 얼굴이 그린 듯이 말갰다. 아기처럼 평온한 잠에 빠져들던 설이었다. 그 잠을 깨울 수 없어 건은 그녀를 품에 안고 함께 잠을 청했다. 그저 그녀가 자신의 품에 안겨 있는 것만으로 건은 행복했다. 이제야 그녀를 오롯이 자신의 품에 둔 것 같았다. 그렇게 설과 건이 고이 잠든 방 안을 달빛이 아름답게 감싸고 있었다.

"간만에 날이 좋구나!"

"주군, 그동안 날은 계속 좋았습니다."

위청이 핀잔을 주자 건은 떨떠름한 표정을 지었다. 그런 건의 표정을 바라보며 위청은 속으로 미소 지었다. 위청은 기실 아까부터 건을 힐끔거렸다. 그동안 내내 저기압이던 주군이 오늘은 아침부터 기분이 좋아 보였기 때문이었다. 어제는 분명 어머니에게 죽간을 받고 상당히 언짢아했었다. 그런데 오늘을 아침부터 싱글벙글이었다. 그 모든 것이 아마도 설 때문이리라 위청은 짐작했다. 위청은 모른 척했으나 분명 둘이 함께 밤을 보낸 것이 분명했다.

평소와 같이 이른 아침에 기상한 위청은 설이 살금살금 도둑고양이처럼 건의 방에서 나오는 것을 발견했다. 설의 얼굴 또한 발갛게 달아올라 있었다. 그동안 어떻게든 건과 마주치는 것을 피해 왔던 설인지라 위청은 꽤나 놀랐다. 하지만 위청은 설이 건의 마음을 받아주었으면 했다. 물론 앞으로 그 길이 얼마나 험난할는지 예상할 수 없으나 그래도 설이 주군에게 따뜻한 휴식처가 되어주었으면 했다.

설이 갑자기 연지산에서 사라지자 급하게 그 행방을 찾은 건은 평소의 냉정한 주군과는 달랐다. 설과 호연제가 사호에 있다는 소식을 듣자마자 득달같이 걸음을 옮겼다. 설을 저잣거리에서 발견하자 건의 표정이 눈에 띄게 밝아졌다. 그 모습을 보자 위청은 생각보다 설이 건의 마음에 크게 자리 잡고 있다는 것을 알았다.

오늘은 건이 간만에 그 나이 또래의 젊은이로 보여 위청은 즐거웠다. 어린 나이에 결혼했던 아내를 보내고 오랫동안 홀로 지낸 건이었다. 그동안 모든 정열을 일에만 쏟았다. 하지만 이제는 그만 후사를 잇는 일에 집중을 했으면 했다. 비록 설이 낳은 아이가 정식 아들이 될 수는 없더라도 아비가 되면 건도 좀 더 안정감을 지닐 것 같았다. 설은 이목구비가 영락없는 한족이라 그저 이름 모를 한족의 여인이라 하면 크게 문제는 되지 않을 거라 생각하는 위청이었다.

사호의 갈대숲 사이로 어린 소년의 목소리가 낭랑하게 울렸다. 햇살이 사호에 떨어져 일렁이는 은빛 비늘이 춤을 추었다. 지천으로 핀 갈대가 바람을 가르는 검의 소리에 함께 흔들렸다. 모래 둔덕에 긴 발자국을 남기며, 호연제가 날렵하게 날아올랐다. 호연제의 검끝이 향한 곳에 건이 서 있었다.

"이얍."

호연제가 꽤 날카롭게 검을 휘둘렀으나, 건은 여유 있게 방어했다. 건의 푸른색 장포가 바람에 가볍게 휘날렸다. 건의 얼굴 표정은 아주 즐거워 보였다. 우수한 학생을 대하는 스승의 얼굴이었다.

"아직, 검보다 마음이 너무 앞서고 있다."

건의 지적에 호연제는 빈틈을 노려 접근했다. 하지만 이내 건은 슬쩍 호연제의 검을 피하며, 어느새 호연제의 목을 겨누고 있었다.

"이런······."

호연제가 분한 듯이 신음을 내뱉었다. 건이 검집에서 검을 뺐다면 호연제의 목은 단 한 번에 날아갔을 것이었다.

"실망할 것 없다! 그 정도면 아주 빠르고 정확한 편이야."

건이 위로하였으나 호연제는 씩씩거리며 건을 바라보았다. 호연제의 무술을 그동안은 설이 가르쳐 왔으나, 최근에는 건이 가끔 시간을 내어 호연제를 가르쳤다. 아무래도 여자인 설의 검과 남자인 건의 검은 달랐다. 설의 검이 날렵하고 날카롭다면, 건의 검은 진중했다. 설이 빠른 몸놀림과 속도로 상대방을 제압한다면, 건은 정확하고 치명적이었다. 설은 체력의 열세를 만회하기 위해서 빠른 속도로 속전속결을 해왔기에 장기전에는 불리했다. 그런 사유로 건이 호연제를 가르치게 된 것이었다.

건과 호연제는 잠시 나무 밑에 앉아 땀을 식혔다. 호연제가 생각에 잠긴 목소리로 중얼거렸다.

"조금 더 강해져야 합니다."

건은 호연제를 바라보았다.

"그래야 저를 지키는 설이 조금이나마 마음을 놓을 테니까요."

건은 그런 호연제가 기특했다. 설과 호연제는 이제 남매 같았다. 서로가 아끼는 마음이 가상하여 가끔 질투가 날 정도였다.

"설이 언제부터 너를 지켰더냐?"

"제가 태어나서부터 쭈욱 제 곁에 있었습니다."

"꽤나 긴 인연이구나!"

호연제는 먼 산을 바라보며 과거를 떠올렸다.

"제가 3살 무렵이었을 겁니다. 용성대제(龍城大祭, 흉노인이 일
년에 두 번 하늘에 제사를 지내는 것으로 5월에 열리며, 제사장은 선우
부부이다)가 한창 열리는 와중이었습니다. 늑대가 저를 물고 초원
으로 도망을 쳤지요. 초원에서 늑대가 물어가면 거의 살기는 어렵
다고 봐야죠."

호연제가 그때의 공포가 생각난 듯 살짝 얼굴을 찡그렸다.

"부모님께서 저를 찾으시어 사람을 풀었으나 근 이틀을 찾지
못했다고 합니다. 그래서 포기하려던 때, 설 혼자서 그 넓은 초원
을 혼자 찾았습니다. 발이 부르트고 물을 마시지 못해 입술이 갈
라지고 허기에 시달리면서도 한사코 저를 찾겠다고 끝까지 포기
하지 않았습니다. 겨우 저를 찾아서 설은 자신의 물과 식량을 제
게 주었습니다. 그리고 이틀 후에 지나가던 이들에게 발견되어 간
신히 살았죠. 그때 설이 저를 찾지 않았다면 저는 여기에 없습니
다. 부모님도 포기한 저를 설은 끝까지 포기하지 않았습니다."

호연제의 목소리가 가늘게 떨렸다.

"저도 나리처럼 빨리 강한 어른이 되고 싶습니다. 그러면 제가
설을 지켜줄 수 있을 테니까요!"

둘 다 끔찍이도 서로를 아꼈다.

"나리!"

조용히 물을 마시던 건은 갑자기 호연제가 정색을 하고 부르자
긴장했다.

"설을 어찌하실 것입니까?"

건은 마시던 물이 목에 걸린 느낌이었다.

"어찌하다니?"

건이 심상한 말투로 물었다.

"설은 무사입니다. 허투루 대할 여인이 아니라는 뜻입니다."

'맹랑한 녀석'이라고 건은 생각했다. 어린 녀석이 마치 설의 아비나 되는 양 자신을 다그치자 입안이 썼다. 하지만 너무나 진지하게 호연제가 자신의 얼굴을 바라보자 건도 진지하게 답변을 했다.

"아끼는 사람이다."

"아무리 어려운 상황이 되어도 설을 곁에 두고 아껴주시겠습니까?"

"그리하마!"

건과 호연제는 남자 대 남자로서 굳은 약속을 하였다. 호연제는 자신을 위하여 온 삶을 거는 설이 안타까웠다. 자신을 선우로 만들겠다는 일념으로 모진 고통을 겪어내고 여자로서의 삶을 포기한 그녀였다. 지금 당장은 어린 자신이 그녀에게 기대고 있었지만 언제까지 그녀를 자신의 곁에 붙잡을 수는 없었다. 호연제는 설이 건을 선택한다면 그녀를 보내줄 작정이었다.

처음으로 누군가를 마음에 담은 설이었다. 건이라면 호연제는 설을 보내줄 수 있었다. 시답지 않은 사내라면 호연제는 망설였을 것이다. 그러나 그동안 곁에서 바라본 건은 주군으로서도, 남자로서도 훌륭한 사람이었다. 어떤 정치적인 상황을 떠나서 건은 남자로서의 약속을 지킬 것이라 호연제는 믿어 의심치 않았다.

미래가 어떠할는지 예측할 수는 없다. 지금 이렇게 사호에서 함께 머무르는 그들의 인연이 계속 평화로울지는 누구도 장담할 수 없었다. 어느 순간 설과 호연제는 떠나야 할 수도 있었다. 그러나 호연제는 건의 남자로서의 약속을 믿기로 했다.

집으로 돌아오자, 설이 그들을 맞이했다.

"시장하시지요, 공자님?"

설이 호연제의 안위부터 챙기자 건은 이해는 되면서도 서운했다.

"응, 설! 배가 고프네."

호연제가 갑자기 설에게 어리광을 피우자, 설은 그런 호연제가 귀여운 듯 머리를 쓰다듬었다.

"저녁이 준비되었으니 들어가시지요."

호연제를 따라 안으로 들어가려는 설을 건이 한쪽으로 잡아끌었다. 설이 '무슨 일'이냐는 눈빛을 건에게 던졌다. 건은 화가 난 듯 설을 정원으로 이끌었다. 정원에 아무도 없다는 것을 확인한 건은 갑자기 설의 얼굴을 두 손으로 감싸 안았다.

"나으……."

깜짝 놀란 설은 미처 말을 끝맺지도 못하고 건의 입술에 갇혔다. 건은 마음껏 설의 혀를 탐하고는 겨우 설을 놓아주었다.

"어인 일이십니까?"

설의 얼굴이 도홧빛으로 물들었다. 매번 입맞춤을 할 때마다 부끄러워하는 설이었다. 건은 설의 귀에 나직이 속삭였다.

"다음에도 나를 아는 척을 안 하면, 그땐 그냥 안아버릴 거야!"

건의 어리광에 설은 어쩔 줄을 몰랐다. 위청과 곽정에게는 근엄한 주군인 그가 가끔 이런 모습을 보일 때면 설은 타인이 모르는 그의 모습을 알게 되어 한편으로 은근 기쁘기도 했다.

"노여우셨습니까?"

설이 조심스레 물었다.

"다음에는 반드시 나에게도 물어보라!"

건의 억지에 설은 웃음이 나왔다. 건은 그 커다란 어깨를 잔뜩 말고 뿔이 난 듯했다. 설은 두 발을 사뿐히 들어 올려 건의 뺨에 살짝 입술을 가져다 대었다. 그저 어린아이처럼 뿔이 난 건이 귀엽다고 느껴졌기 때문이었다. 설이 처음으로 자신에게 먼저 입맞춤하자 건은 순간 놀랐다. 그러나 설의 도발이 즐거웠다.

"이런. 하려면 제대로 해야지."

건은 설의 허리를 확 자신 쪽으로 끌어당겼다. 건의 움직임에 설은 수줍어하면서 그의 턱에 살짝 입술을 맞추었다. 깜찍한 분홍색 혀가 그의 턱을 간질였다. 그리고는 살며시 설의 입술이 건의 아랫입술을 깨물었다. 건이 부러 입술을 굳게 다물고 있자 설이 당황하는 기척이 느껴졌다. 설은 그의 닫힌 입술을 열고자 수줍게 혀를 내밀어 그가 하듯 그의 윗입술을 덧그렸다.

건은 설의 서툰 도발에 온몸이 달아올랐다. 이렇게 서툰 몸짓으로 자신을 열정으로 몰아넣는 이 여인은 도대체 누구인가? 건은 결국 참지 못하고 입을 벌려 그녀의 혀를 왈칵 빨아 당겼다. 갑작스런 건의 행동에 순간 당황하였으나 설은 열심히 그의 혀에 자신의 혀를 얽었고, 그의 타액을 달게 마셨다. 이미 그들의 머릿속에 저녁은 생각나지 않았다.

7. 설雪, 흩날리다

묵돌에게서 연락이 온 것은 설이 다쳐 건의 곁에 머문 지 거의 한 달이 되었을 무렵이었다. 저잣거리를 걷고 있는 설에게 누군가 툭 하고 죽간을 주고 갔다. 미처 설이 상대방이 얼굴을 파악하기도 전에 순식간에 발생한 일이었다. 설은 순간 불안해지는 마음을 금할 수 없었다. 만약 묵돌에게서 온 연락이라면 그것은 이제 이곳을 떠나 피하라는 의미였기 때문이었다.

내용은 예상한 바대로였다. 우현왕이 호연제를 쫓고 있으니 몸을 피하라는 내용이었다. 그리고 한서제가 사호로 왔다는 첩보가 있으니 조심하라는 내용도 있었다. 휴도를 쳤던 이광의 군사가 한서제가 있다는 사호 주변으로 움직이고 있다는 정보였다. 설도 알고 있었다. 한군에게 붙잡히면 그들은 인질이 될 터였다. 한서제는 이민족의 왕족들을 장안에 머무르게 하며, 피정복인들에게 복종을 요구했다. 호연제는 선우의 아들이니 더할 나위 없이 좋은 인질일 터였다. 물론 일부 인질들 중에는 한나라에 귀화하여 성을 하사받고 한의 조정에 등청하는 이들도 있었다.

하지만 호연제는 인질이 되어선 안 되었다. 인질이 되는 순간, 차기 선우의 자리는 요원했다. 즉, 인질은 죽을 때까지 장안에서 기거해야 한다. 흉노로 시집온 한족 여인들이 죽어서도 돌아갈 수 없는 것과 같았다. 설도 알고 있었다. 언제까지 이곳에, 그의 곁에 머물 수 없다는 것을. 호연제의 안위를 위해선 빨리 이곳을 떠나야 했다. 하지만 설은 한숨을 내쉬었다.

저녁을 물리고 나서 설은 조용히 호연제와 마주했다. 떠날 준비를 해야 한다는 말을 해야 하는데 설은 차마 입이 떨어지지 않았다. 설도 간만에 아이다운 모습으로 돌아가 쾌활해진 호연제를 보는 것이 즐거웠다. 근 반년 가까이 되는 도피 기간이었다. 그러나 이곳에서 설과 호연제는 고요함을 즐겼다. 마치 전쟁이란 없듯이 그저 평화로운 한 시대를 사는 평범한 사람이 된 듯했다.

"설, 오늘은 위청과 함께 검술을 했어."

호연제가 들뜬 목소리로 하루 일과를 전했다. 그런 호연제를 보면서 설은 차마 떠나야 한다는 말을 할 수 없었다.

'하루만, 아니, 오늘 밤만 지내고 내일 새벽에 떠나도 늦지는 않을 것이다.'

설은 이 망설임이 호연제를 위한 것인지 자신을 위한 것인지 알 수가 없었다.

잠든 호연제를 물끄러미 바라보던 설은 심란한 맘을 진정시킬 수 없어 정원으로 나왔다. 모래로 둘러싸인 이곳에도 꽃은 피었다. 설은 깊게 한숨을 내쉬었다. 그러면서 자연스럽게 시선은 건의 방 쪽을 향했다. 이미 삼경(三更)이 넘었으니 그는 잠이 들었을 것이다. 아무런 말도 없이 떠나려 하니 마음 한 켠이 선뜩했다. 그러나 그의 얼굴을 보면 차마 떠난다는 말을 할 수 없을 것이다. 연지산을 떠나올 때도 괴로웠지만 이제는 수족을 끊어내는 것 같았다.

당시에 설이 느낀 건에 대한 감정은 호의, 생명을 구해준 은인에 대한 감사 그리고 처음으로 느낀 설렘과 동경이었다. 그의 옆에서 설레고 머물고도 싶었지만 그래도 그때는 감정을 정리하고 떠날 수 있었다. 하지만 지금 설은 호연제에 대한 자신의 임무와 건에 대한 자신의 감정 사이에서 갈피를 잡지 못하고 있었다.

살기 위해서, 사랑하기 위해서 목숨을 걸어도 되지 않는 시대에 태어난다는 것은 얼마나 큰 축복인가? 설은 그런 생각에 빠져들었다. 태어난 시점부터, 선우가 그녀를 가엽게 여겨 거두어주지 않았다면, 거비에 버려져 늑대의 밥이 되었을 수도 있다. 살기 위해서 그녀는 항상 투쟁해야 했다.

하지만 설은 그저 필부의 아내로, 귀여운 아들딸과 은애하는 가군(家君, 남편)과 오순도순 살고 싶었다. 그것은 이룰 수 없는 꿈이다. 자신의 임무를 그녀는 너무나 잘 알고 있었다. 하지만 최근 건에 대한 그녀의 감정은 더욱더 깊어지고 있었다. 호연제에 대한 애착과는 그 깊이가 달랐다. 호연제는 이제 동생처럼 그녀가 보호해 주어야 할, 어쩌면 그동안 아무것도 기댈 곳 없는 그녀를 이 세상에 붙들어주는 존재였다. 그저 이제 떼려야 뗄 수 없는 그런 존재였다.

하지만 건은 그녀가 여자로서 첫 정을 준 이였다. 그의 손길에 관능을 배웠고, 그의 품 안에서 여자가 되었다. 그는 그녀가 꼭꼭 숨기고 있던 내밀한 감정까지 끌어내었다. 그리고 설은 어느샌가 건을 신뢰하고 의지하고 있었다. 건의 곁에서 지친 어깨를 기대고 쉬고 싶었다.

하지만 건이 그녀에게 지닌 감정은 소유욕인지 욕망인지 그녀는 알 수 없었다. 그는 자신의 감정에 대해서는 어떤 언질도 주지 않았다. 남녀 간의 애정에 무지한 그녀로서는 차마 그에게 물어볼 수도 없었다. 그럼에도 불구하고 설은 그에게 속절없이 빠져들었다.

그를 떠나도 설은 다시는 어떠한 남자도 곁에 두지 않을 것임을 알았다. 그런 생각에 잠긴 설의 뺨에 한줄기 눈물이 흘러내렸다. 그에 대한 감정보다 더 깊고 내밀한 감정을 다시는 다른 사내에게서 느낄 수 없을 것 같았다.

그를 은애한다.

이내 설은 무엇인가 결심한 얼굴로 건의 방으로 향했다. 이곳에서만은 위청도, 곽정도 밤에는 불침번을 서지 않는다. 설은 조용히 그의 방문을 두드렸다.

"나리."

모기처럼 작은 목소리, 그러나 마치 기다렸다는 듯이 건의 방문이 열렸다. 아직 그도 잠자리에 들지 않았던 듯, 옷을 입고 있었다. 하지만 올려 묶었던 머리가 풀어져 그의 얼굴을 감싸고 있었고 항상 단정하던 그의 옷자락이 벌어져 탄탄한 가슴이 보였다. 건은 아무런 질문도 하지 않고 설을 안으로 들였다.

막상 건의 방까지 왔으나 설은 갑자기 당황스러워졌다. 건은 그저 지그시 그녀를 응시했다. 그녀가 무엇인가를 말해주기를 바라는 듯한 눈빛이었다. 설은 그런 그의 눈빛을 차마 마주하지 못하고 그의 가슴에 자신의 얼굴을 묻었다. 자신의 못다 한 말이 그의 가슴에 직접 닿기를 바랐다.

새끼 고양이처럼 자신의 가슴에 얼굴을 부벼오는 설을 건은 가만히 응시했다. 그는 알고 있었다. 오늘 묵돌에게서 온 연통이 그녀에게 닿았고, 그녀가 곧 떠나려 한다는 것을. 그리고 호연제가 선우의 아들이라는 것도 위청의 보고를 통해서 알게 되었다. 저녁 식사 때부터 아무런 말이 없던 설을 계속 주시했다. 그녀가 자신에게 한마디라도 말해주기를, 자신을 믿고 도움을 청해주기를 바랐다. 하지만 그녀가 끝내 아무런 말 없이 그녀의 방으로 물러나자 건은 가슴이 먹먹해졌다. 그래서 그는 결국 늦은 밤까지 잠 못 이루고 있었던 것이다. 그런데 그녀가 자신에게 처음으로 먼저 다가왔다. 그러나 그녀는 여전히 아무런 말도 하지 않았다. 그저 자신의 품에 얼굴을 묻었을 뿐이었다.

설은 그의 가슴에서 얼굴을 떼고 촉촉이 젖은 눈망울로 그를 바라보았다. 그녀는 자신의 온 마음을 담아, 그의 입술에 입맞춤했다. 그의 입술은 거부인 듯 닫혀 움직이지 않았다. 설은 건이 그저 가만히 목석같이 서 있자 슬퍼졌다. 그녀가 입술을 떼자 건이 물었다.

"내게 하고 싶은 말은 없느냐?"

건은 대답을 갈구하듯 그녀를 응시했다.

설은 밀하고 싶었다. 자신을 붙잡아달라고. 그리고 애원하고 싶었다. 자신을 사랑해 주기를. 그리고 무엇보다도 목청껏 외치고 싶었다. 당신을 은애한다고! 설은 그저 낮게 신음하듯 그를 불렀다.

"나리! 흐흑……."

숨기지 못한 울음이 비어져 나왔다. 설의 입술이 가늘게 떨리고 온몸이 마치 쓰러질 듯 흔들렸다. 결국 건은 그녀를 자신의 품 안에 꽉 끌어안았다. 그리고는 그녀의 입술을 찾아 입을 맞추었다. 설이 기다렸다는 듯이 힘차게 혀를 얽어왔다.

입안으로 들어온 건의 혀가 온 입안을 핥았다. 섬세하게 그는 민감한 점막을 혀로 쓸고는 설의 혀를 휘감아 잡았다. 그러자 설의 감은 눈꺼풀 뒤에서 하얀 불꽃이 일었다. 설은 애타게 그에게 매달렸다. 건은 그녀의 영혼을 흡입이라도 할 듯 그녀의 혀를 강하게 빨았다. 설은 계속 그의 입술을 탐했다. 이 밤이 지나면 다시는 볼 수 없을 그였다. 그를 자신의 온몸에 담고 싶었다.

건의 입술이 차츰차츰 목덜미를 타고 내려왔다. 건은 설의 영혼을 흡입하려는 듯이 목덜미를 강하게 빨았다. 그리고는 한 손으로 그녀의 등을 받치고는 다른 한 손은 급하게 그녀의 가슴을 탐했다.

"응…… 하앗!"

그가 가슴을 감싸고 강하게 주물렀다. 달콤한 신음이 설의 입에서 터져 나왔다. 그의 혀가 목덜미를 유린하고, 그의 한 손이 그녀의 가슴을 마음껏 희롱했다. 설의 달콤함을 탐하기 위해서 건의 손이 장포 사이로 들어와 그녀의 맨가슴을 만졌다. 그의 손바닥에 스친 유실이 꼿꼿이 일어섰다. 그가 강하게 만지자 온몸을 휘감는 쾌락이 그녀의 몸을 관통했다. 건은 이제 목덜미를 핥던 혀를 천천히 쇄골을 따라 내려왔다. 드디어 그의 입술은 설의 유실을 한가득 머금었고, 다른 한 손은 비어 있는 다른 쪽 가슴을 마음껏 유린했다. 무차별적으로 주어지는 감각에 설은 다리에 힘이 빠져 더 이상 서 있기가 힘들었다. 건이 등을 받쳐 주지 않았다면 바닥에 쓰러졌을 것이었다.

설이 휘청거리자 건은 한 손을 설의 무릎 뒤쪽에 넣고 그녀를 번쩍 들어 올렸다. 그녀의 장포는 이미 반쯤 벗겨져 어깨에 거의 떨어질 듯 아슬아슬하게 걸쳐져 있었다. 설이 부끄러운 얼굴을 감추듯이 가만히 그의 가슴에 뺨을 대었다. 건은 설의 열기에 자신의 몸도 열기에 휩싸이는 듯했다.

설을 깨지는 물건처럼 조심히 침상에 눕혔다. 건은 바라보기가 아까운 듯 설을 뜨거운 눈빛으로 응시했다. 건의 타는 듯한 시선에 설의 가슴까지 붉게 물들었다. 설의 유혹을 참지 못하고 건은 입술을 내려 그녀의 유실을 입에 물었다. 강하게 빨아 당기고는 살짝 깨물었다. 그러자 설이 몸을 움찔했다. 그의 입술이 천천히 배로 내려갔다. 그의 혀가 납작한 그녀의 배꼽 주변을 핥았다. 그러자 설은 온몸의 열이 그곳으로 집중되는 기분이었다. 그녀의 배를 희롱하던 입술은 차츰차츰 아래로 내려갔다. 입술로 건은 그녀의 고(바지)를 끌어 내렸다.

설은 그의 입술이 자신의 고를 끌어 내리고 있는 것도 미처 인지하지 못했다. 그저 달뜬 신음을 내뱉고 있었다. 고가 온몸에서 벗겨져 나가고, 하나 남은 속옷마저 건의 가차 없는 손길에 떨어져 나갔다. 이제 설은 태고적 모습 그대로 온몸을 그 앞에 드러냈다.

건이 잠시 몸을 떼고는 그녀의 빛나는 듯한 나신을 핥듯이 바라보았다. 그녀는 오직 그의 것이었다. 그의 뜨거운 시선에 설이 고개를 돌리지 않고 똑바로 응시했다. 그녀의 눈 속에 오롯이 담긴 자신의 모습이 보였고, 그의 눈 속에도 그녀만이 가득했다. 설은 애원하듯 흐느끼며 그의 휘를 불렀다.

"건!"

그녀가 불러주는 그의 휘가 듣기 좋았다. 그녀의 부름에 그는 저항하지 않았다. 그가 몸을 내리자 설이 손을 들어 그의 가슴을 만졌다. 처음이었다. 설이 적극적으로 건의 몸을 만지는 것은. 그리고는 서툰 손짓으로 그의 반쯤 벌어진 저고리를 벗겨냈다. 그리고 설은 상체를 일으켜 그의 가슴의 작은 돌기를 붉은 입술로 머금었다. 건은 급한 몸짓으로 모든 옷을 훌훌 벗어 던졌다. 설의 작은 혀가 그의 가슴의 돌기를 열심히 핥았다. 설의 도발에 건은 그녀를 다시 침상에 바짝 눕히고는 그녀에게 공격을 가했다. 그녀의 입술을 머금고, 그녀의 가슴을 만지고 다른 한 손은 그녀의 다리 사이로 파고들었다.

그의 손이 자신의 비부를 만지자 설은 이제 아무것도 생각할 수 없었다. 그를 강렬히 원했다. 그를 오롯이 원했고, 그도 그녀를 오롯이 원하기를 바랐다. 그의 손가락이 질퍽거리는 소리를 내면서 그녀의 꽃잎을 희롱했다. 그의 손가락이 강하게 그녀의 진주를 희롱하였다.

"웃…… 응, 하……."

설이 밭은 숨을 내쉬었다. 이제 그의 혀는 그녀의 가슴을 맘껏 핥고, 그의 큰 손은 다른 쪽 가슴을 무방비로 만졌으며 그의 다른 손은 그녀의 비부를 자극했다. 한꺼번에 여러 곳에 가해지는 자극에 설의 몸은 녹아버릴 것만 같았다. 그가 그녀의 꽃잎을 가지고 놀았다. 그의 손끝이 말랑한 살을 간질이고, 입구에 아주 조금 손가락을 넣었다가 다시 같은 곳을 문질렀다. 건의 손끝이 계곡 입구를 파고들었다. 중지와 검지가 한꺼번에 그녀의 안쪽을 희롱했고 그가 엄지로 그녀의 작은 진주를 쓸어 올리자 설의 온몸이 벼락이라도 맞은 듯 휘어졌다.

"하악."

설은 날카로운 희열이 발끝에서 머리끝까지 꿰뚫고 지나자 온몸의 떨림을 숨길 수 없었다. 계속해서 그가 진주를 희롱하자 그녀는 곧 이곳을 떠나야 한다는 사실도, 더 이상 그를 볼 수 없다는 것도 아무것도 생각할 수 없었다. 그가 손가락으로 그녀의 안쪽을 희롱하고 계속 진주를 쓸어 올리자 설은 그저 온몸을 휘감는 감각에 몸을 맡겼다. 자신도 모르는 사이에 침상에서 허리가 떠올랐다. 건이 그녀의 허리를 살짝 누르고는 갑자기 두 손으로 그녀의 허벅지를 벌렸다. 순간 수치심에 다리를 오므리려 하자, 건의 두 손이 꽉 허벅지를 붙들었다. 그리고는 머리를 내려 그녀의 중심에 입을 맞추었다.

건의 두터운 혀가 꽃잎을 부드럽게 덧그렸다. 그리고는 두툼한 혀가 계곡 안쪽을 파고들었다. 안쪽을 희롱하던 그가 다시 꽃잎을 덧그리며 올라와, 작은 진주를 물었다. 살짝 혀로 쪼듯이 굴리다가 입술로 살짝 물었다. 설의 허벅지가 불규칙하게 떨렸고, 건이 그의 입안에 설의 중심을 한 번에 쑥 머금고는 츄릅 하는 소리를 내며 빨았다. 설은 신음을 지르며 절정에 도달했다. 전신의 신경이 타버릴 것만 같았다.

설이 거친 호흡을 반복하고 있는 사이 건이 얼굴을 들고는 그녀의 위로 올라왔다. 부드러운 그녀에게 몸을 기대며 건은 그녀에게 입을 맞추었다. 그러면서 터질 듯한 그의 분신을 그녀의 꽃잎 속으로 밀어 넣었다. 설이 건의 어깨에 매달렸다. 건은 설의 눈빛을 바라보면서 자신의 허리를 밀어붙였다.

설은 그가 자신의 안쪽을 채우자 충만감에 온몸이 욱신거렸다. 그와 그녀는 본래 하나인 듯 완벽하게 합치되어 있었다. 압도적인 그의 존재는 여전히 버거웠다. 건은 다정하게 그녀의 뺨에 달라붙어 있는 머리카락을 떼주었다. 그리고는 강하게 허리를 움직였다. 그가 움직일 때마다 안쪽에서 찌릿한 감각이 솟아올랐다. 달콤하고 울고 싶어지는 유열.

"하악, 건!"

설이 자신의 휘를 부르자 건은 마치 대답이라도 하듯 강하게 허리를 추어올렸다. 그의 움직임이 점점 커지자 설의 신음 소리도 커졌다. 그의 움직임이 거칠고 빨라지자 설은 등을 힘껏 젖히며 절정을 맞이했다.

"우웃!"

건은 그런 설을 보면서 그녀 안에 힘껏 파정했다.

잠이 든 건을 설은 머리카락 하나까지 눈에 담으려는 듯 지그시 응시했다. 훤한 이마, 날카로운 눈빛, 잘 벼린 칼처럼 날카로운 콧날, 그린 듯이 아름다운 입술, 그리고 강건한 턱 선까지, 설은 하나하나 꼼꼼히 자신의 눈에 담았다. 설은 외치고 싶었다. 그를 은애한다고, 설은 터져 나오는 음성을 가까스로 누르고는 그를 꼬옥 끌어안았다. 그리고는 살짝 그의 눈초리에 입을 맞추고는 조용히 방을 빠져나왔다.

새벽, 건은 텅 비어버린 침상을 보고 허탈해졌다. 설마 그녀가
그대로 가버린 건가? 건은 아직 열기가 남은 침상에서 벌떡 일어
났다. 옷을 대충 걸치고, 건은 부리나케 설의 방으로 향했다. 벌컥
문을 열자 안은 휑뎅그렁했다. 본래도 짐이 없던 그들이었으나 지
금은 온기조차 하나 남지 않았다. 작은 새는 다시 날아가 버린 것
이었다.

그 텅 빈 방 안의 모습이 건의 동공에 화살처럼 박혔다. 거부를
말하는 차가운 방 안의 공기가 건을 스산하게 감쌌다. 홀로 남겨
진 방 안에서 건은 진한 고독에 휩싸였다. 무엇인가를 열망하지만
가질 수 없다는 결핍에 처음으로 마음이 쓰렸다. 잡을 수 없는 설
의 마음이 건의 심장에 커다란 암흑을 만들고 있었다.

건은 그녀를 어떻게 해야 할지 알 수 없었다. 그녀에게 빠진 것
이 맞았다. 그리고 그녀를 원했다. 하지만 그 이상의 약속은 해줄
수가 없었다. 그녀가 아름답고 곁에 두고 싶지만 그는 그녀에 대
한 감정이 단순한 욕망인지 혹은 소유욕인지 알 수가 없었다.

그는 함부로 여인에게 약속을 할 수 없는 신분이었다. 더더구나
첫 번째 아내가 병사하고 비어 있는 그 자리에 아무리 한족의 피
가 섞였다 하나 흉노인을 맞이할 수는 없었다. 그가 그녀를 곁에
두려면 그녀는 모든 것을 포기하고 그의 그늘에 있어야 했다. 그
런 어둠 속에 그녀를 둘 수는 없었다.

그의 어머니가 얼마나 눈물지었는지, 그는 알고 있다. 남편의 사랑을 갈구하는 수많은 여인들 틈에서 마음 여린 어머니는 목숨의 위협을 견뎌내야 했다. 남편의 사랑을 받았지만, 기댈 곳 없는 그녀의 정치적 위치는 항상 풍전등화와 같았다. 그가 힘을 기르게 된 사유도 그것이었다. 어미를 지켜주기 위해서였다. 그런 살벌한 곳에 설을 가두어두고 싶지는 않았다.

먹는 것, 입는 것, 자는 것까지 그의 삶이란 모든 것이 법도에 따라 제약이 발생하고, 여인을 안는 것조차 공적인 영역이 되어버린다. 그곳에선 남자와 여자는 존재하지 않는다. 오직 정치적인 남자와 그의 후사를 이어야 하는 여자가 존재할 할 뿐이었다. 건은 설과 그의 관계를 그런 정치적인 수사를 모두 벗어난 상태로 남겨두고 싶었다. 설에게는 그저 남자로서만 남아 있었으면 싶었다. 자신의 정리되지 못한 생각에 건은 떠나는 그녀를 막지 못했다. 그녀의 얼굴을 보게 되면 모든 것을 제쳐 두고 그녀를 자신의 여인으로 데려가고 싶어질 것 같았다.

그리고 건은 한사코 떠나려고만 하는 그녀가 야속했다. 자신에게는 어떠한 기회도 주지 않고 그저 날아갈 생각만 하는 설이었다. 연지산에서는 인사도 없이 떠난 그녀였다. 그런데 어렵사리 찾은 그녀는 그를 손톱만큼도 생각하지 않는 것 같았다. 여자 때문에 한 번도 애달아 한 적 없었던 건은 계속 떠나려고만 하는 설에게 섭섭했다.

그렇게 건이 정리되지 않은 생각으로 심사가 복잡할 때, 그들의 족적이 감쪽같이 사호에서 사라졌다. 작은 새는 그의 손안에서 빠져나간 것이다. 건은 설의 행방을 알지 못하자 마음이 급해졌다. 대체 이들은 어디로 사라진 것인가? 아무런 말도 없이 그녀를 보냈다. 아직 몸도 성치 않을 그녀가 바로 말을 타고 떠났다는 것에 생각이 미치자 미친 듯이 걱정이 되었다. 자신의 복잡한 심사로 인해 그녀를 그냥 보내는 것이 아니었다. 그녀가 어떤 결심을 했건 그의 마음이 정리되지 않았어도 그녀를 붙잡아야 했다.

"위청!"

건은 급히 위청을 불러들였다. 위청은 마치 기다리고나 있었던 듯 바로 눈앞에 나타났다.

"설과 호연제가 사라졌다."

"이미 수하를 붙여두었습니다."

건은 위청의 용의주도함에 혀를 내둘렀다. 묵돌의 연락이 오면 설과 호연제가 바로 떠날 것을 예상한 위청이 이미 그들을 은밀히 보호할 수 있도록 수하를 붙여둔 것이었다. 건은 고마운 눈빛을 위청에게 보냈다. 건은 위청에게 단 한 마디를 말했다.

"쫓아라!"

위청은 표정의 변화 없이 조용히 대답했다.

"존명!"

설의 행방이 다시 건의 귀에 들어온 것은 그날 저녁 무렵이었다. 월지(月氏) 방향으로 가고 있다는 소식이었다.

"월지라!"

월지는 과거 흉노의 영웅이라 하는 묵돌 선우가 청춘을 보냈던 곳이었다. 건이 아끼는 한혈마를 키우는 곳이기도 했다. 건은 소식이 들어오자마자 바로 설의 행방을 따라갔다. 벌써 밤에는 이른 추위로 온몸이 떨려왔다.

다각, 다각, 다각……

사위는 조용했고, 한혈마의 말발굽 소리만이 들렸다. 스산한 바람이 부는 초원을 건은 그저 설에게 닿겠다는 일념으로 달렸다. 그녀는 대체 어디까지 호연제를 데리고 숨을 생각인 건지, 건은 한숨이 나왔다. 달도 뜨지 않은 밤이라, 움직임이 매우 힘들었다. 위청과 곽정도 조용히 건을 따랐다. 그때였다.

챙강!

검이 부딪히는 소리였다. 건은 검을 들어 따라오던 위청과 곽정에게 속도를 늦출 것을 명했다. 건이 정체를 숨기고 조용히 다가섰다. 분명 설의 움직임이었다. 그녀를 둘러싼 여러 명의 군사에 대적하여 설이 필사적으로 호연제를 보호하고 있었다. 건은 설과 호연제를 둘러싼 이들이 이광이 지휘하는 별동대임을 알았다. 순간 건은 아찔했다.

우현왕이 월지와 협력하고자 한다는 첩보에 급하게 이광의 부대를 사호로 소집한 것은 자신이었다. 이광의 별동대가 호연제를 만나게 되면 항상 그러하듯이 장안으로 데려가려 할 것이었다. 도피 중인 피정복자의 유력인사를 생포하면 장안으로 압송하는 것도 그들의 임무 중 하나였던 것이다. 건은 함부로 끼어들 수가 없었다. 한의 군대를 자신의 검으로 칠 수도 없고 그렇다고 설을 계속 위험에 남겨둘 수도 없었다. 고민하던 건은 일단은 설과 군사를 떼어놓기 위하여 안으로 뛰어들었다.

설은 갑자기 나타난 건의 도움에 가까스로 위기에서 벗어날 수 있었다. 건이 나타나자 현저히 이광 군대의 공격이 분산되었다. 설을 보호하면서 건은 이광에게 은밀이 신호를 보냈다. 자신을 인질처럼 잡으라는 의미였다. 이광은 갑자기 나타난 건의 등장에 놀란 듯하였으나 신호를 알아채고 건을 잡았다.

"멈춰라!"

이광이 건의 목에 검을 겨누고 설에게 소리쳤다.

"너의 동료가 잡혔다. 어서 검을 버리고 투항하라!"

설은 여전히 검을 내리지 않고 호연제를 보호하고 있었다. 한치의 빈틈도 허용하지 않는 설의 눈빛이 날카로운 무인의 것으로 변해 있었다. 자신의 품속에서 꽃처럼 피어났던 여인의 모습은 더이상 찾아볼 수 없었다.

"어서 검을 버리고 투항하지 않으면, 너의 동료의 목숨은 없다."

그럼에도 불구하고 설은 검을 내리지 않았다. 건은 어서 검을 버리고 투항하라는 눈빛을 설에게 보냈다. 하지만 건의 눈빛과 마주친 설의 표정은 무표정했다. 건은 표정을 잃은 듯한 설의 가면 같은 얼굴에 가슴이 선뜩해졌다. 그녀는 감정이라고는 없는 인형 같았다.

"설!"

건의 음성에 다소 움찔하긴 했으나 설은 조용히 대답했다.

"그는 나의 동료가 아니다."

설의 차디찬 대꾸에 건은 마음이 울컥했다.

"투항하지 않으면 이자를 베겠다!"

이광의 위협에 설은 냉소를 보였다.

"한나라의 군사는 아무런 관련 없는 자를 그저 목적을 달성하기 위하여 살생하는 것이냐?"

그 말을 마친 설은 호연제를 끌어안고 뒤로 차츰차츰 물러났다.

"호연제를 넘겨라! 그럼 이자와 너는 살려주마!"

이광의 제안에 설은 꿈쩍하지 않았다.

"그를 죽이든 말든 내 알 바 아니다."

설은 그 말을 남기고 호연제를 말에 태우고는 사라졌다. 건의 시선이 멀어져 가는 설과 호연제의 뒷모습을 좇았다. 드넓게 펼쳐진 모래사막 위에 말발굽 소리만이 울렸다. 그녀가 냉정하게 떠나는 모습을 두 눈에 새기려는 듯, 건은 시선을 떼지 않았다. 어둠 속으로 설의 모습이 순식간에 사라졌다.

'너의 마음에 이제 나는 없는 것이냐?'

건은 탄식했다. 중요한 순간에 설이 호연제를 선택할지도 모른다는 생각은 했었다. 온 생을 걸고 지켜온 그녀의 주군이었기 때문이었다. 그녀가 호연제를 지키기 위해서 어떤 고난을 헤쳐 왔는지 건도 알고 있었다. 올곧은 설이 절대 호연제를 포기하지 않을 것이라는 것을 알았고, 어쩌면 그런 올곧은 설의 마음을 차지하고 싶었다. 그런 마음을 자신에게도 향해주기를 그녀 마음의 한 귀퉁이를 그에게 내어주기를 바랐다. 그러나 잠시 날개를 접고 건에게 기대었던 설은 냉정하게 날아가 버렸다.

그러나 그녀는 중요한 순간에 결국 호연제를 택했다. 건의 목숨이 위험함에도 불구하고 호연제를 구하는 쪽을 택한 것이었다. 설을 아낀 만큼 아픔이 컸다. 그녀에게 자신보다 호연제를 지키는 것이 우선이었던 것이다. 건은 하늘을 바라보면서 허탈한 웃음을 지었다. 그녀의 떠난 자리가 건의 마음속에 커다란 암흑을 만들었다. 건은 처음으로 여인 때문에 아파하는 사람의 심정을 이해할 수 있었다. 꺾어서라도 자신의 곁에 어머니를 두고자 했던 아버지의 마음이 이해되었고 그런 아버지의 곁을 아파하면서도 지켰던 어머니의 심정도 이해가 되었다. 사호의 달콤했던 추억이 건의 가슴에 묵직한 돌로 남았다.

8. 설雪, 갇히다

대기를 채우던 따뜻한 온기가 사라지고 이제 스산한 삭풍이 장안을 휘감았다. 하얀 매화가 휘날리던 장안에는 동짓달이 되자 시린 서리꽃이 피었다. 건이 사호에서 장안으로 복귀한 지도 어느새 두 달이 지났다. 그동안 황궁을 너무 오래 비워둔 탓에 온갖 정무가 건을 기다리고 있었다.

급격하게 성장하고 있는 한나라에서 국사(國事)로 몸과 마음이 바쁜 건이었으나 그는 종종 다른 생각에 빠져들 때도 있었다. 기실 건이 복귀하고 온 장안 사람들이 건의 기분을 맞추기 위해 노력했다. 그러나 그의 기분은 쭉 가라앉아 있었다. 설과 호연제의 족적을 더 이상 찾을 수가 없었기 때문이었다.

"도대체 어디로 사라진 것이냐?"

건은 밀린 정무를 처리하다 잠시 짬이 날 때면 모든 생각이 그녀에게로 향했다. 건은 가끔씩 사라진 설을 생각하면 부아가 치밀었다. 그녀는 사호에서 냉정하게 어떤 흔적도 없이 사라졌다. 그녀 본인 입으로 가르쳐 준 것이라고는 달랑 설(雪)이라는 이름 하나뿐이었다. 그리고 그녀는 어떠한 것도 건에 대하여 묻지 않았다. 그녀가 자신을 찾으려야 찾을 수도 없는 것이었다. 아예 찾을 수 있는 가능성을 차단하기라도 하듯이 그녀는 그에게서 아무것도 묻지 않고, 아무것도 바라지 않았다.

그리고 초원에서 그를 두고 떠나던 그녀가 잊히지 않았다. 이광이 건을 베겠다고 위협했음에도 불구하고 매정하게도 그를 돌아보지 않았던 그녀였다. 설의 무표정을 아직도 지울 수가 없었다. 설은 초원에서 철저하게 자신의 주군을 지키는 무사였을 뿐이었다. 건은 호연제와 설의 사이가 자신이 감히 끼어들 수 없을 만큼 강하다는 것에 머리가 아팠다. 그리고 설이 여자이기보다는 무사이기를 선택하였다는 것이 서운했다. 그가 너무 욕심을 부렸던 것은 아니었을까? 건은 그리운 마음에 붓을 들었다.

*가인을 생각하매 잊을 수 없음이여! ***

건은 그의 품 안에서 아름답게 피어났던 설을 잊을 수가 없었

----

* 한무제 추풍사(秋風辭) 일부

다. 게다가 그녀는 그의 마음을 온통 가져갔다. 그녀는 순식간에 그의 맘속에 집을 짓고는 사라져 버렸다. 건은 그러나 차마 아직도 그 감정이 무엇인지 제대로 직시하지 못하고 있었다. 제대로 그 감정의 정체를 파악하면 도저히 회복할 수 없을 것 같았다.

지금까지 건에게 여인은 우선순위가 아니었다. 병사한 아내가 있었으나, 그뿐이었다. 아내는 그저 후사를 잇기 위하여 그리고 또한 어려운 상황에서 자신을 지지하여 준 고모님의 딸이었기에 배필로 맞이한 것이었다. 물론 건은 아내를 아끼고 존중하였으나 그 감정은 담담했다. 그런 아내가 병사하고 나서도 건은 아내를 들이지 않았다. 후사를 잇는 것이 중요하다고 생각은 하였다. 그러나 그에게는 이민족 정벌로 한의 외연을 넓히고 안으로는 체질을 개선하는 제국에 봉사하는 일이 더 시급하였다. 물론 건의 주변에 여인들이 없던 것은 아니었다. 그러나 건은 그 누구에게도 마음을 주지 않았다. 그리고 정신을 잃을 만큼 욕망에 빠져든 적도 없었다.

그러나 건은 설을 볼 때마다 감출 수 없는 욕망에 빠져들었다. 그녀를 안고 또 안아도 항상 목이 말랐다. 그런 그녀가 자신의 곁에서 사라지자 건은 마음 한곳이 텅 빈 듯하였다. 그녀에 대한 건의 감정은 욕망인가, 소유욕인가? 아직도 건은 그것이 욕망이라 생각하고자 하였으나 그러기에는 너무나 많은 감정들이 그녀를 생각할 때마다 피어나고 있었다.

"위청."

건이 자신의 주변을 지키는 그를 찾았다. 소리 없이 위청이 조용히 건의 앞에 무릎을 꿇었다.

"찾으셨습니까?"

"오늘 밤에는 저잣거리에 잠시 나가보도록 하지!"

건의 지시에 위청의 얼굴이 살짝 흐려졌다. 최근 부쩍 장안에 터전을 잡은 외부인들이 머무는 객잔을 자주 찾아 술잔을 기울이는 건이 걱정스러웠다.

"오늘은 날이 찬데 다른 날로 미루심이 어떠실는지요?"

"달이 밝으니 떠오르는 사람이 있구나!"

건의 씁쓸한 말에 위청은 그가 설을 생각하고 있음을 알았다. 그 초원에서 그렇게 설이 가버린 이후, 건은 며칠을 허탈해했다. 설이 결정적인 순간에 호연제를 택했다는 사실에 이제껏 어떤 여인에게도 거부당해 본 적 없던 건은 크게 당황했다. 위청은 설의 결정이 호위무사로서 당연한 결정임을 이해하면서도 그리 냉정하게 떠나간 설이 한편으론 원망스러웠다.

"존명!"

위청은 조용히 물러나 미행 준비를 했다.

정무에 필요한 공복(公服)을 벗고 건은 간단하게 장포를 입었다. 그러자 건은 장안 어느 부유한 집안의 장부처럼 보였다. 그러나 그에게선 숨길 수 없는 힘과 권위가 느껴졌다. 오늘도 건은 오직 위청과 곽정만을 대동하고 저자에 나섰다. 객잔에 도착하자 여전히 안은 시끌벅적했다. 건은 자연스레 이층으로 올라 항상 앉는 자리에 앉았다. 객잔에서는 위청과 곽정도 호위무사나 수하가 아 닌 동료처럼 한자리에 앉았다.

"아이고, 나리! 오늘도 항상 드시던 것으로 준비하오리까?"

항상 두둑이 술값을 지불하는 건을 보고 주인이 반색을 했다. 건은 간단히 고개를 끄덕였다. 주인은 푸짐하게 안주와 함께 술을 내왔다. 위청이 건의 술잔을 채웠다. 족히 반 시진(半時辰, 한 시간) 을 건은 아무런 말도 없이 술을 들이켰다. 한 번 시작하면 적어도 한 시진 동안을 술을 마시는 건인지라 위청과 곽정은 묵묵히 곁을 지켰다. 한 동이의 술이 다 비자, 주인이 득달같이 다른 술을 내왔 다. 아무 말 없이 술만 들이켜던 건이 드디어 입을 열었다.

"내 얼마 전에 부(賦, 한나라 시절 각운을 붙인 아름다운 운문, 일종 의 時)를 하나 지었는데 한번 들어보겠는가!"

건은 조용히 읊조렸다.

秋風起兮白雲飛(추풍기혜백운비)
가을바람이 일고 흰 구름 나는도다.
草木黃落兮鷹南歸(초목황락혜안남귀)
초목은 누렇게 시들어 떨어지고 기러기는 남쪽으로 돌아가도다.
蘭有秀兮菊有芳(난유수혜국유방)
난초는 빼어나고 국화는 향기로우니,
懷佳人兮不能忘(회가인혜불능망)

아름다운 님 그리워함을 잊을 수 없도다.

위청과 곽정은 건이 생각하는 가인(佳人)이 누구인지 알 것 같았다. 본래 부를 즐겨 쓰는 건이었으나 그 가인에 대한 마음이 이처럼 절절하게 느껴지는 부는 처음이었다. 그렇게 건은 반 시진을 술을 더 마시고는 휘적휘적 자리에서 일어났다.

"돌아가도록 하지."

본래 술을 그리 즐기지 않는 건이었다. 그런 그가 요즘에는 자주 술잔을 기울였다. 술에 취했어도 건의 걸음걸이는 흐트러짐이 없었다. 그러나 건의 어깨가 유독 외로워 보였다. 평화롭게 잠든 장안의 밤거리를 세 명의 큰 그림자가 지나갔다. 차가운 동짓달의 바람이 건은 시원하게 느껴졌다. 건은 사호에서 자신의 가슴에 조용히 얼굴을 부벼대던 설이 떠올랐다.

"몹쓸 여인이로다!"

건은 홀로 탄식했다. 설은 시도 때도 없이 건의 의식 속에 파고들었다. 달을 보면 달빛을 보고 있던 연지산 객잔에서의 그녀가 떠올랐다. 스산한 바람 소리는 그녀와 초원에서 헤어질 때 불던 바람 소리 같았다. 무엇보다도 이런 밤이면 자신의 품 안에서 쾌락에 신음하던 그녀가 떠올랐다. 설의 체온을 다시 한 번 느끼고 싶었다.

황궁이 가까워 오자, 건의 맘이 점점 무거워졌다. 어머니인 서희와 주변의 모든 이들이 건에게 최근 계속 아내를 들일 것을 종용하고 있었다. 거듭되는 압력에 건도 조금씩 지쳐 갔다. 하지만 여전히 건은 그 자리를 단지 대의명분만으로 채우고 싶지는 않았다. 건도 어머니와 승상인 설택이 자신 때문에 노심초사하고 있는 것을 알고 있었다. 사호에서 돌아온 이후에는 건이 아예 여인들을 가까이하지 않았기 때문이었다.

하지만 건은 설이 아닌 어떤 다른 여인도 안고 싶지 않았다. 그녀가 아니면 안 되었다. 최근 건이 자주 객잔을 찾아 술을 마신다는 것을 안 어머니가 내심 걱정하고 있는 것을 건도 알았다. 어머니는 건에게 마음에 둔 정인이 있는 것은 아닌지 위청과 곽정을 넌지시 떠보기도 했다. 어머니는 그 정인이 누구라도 건의 후사를 볼 수 있다고 판단되면 어떻게든 안으로 들일 작정인 듯싶었다.

휘익!

갑자기 허공을 가르는 검성에 건은 긴장했다. 위청과 곽정이 순식간에 건을 에워쌌다. 그들의 눈매가 날카롭게 빛났고 이내 두 사람은 검을 뽑아 들었다.

휘익, 저벅, 저벅, 저벅.

검이 바람을 가르는 소리와 일군의 무리들의 발자국 소리가 건과 일행을 향해 점점 다가오고 있었다. 어두운 달빛 사이로 흑의와 복면을 한 이들이 순식간에 존재를 나타내었다. 어둠 속에서 갑자기 튀어나와 세 사람을 둘러싼 이들의 검이 달빛에 교교하게 빛을 내었다. 족히 십수 명은 될 듯한 남자들이었다. 그러나 그들은 섣불리 다가서지 못하고 숨을 죽인 늑대들의 무리처럼 건 일행을 노려보고 있었다. 쉽게 빈틈을 찾을 수 없어 팽팽한 대치가 지속되었다. 무리의 우두머리인 듯한 남자의 검이 번쩍인 순간, 무리들이 건을 향하여 달려들었다.

"죽여라!"

고함 소리와 함께 거리는 순식간에 비릿한 혈향으로 채워졌다.

챙강, 챙강!

거친 남자들의 숨소리와 검이 부딪히는 소리만이 주변을 채웠다. 위청과 곽정이 매우 빠른 속도로 남자들을 제압하였다. 짧고 강한 검의 움직임이었다. 바람처럼 날아오른 위청의 검에 복면을 한 남자가 가슴을 부여잡고 쓰러졌다. 건을 뒤에서 치려던 검을 곽정이 날렵하게 받아내었다. 건 또한 가벼운 몸놀림으로 자신에게 다가오는 무리들을 베었다.

차가운 밤공기를 어지럽히는 검의 향연이었다. 건은 나비처럼 가볍게 검을 휘둘렀다. 거의 몸무게를 느끼지 못할 정도로 날렵하고 가벼운 움직임이었다. 조금 전까지 술을 마셨다는 것을 믿을 수 없었다. 마치 아름다운 검무(劍舞)를 추는 듯했다. 그의 검무가 진행될수록 남자들의 숫자는 착실하게 줄어들었다.

그러나 상대방도 만만치 않은 검술을 자랑하였다. 조금씩 조금씩 포위망을 좁혀왔다. 그러나 건과 위청 그리고 곽정의 검에 하나둘씩 목숨을 잃었다. 갑자기 가느다란 몸매의 한 남자가 무리에서 떨어져 훌쩍 길옆의 담장 위로 뛰어올랐다. 그리고 날렵하게 몸을 날려 위청을 뛰어넘어 건의 앞으로 날아갔다.

순간 건의 앞에 한 명의 무사가 서 있었다. 건 또한 검을 들어 앞에 나타난 존재를 응시했다. 그러자 무엇인가가 낯익었다. 남자는 다시 검을 들어 건을 공격했다. 빠르고 날카로웠다. 그러나 그 검에는 강함과 약함이 미묘하게 섞여 있었다.

설이다.

아니, 그녀여야 했다. 그 어떤 모습일지라도 역시 그녀여야만 했다. 건의 마음을 온통 가져간 그녀가 바로 자신의 눈앞에 있었다. 바람을 가르는 설의 가벼운 몸놀림이 건의 눈에 박혔다. 드디어 자신의 눈앞에 모습을 드러낸 설이었다. 어떠한 모습이든 그저 자신의 눈앞에 나타난 설이 반가웠다. 동시에 건의 마음속에 있던 깊은 암흑이 메워지는 기분이었다.

건은 설에게 다가서려는 위청과 곽정의 움직임을 빠르게 저지하였다. 그대로 두면 순식간에 위청과 곽정은 자신들 본래의 역할을 수행할 것이었다. 그들이 움직이면 상대방에게는 오직 죽음뿐이었다. 설의 검은 명확한 목적을 지니고 있었고 그것은 분명 살의였다. 건은 설의 검을 막아냈다. 건은 왜 설이 자신을 해하기 위해 이곳에 있는지 순간 아득해졌다.

"받아라!"

설은 고함과 더불어 검을 건의 목을 향해 돌진했다. 그 순간 구름에 잠시 가렸던 달빛에 건의 얼굴이 고스란히 드러났다. 순간적으로 설이 자신의 검을 거두려는 듯 자세를 바꾸었으나 미처 거두지 못한 검은 살짝 건의 목을 스쳤다.

설이 자신의 얼굴을 보고 당황하는 순간 건은 정신을 차리고 그녀의 빈 곳을 노렸다. 검으로 베지 않고 그녀의 다친 어깨를 정확히 검집으로 가격했다. 비록 베지는 않았으나 건이 힘을 쏟아 그녀의 어깨를 치자, 그녀가 고통에 신음하며 칼을 떨어뜨렸다. 그 순간 건은 다시 검집으로 그녀의 목을 내려쳤다. 충격에 설이 정신을 잃었다. 그녀가 계속 건을 공격한다면 위청과 곽정은 그들의 본분대로 그녀를 베어야 하기 때문이었다. 쓰러진 설의 목을 곽정이 겨누자 위청이 급히 건을 살폈다.

"다치신 곳은 없으십니까?"

"없다."

건은 냉정하게 대답했다.

"저자를 묶어 황궁으로 압송하라. 내 친히 국문하겠다!"

황궁으로 향하는 건의 심사는 복잡했다. 그녀가 자신을 해하려 했다는 사실에 마음이 쓰렸다. 분명 건을 공격한 이들의 검은 흉노인의 것이었다. 최근 흉노가 우현왕과 좌현왕으로 나뉘어 갈등하고 있다던 곽정의 보고가 생각났다. 분명 둘 중 한 진영에서 살수를 보냈음이 틀림없었다.

만약 그녀가 망설이지 않았다면…… 자신의 목을 스치던 검날의 선뜩한 감촉이 그대로 살아났다. 너무나 엄청난 일에 뛰어든 설 때문에 황궁으로 향하는 건의 발걸음이 무거웠다. 그러나 분명 건의 마음속 깊은 곳에서는 이렇게 갑자기 예상치 못한 곳에서 설을 발견한 기쁨이 더 컸다. 드디어 그녀는 이제 건의 손에 있었다.

음습한 공기가 주변을 가득 채우고 있었다. 냉기에 저절로 몸이 움츠러들었다. 차가운 바닥에 그대로 쓰러져 있었던 탓에 온몸의 마디마디가 저렸다. 설이 정신을 차린 곳은 감옥이었다. 어깨에 통증이 느껴졌다. 그러나 지금 그녀를 어지럽히는 것은 어깨의 통증이 아니었다. 칠흑과도 같은 어둠 속에 설의 마음 또한 깜깜했다. 다친 어깨가 시큰했다. 분명 우현왕은 한나라의 황제인 한서제를 치라 하였다. 그러나 그는 분명 건의 얼굴이었다. 도대체 어찌 된 일인가?

자신이 달빛에 현혹되어 환각을 본 것이 아닌지 설은 자신의 시각을 의심하였다. 혹시 첩보가 잘못되어 다른 사람으로 착각한 것은 아닌지 설은 실낱같은 가능성에 기대고 싶었다. 그러나 자신을 알아보고 검을 거둔 한서제의 움직임이 계속 설의 마음에 걸려 있었다. 설은 한서제가 제대로 검을 휘둘렀다면 이 정도로 끝나지 않았을 것임을 알았다. 한서제는 분명 설의 검을 알고 있었고, 그녀의 약점인 어깨를 정확히 파악하고 있었다. 설의 마음이 불안으로 두근거렸다.

초원에서 그렇게 헤어진 후, 설과 호연제는 끝없이 펼쳐진 광야를 달렸다. 차가운 북풍이 불어왔고, 끝없는 모래바람이 그들을 스쳤다. 호연제를 쫓는 살수의 존재와 그들을 찾는 이광의 군대까지 추격의 공포에 시달리면서도 설은 그의 생사가 계속 걱정이 되었다. 비록 동료가 아니라고 관련 없는 자라 말을 하였으나 한나라 군대에 잡힌 그가 내내 마음이 걸렸다. 그래도 한군이 제 신민을 아무런 확인도 없이 해하지는 않을 것이라 믿었다. 기실 한군은 피정복지의 사람들을 거칠게 대하지는 않았다. 상대방을 정복하고 공식적으로 약탈을 허용하는 유목민의 습속과는 다소 달랐기 때문이었다.

하지만 그를 두고 돌아설 때, 그의 표정을 잊을 수가 없었다. 그러나 설은 무사이기를 선택하였다. 이미 사호에서 그와 마지막 밤을 보내고 떠나올 때, 그와의 인연은 모두 가슴에 묻었다. 그래서 초원에서도 모질게 돌아섰다. 모진 그녀를 건이 마음속에서 훌훌 털어버리기를, 자신을 잊어주기를 바랐다.

그런데 어찌 그를 지금 이 장안에서 조우했다 말인가? 혹시 그녀가 그를 그리워하는 마음에 달빛에 현혹되어 얼굴을 착각한 것은 아닌지 의심되었다. 황제를 시해하려다 잡힌 그녀에게는 죽음뿐이었다. 그럼에도 불구하고 설은 죽기 전에 정말 그가 건이었는지 확인하고 싶었다. 아니기를, 그가 한서제라면 그녀의 원수가 된다. 건이 그저 그녀의 마음속에 은애하는 이로 남아주기를 바랐다.

어지러운 설의 머릿속으로 사호를 떠난 이후 두 달의 시간이 주마등처럼 떠올랐다. 묵돌의 도움으로 사호를 벗어나서 월지로 향하던 호연제와 설은 곧 중간에 우현왕에게 잡혔다. 우현왕은 어려운 흉노족을 통합하고 한나라에 대적하기 위해서는 나이 어린 선우의 아들보다는 강력한 자신이 적합하다고 생각하였다. 그러나 계속 호연제가 생존하게 되면, 선우의 장남이라는 위치 때문에 우현왕에게 반하는 무리들에게 이용될 여지가 컸다. 우현왕은 호연제와 설을 보호한다는 명목하에 그들을 잡았다.

아직 부족연맹적 성격이 강한 흉노족들은 차기 선우를 고를 때 팔부대인(八部大人, 흉노 귀족)이라는 부족 장로들의 회의를 통해서 결정했다. 따라서 여기서 인심을 잃어서는 선우 자리에 오르기 어려웠다. 그러나 지금 흉노는 우현왕과 좌현왕으로 나누어 갈등하다 보니 하나로 묶이지 못하고 있었다.

유목민에게 전쟁은 생존이었다. 즉, 이기지 못하면 죽는 것이다. 척박한 환경에서 치열하게 목초지 쟁탈전을 벌여야 살 수 있는 것이다. 게다가 인구수가 적은 이들은 짧은 시간에 최대한 성과를 내야 했다. 선우를 잃고 뿔뿔이 흩어진 흉노를 하나로 모으기 위한 특단의 조치가 필요했다.

우현왕이 한서제 암살 계획을 세운 것은 그런 사유였다. 내부적으로 갈등하기보다는 외부의 적에 함께 대응하여 내부 결속을 다지자는 것이었다. 그런 우현왕의 계획에 설이 참여하게 된 사유는 호연제 때문이었다. 설이 한서제 암살 작전에 참여하는 대신 호연제를 장래 선우로 지원하겠다는 우현왕의 약속 때문이었다. 그리고 호연제를 노리는 살수의 손에서 보호해 주겠다고도 했다.

설은 우현왕과 나누었던 대화를 떠올렸다.

"우리를 침략한 자가 누구인지 아느냐?"

그렇다는 뜻으로 설이 조용이 고개를 끄덕였다.

"그를 베어라!"

"우리는 기련산을 잃어 육축들을 기르기 힘들어졌고, 연지산을 잃어 아낙들이 안색을 잃었다. 내 그에 대한 원한이 뼛속에 사무치는 바, 네가 그를 시해하여 내 이 원수를 갚는다면 호연제를 차기 선우로 지지하마!"

설은 한서제가 말을 확보하기 위하여 기련산과 연지산에 무위, 주천 두 군(郡)을 설치하고 관동일대의 빈민들과 범죄자들을 이주시켰다는 것을 들었다. 설은 우현왕의 가슴속 깊은 원한을 이해하였다. 그녀 또한 이렇게 살 곳을 잃고 이리저리 헤매게 되지 않았는가?

"그리하겠습니다."

설은 잠시 숨을 골랐다. 자신 혼자서 호연제를 지키는 것보다는 우현왕의 보호와 지지가 호연제에게는 더욱 도움이 될 터였다.

"제가 혹시 실패하여 살아남지 못한다 하더라도 반드시 공자님을 살펴주십시오. 피눈물을 흘리며 복수를 다짐하였던 그 결의를 절대 잊지 말아주십시오!"

우현왕은 대답하였다.

"내 이 얼굴에 생긴 흉터를 걸고 약조하마!"

유목민들은 누군가 죽었을 때에나, 추모할 때 스스로 자신의 뺨을 칼로 상처 내어 피를 흘리면서 곡을 한다. '이면(剺面)'이라 불리는 흉노의 장례 습속 중 하나였다. 죽은 자를 애도하기 위해 장송할 때 스스로 얼굴에 칼로 상처를 내어 죽은 자의 이마에 피를 흘리는 것이다. 그런 생채기가 우현왕의 뺨에 남아 있었다. 뺨에 생채기를 냄은 그야말로 철천지원수를 갚는다는 의미였다. 그런 유목민의 피눈물인 우현왕의 약조를 믿고 한서제를 시해하려 했다.

한서제가 최근 자주 장안에 있는 객잔에 호위무사 둘만을 데리고 나타난다는 것을 알게 되어 시기를 보아왔던 것이었다. 아무리 한서제의 검술과 두 호위무사의 검이 뛰어나다 하더라도 십수 명이나 되는 이들을 막아내기는 쉽지 않으리라 생각했다. 혹은 죽이지 못하더라도 큰 부상을 당해 잠시 정무에서 손을 떼게 하는 것으로도 족했다. 중요한 것은 한서제에 대항하여 흉노가 하나로 뭉치는 것이기 때문이었다.

생각에 빠져 있던 설은 갑작스레 자신의 주변을 둘러싼 사람들의 긴박한 움직임에 긴장했다.

"나와라!"

우악스러운 남자의 손이 그녀를 옥에서 끌어내었다. 이제 죽는 것인가? 설은 그렇게 생각했다. 옥을 나오자 곧 까만 천이 그녀의 두 눈을 가렸다.

"따라오라!"

눈을 가리자 설의 불안감이 증폭했다.

설을 다루는 수하의 거친 손길에 뒤쪽에서 바라보고 있던 위청이 깜짝 놀랐다. 아무래도 자신이 직접 설을 한서제에게 데려가는 편이 좋을 것 같았다. 지금 설은 매우 불안할 것이었다. 위청은 그녀를 옥에 가두어둔 한서제의 마음을 이해할 수 없었다. 저자에서 설을 잡은 이후 한서제는 근 삼 일을 이 옥에 설을 가두어두었다. 본래 원칙대로라면 설은 옥에 갇힐 틈도 없이 처형이었다. 그러나 한서제는 자신을 공격했던 살수단은 모두 죽었다고 공표하였다. 그리고 설이 잡힌 것은 주변에 알리지 않고, 위청과 곽정에게도 함구를 명하였다. 그런 걸 위청과 곽정은 안타깝게 바라보았다. 분명 걸은 설을 어찌해야 할지 고민하고 있음이 분명했다.

눈을 가린 설을 위청이 이끌었다. 설은 가는 길이 점점 더 궁의 안쪽으로 들어가고 있다는 생각이 들었다. 옥 주변을 맴돌던 무거운 공기와는 달리 향기로운 공기가 주변을 채우고 있었다. 그리고 소란하던 주변의 소음도 줄어들어 설은 자신의 발소리가 매우 크게 느껴졌다. 이윽고 모처에 도착한 위청은 설을 혼자만 방 안에 남겨두고 떠나갔다. 설은 극도의 불안을 느꼈다. 자신에게는 대체 어떤 일이 일어날 것인가?

드르륵.

문이 열리는 소리에 설은 긴장했다. 누군가 그녀 쪽으로 다가오고 있었다. 알 수 없는 존재가 그녀의 앞에서 멈추었다.

그다.

사향이었다. 그녀가 뼛속까지 기억하는 그의 향기였다. 그래도 여전히 설은 자신의 착각일 거라 믿고 싶었다. 세상에는 비슷한 용모의 사람들이 있다. 혹은 그녀가 그를 만나고 싶은 마음에 잘못 보았을 수도 있었다. 황제가 직접 자신을 시해하려 했던 이를 만날 리가 없었다. 만약 지금 그녀 앞에 서 있는 이가 건이라면 그는 황제를 모시는 관리일 것이라 믿고 싶었다. 다가온 남자는 아무런 말도 없이 조용히 그녀를 묶은 오라를 풀어주었다. 그제야 저린 몸에 피가 도는 듯했다.

"앉으라."

차가운 건의 목소리에 설은 움찔했다. 분명 그의 목소리였다. 왜 눈을 가린 천을 풀어주지 않는 것인지, 설은 그의 표정을 읽을 수 없어서 답답했다.

"이제부터 내가 묻는 말에 대답하라!"

설은 조용히 질문했다.

"눈을 가린 천을 풀어도 되겠습니까?"

"내 질문에 대답하면 풀어주겠다."

잠시 침묵이 온 방 안을 휘감았다.

"너는 누구를 해하려 한 것이냐?"

"한서제입니다!"

설은 조용히 답변했다. 현장에서 사로잡힌 그녀였다. 변명은 수용되지 않았다. 설은 이미 암살단에 자원하면서 자신이 살아서 호연제를 볼 수 있을 거라는 생각은 버렸다.

"사유는 무엇이냐?"

"휴도를 짓밟은 원수를 갚기 위해서입니다."

설의 대답에 건의 심장이 내려앉았다. 결국 그녀에게 자신은 원수일 뿐인 것인가?

"누구의 사주로 한 짓이더냐?"

"제 스스로 결정해서 한 일입니다."

설은 조금도 망설이지 않고 대답했다. 지금 우현왕이 이 모든 일의 배후에 있다는 것을 노출할 수는 없다. 호연제를 보호해야만 했다.

"황제를 해하려 한 자는 이유를 불문하고 극형에 처하는 것을 알고 있느냐?"

"알고 있습니다."

설은 이미 죽음을 각오한 듯, 담담히 대답했다. 또 다른 침묵이 내려앉았다.

"호연제 때문인 것이냐?"

"아닙니다. 제가 한 일입니다. 공자님과는 상관없습니다."

"눈에 감긴 천을 풀어라."

설은 천천히 천을 풀었다. 바닥으로 고개를 내린 설의 눈에 순리(신발)의 앞 코가 보였다. 설은 차마 그 순리를 덮고 있는 붉은색 곤복(황제가 입는 복식) 위를 바라볼 수 없었다. 그러나 두려움에 떨면서도 설은 고개를 들었다.

그러자 적색 곤복을 입은 건이 눈앞에 나타났다. 현의 훈상(현은 위 겉옷, 상은 아래에 치마처럼 입는 것)을 착용하였고, 면관(황제 혹은 황태자가 머리에 쓰는 관)을 쓰고 있었다. 건의 적색 곤복에 박힌 일(日), 월(月), 성신(星辰), 산(山), 용(龍) 등의 무늬가 한데 섞여 어지럽게 춤을 추었다. 분명 저 복장은 관리의 면복(冕服, 황제 이하 문무백관의 제복)이 아닌 황제의 복장이었다. 장포를 벗고 곤복을 입은 건을 보자, 설의 심장이 떨어졌다.

건이 바로 한나라의 황제 한서제였다. 설은 그를 암살하기 위하여 그에게 검을 들었다. 그의 드러난 목에 남아 있는 검에 스친 상처는 고스란히 설의 심장에 그려졌다. 설은 자신도 모르게 가슴께 옷깃을 거머쥐었다. 미친 듯이 뛰고 있는 심장을 진정시켜야 했다. 건을 만난 것과 그가 한서제라는 사실을 모두 한번에 감당하기가 버거웠다.

그를 보고 싶었다. 만나고 싶었다. 그러나 이런 상황은 아니었다. 수많은 밤들을 그에 대한 생각으로 지새웠다. 그가 자신을 잊고 행복하기를 그러나 마음 한편에서는 그가 자신을 잊지 않았기를 바랐다. 생각해 보면 이상한 점은 많았다. 연지산에서나 사호에서나 설은 그가 상인일 거라 믿고 싶었다. 하지만 그의 행동반경은 넓었고, 항상 그가 있는 곳에는 한나라의 군대가 뒤따라 움직였다. 마음 한구석에서는 그가 어쩌면 한나라의 관리일 수도 있겠다는 의심을 했었지만 애써 외면했다. 그를 은애하게 된 그녀의 감정이 너무 큰 탓이었다. 그가 선우를 죽게 만든 그 한나라 군대의 수장임을 믿고 싶지 않았다. 그저 자신을 도와준 은인으로 자신이 은애한 이름 모를 남자로만 남아주길 바랐다. 충격에 빠진 설이 잠시 주춤한 사이, 그녀의 멍한 시선에 천천히 검을 꺼내 드는 건이 보였다.

'이렇게 죽는 것인가?'

설은 건이 검을 꺼내는 것을 보자 오히려 마음이 침착해졌다. 죽기 전에 험한 꼴을 당하느니 차라리 여기서 깔끔하게 그의 손에 죽는 편이 나았다. 모진 고문에 배후를 밝히는 상황이 되기 전에 죽어야 한다면, 그가 직접 자신의 목숨을 거두는 것이 나을 듯싶었다. 그렇게 생각하자 설의 마음은 체념한 듯 고요하게 가라앉았다. 설은 가만히 눈을 감았다.

건은 그런 그녀의 얼굴을 보면서 검을 휘둘렀다. 모든 것을 포기한 듯, 자신에게 애원조차 하지 않는 설이 괘씸했다. 그녀가 흥노와의 인연을 끊을 수 없다면 그가 대신 끊어낼 것이었다. 그래서 그녀를 가질 수만 있다면, 얼마든지 그렇게 할 터였다.

공기를 가르는 검성에 설은 저도 모르게 움찔했다. 저도 모르게 남아 있던 생에 대한 미련에 몸을 움직인 것이었다.

사락.

설의 머리카락이 바닥에 후두둑 떨어졌다.

"황제를 시해하려 했던 자는 지금 죽었다."

설은 바닥에 떨어진 자신의 머리카락을 멍하니 바라보았다. 그리고는 고개를 들어 한서제를 바라보았다.

한서제는 설의 까만 눈망울을 보았다. 맑은 그녀의 눈빛은 여전했다.

"이제부터 너는 나를 모시는 여인이 되어라."

설은 커다란 눈을 크게 떴다.

"차라리 저를 죽여주십시오. 원수를 모실 수는 없습니다."

"나는 너에게 그저 원수일 뿐이더냐?"

한서제는 자신을 원수로 대하는 설에게 화가 났다. 자신을 해하려 했던 설이었으나 한서제는 그럼에도 불구하고 그녀를 다시 만나게 되어 기뻤다. 그러나 설은 아무런 감정이 없는 듯, 그를 계속 거부하고 있었다.

설은 한서제의 물음에 즉각 답할 수 없었다. 그는 원수였다. 그에 대한 감정을 접어야 했다. 그리하지 않으면 호연제가 위험해진다.

"저를 죽여주십시오."

"너는 우리에게 있었던 그 모든 일을…… 잊은 것이냐?"

한서제의 음성이 떨렸다. 그러나 설은 모질게 마음을 다잡았다.

"이미 사호에서 저는 나리를 떠났습니다. 그리고 제가 알았던 그분은 이미 이곳에 없습니다."

한서제는 자신을 모조리 잊은 듯한 그녀의 대답에 화가 났다.

"하지만 너에게는 선택권이 없다. 나를 거부하면 호연제가 위험해진다."

호연제라는 말에 설이 번쩍 고개를 들었다.

"그 무슨?"

"호연제는 죽은 선우의 아들이다. 그 아들은 반드시 장안에 머물러야 한다. 그것이 우리의 법이다. 네가 만약 나를 거부하면 나는 이 모든 일이 호연제가 본인의 호위무사인 너를 사주하여 나를 시해하고자 한 것으로 세상에 알리겠다."

설은 숨을 들이켰다.

"그럼 호연제는 오늘부터 더 이상 한나라의 손님이 아닌 대역죄인으로서 한군에 쫓길 것이다."

냉랭한 한서제의 음성이 검보다 더욱 날카로웠다.

"나에게 포기란 없다. 죽을 때까지 내가 가진 모든 권력을 동원하여 땅끝까지 호연제를 쫓을 것이다!"

한서제의 잔인한 선언에 설의 목덜미로 식은땀이 흘러내렸다.

"그럼, 호연제에게는 오직 죽음뿐이다."

한서제의 냉정한 말에 설의 온몸이 떨려왔다.

"어찌, 그런?"

"그러나 네가 나를 모신다면 나는 이 모든 일을 불문에 부치고, 호연제를 더 이상 찾지 않겠다. 혹여 찾더라도 장안에 머물게 하지는 않으마. 장안에 머문다는 것은 평생 초원으로는 돌아갈 수 없다는 것임을 너도 알겠지?"

설은 잔인한 한서제의 제안에 몸을 움츠렸다. 그렇게 설은 장안의 황궁에 한서제의 손에 갇혔다.

9. 차갑게 벼린 검劍, 설雪을 희롱하다

그에게 잡힌 이후 며칠간은 조용했다. 마치 아무런 일도 없었던 듯, 설은 황궁의 작은 방에 기거하게 되었다. 그녀 평생 처음으로 시중들어 주는 시녀가 곁에 있었고, 잠자리도 음식도 모든 것이 죄인에 대한 처우와는 달랐다. 대신 설은 검을 빼앗겼고, 유군을 입어야 했다.

흉노의 복장은 호복(胡服)이라 하여 기본적으로 바지와 약간 긴 상의를 입었다. 그리고 위에 걸쳐 입는 망토 같은 차림새였다. 또한 추위에 대응하기 위하여 가죽옷이었다. 물론 일부 계층은 비단 옷을 입었다. 그것은 한의 시조인 한희제가 흉노와 화친하면서 금, 술, 음식과 함께 비단을 보냈기 때문이었다.

그러나 설은 호위무사로 지내온지라 여인의 복장을 입어본 적이 없었다. 대체적으로는 칡의 섬유로 짠 베, 갈포(葛布)로 만든 옷과 가죽옷을 입었다. 그래서 이곳에서 입게 된 온몸에 감기는 비단으로 만들어진 옷은 낯설었다. 게다가 치마와 그 위에 걸친 소매가 넓은 대수삼(大袖衫, 여인들이 치마 위에 걸치던 소매가 크고 긴 겉옷)은 호화로웠다. 설의 하얀 피부와 까맣다 못해 푸른빛이 도는 머리채를 강조하듯 대수삼은 하얀 비단이었다. 게다가 한사코 말려도 시녀인 위화는 아침부터 그녀의 머리를 꼼꼼히 빗어 내려뜨려 주었다.

위화는 하루가 멀다 하고 그녀를 치장하는데 온갖 재주를 부렸다. 조금 전에도 조욕을 거들며, 위화는 설의 깨끗한 피부에 감탄하였고, 아름다운 머릿결을 칭찬하였다. 설은 위화가 그녀의 아름다움을 칭찬할 때마다 쥐구멍에라도 숨고 싶었다. 조욕을 끝내고 거울 앞에 서자, 설은 자신이 어느새 이런 여인의 모습을 하고 있었는지 깜짝 놀랐다. 하얀 피부와 붉은 입술 그리고 유군에 숨은 가슴은 봉긋하게 솟아올라 여인의 곡선을 자랑했다. 게다가 조금 전까지 위화가 머리에 윤이 나도록 빗질을 하고 머리를 간단히 늘어뜨려 주자, 설은 거울 속의 여인이 자신이 아닌 것만 같았다.

설은 이내 거울에서 시선을 떼어내고 방 안을 둘러보았다. 호화롭기 그지없었다. 하지만 설은 좋은 의복도 음식도 괴롭기만 했다. 아마도 지금 호연제는 불안에 휩싸여 있을 터였다. 한서제에게 보냈던 자객들은 모두 죽었다고 공표되었으니 설 또한 죽은 것으로 간주될 것이었다. 지금 이 구중궁궐에 갇힌 설은 호연제와 연락할 방법조차 없었다. 그러나 설은 호연제를 우현왕이 안전하게 보호할 것이라 믿었다. 어쩌면 혼자인 설 자신보다는 힘이 있는 우현왕이 호연제의 미래에는 더욱 도움이 될 터였다. 그것이 궁에 갇힌 설에게는 단 하나의 위안이었다.

설의 생각이 갈피를 못 잡고 부유하고 있을 때, 갑자기 문이 열렸다. 설이 급히 자리에서 일어나자 차가운 눈빛의 한서제가 서 있었다. 설은 할 말을 찾지 못하고 그저 가만히 서 있었다. 너무나 차갑고 시린 시선에 설의 심장이 아릿했다. 다정하고 부드러운 그의 시선을 다시는 볼 수 없을 거라 생각하니 심장이 바늘로 찔린 기분이었다. 그럼에도 곤복을 갖추어 입은 건의 냉기가 도는 미모에 가슴이 울렁거렸다. 게다가 황제의 위엄마저 더해져 늠름한 어깨가 더욱 넓어 보였다. 중원을 호령하는 황제의 본모습을 본 것 같아 설은 긴장했다.

붉은 불빛 아래 조용히 서 있는 설은 그린 듯이 아름다웠다. 여인의 옷을 게다가 아름다운 궁중의 옷을 입히니 선녀라도 하강한 듯 그 미모에 눈을 뗄 수 없었다. 황궁의 어떤 비빈들도 그녀의 미모에는 필적할 수 없었다. 밤이 되어 매미 날개처럼 얇은 백사단의(白紗單衣, 얇은 백사의 홑옷. 매우 가볍고 앞으로 여며 입는다)를 입은 그녀는 그 자체로 유혹적이었다. 그러나 그녀의 표정은 황제를 유혹하기 위하여 농염한 눈빛을 흘리던 여인들과는 달랐다. 투명한 눈빛에는 어떤 색기도 없었다. 그러나 그런 그녀의 투명한 눈빛이 도리어 한서제를 자극했다.

자신을 해하려 했던 여인이었다. 게다가 자신보다 그 꼬맹이를 선택하였던 그녀였다. 지금도 이렇게 잡혀 있는 와중에도 고고하게 그에게 머리조차 숙이지 않았다. 한서제는 자신을 바라보지 않는 그녀에게 화가 났다. 그렇다면 설을 철저하게 여인으로 대해주겠다. 무사가 아닌 자신 아래에서 달뜬 교성을 흘리는 여인으로 만들어주리라.

"뒤로 돌아라!"

한서제의 냉기 어린 음성에 설은 긴장하였으나 조용히 뒤로 돌았다. 그러자 갑자기 한서제의 커다란 손이 그녀의 상체를 앞으로 굽히고는 치마를 걷어 올렸다. 설은 넘어지지 않으려 탁자를 간신히 붙잡았다.

"무, 무슨, 아얏!"

예상치 못한 한서제의 움직임에 설이 비명을 질렀다. 그러나 한서제는 그런 설을 아랑곳하지 않고 그녀의 허벅지를 만졌다. 이렇게 뒤에서 얼굴조차 마주치지 않고 한서제는 자신을 안으려는 것이다. 거칠게 짐승처럼 다루어지자 설은 충격을 받았다. 사호에서 그렇게 달콤하고 부드러운 손길로 자신을 애무하던 건과는 전혀 다른 사람 같았다. 그의 행동은 설이 미천한 존재임을 그저 그의 육욕을 충족시키기 위하여 잡혀 있는 신분임을 인식시키는 것 같았다. 설은 뒤에서 자신을 치받는 한서제의 움직임에 간신히 신음을 삼켰다. 그녀의 허벅지를 가르고 준비되지 않은 여성으로 한서제가 파고들었다. 거칠게 밀려오는 한서제의 움직임에 설의 입에서 고통스런 신음이 비어져 나올 것만 같았다. 그러나 설은 고통스런 신음을 애써 꾹 눌렀다.

한서제는 설의 허벅지를 벌리고 그대로 그의 성난 분신을 밀어넣었다. 미처 젖어들지 않은 그녀가 고통스러운지 몸을 꿈틀거렸다. 한서제는 그럼에도 그녀에 대한 자신의 욕망이 사그라지지 않자 고통스러웠다. 그녀를 향한 주체할 수 없는 욕정에 화가 치밀었다. 그저 자신을 원수로 대하며 해하려 했던 그녀임에도 불구하고 참을 수 없을 정도로 안고 싶었다. 며칠을 그녀 생각을 지우려 했으나 결국에는 이렇게 설의 방으로 와버린 자신이었다.

이 미칠 듯한 자신의 열정을 얼른 식히고 싶었다. 철저히 그녀를 육욕의 대상으로 대해주리라, 이렇게 그녀를 안아버리면 그만이었다. 그저 자신의 열정을 쏟아내면 될 터였다. 그는 애써 다른 생각을 머릿속에서 몰아내며 고통에 몸부림치는 그녀 안으로 거세게 파고들었다. 그녀의 좁은 내부로 들어가자 그의 몸은 쾌감에 휩싸였다. 자신의 품 안에서 빠져나가려는 설의 상체를 한 손으로 잡고는 계속 그녀를 유린했다.

그러나 설은 아무런 소리도 내지 않았다. 고통에 시달리면서도 어떤 신음조차 흘리지 않았다. 그것이 그녀의 거부인 것 같아 한서제는 애가 달았다. 곧 설이 한서제의 손에서 벗어나려고 하던 모든 움직임을 멈추었다. 마치 모든 것을 포기한 듯 한서제의 움직임을 받아들였다. 그러자 한서제는 극심한 쾌감에도 불구하고 마음이 한없이 무거웠다. 한서제는 그녀의 탐스러운 엉덩이를 움켜쥐고 전진과 후퇴를 반복하였다. 고통을 참고 있는 그녀를 보자 자신이 짐승처럼 느껴졌다. 그러면서 그녀를 상처 입히고 있는 자신에게 화가 났다.

설은 생각을 멈추었다. 그저 뒤에서 자신을 공격하는 한서제의 움직임만이 느껴졌다. 얼굴을 마주하지 않고 그녀를 유린하는 한서제는 잔인했다. 그러나 차라리 얼굴을 마주하지 않는 것이 나았다. 얼굴을 마주하게 되면 그녀는 그에 대한 감정을 숨길 수 없으리라. 이렇게 미천한 존재인 듯 다루어지는 것이, 고통스러운 것이 나았다. 그를 미워할 수 있게 되기를, 설은 바랐다.

그러나 설은 서글펐다. 다정했던 건이 이렇게 변해 버린 것이 슬펐다. 자신도 그에게 상처를 입혔으리라. 그리고 이런 자세에도 불구하고 조금씩 쾌감을 느끼는 자신의 몸이 치욕스러웠다. 차라리 아무것도 느끼지 못한다면 좋을 것이다. 하지만 그를 처음으로 받아들인 그녀의 몸은 마치 기억이라도 하듯 그의 움직임에 익숙해졌다. 가까스로 흘러나오는 신음을 설은 간신히 삼켰다.

그때였다. 한서제의 굵은 손이 뒤에서 그녀의 가슴을 움켜쥐었다. 어느새 백사단의는 그녀의 몸에서 떨어져 있었고 그녀의 가슴을 한서제는 마음껏 희롱하였다. 그러나 그 손길은 거칠게 자신의 여성을 유린하던 것과는 달랐다. 소중한 것을 대하듯 부드러웠다. 갑자기 부드러워진 손길에 설이 당황하고 있을 때, 그가 그녀의 상체를 일으켜 뒤에서 온전히 끌어안았다. 등 뒤로 그의 따듯한 체온이 느껴졌다. 더불어 그의 허리 움직임도 부드러워졌다. 그의 욕망만을 푸는 것에 집착하였던 움직임과는 달랐다. 마치 자신을 아끼듯 부드럽고 조심스러운 허리 놀림에 설은 흐느꼈다.

"건!"

그녀의 입에서 한숨처럼 자신의 휘가 불리자 한서제 마음속의 얼음이 녹았다. 그녀를 괴롭히려던 마음은 사라지고 그녀를 아끼는 마음이 커졌다. 한서제가 설의 부름에 응답하듯 조심스럽고 부드럽게 허리를 움직였다. 그러자 그녀의 몸 안이 비로소 따뜻하게 젖어왔다. 그는 그녀의 드러난 목에 입을 맞추고 혀를 미끄러뜨려 그녀의 뽀얀 어깨를 입술에 가두었다. 자신의 검집에 맞은 오른쪽 어깨에 아직도 희미한 멍 자국이 남아 있었다. 한서제는 그 멍 자국에 마음이 찌릿했다. 그 아픔을 지우려는 듯 한서제의 뜨거운 입술과 혀로 그녀의 어깨를 핥았다.

설은 그의 뜨거운 혀가 자신의 어깨에 닿자 흠칫했다. 그의 혀는 마치 자신을 위로하듯 너무나 따뜻했다. 그가 가슴을 만지던 다른 손을 내려 자신의 붉은 진주를 자극하자 설의 온몸이 금방 나긋나긋해졌다. 한서제의 손이 점점 빠르게 움직이며 진주를 자극하자 설의 숨소리가 거칠어졌다. 그러자 고통밖에 느껴지지 않던 그녀의 여성에서 알싸한 쾌감이 피어났다. 그가 계속 그녀의 진주를 희롱하자 설은 점점 달뜬 교성을 내뱉었다. 이제 그녀와 그 사이에는 어떠한 정치적 관계도, 원한도, 은원도 아무것도 없었다. 그저 서로를 탐닉하는 남자와 여자만이 존재하였다. 설은 다정한 한서제의 움직임에 이내 절정에 다다랐다.

절정을 맞이한 설의 내부가 그를 조이자 한서제의 숨소리 또한 거칠어졌다. 결국 한서제는 참지 못하고 그녀를 앞으로 돌려세웠다. 그리고는 그녀의 붉은 입술을 거칠게 머금었다. 그리고는 그녀의 눈을 똑바로 바라보면서 설의 몸 안 깊이 파정하였다.

자신의 품 안에 축 늘어진 설을 한서제는 깃털처럼 가볍게 끌어안았다. 그녀를 침상에 조심히 눕히자, 눈물자국으로 얼룩진 그녀의 얼굴이 보였다. 한서제는 얼른 그녀의 눈물자국을 자신의 혀로 닦아내었다. 그리고는 부드러운 손길로 그녀 어깨에 있는 멍 자국을 쓰다듬었다. 그녀의 몸에 대충 걸려 있던 찢어진 치마도 정리해 주었다. 자신 때문에 실신하듯 정신을 잃은 설을 보자 한서제의 마음이 무거웠다.

아직 남녀의 결합에 익숙하지 않은 설이었다. 너무 놀란 설이 익숙하지 않은 자세에 긴장하는 것을 알면서도 그녀를 계속 탐한 자신이 짐승처럼 느껴졌다. 거칠게 그녀를 괴롭히고 싶었다. 자신을 거부하는 그녀를 그저 벌하고 싶었다. 그저 자신의 안에 들끓는 욕망을 풀어내면 이 목마름이 가라앉을 것이라 믿었다. 하지만 괴로워하는 설을 보는 것이 이렇게 마음이 아플 줄을 몰랐다. 젖지 않은 그녀가 고통스러워하는 것을 보는 것은 괴로웠다. 한서제는 자신이 대체 무슨 짓을 했는지 설에게 미안하기 그지없었다. 한서제는 설의 부드러운 뺨을 쓰다듬었다.

"설, 너를 어찌하면 좋겠느냐?"

대답 없는 설의 얼굴을 바라보며 한서제는 비통하게 중얼거렸다.

한서제의 비통한 음성이 설의 고막을 파고들었다. 자신을 조심히 침상에 눕히고는 한서제는 부드러운 손길로 자신을 쓰다듬었다. 눈물자국을 닦아주는 그의 혀는 부드러웠다. 그가 멍든 어깨를 부드럽게 쓰다듬자 설은 저도 모르게 몸을 움찔하려는 것을 간신히 참았다. 찢어진 치마를 정리해 주는 그의 손길에는 후회와 미안함이 가득 담겨 있었다. 그도 고통스러운 것이다.

설은 그의 아픈 마음을 고스란히 느낄 수 있었다. 그 원인이 자신이라는 것을 설도 알고 있었다. 그녀는 그의 마음에 고통을 준 자신이 싫었다. 하여 잠든 척하였으나 그의 고통스러운 음성은 그녀의 귓가를 떠나지 않았다. 그를 위로할 수도, 미워할 수도 없었다. 그는 설에게 적일 뿐인데, 설의 감정은 자꾸 그 사실을 잊으려 했다. 사호에서 알았던 은애하는 나리로 계속 생각하고 싶었다. 설의 마음이 두 가지 감정 사이에서 산산이 부서지고 있었다.

침상에 똑바로 누워 있는 설의 두 다리를 꽉 붙잡아 두 손으로 높이 잡아 올렸다. 그리고 한서제는 자신의 분신을 설의 꽃잎 안으로 강하게 밀어 넣었다. 빡빡한 느낌에 한서제의 희열이 깊어졌다. 한서제는 자신의 눈앞에 놓인 설의 하얀 종아리에 물어뜯듯이 입맞춤했다. 갑작스런 입맞춤에 설이 놀라 몸을 움찔하자 그녀의 여성이 강하게 한서제의 분신을 조여왔다. 설의 두 다리를 자신의 어깨에 기대게 하고서 한서제는 더욱 강하게 허리를 앞뒤로 움직였다.

"하악…… 아웅…… 앗…… 제발!"

너무 강한 쾌감을 견딜 수 없는지 설의 입에서 달뜬 교성이 흘러나왔다. 벌어지려는 설의 두 다리를 풀어두었던 자신의 머리 끈으로 묶었다. 하얀 설의 피부에 붉은 비단 머리 끈이 지나치게 색정적이었다. 그것이 또다시 한서제의 욕망을 자극했다.

"폐하!"

두 다리가 묶이자 설의 얼굴에 놀란 표정이 피어났다. 설이 깜짝 놀라 머리를 흔들자 하얀 이불보에 펼쳐진 설의 까만 머리채가 파도처럼 물결쳤다. 한서제가 한 손을 내려 천천히 설의 허벅지 사이를 쓰다듬었다. 설의 허벅지가 경련했다. 느른하게 허벅지를 쓰다듬던 한서제의 손이 이제는 납작한 설의 배를 지나 격하게 흔들리고 있는 설의 가슴을 쓰다듬었다. 설의 앵두 같은 유실을 두 손가락에 끼우고 살짝 비틀자 설의 신음이 깊어졌다.

"하악…… 그만……."

격한 쾌락을 참을 수 없었는지 설이 애원했다. 설의 비명과도 같은 애원에 한서제의 허리 움직임이 더욱 거칠어졌다. 한서제는 그녀의 입에서 애원하는 목소리를 듣고 싶었다. 자신에게 매달려 욕망에 빠진 그녀의 달뜬 교성을 듣고 싶었다.

"건! 안 돼요!"

설이 극도의 쾌감에 그의 휘를 혼곤하게 불렀다. 절대 자신의 휘를 부르지 않는 그녀였다. 설이 자신의 휘를 부르자 설의 뜨거운 몸속에 있던 한서제의 분신이 더욱 힘을 받았다.

"설!"

한서제가 설의 가슴을 꽉 집고 강하게 설의 안쪽을 파고들었다. 설의 안이 타는 것처럼 뜨거웠다. 설은 과일과 같았다. 손으로 만지면 만질수록 온몸에서 달콤한 그를 유혹하는 향기가 피어났다. 설이 쾌감에 몸을 경련하면서 한서제의 분신을 강하게 조였다. 파정할 뻔한 위기를 간신히 넘긴 한서제였다.

"헉…… 설…….."

그런 설을 벌하듯이 한서제가 미친 듯이 속도를 올렸다. 자신의 분신에 달라붙은 설의 내벽에 점점 한서제도 참기가 어려웠다. 그녀는 내 것이다. 이렇게 그녀의 몸을 여는 것도, 그녀의 환희에 찬 얼굴을 보는 것도 모두 자신만이 할 수 있는 일이었다. 한서제는 참기 힘든 소유욕을 느끼며 그녀를 계속 희롱하였다. 한서제가 강하게 설 내부의 한 지점을 찌르자 설의 온몸이 부들부들 떨렸다. 강하게 자신의 분신을 압박하는 설의 꽃잎에 결국 한서제가 세찬 물보라를 설의 안으로 뿜어내었다.

폭풍 같은 그 밤 이후, 한서제는 계속 설을 안았다. 억지로 자신의 맘을 누를 수도 없었고, 그녀를 안을 때에만 그녀는 자신에게 속한 것 같았기 때문이었다. 그러나 하루가 다르게 설의 얼굴에서는 빛이 사라졌다. 그녀는 절대 그와 눈을 마주치려 하지 않았다. 그가 다가서면 거부하지는 않았으나 어떠한 움직임도 보이지 않았다. 그럴 때마다 한서제는 온갖 방법을 동원하여 그녀를 달뜨게 만들었다. 결국 그녀가 절정에 달해 환희에 찬 신음을 흘리기까지 절대 물러서지 않았다. 그러나 그럴수록 한서제의 맘은 허해졌다. 그녀의 사랑을 받고 싶었다. 사호에서처럼 신뢰의 눈빛을 담아 그를 바라봐 주었으면 싶었다. 그리고 수줍게 입술을 내밀어 그에게 먼저 입맞춤을 해주었으면 싶었다.

방 안은 두 남녀의 체온으로 후끈 달아올라 있었다. 희미한 불빛 아래 건장하고 근육질로 탄탄한 남자와 나긋나긋하고 부드러운 여체가 부드럽게 얽혔다. 홍등 아래 그녀의 벗은 몸이 하얗게 빛났다. 그녀의 입술을 탐하던 한서제는 설을 끌어안고 침상에 똑바로 누웠다. 그러자 설이 한서제를 올라탄 자세가 되었다.

"허흑!"

그 모습에 놀란 설이 도망치려 했다. 그러나 한서제는 설이 도망가지 못하게 그녀의 손목을 잡았다. 한서제는 그리고는 설을 자신의 아랫배에 제대로 앉혔다. 그리고는 그녀의 가슴을 애무하면서 그녀에게 속삭였다.

"스스로 움직이는 거야!"

설의 얼굴에 당황한 기색이 역력했다. 그의 낮고 욕망에 가득한 음성이 설을 주술에 걸었다. 설은 그의 낮고 달콤한 명령을 절대 거부할 수 없었다.

"폐하!"

항상 한서제가 움직여 왔기에 그녀 스스로 움직이라는 말에 깜짝 놀랐다. 그리고 어떻게 움직여야 하는지도 몰랐다. 그의 움직임을 따라가는 것조차 항상 버거웠다. 설은 남녀 간의 결합에 이렇게 다채로운 것이 있는지 매번 놀라고 있었다. 그런 그녀를 항상 한서제가 이끌었다. 처음에는 부끄럽고 얼굴이 붉어졌으나 어느새 설은 그의 움직임을 따라 하고 있었다.

그러나 스스로 움직이라니, 도대체 자신에게 어찌하라는 것인지 설의 심장이 달콤한 두려움으로 저릿했다. 어찌할지 몰라 간신히 허리를 아래위로 움직이자 어색하기만 했다. 설이 움직임을 멈추자 한서제는 그녀의 손바닥을 끌어당겨 깊게 입맞춤하였다. 손바닥에 닿는 한서제의 열정이 설을 애타게 갈구하고 있었다. 그리고 그가 사악할 정도로 관능적인 미소를 지으며 속삭였다.

"허리를 앞뒤로 움직이는 거야!"

그래도 설이 움직이지 않자 한서제가 설의 가느다란 허리를 두 손으로 강하게 붙잡고 격렬하게 아래에서 쳐올렸다. 한서제의 예상치 못한 움직임에 설이 신음했다. 자신의 체중이 실려 결합이 너무 깊어졌다. 한서제는 설의 두 손을 자신의 손에 가두고는 흥분한 음성으로 채근하였다.

"설!"

애타는 듯한 한서제의 목소리에 설이 조금씩 앞뒤로 움직이기 시작하였다. 흔들리는 그녀의 가슴이 지나치게 유혹적이었다. 설의 머리채가 흘러내려 설의 얼굴 주변을 부드럽게 감쌌다. 그러나 그녀의 하얀 가슴이 머리채에 자꾸 가려지자 한서제는 애가 탔다. 결국 한서제는 그 유혹에 저항하지 못하고 상체를 일으켜 앉은 자세로 그녀를 끌어안게 자세를 바꾸었다. 그녀의 가는 허리를 잡고 강하게 허리를 추어올렸다. 그리고는 그녀를 끌어안고 그녀의 입에 입맞춤했다. 달콤한 그녀의 타액을 삼키고 아랫입술을 살짝 깨물었다가 다시 윗입술을 살짝 핥았다. 그녀의 가슴이 그의 가슴에 마찰되자 한서제는 더욱 흥분하였다. 한서제가 강하게 허리를 추어올리자, 결국 설이 먼저 절정에 다다랐다. 자신에게 쓰러져 내리는 설을 한서제는 부드럽게 꼬옥 끌어안았다.

설은 혼곤한 잠에서 깨어났다. 눈을 뜨자 옆자리는 텅 비어 있었다. 시선을 내리자 온몸에 붉은 꽃이 피어 있었다. 설은 매일 자신을 몰아치는 한서제에게 저항할 수 없었다. 매번 절정에 다다라 한서제에게 매달리는 자신이 싫었다. 그를 미워해야 한다고 자신의 원수라 다짐하고 다짐해 보아도, 그가 주는 쾌락에 저항하지 못하는 자신이 한심했다.

그러나 한서제의 손길은 항상 다정했다. 황궁에서 심하게 그녀를 안았던 첫날 이후 한서제는 항상 그녀를 부드럽고 소중한 존재인 듯 다루어주었다. 그러나 서로의 마음은 닿지 않았다. 설은 그

의 부드러운 손길 아래서는 사랑받고 있는 듯 느껴졌으나 한서제
는 항상 정사가 끝나면 뒤도 돌아보지 않고 가버렸다. 그리고 점
점 한서제의 얼굴도 어두워졌다. 한서제는 모든 것을 잊어버리고
자 하는 듯 설을 탐했다. 설은 이러한 관계가 언제까지 지속될 수
있을는지 아득해졌다.

"어머나, 이 고운 비단을 보십시오!"

위화가 호들갑스럽게 한서제가 보내온 비단을 설에게 보여주었
다. 한서제는 하루가 멀다 하고 설에게 선물을 보내왔다. 생전 들
도 보도 못한 희귀하고 값진 물건들이었다. 그러나 설은 기쁘지
않았다.

"기쁘지 않으십니까?"

위화가 어두운 얼굴의 설을 바라보았다. 위화는 한서제가 설을
극진히 대하고 있음을 알았다. 한서제는 하루가 멀다 하고 설을
안았다. 사호에서 돌아온 이후 누구도 가까이하지 않아 모두의 애
를 태웠던 한서제인가 싶을 정도였다. 그리고는 또한 자주 귀한
선물을 설에게 보냈다. 황제가 비빈(妃嬪)들에게 선물을 내리는 일
이야 흔했으나 설에게 보내오는 선물은 극상의 가치를 지녔다. 그
러나 설의 얼굴은 하루가 다르게 파리해져 갔다. 어찌 된 사연인
지 모르나 전혀 기뻐하지 않았다. 그리고 설은 거의 죽지 않을 정
도로만 음식을 조금 먹었다. 위화는 이러다가 설이 큰일을 당하지
나 않을까 퍽이나 걱정이 되었다.

파리해져 가는 안색이 안타까워 위화는 이것저것 몸에 좋은 것을 설에게 먹이려 노력하였다. 그러나 설은 점점 더 말라갔다. 오늘 아침에는 조반 시간을 훨씬 넘겨서도 설은 자리에서 일어나지 못했다. 위화가 아침에 설의 시중을 위하여 방 안에 들어서니 설이 옷을 제대로 입지도 못하고 이불을 덮고 죽은 듯이 잠들어 있었다.

위화는 설의 목에 남은 붉은 순흔 자국을 애써 외면하였다. 설의 조욕 시중을 들 때에, 처음에는 설은 그 자국이 부끄러웠는지 한사코 시중을 마다하였다. 그러나 이제는 위화에게만은 시중을 허락하였다. 하지만 위화는 한시도 사라지지 않는 순흔을 보면서 한서제가 설을 너무 혹사시키고 있는 것은 아닌지 걱정이 되었다.

오늘도 설은 자리에서 일어나지 못할 정도로 밤새 시달린 듯했다. 그러나 분명 설을 바라보는 한서제의 눈빛은 다정했다. 설이 눈을 마주치지 않아서 그렇지, 위화는 종종 설을 지그시 바라보는 한서제의 눈빛이 얼마나 애잔한지 알고 있었다. 어떤 사유로 설이 한서제에게 마음을 열지 않고 있는지, 또 한서제도 왜 설을 비빈도 아닌 상태로 이 궁에 감금하다시피 하고 있는지 알 수는 없었다. 그러나 위화는 한서제와 설이 이제는 서로를 바라봐 주었으면 싶었다.

한서제는 최근 설이 제대로 먹지도 웃지도 않는다는 위화의 보고에 한숨을 내쉬었다. 도대체 어떻게 하면 그녀를 기쁘게 할 수 있단 말인가? 좋은 비단을 보내도, 금은보화를 선물해도 그녀는 기뻐하지 않았다. 그녀의 웃는 얼굴을 보고 싶었다. 한서제가 그런 시름에 잠겨 있을 때 위청이 그를 알현하러 왔다.

한서제가 설치한 기련산과 연지산의 두 군에 대한 내용이었다. 한서제가 머무는 동안 상황을 정리하고 두 군을 설치하기까지 누구보다 고생하였던 이가 위청이었다. 게다가 한서제가 열여섯의 어린 보령으로 황위에 오를 때부터 위청은 한서제의 호위무사로 벌써 12년 가까이 자신을 모셔왔다. 이제 위청은 신하라기보다는 한서제에게 형제와 같았다. 한서제의 목숨이 위험해지면 위청은 자신의 목숨을 버려서라도 한서제를 구할 터였다. 그러다 보니 한서제 또한 누구에게도 말하지 않는 개인적인 고민도 그에게는 말할 수 있었다.

"폐하, 듣고 계시옵니까?"

위청은 명민하고 성실한 황제가 전혀 보고에 집중하지 못하자 물었다. 그러자 한서제는 깊은 한숨을 내쉬었다.

"미안하구나. 내 잠시 다른 생각에 빠져 집중하지 못하였도다!"

"혹시 성심을 어지럽히는 고민이 있으시옵니까?"

위청이 조심스레 묻자 한서제가 탄식하듯 대답하였다.

"그녀가 웃지를 않는다!"

그제야 위청은 한서제가 설에 대한 이야기를 하고 있음을 알았다.

"아무리 좋은 선물을 보내도 웃지를 않는구나. 제대로 먹지도 잠을 이루지도 못하고 하루하루 말라가니 짐의 마음이 편치 않도다!"

한서제가 한탄하자 위청은 한서제를 자세히 바라보았다. 다른 일에는 명민하기 그지없는 한서제였다. 그러나 지금 한서제는 여인의 마음을 사로잡기 위해 어떡해야 하는지 몰라 애태우고 있는 것이다. 그러나 한편으로는 이해가 되기도 했다. 여인들의 일방적이고 적극적인 유혹에 익숙한 한서제였다. 여인의 마음을 얻기 위해 노력해야 한다는 생각조차 해보지 않았을 한서제였으리라. 위청은 은애하는 여인을 두고 애타하는 소년 같은 한서제가 새로웠다.

"금은보화가 무슨 소용이겠습니까? 마음이 걱정으로 가득할 터인데요."

위청의 말에 한서제는 가슴이 철렁했다.

"그럼 어찌하면 되겠느냐?"

한서제가 애가 타는 듯 위청의 입만을 바라보았다. 설의 마음을 위로할 수만 있다면 그것이 무엇이든 해주고 싶었다.

"호연제를 만나게 해주심이 어떠실는지요? 아마도 지금 호연제에 대한 걱정으로 속이 타고 있을 것입니다."

위청의 말에 한서제는 무릎을 탁 쳤다. 그렇다. 그 꼬맹이가 도움이 될지도 몰랐다. 그러나 지금 당장 호연제의 행방을 찾는 것은 쉬운 일이 아니었다. 게다가 설에게 호연제를 쫓지 않겠다고 약조까지 한 터였다.

"그것이, 호연제를 쫓지 않겠다고 설에게 다짐을 한 터라……."

드물게 한서제가 난감한 표정을 지었다. 그런 한서제의 표정이 위청은 낯설었지만 인간적으로 보였다.

"호연제를 장안에 잡아두라는 뜻이 아닙니다."

위청의 말에 한서제의 고개가 번쩍 들렸다. 위청의 다음 말을 고대하는 한서제의 눈빛이 절실했다.

"그게 무슨 뜻이냐?"

"호연제가 선우의 아들이라는 것은 공식적으로 밝혀진 바가 없습니다. 그저 설이 모시던 주군이라는 것밖에 저희는 모르죠."

한서제가 초조한 듯 침을 꿀꺽 삼켰다. 위청의 입에서 나오는 말을 한마디도 놓치지 않으려는 듯 한서제는 귀를 기울였다.

"제가 은밀히 조사를 해보았습니다. 지금 호연제는 우현왕과 함께 지내고 있다 합니다."

건은 어느새 호연제의 행방까지 조사해 둔 위청의 용의주도함에 혀를 내둘렀다. 건을 시해하려 했던 살수단의 배후에 대하여 조사를 명해두었었다. 설이 살수단에 들어온 사유는 분명 호연제와 연관이 있을 터였다. 목숨처럼 아끼던 호연제를 설이 떼어두었다는 것은 누군가 신뢰할 만한 이가 공자를 보호하고 있다는 뜻이다.

"아직 살수단의 배후에 누가 있는지 드러난 증거는 없습니다."

위청의 목소리가 날카로웠다. 한서제를 도와 중원을 움직이는 장수의 목소리였다.

"흉노와의 전쟁을 겨울까지 계속 진행할 수는 없습니다. 그들이 더 이상 중원을 넘보지 않는다면 오히려 대화가 통하는 우두머리와 협상을 진행시키는 것이 효율적입니다."

"일단 여러 가지 정황으로 볼 때, 살수단의 배후에는 우현왕이 있는 듯합니다. 설을 저희가 잡고 있다는 것을 알려 압력을 가함이 어떠하시겠습니까?"

위청의 말이 이어졌다.

"그러면 우현왕은 설과의 관계를 부정하려 할 것입니다. 그러나 그 옆에 계속 호연제가 머문다면……."

위청이 잠시 숨이 찬 듯 말을 멈추었다.

"그렇다면 주변의 모두가 설이 호연제의 호위무사임을 아는 상황에서 연관성을 부정하기는 어려울 것이다??"

한서제가 위청의 뒷말을 받았다.

"맞습니다. 그렇다고 선우의 아들에게 함부로 위해를 가할 수도 없으니, 호연제를 다르게 처리하려 하겠죠."

"그렇다는 이야기는?"

"우현왕이 선우의 자리를 노린다면 묵돌의 지원이 절실합니다. 묵돌만큼 충분한 말을 제공할 만한 사람이 없고 묵돌과 호연제의 관계를 볼 때 연지산 쪽으로 보내려 하지 않을까 합니다. 또한 저희도 말이 절실하게 필요합니다. 묵돌을 어떤 방식으로든 저희에게 말을 판매할 수 있도록 유인하는 방법이 주요한 시점입니다."

묵돌은 호연제의 백부이다. 그리고 현재 중립적인 자세를 취하고 있는 묵돌이었으나 그가 만약 좌현왕을 지원한다면 판세는 바뀌게 된다. 그러나 호전적인 좌현왕보다는 이성적인 우현왕을 흉노족의 창구로 두는 것이 유리할 듯싶었다. 게다가 월지로 향하던 호연제와 설을 우현왕이 거의 인질이나 다름없이 구금하자 묵돌의 심사가 편치 않다는 것을 모두 알고 있었다. 호연제가 묵돌에게 향하는 그때를 노린다면 호연제를 무리하지 않고도 구해낼 수 있을 것이다. 그리고 그것을 기회로 지속적인 말의 공급에 대하여 묵돌과 협상을 진행한다면 좋은 기회가 될 듯했다. 한서제는 위청의 계책에 무릎을 쳤다. 정말 일석이조의 전략이었다. 한서제는 위청에게 빨리 일을 진행시키라 명했다. 그 꼬맹이가 설에게 도움이 된다면, 그리고 향후 한나라의 대북방(對北方) 정책을 위해서도 참으로 훌륭한 계책이었다.

10. 스러져 가는 설화雪花

하얀 설화가 온 장안을 뒤덮었다. 하얗게 장안을 감싼 눈 덕분에 제국의 수도는 고즈넉이 겨울잠에 빠진 듯했다. 때는 벌써 정월(1월), 설이 한서제의 곁에 머문 지도 어느새 두 달이라는 시간이 흘렀다. 설은 내리는 눈을 보며, 호연제가 어떻게 지내고 있을지 생각했다. 이렇게 오랫동안 호연제와 떨어져 있었던 적이 없었다. 우현왕이 약속대로 호연제를 잘 보호하고 있는지, 혹은 자신이 잡힌 것이 살수단의 배후가 누구인지 증좌가 되는 것은 아닌지 수많은 생각이 설의 마음을 어지럽게 했다. 그러나 한서제는 설이 자신의 곁에 머물러야만 호연제를 쫓지 않겠다 약조하였다. 설은 자신이 한서제의 곁에 머물러야 하는 사유는 호연제를 위한 것이라 애써 자위하고 있었다.

내리는 눈을 바라보며 설은 초원을 떠올렸다. 너른 초원을 말을 타고 바람같이 달리던 그녀였다. 그 초원으로 돌아갈 날이 있을지, 호연제가 선우가 되는 날을 볼 수 있을지, 설의 복잡한 심사와 상관없이 눈은 계속 내렸다.

"폐하 납시옵니다."

내관의 음성에 설과 위화가 모두 자리에서 일어났다.

"저는 그만 물러나겠습니다!"

한서제가 들어서자 위화가 눈치 빠르게 신속히 자리를 피했다. 심상히 자리에 앉는 한서제를 설이 물끄러미 바라보았다. 최근에는 낮 시간에도 가끔 한서제가 차를 마신다는 이유로 정무 중 쉬는 시간에 짬을 내어 설을 찾았다. 설은 조용히 다기를 꺼내 차를 우려내었고, 그런 설의 움직임을 한서제가 가만히 응시하였다. 설의 우아한 움직임은 어느 귀한 귀족의 자제라 하여도 빠지지 않았다. 한서제는 누구인지 알 수 없다던 설의 아비가 누군지 갑자기 궁금해졌다. 부모의 사랑을 받아보지 못한 설이었다. 만약 그 아비가 살아 있다면 한서제는 설의 아비를 찾아주고 싶었다.

"혹시 아비에 대하여 아는 것이 있느냐?"

급작스러운 한서제의 질문에 설이 고개를 들었다.

"어인 일로?"

"그저 궁금해서. 가끔 그대를 보고 있으면 그대가 귀족의 자제가 아닌가 의심스러워서 말이지."

한서제의 실없는 농에 설의 얼굴에 설핏 웃음이 피어났다. 설의 미소에 온 방 안이 환해졌다. 그 미소였다. 연지산에서 다친 설에게 죽을 먹여줄 때 보았던 설의 미소! 남자인 줄 알았던 설에게 발견하였던 약함. 그 미묘한 불균형! 그 이후로 설을 남자라 생각하면서도 그녀의 일거수일투족에 한서제는 신경이 쓰였었다. 설의 미소는 그렇게 항상 한서제의 마음을 사로잡았다. 한서제는 그 찰나의 웃음을 계속 볼 수만 있다면 어떤 일이라도 할 수 있을 것 같았다. 순간 한서제는 자신의 예상치 못한 간절함에 가슴이 선뜻했다. 설이 행복할 수 있다면 어떤 일이라도 할 준비가 되어 있는 자신에게 놀라고 있었다.

"잘 모릅니다."

설의 목소리가 가늘게 떨렸다.

"그리고 이제 아비를 찾아 무엇 하겠습니까?"

"그래도 아버지가 있다면 조금은 의지가 되지 않겠느냐?"

"아비가…… 어머니에게 은애하는 마음이 있었다면 저를 임신하고 있는 어머니를 그 먼 곳으로 보냈겠습니까?"

설의 목소리가 격정으로 살짝 올라갔다. 설이 감정을 표출하는 것은 드물었다. 모든 희로애락을 가슴속에 꾹꾹 묻어두기만 하는 설이었다. 한서제는 그 감정을 조금 더 끌어내고 싶었다. 설 자신도 남들과 똑같이 감정을 지닌, 호위무사이기 이전에 인간이며, 그녀 또한 자신의 행복을 추구할 권리가 있다는 것을 알려주고 싶었다.

"아비에게도 무슨 사정이 있지 않았겠느냐?"

"있었다 하여도 이제는 중요하지 않습니다. 어머니를 제대로 기억이나 하는지, 그저 단순히 여인을 탐했던 것일지도 모르죠. 그런 하룻밤을 잊지 못하고 자식도 제대로 챙기지 못하고 죽어버린 어머니가 딱할 따름입니다."

한서제는 설의 마음속에 남아 있는 깊은 생채기를 보았다. 사호에서 어머니의 기일이라며 슬퍼하던 그녀의 모습이 떠올랐다. 그럼에도 늘 어머니의 따뜻한 품을 그리워하는 설이었다. 그런 그녀가 못내 안타까웠다. 갑자기 설이 고개를 들어 한서제를 바라보았다.

"아비에게 어머니는 그저 탐하고 싶었던 여인이었던 게지요?"

설의 말이 날카롭게 한서제의 가슴을 찔렀다. 마치 한서제에게 자신은 그저 탐하고 있는 육욕의 대상이냐고 묻고 있는 것 같았다. 까만 그녀의 눈동자가 열기를 머금고 한서제를 바라보고 있었다. 표정 없던 그녀에게서 처음으로 그를 향한 원망의 감정이 살짝 피어나고 있었다.

"그저 여인을 육욕의 대상으로만 대하였다면 자신의 아이를 품게 하였겠느냐?"

한서제의 대답에 설이 움찔했다. 더불어 한서제는 순간 자신과 설을 닮은 어린아이의 얼굴을 상상했다.

"그대의 어머니가 지어준 이름이 무엇인가? 아마도 그대의 어미는 정인을 끔찍하게 은애하였음에 틀림없다. 목숨을 놓아버릴 정도로……."

한서제의 대답에 설의 눈에서 눈물이 피어올랐다. 아무런 흐느낌도 없이 그저 가슴속으로만 울고 있는 설이었다. 그런 설을 한서제가 자신의 가슴으로 끌어당겨 자신의 무릎에 앉혔다. 그녀의 떨림이 고스란히 느껴졌다.

"내 앞에서는 맘껏 울어도 된다."

귓가에 나직하게 속삭이는 한서제의 음성이 다정했다. 그리고 자신의 등을 쓰다듬은 그의 손길이 눈물이 날 만큼 자상했다. 그리고 부모님이 서로를 끔찍하게 은애하였을 거라는 한서제의 말에 처음으로 자신의 존재가 사랑스럽게 느껴졌다. 자신은 부모의 사랑을 받아서 태어난 존재라고 사랑받을 자격이 있다고 한서제가 그리 위로하는 것 같았다.

"폐하!"

설이 사호에서의 그날처럼 그의 가슴에 머리를 기대어왔다. 한서제는 그런 그녀를 부드럽지만 강하게 안아주었다. 그녀의 곁에 자신이 있음을 설에게 알려주고 싶었다. 설의 흐느낌이 짙어졌다. 한서제는 가슴께가 설의 눈물로 흥건히 젖어드는 것을 알았다. 한서제가 조용히 정수리에 입술을 대고 그녀를 더욱 강하게 끌어안았다. 그러자 설이 장안에 온 이후 처음으로 한서제의 허리를 스스로 끌어안았다. 한서제는 세상을 다 얻은 기분이었다. 설의 등을 쓰다듬는 한서제의 부드러운 손길에 차츰차츰 설의 흐느낌이 잦아들었다. 그리고 설이 지나친 감정의 분출에 지친 듯 한서제의 품 안에서 새근새근 잠이 들었다.

"그대 곁에는 내가 있음을 잊지 마라!"

한서제의 음성이 잠이 든 설에게는 미처 닿지 못했다. 한서제는 잠이 든 설을 침상에 눕히고는 깨우지 말라고 위화에게 일렀다. 그녀에게는 휴식이 필요했다. 그러나 잠든 그녀를 두고 나가는 한서제의 발걸음이 무거웠다. 그녀 곁에 머물고 싶었다. 밤새 그녀를 위로해 주고 싶었다. 사호에서처럼 그녀를 품 안에 안고 잠을 청하고 싶었다. 그러나 한서제는 모질게 그 마음을 끊어내었다. 그녀 곁에 밤새 머물면 자신의 마음을 도저히 감당할 수 없을 것 같았다. 한서제는 설에게 향하는 자신의 열정이 두려웠다. 그리고 차마 이 감정을 제대로 들여다볼 자신이 없었다. 설의 한마디, 작은 행동 그 모든 것이 한서제를 통제하고 있었다. 한서제는 생전 처음으로 자신의 마음을 스스로 통제할 수 없어서 무서웠다.

이튿날, 잠에서 깨어난 설은 마음이 복잡했다. 한서제 앞에서 보였던 예기치 않았던 자신의 눈물에 당황스러웠다. 한서제에 대한 자신의 감정이 점점 깊어지고 있었다. 그저 그와 그녀가 이름 없는 평범한 이로 태어났다면 얼마나 좋았을까? 한나라의 황제, 선우의 아들을 모시는 호위무사가 아닌 시골에서 농사를 짓는 농부였다면 어떠했을까? 봄이 되면 밭에 씨를 뿌리고, 가을이 되면 곡식을 추수하는 그런 삶이라면 어떠했을까? 혹은 같이 초원을 따라 떠돌며, 말과 양을 키우는 삶도 좋을 것이다. 그를 마음껏 은애할 수 있으면 얼마나 좋을까? 설의 마음이 그에 대한 애정과 자신이 처한 정치적인 상황 사이에서 갈등하고 있었다.

"마마, 선물이 도착했습니다."

위화의 말에 설이 상념에서 깨어났다. 오늘도 한서제가 선물을 보내온 모양이었다. 지치지도 않고 선물을 보내오는 것이 한서제의 투정 같아서 설이 미소를 지었다. 마치 언제까지 자신의 선물을 받지 않을 것이냐고 시위라도 하는 것 같았다. 위화가 방 안으로 들어와 탁자 위에 커다란 털옷을 내려놓았다. 평소에 보내오던 화려한 한나라의 선물이 아니라 고향을 떠올리게 하는 털옷을 보자 설의 마음이 따뜻해졌다. 설은 부드럽게 털옷을 쓰다듬었다.

그러나 털옷을 부드럽게 만지던 설의 손이 부들부들 떨렸다. 그녀의 얼굴은 창백해졌고, 큰 눈망울이 지나치게 커 보였다. 위화는 무슨 큰일이라도 난 것이 아닌지 설의 안색을 살폈다. 황궁이라 할지라도 추위는 문틈 사이로 숨어들었고, 설이 머무는 미단궁(美丹宮)도 예외는 없었다. 설이 지나치게 추워한다는 소식을 듣고, 한서제가 털옷을 선물로 보내온 것이다.

흉노인들이 입는 털옷과는 다른 모양새였으나 하얀 곰의 털이 꽤나 따뜻해 보였다. 그 옷을 보고 위화는 설의 이름에 잘 어울리는 옷이라 여겼다. 그리고 오랜만에 보는 고향의 선물이 기뻤는지 다른 선물과는 다르게 함박웃음을 보였다. 그러나 그 옷을 즐거운 듯 이리저리 만지던 설의 얼굴이 갑자기 창백해진 것이다.

"무슨 일이 있으십니까, 마마?"

위화가 걱정스럽게 물어보았다.

"아닙니다. 이 옷을 보니, 예전 살던 곳이 떠올라서요."

아직도 설은 위화에게 존대를 하였다. 한사코 말을 바꾸라 일렀으나, 설은 자신이 직첩을 받은 비빈도 아닌데 말을 낮출 수 없다면 계속 존대를 하는 것이었다. 하여 위화는 결국 다른 사람들이 있는 곳에서는 하대를 해달라 설득했고, 설은 그것을 받아들였다. 그러나 사실 설이 이 미단궁을 벗어나는 일은 거의 없는지라 위화의 부탁은 유명무실했다. 한서제 또한 설이 미단궁 안에만 머물기를 바라는 것 같았다. 어느 비빈의 궁보다 주위를 지키는 무사들의 존재가 많았기 때문이었다. 설은 감금 아닌 감금 상태를 알고 있는지, 궁 밖을 나서려 하지 않았다.

"옷을 입어보시겠습니까? 하얀색이 마마의 이름과 썩 잘 어울립니다."

위화의 농에도 설의 얼굴은 굳어 있었다.

"아니, 되었습니다. 오늘은 날이 그렇게 차지 않으니 다른 날 입어보겠습니다."

설의 말에 위화는 조용히 털옷을 치우려 했다. 그러자 설이 날카롭게 외쳤다.

"놔두십시오. 제가 치우겠습니다."

설답지 않은 날카로운 말투에 위화는 조용히 물러났다. 무엇인가 잘못된 것은 아닌지 평소답지 않은 설이 걱정되어 위화는 살짝 설을 바라보았다. 왠지 모를 불온한 그림자가 느껴져 위화는 몸을 떨었다.

저녁이 되자 평소와 다름없이 위화가 설의 조욕을 도왔다. 지나
치게 긴장한 설이 위화는 걱정되었다. 아침에 털옷을 받은 이후로
설이 이상했다. 점심도 마다했으며, 저녁도 겨우 한두 술 뜨다가
말았던 것이다. 오후 내내 안절부절못하던 설이 위화는 다소 걱정
스러웠다.

위화는 그런 설이 걱정되면서도 최근 설이 아름답게 피어나고
있다고 생각했다. 그것은 남자의 애정을 받는 여인이 뿜어내는 것
이었다. 본래 아름다운 설이었으나 최근에는 거기에 묘한 색이 더
해져, 사람들의 시선을 끌었다. 그 무뚝뚝한 곽정조차 아까 낮에
바람을 쐬러 후원에 나선 설을 보더니 두 눈을 둥그렇게 떴다.

"마마를 처음 본 것도 아닌데, 무에 그리 놀라십니까?"

위화의 물음에 곽정이 버벅거렸다.

"그것이 어째 한 떨기 꽃처럼 마마가 너무 아름다워 보이시기
에……."

무뚝뚝한 무사의 입에서 나온 말이라 도저히 믿을 수가 없어서
외려 위화가 깜짝 놀랐다. 한서제의 애정이 설을 아름답게 피어나
게 하는 것이리라. 조금만 더 설이 한서제에게 다정한 모습을 보
여주었으면 싶었다.

지금 황실에서는 비어 있는 황후를 책봉하기 위해서 분주하게
움직이고 있었다. 지금 한서제 곁에 다른 여인은 없으나, 황후가

책봉되면 상황은 달라진다. 의무적으로라도 황제는 정해진 날에는 황후를 안아야 했고, 그것이 법도였다. 설은 현재 아무런 직첩(職牒)도 받지 않아 그 위치가 불안했다. 게다가 설이 흉노 여인이라는 소문이 암암리에 궁녀들 사이에 돌고 있었다. 설이 기댈 수 있는 것이라고는 한서제의 애정뿐인데, 그 또한 언제까지 지속되리라 장담할 수는 없었다. 기실 한서제가 이렇게 한 여인을 오래 곁에 둔 것은 처음이었다.

위화는 아무도 기댈 곳 없는 설이 안쓰러워 최대한 아름답게 설을 꾸며주었다. 탐스럽고 고운 설의 머리를 곱게 빗어 내렸다. 그러나 설의 하얀 피부와 붉고 도톰한 입술은 별다른 화장이 없어도 아름다웠다. 아름다운 설의 모습에 한서제의 애정이 지속되기를 바라며 위화는 설을 단정해 주었다.

"폐하 납시옵니다!"

내관의 음성에 설이 움찔 긴장하는 것이 느껴졌다. 위화가 부드럽게 설의 어깨를 쓰다듬었다.

"마마, 아름다우십니다. 자신감을 가지세요!"

자신을 위로하려는 위화의 친절한 말에 설이 억지로 웃음을 지었다. 그러나 그 미소가 부서질 듯 나약해 보였다. 방 안으로 들어서는 한서제에게 인사를 하고는 위화가 빠르게 방을 빠져나갔다.

커다란 방에 덩그러니 한서제와 둘만 남으니 설은 갑자기 숨이 막히는 기분이었다. 항상 그의 존재는 설에게 큰 파장을 일으켰다. 설은 그의 시선에 꽉 붙들린 기분이었다. 설은 조용히 자리에 일어나 한서제에게 다가갔다.

"오셨습니까?"

설의 말에 한서제가 지그시 설을 바라보았다. 조욕을 막 끝마친 듯, 설의 귀밑머리가 촉촉하게 젖어 있었다. 그리고 탐스러운 설에게서 유혹적인 향이 피어올랐다. 하루 종일 정무로 피곤했던 한서제였으나 마치 자신을 위해 태어난 듯한 설을 보자 허리 아래에서 뭉근한 열이 피어올랐다. 이것은 분명 절대 꺼지지 않을 불이었다. 그녀를 대할 때마다 그 열정은 점점 커졌다. 그러나 자신과 시선을 맞추려 하지 않는 설에게 갑자기 부아가 치민 한서제가 설의 턱에 손을 대고 들어 올렸다.

"내 얼굴을 보고 이야기해야지!"

약간 화가 난 듯한 한서제의 음성에 설의 눈동자가 흔들렸다. 설은 처음으로 그의 눈동자에 서린 갈구를 보았다. 그리고 아주 작은 상처를 입은 듯한 눈빛도 보았다. 그러나 그것은 너무 짧아서 설은 자신이 착각을 한 것 같았다. 하지만 항상 자신감에 차 있던 한서제와는 달랐다.

"죄송하…… 읍."

설이 미처 말을 다 마치기도 전에 설의 입술은 한서제의 입술에 삼켜졌다. 한서제의 혀가 입안으로 들어와 설의 혀를 찾았다. 그의 혀가 설의 혀를 격렬하게 비벼대었다. 한서제의 타액이 부드럽게 설의 목구멍으로 넘어갔다. 미친 듯이 마찰하는 두 사람의 혀에 이미 설은 몽롱해졌다. 입안을 거침없이 탐하는 그의 숨결에 설의 호흡이 달리기를 한 것처럼 거칠어졌다.

한서제의 혀가 부드럽게 설의 뺨을 스쳐 설의 귓불을 슬쩍 핥았다. 설이 몸을 떨자 한서제가 그녀의 귓불을 잘근잘근 물었다. 그리고 그가 다시 뜨거운 입김을 그녀의 귀에 불어넣었다. 그리고 귀 뒤쪽의 연한 부분을 살며시 핥았다. 설이 간지러운 듯 어깨를 움찔하였을 때 다시 한서제의 더운 숨결이 설의 귀에 닿았다.

"나를 원한다고 말해보거라!"

한서제의 손길이 얇은 백사단의를 헤치고 탐스럽게 솟아오른 설의 가슴에 닿았다. 사정없는 한서제의 손길은 하얗고 부드러운 설의 가슴을 미친 듯이 탐했다. 그리고 한서제의 입술이 다시 설의 뺨을 부드럽게 스치고, 아래턱을 부드럽게 스쳤다. 그리고 펄떡이는 설의 목덜미에 닿았다. 마치 잡아먹을 듯이 한서제가 설의 목덜미를 빨아들이자 설의 신음이 깊어졌다.

"하앙…… 웃……."

한서제의 입맞춤이 점점 더 농밀해졌다. 놀랄 만치 부드러운 한서제의 입술은 설의 온몸에 인장처럼 휘감겼다. 드디어 한서제가 설의 가슴에서 존재감을 드러내고 있었던 작고 귀여운 유실을 덥석 머금었다. 거슬거슬한 한서제의 혀가 희롱하듯 설의 유실을 쓰다듬었다. 유실의 옆 부분을 장난스럽게 핥는 혀에 설의 몸이 부드럽게 휘어졌다. 중심을 잃을 것만 같았는지 설이 두 팔을 들어 한서제의 목덜미를 안았다. 두근대는 설의 심장 소리가 한서제의 귓가에 들려왔다. 그런 설을 좀 더 탐하고자 한서제의 손이 분주해졌다. 한서제의 커다란 손이 설의 엉덩이를 움켜쥐었다. 그리고는 자신 쪽으로 끌어당겨 안았다.

설은 자신의 하초에 닿은 한서제의 분신에 몸을 긴장했다. 이미 서로의 깊고도 은밀한 부위가 수도 없이 부딪혔다. 한서제의 단단한 가슴근육에 가슴이 뭉개듯이 짓눌러지자, 가슴 끝이 부풀어 오르는 것이 고스란히 느껴졌다. 설은 그에게 조금 더 가려는 듯이 그의 강건한 목에 매달렸다. 매달리지 않으면 어디론가 흩어져 버릴 것 같았다. 설도 자신의 안을 태우는 열기에 달아올랐다. 어느새 스스로 한서제에게 매달려 자신의 하초를 그의 분신에 비벼대고 있었다. 자신의 가슴을 더듬는 그의 손길과 강건한 그의 분신에 설은 점점 이성을 잃어갔다.

갑작스레 붕 떠오른 느낌에 설이 깜짝 놀라 한서제에게 매달렸다. 한서제가 설을 안아 올렸던 것이다. 그 와중에도 한서제의 입술은 설의 입술을 탐하고 있었다. 너무나 강한 그의 호흡에 마치 혀가 뽑혀져 나갈 것만 같았다. 그가 침상에 설을 내려놓자 등 뒤에 닿은 차가운 비단의 감촉이 시원했다.

설이 몽롱함에 취해 있을 때 설은 자신의 두 팔을 머리 위로 올려 꽉 붙든 한서제의 손길에 긴장했다. 침상에 몸을 누인 그녀는 한서제의 손길에 꼼짝할 수 없었다. 그리고 타는 듯이 뜨거운 한서제의 눈빛과 마주했다. 완벽한 복종을 요구하는 그의 손길과 시선에 설의 가슴이 심하게 들썩였다.

"폐하……."

손목을 꽉 잡혀 꼼짝할 수 없게 되자 설은 무서워졌다. 그녀도 그에게 다가가고 싶었다. 그러나 두 손목을 꽉 잡힌 그녀는 어찌할 수 없었다.

"손목을 풀어주세요!"

설이 가녀린 목소리로 애원했다. 한서제의 시선이 핥듯이 설의 붉은 얼굴과 음란하게 부풀어 오른 가슴에 닿았다. 그의 시선에 설의 온몸이 점점 뜨거워졌다. 농염한 그의 시선에 설은 온몸이 발가벗겨지는 기분이었다. 벌써 백사단의는 거의 벗겨져 설의 어깨에 간신히 걸쳐져 있었다.

거의 나신이나 다름없는 설의 몸이 고스란히 한서제의 시선에 잡혔다. 한서제는 설이 자신을 원한다고 말해주기를, 저 아름다운 몸으로 직접 자신을 유혹해 주었으면 했다. 일방적인 자신의 갈구에 한서제도 지쳐 가고 있었다. 마음을 가질 수 없다면 그녀의 몸이라도 철저하게 자신의 것으로 하고 싶었다.

"나를 원한다고 말하라. 그럼 손목을 풀어주마!"

한서제가 냉정하지만 감미롭게 속삭였다.

"흐흑, 제발!"

설의 머리는 어지러웠다. 자신을 유혹하는 한서제의 자극에 정신을 차릴 수 없었다. 한서제는 한 손으로 손쉽게 설의 두 손목을 쥐고는 다른 한 손을 내려 설의 가슴을 강하게 애무하였다. 한서제는 두 손가락으로 설의 유실을 꼬집듯이 잡아서 빙빙 돌렸다. 그 자극에 설이 신음했다. 가슴을 희롱하던 손이 점점 아래로 내려갔다. 설은 자신이 기대로 온몸을 떨고 있는 것을 알았다.

한서제가 마치 설을 희롱하듯 설의 몸에 느슨하게 걸쳐져 있던 하상을 허리 쪽으로 밀어 올렸다. 그리고 드러난 설의 눈처럼 하얀 다리를 커다란 손이 발목에서부터 쓸어 올리기 시작했다. 그리고 마침내 한서제의 손이 부드럽게 다리를 벌리자 설이 긴장으로 숨을 죽였다. 그런 설을 바라보던 한서제가 악당처럼 웃으며 설의 다리 사이에 손을 가져갔다.

이미 젖을 대로 젖은 설의 꽃잎이었다. 한서제의 기다란 손가락이 속곳을 헤치고 들어와 설의 꽃잎을 아래에서 위로 부드럽게 쓸어 올렸다. 그러자 설이 깜짝 놀란 듯이 다리를 펄쩍 위로 차올렸다. 다시 한서제의 긴 손가락이 설의 꽃잎을 쓰다듬자 설의 허리가 자신도 모르게 위로 솟아올랐다. 한서제가 급하게 설의 몸에서 속곳을 거칠게 떼어냈다. 속곳이 떨어져 나가는 절묘한 감각에 설이 몸을 떨었다. 그리고 마침내 한서제의 눈앞에 설의 비부가 무방비로 드러났다. 한서제의 손가락이 다시 꽃잎을 아래위로 덧그리더니 볼록하게 솟아오른 설의 진주를 스쳤다. 설이 부르르 몸을 떨었다. 그러나 한서제가 갑자기 손을 떼고는 설에게 물었다.

"원하는 것이 무엇인지 말해봐!"

설이 애원하듯 몸을 휘었다. 그러자 다시 한서제의 입술이 설의 가슴을 덥석 물고는 그의 손가락이 다시 빠르게 설의 비부를 자극했다. 설이 막 절정에 도달하기 직전, 한서제는 갑자기 다시 입술과 손을 떼었다.

"하항……."

절정에 다다르게 하지는 않고 계속 설의 관능을 자극하는 한서제였다. 꼭 설의 입에서 원하는 답변을 들으려는 것처럼 짓궂기 그지없었다.

"몸이 타는 것 같지 않느냐? 어서 그대가 원하는 것을 말해봐. 그럼 원하는 것을 그대에게 주겠다!"

설이 여전히 수치심에 아무런 말도 못하자 이제 한서제의 머리가 아래로 내려갔다. 곧 한서제의 거슬거슬한 혀가 설의 꽃잎을 핥았다. 축축한 혀가 설의 꽃잎을 부드럽게 덧그렸다. 아래에서 위로 쓸어 올리는 듯한 그의 혀에 설은 철저히 농락당하고 있었다. 그가 붉은 진주를 살짝 깨물자 설이 허리를 강하게 흔들었다. 그러나 여전히 두 손목이 묶인 설은 옴짝달싹할 수 없었다. 마침내 한서제의 혀가 살아 있는 생물처럼 설의 꽃잎 사이를 파고들었다. 설은 애가 탔다. 한서제의 혀로는 닿지 않는 곳까지 그가 만져주었으면 싶었다. 이내 다시 한서제의 혀가 설의 붉은 진주를 살짝 스치자 설이 가르랑거렸다.

"흑…… 싫어!"

설이 과한 쾌락에 몸부림쳤다. 그러자 설의 비부를 희롱하던 한서제의 혀가 떨어졌다. 충족되지 않은 열망에 설이 들썩였다. 한서제가 자신의 고(바지)를 내리자 그의 우람한 분신이 실체를 드러내었다. 설은 그의 분신을 자신의 안에 품고 싶었다. 저도 모르게 그에게 다가가려는 듯 몸을 뒤틀었다. 순진했던 남자를 몰랐던 설의 몸이 철저하게 한서제에게 길들여졌다. 지금 이렇게 달뜬 신음을 흘리며 애원하는 자신의 모습이 낯설었으나 그가 아니면 안 되었다. 한서제만이 그녀 안에 가득 고인 이 열기를 해방시켜 줄 수 있었다.

"건!"

설이 그다음을 어떡해야 할지 모르는 듯 한서제의 이름을 불렀다.

"어떻게 해주길 바라는 거지?"

한서제는 얄미운 정도로 상큼한 미소를 지으며 설에게 물었다. 그러나 짓궂게도 그는 자신의 분신으로 설의 꽃잎을 바깥에서만 자극하고 있었다. 설의 꽃잎에서 흘러내린 이슬이 한서제의 분신을 적셨다. 설이 발갛게 물든 얼굴로 수줍게 입을 열었다. 젖은 살과 살이 스치는 소리가 음란하게 설의 귀를 자극하였다.

"저, 저를, 폐하가 원하시는 대로……."

차마 말을 끝맺지 못하는 설이었다. 한서제가 그의 검끝으로 설의 붉은 진주를 자극하였기 때문이었다. 그는 다시 자백을 강요하듯 커다랗게 용솟음치는 분신을 설의 꽃잎에 문지르기 시작하였다. 그녀의 다리 사이에서 점점 더 크게 확장하고 있는 한서제의 분신은 설의 이슬로 젖어들었다. 은밀한 부위가 마찰하는 것만으로도 설도 한서제도 한껏 달아오르고 있었다.

"솔직하게 말해. 말하지 않으면 알 수 없어!"

설은 원망스러운 눈으로 건을 응시하였다. 항상 뭐라 말할 사이도 없이 그녀를 감각의 소용돌이로 이끌던 그였다. 그러나 오늘 그는 너무나 짓궂었다. 설은 수치심에 숨을 헐떡거렸다. 그러나 자신의 꽃잎을 자극하는 그로 인하여 설의 꽃잎이 경련하듯이 떨고 있었다. 그를 자신 안에 담고 싶었다. 그가 격렬하게 자신을 탐해주었으면 했다.

"제발, 당신을 제게 주세요!"

울 것 같은 설의 목소리에 결국 유혹에 굴복한 한서제가 덥석 그녀를 끌어안으며 그의 분신을 설의 꽃잎 안으로 밀어 넣었다. 겨우 손목이 풀린 설이 강하게 한서제의 등을 끌어안았다. 그를 조금 더 자신에게 다가오게 하려는 듯, 설은 저도 모르게 자신의 가슴을 단단한 한서제의 가슴에 비벼대었다.

자신을 유혹하는 설에게 결국 한서제도 굴복하였다. 그녀의 입에서 자신을 원하는 말을 듣고 싶었다. 부러 짓궂은 행동을 하였으나 한서제도 이미 슬슬 인내심의 한계에 달해 있었다. 그의 분신은 아까부터 그 위용을 드러내고 그녀의 몸 안으로 들어가고 싶어 성을 내고 있었다.

"건, 흑, 제발!"

설의 애원이 구원인 듯 한서제를 강타했다. 그녀의 꽃잎 안으로 들어가자 그제야 한서제도 숨을 쉴 수 있었다. 설의 애원이 조금만 늦었더라도 한서제는 모든 것을 다 팽개치고 설을 탐했을 참이었다. 한서제는 설의 매끈한 두 다리를 자신의 허리에 둘렀다. 그리고 허리를 둥글게 돌리자 설이 자지러졌다.

"흐윽, 건!"

열락에 들떠서 자신의 휘를 부르는 설을 조금 더 자극하고 싶었다. 한서제가 거의 분신을 몸에서 빼내듯이 뒤로 몸을 물렸다가 강하게 안으로 다시 진입하였다. 설의 몸이 강하게 경련하기 시작하였다. 한서제는 그녀를 더욱 강하게 끌어안으며 허리를 추어올렸다. 설의 유실이 자신의 가슴을 빠르게 마찰하자 한서제의 열정이 더욱 고양되었다.

한서제와 설의 온몸이 땀으로 젖어들었고, 설의 달콤한 체향이 미약처럼 한서제를 유혹하였다. 한서제의 이마에서 굵은 땀방울이 솟아올랐다. 강렬한 한서제의 움직임에 땀방울이 설의 가슴으로 떨어졌다. 이미 열락에 들뜬 설의 눈동자에는 오롯이 자신만이 들어 있었다. 그 까만 눈동자를 자신만으로 채우고 싶었다.

한서제가 물어뜯을 듯이 설의 입술을 탐하자 설의 꽃잎이 너무나 강하게 한서제의 분신을 압박하였다. 너무나 강한 쾌감에 한서제 또한 정신을 잃을 것만 같았다. 서로의 달뜬 호흡이 섞이며 한서제는 설의 몸 안에 파정하였다. 한서제는 설에게서 자신을 닮은 아이를 얻고 싶었다. 한 번 열정을 쏟아내고도 한서제는 지치지 않았다. 그녀가 자신의 아이를 품는 달콤한 상상을 하며 다시 허리를 움직이는 한서제였다. 실신하듯 자신의 품 안에 안겨 있는 그녀가 안쓰러웠지만 한서제는 끓어오르는 자신의 열정을 식힐 수 없어 설을 탐하고 탐했다. 날카로운 검에게 농락당하는 설이었다.

설, 너무 추워…… 구해줘!!!

설은 악몽에 시달리다가 잠에서 깨어났다. 호연제가 입안에 칼을 물고 나타난 것이었다. 창백한 호연제가 설에게 살려달라 애원하였다. 벌떡 침상에서 몸을 일으킨 설은 식은땀으로 온몸이 젖어 있었다. 너무나 무서운 꿈에 설이 자신의 어깨를 끌어안고 벌벌 떨었다. 또다시 홀로 침상에 남겨진 설이었다. 그렇게 달콤하게 설을 탐하던 한서제는 어느새 돌아갔는지 넓은 방에는 설 혼자였다. 한 번이라도 아침까지 그녀 곁에 머물러 주었으면 싶었다. 하지만 항상 차가운 이불만이 남아 있었다.

설은 아침에 받았던 잊고 싶어 한구석에 치워두었던 털옷을 떠올리며 두려움에 떨었다. 그것은 마지막 경고였다. 본래 임무를 다하라는 우현왕의 경고였다. 옷 사이에 들어 있는 늑대 그림을 보는 순간 설의 온몸이 굳었다. 우현왕은 설이 죽지 않고 한서제에게 잡혀 있다는 것을 드디어 알게 된 모양이었다. 본래 했었던 약속을 지키라는 우현왕의 암시에 설이 미몽에서 깨어났다. 그녀의 임무는 분명 한서제를 시해하는 것이었다. 잡혔다고는 하나 그동안 설은 어떠한 시도도 하지 않았다. 그저 자신이 한서제의 곁에 머무는 것은 호연제의 안위를 위해서일 뿐이라 자신을 속이고 있었다.

"흑흑……."

뜨거운 눈물이 하염없이 흘러내렸다. 그저 건의 곁에 머물고 싶었다. 모든 것을 잊어버리고 그저 그의 애정을 갈구하고 싶었다. 호위무사가 아니라 그저 건 앞에 여인이고 싶었다.

그러나…….

호연제는 그녀가 선택할 수 있는 존재가 아니었다. 호연제가 아니었다면 이미 예전에 포기하였을 목숨이었다. 설은 처음으로 자신을 거두어준 선우를 원망했다. 그때 사막에 버려졌다면 지금 이 같은 고통에 시달리지 않았을 텐데…… 건이 황제가 아니었다면 그저 이름 없는 범부였다면…….

"건!"

애타는 설의 속삭임이었다.

11. 건健, 설雪의 마음을 탐하다

며칠간 한서제는 정신이 없었다. 지난봄에 정복하였던 흉노족의 움직임이 심상치 않다는 보고 때문이었다. 선우가 전사하고 흉노족은 두 개의 축으로 나뉘었다. 본래 흉노는 선우가 중앙의 선우정에 자리를 잡고 좌우에 2, 3인자를 왕으로 봉한다. 즉 좌현왕과 우현왕이었다. 선우가 한서제의 정벌로 목숨을 잃자, 흉노의 유력 귀족들은 좌현왕과 우현왕으로 나뉘어 갈등하고 있었다.

지난봄, 한서제는 흉노족의 특기인 전격전을 활용하여 휴도를 쳤다. 그리고 이후 흉노를 단숨에 한나라에 편입한 것이 아니었다. 그들이 한을 위협하는 세력으로 강성해지지 않는 것을 목표로 관리해 오고 있었다. 일단 기련산과 연지산에 설치한 두 군을 통하여 말을 확보하고 그 말을 기반으로 기동력이 높은 기마병을 키우는 것이 순서였다. 하여 장군들을 장성 주변으로 보내어 겨울이면 한족을 약탈하고자 황하를 건너 내려오지 못하도록 지키게 하였다.

하지만 최근 흉노족의 움직임은 좌현왕과 우현왕 간의 갈등으로 이 중 좌현왕을 따르던 이들이 황하를 넘어 국경지대에 자주 출몰하고 있다는 정보였다. 한서제는 급히 위청을 파견하였으나, 겨울의 전쟁은 침입하는 쪽이나 침략당하는 쪽이나 양쪽 모두 힘겨운 싸움이었다.

천고마비의 계절을 넘기면 강 이남에 있는 이들은 침략의 공포에 시달렸다. 여름에는 초원을 따라 이동하면서 흉노족들도 먹고 살 만하기에 강 이남을 넘보지 않는다. 하지만 겨울이 되면 혹독한 환경에서 먹을 것이 부족해진 이들은 가을걷이로 충분한 곡식을 비축한 농경사회로 쳐들어오는 것이었다. 황하가 얼면 장성 주변의 한족들은 침략의 공포에 시달렸고, 이를 없애는 것이 한서제의 목표였다.

내부의 불만을 외부로 쏟기 위함인지 최근 좌현왕의 공격은 집요했다. 대단위 공격도 아닌 산발적인 공격으로 공포심만을 자극했다. 이를 처리하느라 한서제는 골머리를 앓고 있었다. 우현왕의 움직임은 예상이 되었고 설을 이용하여 어느 정도 압력이 먹혀들었다. 반면 좌현왕은 최근에 흉노족 전체의 안위보다는 자신들을 따르는 이들을 건사하는데 더욱 바빠 보였다. 이러한 국경이 불온한 움직임으로 인하여 한서제는 근 열흘을 밤낮을 새워 일에 몰두하였다.

잠시 휴식이 필요했다. 건의 발걸음이 자연스레 설의 거처로 향했다. 설과 차 한잔을 나누고 싶었다.

"폐하 납시옵니다."

내관의 목소리에 설이 자리에서 번쩍 일어났다. 근 열흘 만에 보는 한서제였다. 설의 심장이 두근거렸다. 방 안으로 들어서는 한서제의 얼굴이 무척이나 피곤해 보였다. 설은 피곤에 지친 그의 검은 눈자위를 마주하자 마음이 짠해졌다. 한서제가 휘적휘적 큰 보폭으로 들어와 의자에 앉았다. 설은 조용히 차를 우렸다. 향긋한 말리화차(茉莉花茶, 말리꽃으로 만든 차)를 한서제 앞에 내려두었다. 설이 그에게 해줄 수 있는 것은 그저 따뜻한 차 한 잔이었다. 하지만 그 차에는 설의 마음이 오롯이 담겨 있었다.

조심스레 찻잔을 그 앞에 내려두는 설을 바라보자 한서제의 마음은 편안해졌다. 나라를 다스리느라 항상 피곤한 한서제는 이렇게 설과 차를 마시는 순간이 소중했다. 설이 그저 자신의 옆에 있는 것만으로도 한서제는 피곤이 사라지는 듯했다.

"설!"

한서제가 나직이 그녀를 불렀다. 설이 그를 바라보자 한서제는 조용히 그녀의 손을 잡아 일으켰다. 그리고는 설을 자신의 무릎에 앉혔다. 그리고는 그녀의 가슴에 지친 머리를 기대었다.

"폐하!"

설이 그를 조용히 불렀다. 귓가에 빠르게 뛰는 설의 고동 소리가 들렸다. 이상하게도 그 소리가 한서제의 긴장된 신경을 잠재웠다. 그녀의 심장이 자신을 위해서 뛰고 있다는 생각에 즐거워졌다.

"잠시만 이렇게 있자꾸나. 내 오늘 몹시 피곤하다."

그리고 한서제는 두 눈을 감았다. 설은 자신의 심장 소리가 그에게 들리지 않을까 걱정스러웠다. 아까부터 심장이 미친 듯이 뛰고 있었기 때문이었다. 그를 볼 때마다 그녀의 심장은 주인을 잊은 듯 빠르게 뛰었다. 점점 더 은애하는 그에 대한 마음을 숨기기가 어려워졌다. 그래서 함부로 한서제의 두 눈을 마주치지조차 못했다. 하지만 오늘 자신의 품 안에 머리를 기대고 눈을 감은 한서제를 보자 결국 설은 참지 못하고 살며시 팔을 들어 그의 머리를 끌어안았다. 품에 안은 머리가 가슴에 쏙 들어왔다. 설은 아기를 쓰다듬듯이 한서제의 머리를 부드럽게 쓰다듬었다.

그녀가 자신의 머리를 끌어안자, 한서제는 허리를 끌어안은 두 팔에 힘을 주어 그녀를 바짝 끌어안았다. 그러자 몸을 섞을 때와는 다른 안온함이 둘을 감쌌다. 그렇게 그들은 잠시 서로의 온기를 나누었고, 따뜻한 오후의 햇살이 그들을 향긋하게 휘감았다.

추운 계절이 지나가고 있었다. 매서운 맹위를 떨치던 동(冬)장군도 서서히 남쪽에서 올라오는 훈풍에 위세가 예전만 같지는 못했다. 그래도 입춘이 지났다고는 하나 여전히 바람이 매서운 2월이었다. 한서제는 아침부터 황후 책봉 문제로 시끌시끌한 조정 회의에 살짝 짜증이 나고 있었다.

나라에 산적한 정무가 많은데도 대신들은 한서제의 황후를 정하는 것이 가장 중요한 일인 듯 시끄럽기 그지없었다. 그동안은 흉노 정벌을 이유로 한서제가 장안을 비우다 보니 황후 책봉 논의는 소강상태에 있었다. 그러나 한서제가 황궁에 복귀한 지 사 개월이 되어가니 슬금슬금 논의가 재점화된 것이었다. 저마다 자신만의 셈법으로 적절하다는 규수를 천거하기에 바빴다. 황후를 천거하고 그에 따른 위세를 노리려는 시커먼 속내에 한서제는 심기가 편치 않았다.

"진(秦)의 시황제는 평생 황후를 두지 않고도 중원을 통일하고 제국을 통치하였소. 아침부터 논의할 긴급한 나랏일이 짐의 혼인뿐이란 말이오? 장성을 넘어 침범하는 흉노 좌현왕을 어떻게 방어할지 그 계책부터 세우시오!"

한서제의 노성에 대신들이 머리를 조아렸다.

"폐하. 망극하옵니다."

한서제는 머리를 조아리는 대신들을 보며 살며시 한숨지었다. 언제까지 이 논의를 이런 식으로 미룰 수는 없었다. 한서제는 답답한 마음으로 회의를 파했다.

최근 한서제가 황후 책봉을 하지 않고 미루는 것이 한서제가 미단궁에 숨겨놓은 여인 때문이라는 소문이 파다했다. 어떠한 직첩도 내리지 않고 누구에게도 보이지 않고 꽁꽁 숨겨놓은 여인에 대한 호사가들의 입소문이 점점 커지고 있었다. 그전에는 종종 여인들을 찾았던 한서제였으나 최근에는 어떤 여인도 곁에 두려 하지 않았다.

승상인 설택은 당장 여인의 정체를 알아봐야겠다고 생각했다. 설택은 한서제의 부왕 한강제 시절부터 삼공(三公)의 지위에서 왕을 모셔온 승상이었다. 온갖 권모술수가 넘치는 조정에서 살아남은 이가 설택이었다. 단지 백발이 주는 위엄이 아니라 오랫동안 황실을 위해 애써온 사람의 권위가 느껴지는 사람이었다. 게다가 입이 무거운 그를 한서제의 모후인 서희는 많이 의지했다. 설택 또한 어린 시절부터 보아온 한서제가 이제는 마치 자신의 피붙이처럼 느껴졌다. 설택은 황실을 위해서라면 궂은일도 마다하지 않았다. 숨겨둔 여인이 문제가 된다면 어떻게 해서든 해결책을 찾아낼 것이었다. 미단궁으로 향하는 설택의 걸음이 빨라졌다.

"승상 납시옵니다!"

갑작스러운 승상, 설택의 방문에 설은 자리에서 일어났다. 아무래도 한서제가 묘령의 여인을 궁에 들이고는 귀애한다는 소문에 직접 얼굴을 보러 온 것 같았다. 설은 예상치 못한 방문에 놀랐으나 어쩌면 한 번은 넘어야 할 산이라 생각되었다. 언제까지 이곳에 숨어 있을 수만은 없었다. 차라리 승상이 자신의 정체를 알고 궁에서 쫓아내라 주청을 해준다면 오히려 그것이 더 나을 수도 있었다. 그녀 스스로 우현왕과의 약조를 파기할 수는 없었다. 그러나 만약 궁에서 자의가 아닌 타의로 벗어날 수 있다면, 설은 종적을 감추어 버리고 싶었다.

어떤 배경이 있는지 아무것도 알려진 것이 없는 여인이었다. 그러나 황제의 모후인 서희는 그렇게 한서제가 귀히 여기는 여인이라면 첩지를 내려 비빈으로 삼고자 하였다. 그러나 설택은 망설였다. 그녀가 황제를 시해하려 했던 흉노 여인이라는 소문이 저자에 돌고 있었기 때문이었다. 하여 잠시 황제가 자리를 비운 사이 부랴부랴 얼굴을 보러 온 것이었다.

조용히 자리에서 일어나는 여인을 보자 승상은 아무래도 저자의 소문이 헛소문인 듯싶었다. 여인의 희고 고운 피부는 한족 여인에게도 드물 정도로 아름다웠다. 게다가 하늘에서라도 하강한 듯 가녀린 몸매였다. 도저히 검을 휘두르는 무사라 보기가 어려웠다. 그녀가 얼굴을 들어 승상의 얼굴을 마주하자 설택은 심장이 쿵 하는 느낌이었다. 맑고 검은 눈망울에는 어떠한 티끌도 없었다. 그녀의 눈망울은 노회한 정치인으로 관직에 30년이나 있어서 늙은 여우라 불리는 설택의 마음까지 빨아들이는 것 같았다.

'황제가 빠지실 만도 하구먼.'

승상은 속으로 혀를 찼다. 그러나 왜인지 그녀가 매우 친근하게 느껴졌다. 얼굴 이목구비가 아무리 봐도 낯이 익었다.

"그대의 이름이 무엇인가?"

설택의 질문에 설은 조용이 대답했다.

"설이라 하옵니다."

설의 대답에 설택은 여인에게 퍽 잘 어울리는 이름이라 생각했다. 하얀 피부의 그녀가 마치 눈처럼 아름다웠기 때문이었다.

"아비는 누구인가?"

"모르옵니다."

"그럼 어미는?"

"저를 낳고 채 삼칠일이 되기 전에 돌아가셨습니다."

설의 대답에 설택은 그녀가 안쓰러워 보였다.

"자네, 올해 나이가 몇인가?"

"열아홉입니다."

승상의 오래된 기억들 사이에서 잡힐 듯 말 듯 아스라한 얼굴이 떠올랐다. 희미했으나 왠지 중요한 얼굴인 것 같았다. 설택이 다시 지그시 설의 얼굴을 바라보았다. 그제야 설택의 수많은 기억 사이로 이름 하나가 떠올랐다. '연영(淵影)'이라는 여인이었다. 연못의 그림자라는 이름처럼 조용하고 아름다운 여인이었다. 지금 눈앞에 있는 설은 영락없는 그녀의 얼굴을 닮아 있었다.

그러나 설택은 고개를 저었다. 그녀는 화번공주로서 흉노에게 시집을 갔다. 당시 선우에게 시집을 갈 여인은 당시 한서제의 누이인 평양공주였다. 한강제(한서제의 부친)의 장녀로 당시 열아홉이었던 공주는 이미 혼기를 놓치고 있었다. 그러나 전임 황제들이 그러했듯이 황실은 귀족 여인을 공주로 위장하여 대신 시집을 보냈다.

연영은 회남왕(淮南王)의 딸이었다. 어지러운 권력구도 속에서 왕들도 살아남기 위해서 딸들을 화번공주로 내놓아야 했다. 당시 장안에는 평양공주가 연영을 시기하여 자신으로 위장하여 흉노에게 보냈다는 소문이 파다하였다. 그 사유가 무엇인지는 알려진 바가 없었다. 그저 저자의 뜬소문이라고 생각했었다. 그런데 그녀의 자식이 장안에 있다니, 게다가 만약 선우의 딸이라도 된다면 이것은 분명 간단한 일이 아니었다. 선우의 여식을 공식 포로가 아닌 이러한 상태로 구금하다시피 한 것은 외교적으로도 큰일이었다.

'도대체 이 여인의 정체는 무엇인가?'

설택은 고개를 흔들었다. 그러나 아무리 보아도 설은 한족의 특성만을 지니고 있었다.

"황제를 잘 모시도록 하게!"

승상은 그 말을 남기고 예전 상황을 알아보기 위하여 급하게 물러났다.

회의를 파한 한서제는 답답한 마음을 달래려 걸음을 옮겼다. 자신도 모르게 미단궁 앞에 서 있는 자신을 발견하고 한서제는 쓴웃음을 지었다. 최근 설의 행동이 이상했다. 무엇에라도 쫓기는 듯이 두려움에 질린 모습이었다. 위화의 말에 따르면 얼마 전 한서제가 보낸 털옷을 받고 나서부터라고 했다. 그것은 특별히 설을 위하여 한서제가 흉노의 상인에게 거금을 주고 구입한 것이었다. 받고 나서 처음에는 기쁜 미소를 지었다던 설이 갑자기 극도로 그 옷을 피하고 있다는 것이었다.

한서제는 그 옷을 제공한 상인의 정체를 알아보아야겠다는 생각이 들었다. 관시(關市)를 통해서 흉노족과 한족은 거래를 하고 있었고, 그 물건들이 왕실로 들어오는 일도 종종 있었다. 물론 엄격한 절차를 거쳐야 했다. 그러나 최근 한서제가 설에게 보낸 물건들은 항상 시간을 서두르다 보니 확인이 다소 느슨해졌던 것이 사실이었다.

동요하고 있는 설이 걱정되어 한서제는 그녀가 잠이 들고 나면 몰래 다시 찾았다. 두려운 듯 웅크리고 잠든 그녀를 한참 동안 아무 말 없이 지켜보고 있는 때가 많았다. 그것을 설은 알지 못했다. 위화와 곽정만이 한서제의 조용한 방문을 알고 있었다.

"폐하!"

생각에 빠져 있는 한서제를 부르는 소리에 한서제가 퍼뜩 정신을 차렸다. 위청이었다. 좌현왕의 움직임을 살피느라 초원 쪽으로 나가 있던 그가 갑자기 복귀하다니 무엇인가 급한 일이 있는 모양이었다.

"자네가 어찌 황궁에 있단 말인가?"

한서제의 질문에 위청이 고개를 조아리고 대답하였다.

"그것이 호연제 공자를 찾았습니다."

"뭣이라?"

위청의 말에 따르면 예상대로 우현왕은 호연제를 묵돌에게로 보냈다. 우현왕의 곁에 있는 호무(胡巫, 흉노의 무당)를 통해 은밀히 한서제 암살의 배후로 우현왕을 의심하고 있다는 정보를 노출시켰던 것이었다. 은밀히 묵돌에게 향하던 호연제를 흉노에서 귀화한 조신장군 덕분에 찾을 수 있었다. 그래서 긴급히 장안으로 호연제를 데려왔다는 것이었다.

"그래, 호연제의 상태는 어떠한가?"

"건강상의 문제는 없어 보입니다만……."

위청이 말끝을 흐리자 한서제가 채근하였다.

"다른 문제가 있느냐?"

"그것이, 장안으로 오는 길에도 지속적으로 누군가 공자를 노리고 있었습니다."

"아직도 호연제를 노리고 있는 자가 있단 말이냐?"

"그게 아무래도 흉노족 내부에서 공자를 해하려는 무리가 있는 듯합니다. 연지산에서도, 사호에서도 계속 살수가 따르지 않았습니까?"

한서제는 '끙' 하고 신음했다. 설이 그토록 목숨을 바쳐 안위를 부탁했던 호연제는 여전히 암살의 위험에 노출되어 있던 것이다. 차라리 자신이 호연제를 보호하는 것이 설의 근심을 덜어주는 것은 아닌가 싶었다. 문제는 호연제를 선우로 만드는 것이 자신의 임무라 굳게 믿고 있는 설이었다.

"지금 호연제는 어디에 있느냐?"

"일단은 장안에 임시 거처를 마련하고 보호하고 있습니다. 상황을 봐서 묵돌에게 연락을 하는 것이 좋을 듯합니다. 아직 우현왕에게 호연제가 저희 쪽에 있다는 것을 노출시키면 위험해서요.

은밀히 움직이는 것이 유리할 듯합니다."

일단은 호연제를 만나야 했다.

"당장 오늘 밤 호연제를 궁으로 부르라!"

"존명!"

어둠을 가르고 미앙궁(未央宮)을 향해 일군의 그림자가 움직이고 있었다. 달도 뜨지 않은 칠흑 같은 밤이었다. 말에는 몸집이 작은 소년이 타고 있었다. 그러나 말을 다루는 것이 무척이나 익숙한 듯 뒤에서 따라오는 무사들에게 뒤지지 않았다. 그 뒤를 날카로운 풍모의 무사들이 보호하면서 따르고 있었다. 황궁의 정문이 아닌 작은 문에 당도하자 기다렸다는 듯이 문이 열렸다. 안으로 들어서는 소년의 눈빛에 긴장감이 역력했다.

쥐 죽은 듯이 조용한 황궁 안을 수 개의 그림자가 신속하게 움직였다. 복잡하고도 넓은 황궁 안을 위청이 신속하게 움직였다. 한서제와 호연제의 은밀한 만남을 위해서였다. 호연제는 불안한 마음을 감출 수 없었다. 묵둘에게 향하는 와중에 예상치 못하게 위청을 조우하게 되었다. 연지산으로 향하는 동안 계속 살수의 위협에 노출되자 호연제는 초조해졌다. 아무래도 내부에서 자신을 위협하는 이들이 있는 것 같았다. 살수를 피해 도망치는 와중에 위청의 도움을 받았다. 설도 없이 아무도 의지할 곳이 없는 호연제에게 위청은 설의 행방을 알려주겠다고 했다. 현재 설이 건과 함께 있다는 말에 호연제는 깜짝 놀랐다. 무엇인가 주요한 임무를 받고 사라졌던 설이 어찌 지금 건과 함께 있다는 것인지 놀랄 수밖에 없었다. 그래서 위청을 따라온 것이었다.

물론 설의 행방도 중요했지만 더욱 중요한 것은 호연제 스스로도 냉정하게 앞으로 어떤 행보를 해야 할지 결정해야 했다. 자신을 둘러싼 복잡한 정치적 계산에 신물이 나고 있었다. 자신이 선우의 아들이라는 사실 때문에 모두에게 쫓기는 것에도 점점 지쳐가고 있었다. 어쩌면 연지산에서 말을 키우며 모든 정치적인 것에서 떠나 버린 묵돌 백부의 마음이 이해가 되기도 하였다. 그러나 오늘 어찌 설을 만나는 자리인데 황궁으로 향한단 말인가?

위청이 호연제를 안내한 방은 한나라의 위엄을 상징하는 듯, 엄격한 절제미와 품위로 가득 차 있었다. 이곳에 설이 있다는 말인가?

"폐하, 납시옵니다!"

호연제는 순간 긴장했다. 분명 건을 만나는 자리였다. 그런데 폐하라니?

"나다!"

호연제는 방 안으로 들어서는 건을 보고 경악했다. 붉은색 곤복을 입은 건은 한나라의 황제였던 것이다. 깜짝 놀라 자리에서 일어나려던 호연제가 다리에 힘이 풀려 다시 자리에 털썩 주저앉았다.

"놀라게 해서 미안하다."

호연제는 이 엄청난 사실을 어떻게 받아들여야 할지 눈앞이 깜깜했다. 그가 한서제라면 그는 자신의 원수였다. 그의 군대의 손에 죽어간 아버지와 다른 가족들의 얼굴이 떠올랐다. 동시에 연지산과 사호에서의 건도 떠올랐다. 마치 삼촌같이 자상했던 그였다. 가끔은 모든 것을 떠나 설과 함께 그의 곁에 머물러 이름 없이 살고 싶기도 했었다. 호연제는 자신과 건의 악연에 한숨지었다. 건을 마음에 담았던 설도 떠올랐다.

"저를 이리로 데려온 이유가 저를 구금하기 위해서입니까?"

호연제의 물음에 한서제가 조용히 대답했다.

"아니다."

"설은 어찌하신 겝니까? 설은 저를 잡기 위한 함정이었던 것입니까?"

"아니다. 설은 내가 보호하고 있다."

"어찌 그녀가 장안에 그것도 황궁에 있는 것입니까?"

"작년 동짓달, 우현왕이 일군의 살수를 내게 보내었지."

호연제의 목덜미로 소름이 끼쳤다. 설이 사라진 사유가 그것이었던 것인가? 어찌 그리 목숨을 걸어야 하는 일에 자신과 상의도 없이 자원했단 말인가?

"그때 설을 생포하였다. 다른 살수들은 모두 그 자리에서 죽었다."

"그녀는 지금 어디에 있습니까? 혹시 감옥에?"

호연제의 물음에 한서제가 슬쩍 얼굴을 붉혔다.

"그녀는 지금 내 곁에 나의 여인으로 있다."

"뭣이라고요?"

"너를 보호하기 위하여 그녀는 내 곁에 남았지."

호연제는 가슴을 쥐어뜯었다. 자신을 위해서 위험한 계획에 참여하고 또 한서제의 곁에 머무른 그녀가 안타까웠다. 분명 설은 갈등하고 있을 것이었다. 우현왕이 그녀가 이 궁에 있다는 사실을 알고 있다면 분명 계속적인 압력이 있었을 것이다. 호위무사라는 임무와 건에 대한 감정 사이에서 갈등하고 있을 설이 그려졌다.

"저를 어찌하실 작정입니까?"

"우선 설을 만나다오. 그다음에 네가 원하는 대로 해주겠다."

호연제는 한서제의 말에 설을 향한 애틋함이 묻어 있다고 생각했다.

"알겠습니다. 일단 설을 만나게 해주십시오."

호연제의 눈빛이 찌르는 듯 강렬했다. 일단 설을 만나야 했다. 그녀가 이곳에 머물고 있는 상황이 어떠한 것인지, 확인을 해야 했다. 그녀가 불행하다면 어떤 수를 써서라도 설을 데려갈 것이었다.

"지금 바로 설에게 안내하마."

한서제를 따라 호연제는 설을 향하여 무거운 발걸음을 옮겼다.

"설!!"

갑작스러운 호연제의 음성에 설이 고개를 들었다. 설이 머물고 있는 미단궁의 내실에서 예상치 못한 호연제의 음성을 듣자 순간 설은 자신의 귀를 의심했다. 호연제가 한족의 복장을 하고 설의 눈앞에 있었다. 설은 자리에서 부리나케 일어나 호연제 앞으로 다가갔다. 몸이 성한지 설은 호연제를 꼼꼼히 살폈다. 일단은 건강해 보이는 호연제를 반가운 마음에 덥석 끌어안았다.

마치 잃어버렸던 동생을 찾은 것 같아 설은 기쁘기 그지없었다. 우현왕의 지시로 살수단에 참여하면서 호연제와 헤어진 지 거의 사 개월이나 지났다. 호연제는 항상 설에게 마음이 쓰이는 단 하나의 존재였다. 한서제의 곁에 있어도 설은 항상 스산했다. 한서제는 설의 몸만을 원하는 듯, 그 마음을 제대로 알 수 없었다. 오히려 그래서 외롭고 슬펐다.

마음껏 그를 은애할 수 없는 자신의 처지가 괴로웠다. 은애하는 마음을 표현할 수 없고, 그가 내민 손을 잡을 수 없는 상황이 안타까웠다. 그러나 호연제의 따뜻한 체온이 설의 스산했던 마음을 위로했다. 호연제가 자신을 걱정하고 아끼는 마음이 그대로 느껴졌다. 그리고 마치 예전에 살던 초원으로 돌아간 것 같았다. 그동안 억누르고 있었던 초원에 대한 그리움이 무럭무럭 솟아올랐다. 저도 모르게 설의 얼굴에 아름다운 미소가 피어났다.

호연제는 설이 자신을 왈칵 끌어안자 마음이 따뜻해졌다. 설을 만나자 잃어버렸던 누이를 찾은 기분이었다. 이 세상에서 자신의 안위를 누구보다 걱정하고 자신을 위해서 끊임없이 희생을 해온 설이었다. 이제는 그녀가 조금은 행복하였으면 했다.

호연제보다 한 걸음 뒤늦게 설의 방으로 들어오던 한서제는 오랜만에 설의 얼굴에 미소가 떠오르자 기뻤다. 그러나 꼬맹이에게 정신이 팔려 자신의 존재를 인지하지조차 못하는 설을 보자, 꼬맹이가 괘씸해졌다. 대체 저 꼬맹이가 무엇이길래 자신에게 보여주지 않은 미소를 저리 아낌없이 보여주고 있단 말이냐?

"흐흠!"

한서제가 자신의 존재를 알리기 위하여 헛기침을 했다. 그제야 설은 한서제가 있다는 것을 알아차렸다. 순간 설은 비난하는 눈빛으로 한서제를 바라보았다. 분명 자신이 이곳에 머무는 동안에는 호연제를 찾지 않겠다 했었다. 그런데 어찌 우현왕과 함께 있어야 할 호연제가 이곳에 있는지, 설은 아득해졌다.

"폐하, 설마 약속을……."

갑자기 설은 어지럼증을 느꼈다. 눈앞에 호연제도 한서제도 빙글빙글 돌았다. 그동안의 노심초사와 호연제를 갑자기 만난 반가움, 호연제를 찾지 않겠다는 약속을 어긴 한서제에 대한 원망, 그 모든 것이 검은 안개처럼 설을 휘감았다. 팽팽하게 긴장하고 있던 설의 신경이 한계에 도달하고 있었다.

"설!"

설은 호연제의 고함 소리를 들으며 깜깜한 암흑으로 빠져들었다.

한서제의 심장이 쿵 하고 내려앉았다. 앞으로 고꾸라지는 설을 받아 들었다.

"어서 어의를, 어의를 부르라!"

한서제의 외침에 미단궁이 부산해졌다.

호연제는 갑자기 쓰러진 설을 보자 기절할 듯이 놀라고 말았다. 그러나 쓰러진 설을 향한 한서제의 눈빛은 진지했다. 너무나 걱정스런 표정으로 설을 안고 있는 한서제를 보면서 호연제는 위화를 따라 방을 나섰다. 일단 설의 상태가 회복되면 다시 만나는 것이 좋을 듯했다. 하지만 설을 두고 나서는 호연제의 발걸음이 무거웠다.

설이 한서제를 은애하고 있는 것은 알고 있었다. 그럼에도 자신을 위해서 모질게 한서제의 곁을 떠난 설이었다. 흔들리지 않았던 설이 한서제 앞에서만은 부서질 듯 연약해 보였었다. 지금 쓰러진 설을 바라보는 한서제를 바라보니 한서제 역시 설만큼 깊은 감정을 지니고 있었다. 그러나 두 사람의 사이에는 커다란 벽이 놓여 있었다. 그것은 바로 자신이었다.

분명 다음에 설을 만날 때는 자신의 결단이 필요함을 알았다. 그 결단은 결코 설은 할 수 없는 것이었다. 저 두 사람 앞에 놓인 장벽을 걷어낼 수 있는 사람은 오직 호연제 자신뿐이었다. 호연제의 작은 얼굴이 어른스럽게 굳어졌다.

설이 눈을 뜬 것은 다음날 아침이었다. 설은 부리나케 침상에서 몸을 일으키려 했다. 그때 갑자기 토기가 올라왔다.

"으읍……."

자신의 입을 틀어막는 설의 어깨를 따뜻한 손이 감싸 안았다.

한서제였다.

"으읍…… 으읍……."

갑작스런 토기는 멈추지 않았다. 그러자 한서제가 옆에서 다정하게 천으로 설의 이마에 흐른 땀을 닦아주었다. 저도 모르게 설은 그의 가슴에 머리를 기대었다. 그의 향기를 들이마시자 격한 토기가 가라앉았다. 자신의 머리를 부드럽게 쓰다듬은 한서제의 손길이 다정했다. 한서제는 토기가 가라앉은 설을 다시 침상에 눕혔다. 설의 하얀 얼굴이 더욱 창백해 보였다.

"어찌 된 일입니까?"

설의 목소리가 가냘팠다. 그런 설을 한서제가 부드러운 눈빛으로 바라보았다.

"태기가 있다는구나!"

한서제의 나직한 말에 설이 동요했다. 그의 곁에 머문 지 어느새 사 개월이 지났다. 그동안 한서제가 설을 안았던 것을 생각해보면 회임이 된 것은 어쩌면 당연했다. 뱃속에 그의 아이가 있다니, 설의 눈에 감동의 눈물이 차올랐다. 저도 모르게 설은 자신의 배를 살며시 끌어안았다. 이 세상에 혼자였던 그녀에게 온 소중한 가족이었다. 벅찬 감동에 설은 할 말을 잊었다. 그를 닮은 아이를 낳고 싶다는 강렬한 욕망이 그녀를 감쌌다. 설의 눈앞에 순간 한서제를 닮은 작은 사내아이의 얼굴이 보였다. 너무나 달콤한 상상이었다.

그러나 설은 한편으로는 기쁘면서도 이 상황을 어찌해야 할지 아득해졌다. 과연 이 아이의 미래가 어떠할는지, 아득했다. 자신은 그저 한서제 옆에 잡혀 있는 인질이었다. 그런 그녀에게서 낳은 아이를 황실에서 받아들여 줄지 설은 걱정이 되었다. 그리고 호연제의 일도 걱정되기 시작하였다.

한서제는 움찔하는 설을 보자 마음이 싸해졌다. 그리고 아무런 말도 없이 그저 눈물을 흘리는 그녀를 보자 심장이 검에 베인 듯 아팠다. 자신의 아이를 품은 것을 알고 조금은 기뻐해 주기를 바랐다. 어젯밤 설을 진맥하던 어의가 설이 회임하였다는 소식을 전했을 때 한서제는 세상을 얻은 듯이 기뻤다. 그녀를 닮은 아이의 얼굴을 떠올리며 홀로 미소 지었다.

이제 그의 나이 스물여덟, 후사가 필요했다. 그러나 그것보다 한서제는 자신이 아비가 된다는 것이 이렇게 가슴 떨리는 일인지 상상하지 못했다. 이민족을 정벌하여 승전보를 올릴 때보다 더욱 고양되는 기분이었다. 밤새 설의 곁을 떠나지 못했다. 자신의 아이를 품은 설이 너무나 사랑스러웠다. 날아가 버릴 것만 같은 그녀를 지키고 싶었다.

"공자님은요?"

아이에 대해서는 어떠한 언급도 없이 호연제의 안위를 묻는 설의 질문에 한서제는 가슴이 먹먹했다. 그녀의 삶은 온통 호연제를 중심으로 돌고 있었다. 지금도 아이를 품은 여인이기 이전에 설은 호위무사로 돌아가 있었다.

"호연제는 잠시 위청의 보호로 장안의 모처에 거하고 있다."

"어찌 공자님이 이곳에 있는 것입니까?"

한서제는 설의 원망하는 말투에 마음이 쓰렸다.

"묵돌에게 향하는 와중에 살수의 공격을 받았다. 그래서 홀로 남은 호연제를 좌현왕의 움직임 때문에 연지산 쪽에 나가 있던 위청이 구했다."

아직도 호연제를 노리고 있는 사람이 있단 말인가? 어찌하여 우현왕은 호연제를 묵돌 어르신에게 보내었단 말인가? 자신이 한서제를 암살해야 하는 약속을 지키지 못해서? 설의 머릿속이 복잡해졌다.

"공자님을 어찌하실 생각이십니까?"

"설!"

너무나 진지한 한서제의 부름에 설이 고개를 들어 그를 바라보았다. 한서제의 흑요석같이 까만 눈이 강렬하게 설을 바라보고 있었다. 설은 그 눈빛에 사로 잡혀 고개를 돌릴 수 없었다.

"내가 호연제와 그대를 보호해 주마. 이곳에 내…… 장안에 머물면 아니 되겠느냐?"

달콤한 제안이었다. 사호에서처럼 한서제는 그들을 보호해 주겠다고 유혹하고 있었다. 설은 그 유혹에 굴복하고 싶어지는 자신의 마음에 놀랐다. 그 옆에 머물고 싶었다. 한서제 옆에서 그의 아이를 기르고 그렇게 살고 싶어지는 자신의 욕망이 설은 점점 무서워졌다. 그러나 호연제는 초원으로 돌아가야 했다. 너른 초원을 달리며 살아가야 할 호연제를 자신의 욕심 때문에 이곳에 잡아둘 수는 없었다. 호연제를 선우로서 초원으로 돌아가게 하는 것, 그것이 자신이 살아 있는 이유였다.

"저는……."

설이 목이 막혀 차마 대답을 하지 못했다. 한서제는 설의 답변이 두려웠다. 그래도 돌아가겠다는 대답을 들을 것 같아 초조해졌다. 한서제가 급하게 설의 입을 막았다.

갑작스런 입맞춤에 설의 두 눈이 화등잔만 하게 커졌다. 한서제의 청량한 향이 온통 설을 휘감았다. 그의 유혹에 속절없이 빠져드는 자신이 두려웠다. 하지만 설은 그의 입술을 거부하지 못했다. 아린 가슴이 그를 향하고 있었다. 마음이 울고 있었다. 표현하지 못하는 그에 대한 애정에 설의 마음이 쓰렸다. 마음껏 그에게 은애하는 마음을 전할 수 없는 자신의 처지가 안타까웠다.

"건!"

설이 애타게 건을 휘를 부르며, 건의 머릿속으로 손가락을 찔러 넣었다. 마치 마지막이라도 되는 듯 두 연인의 입맞춤이 애달팠다. 서로의 호흡과 떨림을 고스란히 느끼며 설과 한서제는 무아지경으로 빠져들었다. 설은 너무나 강렬하고 농밀한 입맞춤에 호흡이 딸렸다. 그러나 그래도 설은 입을 떼지 못했다. 한서제를, 아니, 건을 사모하는 마음을 주체할 수 없었다.

호흡이 딸렸던지 설이 정신을 잃고 한서제의 가슴으로 쓰러졌다. 한서제는 강제로라도 설을 머물게 하고 싶었다. 그녀를 욕망으로 묶어서라도 자신의 곁에 두고 싶었다. 너무나 강한 설을 향한 자신의 소유욕에 한서제는 놀랐다. 하지만 그녀가 필요했다. 그녀를 가질 것이었다. 그녀를 가질 수 없다면 돌아갈 초원을 없애서라도 자신의 곁에 둘 것이었다. 한서제의 결심이 굳어졌다.

12. 짙푸른 멍

미단궁을 호위하는 군사들의 숫자가 늘어났고 경비는 더욱 삼엄해졌다. 설의 회임은 철저하게 비밀에 부쳐졌다. 아직 제대로 된 직첩도 없는 설의 회임은 조정에 폭풍을 몰고 올 터였다. 한서제에게는 아직 후사가 없었다. 설이 수태한 아이는 한서제에게는 유일한 혈육이 되는 것이었다. 한서제도 이를 어째해야 할는지 고민하고 있었다. 아무런 배경도 없는 그녀의 회임이 알려지게 되면 황후 자리를 노리는 무리들의 표적이 될 수도 있었다.

한서제는 설을 보호할 방법을 찾기 위해 노심초사했다. 일단은 그녀에게 안전한 지위를 주는 것이 급했다. 하지만 현재로서는 설은 아무 곳에도 기댈 곳이 없는 고립무원의 상태였다. 아무리 한서제가 그녀를 보호한다 해도 한계가 있었다. 그녀의 아버지를 찾을 수만 있다면, 그녀에게 버팀목이 되어줄 수 있을 것 같았다.

설의 어미가 선우에게 시집을 갔다는 사실에 비추어보면 어머니 또한 귀족일 개연성이 있었다. 왕실은 공주 대신 귀족의 여인을 위장하여 공주라 칭하고 보내왔었기 때문이었다. 그렇다면 설의 아비 또한 귀족일 가능성이 높았다. 그녀의 생김새는 영락없는 한족이니 아비를 찾아 설의 신분을 복권할 수 있다면 회임까지 한 그녀에게 적어도 직첩을 내릴 수는 있을 것이었다. 한서제는 은밀하게 곽정에게 지시하여 설의 부모에 대한 조사를 진행시켰다.

그렇게 폭풍 전의 고요 같은 나날이 흘러갔다. 한서제와 설, 각자의 복잡한 마음과는 상관없이 시간은 흘렀다. 호연제가 은밀히 한서제에게 알현을 청한 것은 설이 쓰러지고 나서 삼 일이 지난 날이었다. 한밤중에 호연제가 기거하는 곳으로 한서제가 걸음을 했다. 황궁 안에는 너무나 많은 눈들이 있었기 때문이었다. 사람들의 눈을 피하여 황제가 은밀히 궁을 나선 시각은 삼경(三更)이 훌쩍 넘은 시간이었다. 한서제를 호위하는 무사도 오직 위청과 곽정 단둘뿐이었다.

한서제와 설을 둘러싼 복잡한 상황과는 아랑곳없이 고요하게 잠든 밤이었다. 호연제는 방 안으로 들어서는 한서제를 조용히 응시하였다. 한서제에 대한 호연제의 마음은 복잡했다. 그가 왜 그저 이름 없는 범부가 아니었는지 호연제는 운명을 저주하였다. 처음으로 신뢰하였던 남자였다. 항상 바쁜 아버지보다 더욱 살갑게 정을 나눈 이였다. 선우가 전사하고 주변에 아무도 없을 때, 의지할 수 있는 이였다. 연지산과 사호에서의 추억이 슬퍼졌다. 자리에 한서제가 좌정하고는 똑바로 호연제를 바라보았다. 중원을 호령하는 황제의 눈빛이었다.

"설의 상태는 어떠한지요?"

일단 호연제는 설의 안부부터 물었다. 갑자기 쓰러진 그녀가 너무나 걱정이 되었다.

"괜찮다."

한서제의 목소리가 따뜻했다. 잠시 망설이던 한서제가 다시 입을 열었다.

"그런데 회임을 했더구나."

'역시' 하고 호연제는 고개를 끄덕였다. 설의 회임을 전하는 한서제의 눈빛이 미안한 듯하면서도 어쩐지 자랑스러워하는 기색이었다.

"만약 설이 저를 따라 초원으로 떠나겠다고 하면 어찌하실 생각이십니까?"

"그녀가 돌아갈 초원을 없애 버릴 것이다!"

한서제의 단호한 대답에 호연제는 두려우면서도 설에 대한 그의 마음을 읽을 수 있었다. 그리고 그는 결심하면 실제로 실행에 옮길 수 있는 실력과 의지를 지니고 있었다.

"설의 어미가 한족의 여인이라는 것을 혹시 알고 계십니까?"

한서제가 조용히 고개를 끄덕였다.

"설은 이제 더 이상 제 호위무사가 아닙니다. 한족의 핏줄에다 거기다 아이까지 가진 여인이라니…… 훗……. 가당치 않은 일이죠."

한서제는 호연제의 냉정한 말에 움찔했다. 목숨을 걸고 호연제를 지켜온 그녀였다. 만약 호연제가 그녀를 내친다면 설은 무너질 것이었다. 하지만 어쩌면 그것만이 설이 호위무사를 벗어나는 유일한 방법일 수도 있었다. 그리하면 설을 자신의 곁에 영원히 붙잡아둘 수 있었다. 그 달콤한 가능성에 한서제의 마음이 울렁거렸다.

"게다가 그녀 때문에 돌아갈 초원을 잃을 수는 없죠."

호연제의 얼굴이 슬프게 일그러졌다. 초원을 떠나 고초를 겪고 있는 호연제가 안쓰러웠다.

"저는 나리가 그저 이름 모를 범부였으면 했습니다."

호연제의 목소리가 떨렸다. 어쩌면 그것은 동시에 설의 희망 같기도 하였다. 호연제가 강한 눈빛으로 한서제의 눈을 똑바로 응시하였다.

"저를 묵돌 백부님께 보내주십시오."

"이곳에 머무를 수는 없는 것이냐? 너의 존재가 흉노에게 그리 달갑지 않은 듯한데……."

"알고 있습니다만 이곳에 머물 수는 없습니다."

호연제의 명민한 눈빛이 굳은 결심으로 단호했다. 그리고 머물 수 없다는 호연제의 심정도 이해하였다. 호연제에게 한서제는 함께할 수 없는 사람이었다. 비틀린 운명이 안타까웠다. 전쟁은 이렇게 아픈 운명을 만들어내는 것이었다.

"황제가 아닌 남자로서의 약속을 지키십시오."

한서제는 그제야 모든 것을 이해할 수 있었다. 이 꼬맹이는 설을 위하여 스스로 그녀를 내치려는 것이었다. 설 스스로는 절대 호연제를 포기하지 않을 것임을 누구보다 잘 아는 한서제와 호연제였다.

"마지막으로 한 번만 설을 만나게 해주십시오."

한서제와 호연제의 눈빛이 사호에서의 남자 대 남자의 약속을 나누던 그날처럼 반짝였다.

같은 시각, 설은 다시 치밀어 오르는 토기에 온몸에 진이 빠져버렸다. 제대로 먹을 수도 없었고, 기절과도 같은 잠에 빠져 있었다. 중간중간 위화가 가벼운 먹을 것을 먹여주었으나 설은 물 먹은 솜처럼 꼼짝하지 못했다. 설은 한서제를 보고 싶은 마음과 호연제에 대한 걱정으로 힘들었다. 지금 호연제가 어찌하고 있는지 궁금해 죽을 지경인데 한서제는 격렬한 입맞춤을 나눈 그날 이후로 발걸음을 하지 않고 있었다.

그러나 설은 종종 한밤중에 왜인지 한서제의 존재를 느끼고 있었다. 설은 자신의 마음이 일으킨 환상이라 생각했다. 그러나 분명 그녀의 주변을 감도는 그의 존재감을 설은 미세하게 감지하고 있었다. 설은 오지 않는 잠을 억지로 청했다.

사라락…….

창문에 달려 있던 비단이 가벼운 바람에 흩날렸다. 침상에 누운 설을 지그시 내려다보고 있는 한서제였다. 조심스레 설의 뺨을 부드럽게 쓸었다. 그러자 설이 미약하게 뒤척였다. 행여 설의 잠을 방해할까 싶어 한서제는 얼른 손을 떼었다.

"으흠!"

설이 악몽이라도 꾸는지 신음했다. 이마에 송골송골 맺힌 식은 땀을 한서제가 부드럽게 닦아주었다. 무엇이 이리 설을 괴롭히고 있는지 한서제는 알고 있었다. 분명 자신을 해하라는 지시가 설에게 전달되었음에 틀림없다. 털옷을 판매한 흉노 상인은 감쪽같이 족적을 감추었고, 아무래도 그 배후에는 우현왕이 있을 터였다.

"제발…… 나리…… 안 돼요!"

설이 애처롭게 흐느꼈다. 한서제의 마음도 안타까웠다. 어찌 설과 자신은 이런 운명으로 엮이었단 말인가? 모든 것을 떠나 그저 남자와 여자로 남을 수는 없는 것인지, 태어나 처음으로 한서제는 자신의 신분을 원망하였다. 그러나 방법을 찾을 것이었다. 그녀를 지키고 아이를 지킬 방법을 찾아낼 것이었다. 모후인 어머니를 지키기 위하여 황제가 되었던 그때처럼 한서제의 결심이 굳어졌다.

아직도 바람이 매서웠다. 봄이 왔으되 아직 봄은 아닌 듯 2월

말이 되었음에도 장안에는 눈이 내렸다. 호연제의 출발일이 정해 졌다. 묵돌에게 연통이 되었고 장안을 벗어나면 묵돌이 호연제를 데려가기로 하였다. 도성 바깥까지는 위청이 호위를 맡기로 하였 다. 호연제는 출발에 앞서 설을 만나기로 했다. 황궁에 들어가기 위해서 호연제는 한족의 옷으로 갈아입었다.

눈이 하염없이 내리는 밤이었다. 달은 없었으나 하얀 눈 때문에 사위가 그리 어둡지는 않았다. 복잡한 미앙궁의 복도를 지나 호연 제가 설이 기거하는 미단궁에 도착하였을 때에는 하루 종일 내린 눈이 남자들의 무릎까지 닿을 정도였다.

이제나저제나 호연제가 오기를 기다리고 있는 설이었다. 갑자 기 쓰러진 나머지 호연제와 제대로 이야기를 나누지 못했다.

"마마, 공자님께서 드셨습니다."

위화의 말에 설이 의자에서 벌떡 일어났다. 순간 현기증에 설이 살짝 탁자의 귀퉁이를 잡았다. 안으로 들어오던 호연제가 그 모습 을 보고 득달같이 설에게 달려왔다.

"설, 괜찮아?"

걱정스런 호연제의 음성에 설이 퍼뜩 정신을 차렸다.

"괜찮습니다, 공자님!"

설이 위화를 돌아보며 부탁했다.

"잠시 자리를 비워주시겠습니까?"

위화가 걱정스런 표정으로 설을 바라보며 바깥으로 사라졌다. 방 안은 무거운 침묵으로 가득 찼다. 뜨락에 쌓이는 눈 소리가 들릴 지경이었다. 설도 호연제도 어디서부터 시작해야 할지 몰라 섣불리 말을 꺼내지 못하고 있었다.

"어찌 묵돌 어르신께 가고 계셨던 것입니까?"

설이 먼저 침묵을 깨뜨렸다.

"상황이 좋지 않으니 잠시 묵돌 백부께 가서 정세를 보자고 우현왕이 제안했어."

"그런데 자객에 쫓기셨다고요?"

설은 자객 때문에 쫓기던 호연제를 구했다던 한서제의 말이 떠올랐다.

"맞아. 아주 집요하게 노렸지."

"그것이 휴도를 떠나고 나서부터 계속인데, 배후가 누구인지는 아직 밝혀진 바가 없지요?"

"글쎄, 어느 쪽에서나 내가 껄끄러운 존재겠지."

호연제의 음성에 설의 가슴이 미어졌다. 어찌 이제 겨우 여덟 살 보령인 공자가 이러한 삶의 무게를 짊어져야 한다는 말인가?

"우현왕께서 제게 약조를 하셨습니다. 공자님을 차기 선우로 지지하고 보호하시겠다고요."

"그래서 그리 무모한 계획에 자원한 것이냐?"

호연제의 목소리가 살짝 높아졌다. 선우 자리가 무엇이건대 설은 자신의 목숨까지 내어놓는다 말인지 호연제는 지긋지긋해졌다.

"공자님, 미리 말씀드리지 못해 죄송합니다. 하지만 그것이 돌아가신 아버님의 뜻입니다."

"나를 선우로 만들기 위해 너는 목숨까지 내어놓을 참이냐?"

호연제의 목소리가 떨렸다. 설은 아무런 말 없이 호연제를 응시하였다. 그것은 검을 든 자가 지켜야 할 약속이었다.

"이제 그만 되었다!"

호연제의 냉담한 목소리에 설이 고개를 들었다.

"나는 오늘 묵돌 백부님께로 갈 것이다. 너는 이곳에 남아 내 삶을 살도록 해라!"

호연제의 말에 설의 심장이 무너져 내렸다.

"아니 되옵니다. 제가 끝까지 공자님을 모시겠습니다."

"때를 보아 흩어진 흉노를 모으는 것은 나의 일이다. 너는 흉노도 아닌 한족이 아니더냐? 이제 제대로 검을 쓸 수도 없을 터, 그만하면 되었다. 지금껏 나를 위해 애써온 것으로 너의 소임은 다하였다."

"흑흑, 공자님…… 어찌 제게 그리 잔인한 말씀을……."

설이 차마 말을 끝맺지 못하였다.

"너는 뱃속의 아이는 잊었느냐?"

설이 움찔했다. 저도 모르게 설이 자신의 배를 보호하듯이 감싸 안았다. 그 모습을 물끄러미 바라보는 호연제였다. 호연제는 한눈에 알 수 있었다. 설이 오롯이 그 마음에 한서제를 담았음을, 꽁꽁 숨겨두었던 여인의 내밀한 마음 한 자락을 한서제에게 내어주었음을 알았다. 설은 혼자 있을 때면 몰래 두 동강이 난 푸른 머리 끈을 하염없이 바라보곤 했다. 한서제가 연지산에서 주었던 그 머리 끈을 베었으나 차마 버리지 못하고 간직한 설의 마음을 어찌 모르겠는가? 이미 두 번이나 호연제를 위해서 한서제를 떠났던 그녀였다. 이제 호연제가 그녀를 위해서 떠날 차례였다.

"아이를 품은 너를 한서제가 놓아줄 성싶으냐?"

호연제는 조금 더 냉정해지기로 하였다. 설과 헤어지는 것은 상상할 수 없었다. 그러나 이제는 그녀를 놓아주어야 했다. 그녀가 할 수 없으니 그 끝맺음은 자신이 해야 했다. 호연제는 검을 빼어들었다.

사락!

한 번의 움직임에 호연제의 장포 한쪽 옷자락이 바닥에 떨어졌다.

"이로써 너와 나의 인연은 끝났다."

호연제가 그 말을 남기고 밖으로 나갔다. 방을 나서는 호연제의 눈에서 굵은 눈물방울이 소리 없이 떨어졌다. 온 생을 함께해 왔던 설이었다. 이제는 호위무사가 아닌 누나와 같은 설이었다. 그녀 없이 살아갈 날이 두려웠다. 하지만 자신이 곁에 있으면 설은 끝끝내 한서제를 향한 마음을 감추고 살아갈 것이었다.

설의 부름에 느려지는 발걸음을 모질게 다잡았다. 뒤돌아보지 않을 것이었다. 지금까지 호연제의 행복만을 위해서 산 그녀에게 호연제가 마지막으로 해줄 수 있는 것은 이 모진 이별이었다. 끊긴 인연이 다시 이어질 날이 올지, 호연제는 먹먹한 마음으로 복도를 걸어갔다.

'설, 부디 행복해야 해!'

"공자님!"

설이 방 바깥으로 뛰어나왔다. 겉옷도 걸치지 않고 그저 호연제를 잡겠다는 일념하에 따라나온 설이었다. 그런 설을 누군가 뒤에서 끌어안았다. 순간 설은 긴장하였으나 이내 그것이 한서제임을 알았다. 아무런 말 없이 강하게 끌어안은 한서제의 품 안에서 설은 벗어날 수 없었다. 멀어지는 호연제의 뒷모습이 눈물 때문에 흐릿하게 보였다.

"제발 보내주시어요!"

설의 애원이 한서제의 가슴에 상처를 내었다. 설이 걱정되어 내내 바깥에서 서성이던 한서제였다. 회임한 설이 너무 강한 충격을 받을까 봐 노심초사하였다. 지금 설은 매우 흥분하고 있었다. 이러다가 다시 혼절하는 것은 아닌지 우려스러웠다. 설의 온몸이 부들부들 떨렸다. 그런 설을 진정시키려 한서제는 더욱 강하게 그녀를 끌어안았다.

"이제 그만 되었다."

한서제가 설의 정수리에 턱을 대고 속삭였다. 그동안 애써온 그녀였다. 울음을 삼키며 설을 내친 호연제의 마음을 저버릴 수는 없었다. 지금은 아플 것이었다. 하지만 견디어야만 했다.

"공자님! 흑흑……."

설의 흐느낌이 높아졌다. 한서제의 품에서 벗어나려 설이 몸을 뒤틀었다. 그러나 한서제의 두 팔은 밧줄처럼 강하게 설을 포박하고 있었다.

"폐하, 제발 저를 놓아주시어요!"

한서제는 자신을 바라보지 않는 설이 야속했다. 이렇게 그가 그녀 곁에 있건만 설은 오직 무사로서 자신의 주군만을 생각하고 있었다. 설의 울부짖음이 더욱 깊어졌다.

"설!"

한서제는 설을 거칠게 앞으로 돌려 그녀의 두 어깨를 잡았다. 설의 두 눈이 눈물로 흐릿했다. 그러나 그 눈동자에 한서제는 없었다. 그녀 눈에 한서제가 없다면 강제로라도 그 눈에 자신을 담을 것이었다.

"호연제를 따라갈 수 없다. 뱃속에 든 아이를 잊었느냐?"

설이 순간 움찔했다. 초점을 잃었던 그녀의 눈동자에 정신이 돌아온 듯, 명료해졌다. 그녀가 잠시 얼굴을 들어 한서제의 눈을 바라보았다. 미안한 듯, 그러나 그 눈동자는 결연했다.

"죄송합니다. 공자님은 제가 없으면 아니 됩니다."

설의 대답에 한서제의 눈에 불꽃이 일었다. 그것은 심해의 바다처럼 깊고 진한 분노였다. 언제까지 설은 자신을 바라보지 않고 호위무사로서만 살 것인지, 저도 모르게 한서제가 설의 어깨를 강하게 흔들었다. 연지산에서 아무런 말도 없이 떠난 그녀였다. 아무런 흔적도 없이 감쪽같이 족적을 감추어 한서제의 애를 태웠다.

사호에서도 그녀는 자신보다 호연제를 선택하였다. 한서제의 목숨을 위협하는 이광의 검에도 불구하고 그녀는 냉정하게 동료가 아니라며 떠나갔다. 게다가 자신을 해하려 자신의 목에 검을 겨누었다. 설의 검이 닿았던 한서제의 목에는 아직도 희미한 흉터가 남아 있었다.

그런데 지금, 자신의 아이까지 품고서도 여전히 설은 무사이고자 했다. 아물었던 상처에서 다시 피가 흐르고 있었다. 한서제는 자신을 바라보지 않는 설에게 화가 났다. 더 이상은 견딜 수가 없었다. 계속 상처 입은 남자의 마음이 분노로 변했다. 그 분노는 푸른 불꽃이 되어 한서제의 심장을 태웠다.

"나를 봐! 지금 그대 앞에 있는 나를 보라고!"

한서제의 목소리가 높아졌다. 그러나 설의 눈은 여전히 떠나간 호연제를 향하고 있었다. 자신을 바라보지 않고 시린 등만 보여주는 설이었다. 자신에게 곁을 내주지 않는 설이었다. 자신을 계속 거부하는 그 시린 등에 한서제의 마음이 산산이 무너졌다. 그녀의 거부가 칼이 되어 한서제의 심장을 베었다. 계속 그녀에게 손을 내밀었다. 그녀를 곁에 두기 위해서라면 한서제는 어떠한 일도 할 수 있었다. 그런데 그녀는 한 번도 자신을 바라봐 주지 않았다. 항상 자신에게 등을 보이며 떠날 생각만 하고 있었다.

하지만 그럼에도 한서제는 설을 보낼 수가 없었다. 아무리 그녀가 자신을 바라보지 않아도 설이 옆에 있어야만 한서제는 숨을 쉴 수 있었다. 그런 설을 바라보는 한서제의 마음에 짙푸른 멍이 들

었다. 하염없이 내리는 눈만이 한서제의 아픈 마음을 보듬어주고
있었다.

　매화가 다시 만개한 원광 6년 춘삼월, 장안에는 황후 간택령이
내렸다. 한서제의 첫 번째 황후였던 진(陳)황후가 붕어하고 11년간
비어 있던 황후 자리였다. 그동안 황후를 책봉하라는 대소신료들
의 주청을 고사하던 황제가 드디어 허가를 한 것이었다. 장안에
명망 있는 귀족들은 자신의 딸을 황후로 만들기 위하여 물밑 작업
에 들어갔다. 딸이 없는 집안은 먼 친척의 딸을 수양딸로 삼아서
라도 간택에 참여하기 위하여 노력하였다. 한서제의 늠름한 모습
과 미모에 반한 제후의 딸들까지 앞다투어 간택에 참여를 원하였
다.
　이 소란스러운 와중에 한서제는 냉정하기 그지없었다. 궁인들
은 사호에서 복귀한 한서제를 다시 보는 것 같았다. 아니, 오히려
그때는 그래도 누군가를 그리워하는 듯 인간적이었다. 그런데 지
금은 얼음 같은 한서제 때문에 오금이 저릴 정도였다. 차갑게 벼
린 검처럼 날카롭기 그지없는 한서제였다. 무엇이 한서제를 이렇
게 얼어붙게 하였는지, 소리 없이 소문은 궁전의 담을 넘어 도성
에 퍼져 나갔다. 그것은 한서제의 마음을 받아주지 않는 여인에
대한 소문이었다. 사람들은 고개를 저었다. 그 냉정한 황제가 여
인 때문에 애달파 한다니 도저히 믿을 수 없다는 반응이었다.
　그리고 장안성 동남쪽에 위치한 이궁(離宮)인 건장궁(建章宮)에

새로운 거주인이 생겼다. 직첩도 받지 않은 여인이라는 설(設)이 파다했다. 그러나 어찌 된 일인지 궁을 호위하는 군사들의 수는 정궁(正宮)에 못지않을 정도로 많았다. 게다가 한서제의 곁을 수족같이 지키던 곽정이 궁을 지키고 있었다. 그리고 시중을 드는 궁녀들의 수도 많았다. 모양새만을 보면 황후의 거처라 해도 무방할 정도였다. 그러나 궁을 둘러싼 무거운 공기가 어딘지 모르게 거주인이 유폐된 느낌을 주었다. 차가운 냉기가 궁을 휘감고 있어 그 앞을 지나가는 사람들은 어깨를 움츠려야 했다.

떨어지는 매화를 무심히 바라보던 여인의 눈에서 맑은 눈물이 솟아올랐다. 쓰러질 듯 기둥에 몸을 기댄 여인이있다. 가녀린 몸이 하늘하늘했다. 건장궁 안을 가득 채운 하얀 꽃잎처럼 그 모습이 처연했다. 여인의 아름다움이 소리 없이 스러지는 꽃처럼 덧없어 보였다.

"바람이 아직 찹니다. 안으로 들어가심이 어떠실는지요?"

하염없이 매화를 바라보고 있는 설에게 위화가 조심히 말을 건네었다. 설이 건장궁에 기거한 지 어느새 한 달이 지나가고 있었다. 저물어가는 태양이 설의 그림자를 길게 바닥에 드리웠다. 곧 밤이 찾아올 참이었다. 어린 공자가 다녀간 후 한서제의 명으로 건장궁으로 옮겨진 설이었다. 그러나 설의 생활은 수인(囚人)과 같았다. 미단궁에서의 생활도 그러했으나 그것은 설 스스로 바깥을 나서려 하지 않았었기 때문이었다. 그러나 지금은 한서제의 명으로 그 누구도 건장궁을 드나들 수 없었다. 모든 사람과 물품의 입출은 철저하게 통제되었다. 그리 하루가 멀다 하고 설을 찾았던 한서제가 발을 끊은 지도 한 달이 되었다.

오직 어의(御醫) 공손책만이 부지런히 설의 용태를 살피고 있었다. 그러나 설의 상태는 그리 좋지 않았다. 부러질 듯한 설의 몸매가 더 앙상해졌다. 몸의 문제가 아니라 마음의 문제인 듯싶었다. 위화의 채근에 설이 안으로 들어왔다. 그런 설에게 위화가 말리화차(茉莉花茶)를 내어놓았다.

"차의 향기가 아주 좋습니다."

위화의 말에 설이 고요히 미소 지었다. 그러나 그 미소가 너무나 아릿하였다. 설은 늦은 오후 한서제와 나누었던 차 한잔을 떠올렸다. 한서제의 향기로 황홀했던 날이었다. 그렇게 온기를 나누었던 날이 마치 전생의 기억처럼 아스라했다. 지금 한서제는 무엇을 하고 있는지 피곤한 정무에서 벗어나 가끔 차 한잔을 할 시간은 있는 것인지 설은 궁금했다. 설이 막 찻잔을 들 무렵 건장궁에는 반가운 손님이 들었다.

"마마, 위청 대장군께서 드시었습니다."

봄이 되어 다시 장안으로 복귀한 위청이 종종 건장궁에 들러 이런저런 이야기를 전해주었다. 호연제가 묵돌에게 무사히 당도하였다는 소식도 위청이 전해주었다. 설은 호연제를 생각할 때마다 심장이 쓰렸다. 어린 주군이 어떤 심정으로 자신을 내친 것인지 이제야 이해할 수 있었다. 그러나 그런 호연제의 애틋한 소원에도 불구하고 설은 이궁에 유폐나 다름없는 생활을 하고 있었다. 가끔 지나가는 위청의 말에서 한서제에 대해 작은 소식을 듣는 것이 설에게는 유일한 위안이었다.

　방 안으로 들어서던 위청은 설의 모습을 보고 깜짝 놀라고 말았다. 하루가 다르게 스러지는 꽃처럼 파리해지는 설이 안타까웠다. 하얀 얼굴에 오직 큰 눈망울만 보였다. 위청은 창백한 설과 한서제를 떠올리며 이 무슨 변고인지 혀를 찼다. 어젯밤 한서제는 예전처럼 객잔을 찾아 술을 마셨다. 족히 반 시진을 아무런 말 없이 술을 들이켜던 모습은 예전에 설을 찾지 못해 애태워하는 모습과 같았다. 그러나 위청은 한서제의 심장이 크게 멍이 들었음을 알았다. 설을 이궁에 유폐하다시피 하고서 계속 그리워하는 것이었다. 술에 취한 한서제를 침상에 눕히며, 그 곁에 떨어져 있는 죽간을 보았다. 아무래도 한서제가 설을 생각하며 쓴 듯한 부(賦)였다.

　　그대인가, 아닌가?
　　내 우두커니 그대를 바라보니
　　어이해 이다지도 하늘하늘 더디게 오시는가? *

　처절할 정도로 슬픈 부였다. 그렇게 설을 그리워하면서 황후 간택령을 내린 한서제를 위청은 애잔하게 바라보았다. 위청이 보기에 한서제는 황후 책봉에 전혀 관심이 없었다. 누가 황후가 되든

---
* 한무제, 李夫人歌 일부 변용

상관이 없어 보였다. 그저 마음을 어지럽히는 설을 잊고자 하는 처절한 몸부림이었다. 한서제의 무관심에도 황후 간택은 승상 설택의 주도로 신속하게 진행되고 있었다. 드디어 내일이면 최종 단계에 오른 세 명의 규수가 모후인 서희와 한서제를 만나게 된다. 그중 한 명은 황제와 더불어 상천(上天)의 명령을 인간에게 중재하는 대변자인 황후에 오르는 것이었다. 나머지 두 명 또한 부인(夫人)의 직첩을 받게 된다. 이 사실을 알게 되면 설의 심정이 어떠할지 너무나 걱정이 되는 위청이었다.

"어찌 지내셨습니까?"

위청이 오라버니와 같이 다정한 음성으로 안부를 물었다. 생각해 보면 참으로 얄궂은 운명의 여인이었다. 한족임에도 불구하고 흉노인의 틈에서 자랐고, 여인임에도 불구하고 남복을 하고 검을 들었다. 그 삶이 힘들고 어렵기만 했을 거라 생각하니 가여운 생각이 들었다.

"덕분에 잘 지내고 있습니다."

설의 목소리에 힘이 하나도 없었다.

"식사는 잘하고 계신 것이오?"

위청이 곁에 선 위화에게 물었다. 위청의 질문에 위화가 가볍게 한숨을 쉬었다. 말하지 않아도 설이 어떤 상태일지 충분히 상상이 되었다. 위청의 질문에 위화가 속이 상한 음성으로 대답했다.

"그것이, 입덧으로 거의 음식을 드시지 못하고 계십니다."

위화의 답변에 위청이 근심스런 얼굴로 설을 바라보았다.

"마마, 뱃속의 애기씨를 생각해서라도 옥체 보중하소서!"

위청의 말에 설이 조심스레 자신의 배를 두 손으로 감쌌다. 지금 설에게 유일하게 남은 것이 바로 이 아이였다. 오지 않을 건을 그리워하며 잠 못 드는 밤, 오직 아기만이 설을 위로했다. 문득 앉은 채로 졸다 보면 곁에 건이 있는 듯했다. 그러나 잠이 깨면 그의 모습은 온데간데없었다. 짧은 봄밤이 이다지도 긴지 설은 한숨지었다.

"예, 그리하겠습니다. 그런데 이번에 대장군에 임명되시었다고요? 감축드립니다."

위청이 살짝 고개를 숙였다. 흉노 정벌의 공을 인정받아 위청이 대장군에 승격한 것이었다. 그러나 축하의 말을 건네는 설의 얼굴이 씁쓸했다. 위청이야 본인의 임무를 수행한 것이지만 설과 호연제를 생각하면 마음이 짠해졌다. 어린 호연제가 굳이 설을 이곳에 두고 떠나야 했던 심정이 이해가 되었다. 어린 공자를 아꼈던 위청이라 못내 안타까웠다.

"그나저나 궁을 둘러싼 매화가 참 곱습니다."

위청이 심상하게 말을 건넸다. 두 사람의 관계가 한겨울처럼 얼어붙었다 하나, 시간은 무심히 흘러 봄은 왔다. 인간사와는 상관없이 때가 되면 꽃은 피어나는 것이었다. 그런 계절의 변화처럼 사람에 대한 마음은 자연스레 흐르는 것일 게다. 무심한 듯 위청은 한서제의 안부를 설에게 전했다.

"어제는 폐하께서 밤늦으시도록 술을 드시더니 아침에는 떨어지는 매화가 꼭 내리는 눈 같다 하시지 않으시겠습니까?"

위청이 농으로 이야기를 했으나 설의 표정이 가라앉았다. 계속
술만 마시고 있는 한서제를 걱정하는 것이리라. 위청은 서로를 그
리워하면서도 이렇게 떨어져 있는 두 사람을 생각하니 답답하기
그지없었다. 무인인 위청은 감정 표현이 담백했다. 은애하면 은애
한다 왜 솔직하지 못한 것인지 못마땅했다. 무심한 듯 항상 위청
에게 건장궁의 상황을 묻는 한서제였다. 위청은 설을 방문하는 자
신을 묵인하는 한서제에게 오늘은 어떤 말을 해줄지 생각에 잠겼
다. 답답한 두 사람을 보고 있자니 속에 부아가 치미는 것 같아 위
청은 자리에서 일어섰다.

"그럼 저는 이만 물러가겠습니다. 마마, 강령하시옵소서."

인사를 하고 물러나는 위청에게 설이 당부했다.

"내일도 들러서 세상 사는 이야기 전해주십시오."

"그것이 내일은 황후마마의 최종 간택일이라 어려울 듯싶습니
다."

위청은 순간 아차 했다. 설의 얼굴에서 핏기가 가셨다. 동시에
설의 손에서 떨어진 찻잔이 바닥에 떨어져 깨어지는 불길한 소리
가 건장궁을 채웠다.

설은 멍하니 바닥에 떨어지는 잔을 바라보았다. 아름답게 빚어
진 귀한 잔이었다. 그러나 '그 귀한 잔도 깨어지면 쓸모가 없구나'
라고 설은 냉소했다. 바닥에 잔이 떨어지는 그 찰나의 순간이 영
원처럼 느껴졌다. 바닥에 떨어져 깨진 잔의 파편이 주변으로 흩어

졌다. 그것은 느린 움직임으로 설의 동공에 박혀 파편 하나하나를 볼 수 있었다. 마치 부서지고 있는 것은 설의 마음인 듯, 깨어지는 잔처럼 설의 마음도 산산이 부서지고 있었다. 끝없는 광야에서 스산한 삭풍을 맞이한 듯 추웠다. 깨어진 마음이 모래처럼 흩어졌다. 시린 마음은 눈물조차 흘리지 못했다. 그저 끝없는 암흑 속으로 추락했다.

한서제가 황후를 맞이한다!

그 단 하나의 사실만이 설의 머리를 채웠다. 한서제의 곁에 다른 여인이 있을 수 있다는 생각을 미처 하지 못했다. 한 나라의 황제인 그의 옆자리를 계속 비워둘 수는 없는 일이었다. 알고 있었음에도 불구하고 현실은 고통스러웠다. 무사이기를 선택한 것은 자신이었다. 주군을 지키기 위해서 목숨을 걸었다. 그러나 차가운 검과 서늘한 옷자락만이 설의 전부는 아니었다. 살기 위해선 목숨을 걸어야 했다. 검을 든 자만이 지킬 수 있는 맹세를 지키고자 했다. 몸 안의 피가 모두 사라져 한 방울도 남지 않을 때까지 그 약속을 지킬 것이었다. 그래서 한서제의 애원을 거부했다. 그에게 먼저 등을 돌린 것은 항상 자신이었다.

그런데 그렇게 자신의 등만 바라보던 한서제가 드디어 손을 놓아버린 모양이었다. 설은 자신의 몸 안에서 모든 피가 빠져나가는 것 같았다. 설은 붉게 물들어오는 자신의 치맛자락을 멍하니 바라보았다. 그러나 생각은 거기까지였다. 설은 귓속에서 빠르게 흐르는 혈류 소리를 들으며 정신을 잃었다.

설이 하혈을 하며 쓰러지자 위청과 위화의 얼굴이 새하얗게 질렸다.

"마마!"

위화의 비명 소리만이 방 안을 가득 채웠다.

하얀 매화 꽃잎이 달빛을 받아 눈처럼 휘날렸다. 긴 그림자를 드리우며 장신의 남자가 건장궁 앞에 서 있었다. 궁 정문으로 향하려던 걸음이 멈칫하다가 다시 돌아섰다. 몇 보를 되돌아 걸어가던 남자가 다시 몸을 휙 돌려 궁 앞으로 돌아왔다. 궁 앞으로 다가서자 군사들이 길을 막아섰다. 순식간에 어둠 속에서 호위무사들이 모습을 드러냈다. 황제를 지근거리에서 호위하는 무사들의 모습을 확인하자 군사들이 검을 내렸다. 한서제는 도착을 고하고자하는 군사를 가볍게 저지하였다. 건장궁의 문이 소리 없이 열렸다.

안으로 들어서자 내부가 기이할 정도로 조용했다. 마치 아무도 기거하지 않는 듯 기분 나쁜 적막함에 한서제가 고개를 흔들었다. 내실로 향하는 한서제의 발걸음이 빨라졌다. 얼음같이 차가운 손이 그의 심장을 움켜쥔 기분이었다. 호흡이 가빠지고 그저 설을 만나야 한다는 생각뿐이었다.

기실 한서제는 뭔지 모를 불안감에 저녁을 먹을 수 없었다. 음식을 물리고 물을 마시려던 한서제는 핏빛처럼 붉게 보이는 물을 보고 그만 잔을 떨어뜨리고 말았다. 공연히 기분이 나빠진 한서제가 붓을 들어 부(賦)라도 쓰려 하자 갑자기 붓이 부러졌다. 그래서 창밖에 흩날리는 매화 꽃잎을 보다 갑자기 건장궁으로 걸음을 옮긴 참이었다.

"마마!"

위화의 새된 비명이 방문 밖으로 흘러나오자 한서제의 걸음이 빨라졌다. 설명할 수 없는 식은땀이 솟아났다. 득달같이 방문으로 열고 안으로 들어섰다. 비릿한 혈향이 한서제의 코를 자극하였다. 한서제의 시선이 머문 곳에는 설이 있었다. 설에게 다가서는 그 몇 보가 천 리처럼 멀었다. 한서제의 눈에는 쓰러진 설만이 보였다. 위화의 품에 안겨 정신을 잃은 설을 한서제가 빼앗듯이 끌어 안았다. 갑작스런 한서제의 등장에 놀란 위화와 위청이 뭐라 인사를 할 사이도 없었다.

한서제는 그저 설을 가슴에 안았다. 근 한 달 만에 만난 설의 얼굴이 형편없이 창백했다. 그 모든 불면의 밤이 이리 부질이 없었다. 그녀를 잊기 위해 했던 그 모든 것들이 그녀를 보는 순간 의미를 잃었다. 그저 설이 자신의 품 안에 있다는 그 사실만이 중요했다. 잠시라도 그녀를 놓치면 날아가기라도 할 것 같아 한서제는 설을 꼭 끌어안았다.

그제야 한서제는 제대로 숨이 쉬어졌다. 한서제는 설이 느꼈을 고통에 마음이 저렸다. 한서제는 그녀가 상처받았다는 생각에 더욱 아팠다. 아무리 그녀 때문에 아파도, 그 고통을 자신이 오롯이 견디는 편이 나았다. 그녀가 아프니 한서제는 숨을 쉴 수도 없었다. 숨을 쉬기 위해서는, 자신이 살기 위해서는 설이 필요했다.

"어의를 부르라."

너무나 낮은 한서제의 음성이었다. 한서제의 심장이 공포로 차가워졌다. 그녀를 잃을 수도 있다는 가능성이 이렇게 한서제를 두렵게 만들었다. 설이 남자라고 생각했을 때에도 그저 그녀가 옆에서 존재한다는 것만으로도 충분했다. 자신을 바라보지 않더라도 그녀가 자신의 곁에 있다는 것이 전부였다. 한서제는 사랑스런 여인을 그저 안고 재우는 것처럼 그렇게 가만히 떨어지는 매화만을 바라보았다.

매화가 눈처럼 내리던 날, 그렇게 설과 한서제는 아이를 잃었다. 은애하는 마음을 숨겨야만 하는 이들은 서로의 심장에 생채기를 남겼다. 그 상처는 고스란히 짙푸른 멍이 되어 문신처럼 설과 한서제의 가슴에 새겨졌다.

황후 간택은 무기한 연기되었다. 급작스런 연기 소식에 장안이 들썩였다. 황후 간택을 서두르라는 상소가 빗발쳤다. 아무리 황제라 할지라도 최종 후보까지 정해진 마당에 사유도 없이 무작정 연기할 수만은 없었다. 그러나 한서제는 묵묵부답이었다. 결국 이를 보다 못한 평양공주가 한서제를 찾아왔다. 건장궁에서 며칠이 지나도 나올 생각을 하지 않는 한서제를 만나보기 위해서였다. 한서제를 걱정하는 어머니의 성화로 평양공주가 발걸음을 한 것이었다. 사실 건장궁은 평양공주의 별장으로 그녀가 한서제에게 헌상한 건물이었다.

"폐하, 평양공주 마마 드셨습니다."

내실로 들어서던 평양공주는 한서제의 모습에 깜짝 놀라고 말았다. 한서제가 침상 옆에 우두커니 앉아 있었다. 표정이 없고 속을 알 수 없던 동생이었다. 어린 나이에 보위에 오르고 나자 그 무게감이 더해져 거의 아들 같은 동생임에도 불구하고 함부로 대할 수 없었던 한서제였다. 그런 그가 행여나 놓칠세라 여인의 손을 꽉 잡고 있었다.

"으흠."

평양공주가 헛기침을 하자 한서제가 고개를 들었다.

"오셨습니까, 누님."

장녀인 평양공주와 한서제와는 거의 십이 년이나 나이 차이가 났다. 그래서인지 한서제는 누나인 평양공주를 마치 어머니처럼 살갑게 대했다. 한서제의 목소리는 평소와 다름없이 침착했으나 평양공주는 한서제의 얼굴에 서린 근심을 보자 마음이 짠해졌다.

"황상, 어떻게 지내셨습니까?"

평양공주의 말에 한서제가 고개를 끄덕였다.

"괜찮습니다."

"전혀 괜찮아 보이지 않습니다. 지금 황상의 모습을 좀 보세요."

걱정스런 마음에 핀잔 투의 말이 나가고 말았다.

"걱정하지 않으셔도 됩니다."

"그녀 때문입니까? 황후 간택을 무기한 연기한 사유가?"

평양공주의 질문에 한서제는 대답하지 않았다. 그러나 평양공주는 한눈에 알 수 있었다. 한서제의 마음속에 여인이 만든 집의 크기를, 그것은 한서제일지라도 함부로 몰아낼 수 없는 것이었다. 그 마음을 겪어본 평양공주는 더 이상 질문하지 않았다. 평양공주는 침상에 누워 있는 여인을 바라보았다. 얼굴을 둘러싼 까만 머리채 때문에 창백한 얼굴이 눈처럼 희었다.

'이름이 설(雪)이라 했던가? 저자의 소문대로 눈꽃이 한서제 마음속에 피었군!'

평양공주는 속으로 중얼거렸다. 찬찬히 설의 얼굴을 관찰하던 평양공주는 멈칫했다. 그녀의 얼굴이 너무나 낯익었기 때문이었다. 예전 자신 대신 흉노족에게 보내졌던 친구의 얼굴이 떠올랐다. 그리고 그만큼 그리운 이의 얼굴도 보였다. 세월을 거슬러 다시 마주한 기억에 평양공주가 흠칫했다.

자세히 그녀의 얼굴을 보려 가까이 다가서자 그녀의 목에 걸린 옥패가 눈에 들어왔다. 연꽃 모양이 새겨진 옥패가 너무나 낯이 익었다. 흔하디흔한 것이 옥패였으나 저 옥패는 그렇지 않았다. 은애하는 두 정인이 약속하며 나누었던 이 세상에 단 한 쌍밖에 없는 옥패였다. 그 마음을 가지고 싶어 그 옥패를 원했던 평양공주는 한눈에 알아보았다.

"이럴 수가!"

평양공주의 외침에 한서제가 묻는 듯한 표정으로 그녀를 바라보았다. 얼른 정신을 수습한 평양공주였다.

"그녀의 나이가 올 해 몇입니까?"

뜬금없는 질문에 한서제의 눈썹이 위로 올라갔다. 그러나 쓸데없는 질문은 하지 않는 누님이라 한서제는 순순히 대답하였다.

"열아홉입니다."

평양공주의 손바닥이 땀으로 흥건했다. 그제야 얼마 전 승상 설택이 찾아왔었던 일이 기억났다. 뜬금없이 연영(淵影)에 대한 기억을 묻기에 기이하게 생각했었다.

"어서 미앙궁으로 복귀하도록 하세요!"

한서제에게 당부하며 평양공주는 화급하게 방을 떠나갔다. 그녀의 마음이 다급해졌다. 연영, 그녀가 당시 아이를 임신하고 있었던 것인지, 그 가능성에 평양공주의 심장이 두근거리기 시작했다.

'그 몸으로 초원으로 향했었다니……'

평양공주는 아득해졌다. 이후 연영의 정인 또한 황제의 명으로 서역으로 떠났다. 한꺼번에 은애하는 이와 친구를 잃었던 기억에 공주의 마음이 따끔해졌다. 그런데 지금 그들의 아이일지도 모를 아이가 한서제의 곁에 있었다. 근 이십여 년 전의 과거를 떠올리며 평양공주의 걸음이 빨라졌다.

13. 월계화月季花, 피어나다

매화가 만개하던 삼월이 가고, 신록이 푸르러지는 5월 초순이었다. 한 달이 지나자 설의 몸은 회복되었다. 그러나 아이를 잃은 생채기가 설의 마음속에 깊이 새겨졌다. 한서제는 그런 설의 곁을 묵묵히 지켰다. 한서제는 건장궁에 머물며 정무를 보고 있었다.

승상 설택과 어사대부인 공손홍 등 고위 대신들이 하나같이 건장궁으로 한서제를 찾아왔다. 건장궁은 미앙궁보다 규모도 작고 아무래도 장안성 동남쪽 외곽에 위치한 궁이라 보안이 취약했다. 하여 대소신료들이 계속 본 궁으로 복귀할 것을 주청하였으나 한서제는 받아들이지 않았다. 설이 미앙궁에 있던 미단궁보다는 이곳을 좀 더 편안해했기 때문이었다. 궁원(宮園)으로 지어졌던 터라, 내부 분위기가 다소 가벼웠고, 아름다운 후원도 있었다. 설도 요즘은 가끔 오후에 햇살이 좋을 때면 가볍게 후원을 산책하고는 했다. 그 모습을 먼발치에서라도 보는 것이 한서제의 유일한 낙이 었다.

한서제는 상처 입은 설에게 조금씩 다가서려고 노력하고 있었다. 아이를 잃고 상심한 설을 바라보는 것이 너무 고통스러웠다. 한서제 또한 미처 태어나지 못하고 하늘나라로 가버린 아이를 생각하면 마음이 쓰렸다. 하지만 그래도 설이 자신의 곁에 있다는 것에 더욱 안도하고 마는 한서제였다.

한서제는 오전 내내 정무에 시달리다 보니 머리가 지끈거리는 기분이었다. 잠깐 바람이라도 쐬고자 후원에 나섰다. 5월의 바람이 상쾌했다. 한서제는 모든 사람을 물리치고 홀로 후원을 걸었다. 저도 모르게 한서제의 발걸음이 후원 안에 위치한 정간루(井幹樓)로 향했다. 정간루는 건장궁 내에서 가장 높은 곳이다. 종종 설이 그곳에 서서 아스라한 눈으로 북쪽을 바라보곤 했다. 정간루에 도착하였을 때 한서제는 작은 그림자를 발견하고는 걸음을 멈칫했다. 설이었다. 주변에는 아무도 없이 그녀 역시 혼자였다. 또 하염없이 북쪽을 바라보고 있는 그녀였다.

"초원을 생각하는 게요?"

갑작스런 목소리에 놀란 설이 한서제를 바라보았다. 근 한 달만에 제대로 바라보는 설의 얼굴이었다. 까칠하게 상한 얼굴에 마음이 쓰렸다. 그래도 다행히 그녀가 자신을 피하지 않아 한서제는 안심했다. 설은 다시 고개를 돌려 먼 산을 바라보았다.

"봄바람이 상쾌하다 생각하고 있었습니다."

한서제는 평범한 설의 대답이 기뻤다. 살며시 그녀 곁에 섰다. 얼굴에 불어오는 바람이 달콤했다. 그리고 설에서 풍겨오는 달콤한 체향이 향긋했다. 그녀 곁에 서자 한서제의 심장이 짝사랑하는 여인 곁에 선 소년처럼 두근거렸다. 한서제와 설은 근 일각(15분) 동안 아무런 말도 하지 않았다. 그저 같은 공간에 같은 곳을 바라보고 있는 것만으로도 충분했다. 그렇게 달콤한 침묵을 먼저 깨뜨린 것은 설이었다.

"폐하!"

설의 부름에 한서제가 설을 바라보았다. 설의 입술이 뭔가를 묻고 싶은 듯 달싹거렸다. 그 입술을 자신의 입술에 머금고 싶어졌다. 달콤한 그녀의 입술이 미치도록 그리웠다.

"저를 묵돌 어르신께 보내주실 수는 없으신지요?"

설의 말에 한서제의 심장이 내려앉았다. 또 떠나갈 생각뿐인 것인지? 잡히지 않는 설의 마음이 야속했다.

"왜? 이제 호연제는 더 이상 자네의 주군이 아닐 터인데?"

마음과는 달리 날카로운 대답이 나가자 한서제는 혀를 깨물고 싶었다. 왜 이리 설 앞에만 서면 철없는 아이처럼 서투른 것인지, 한서제는 고개를 저었다.

"그것이……."

설이 말을 잇지 못하고 망설였다. 그러나 이내 결심한 듯 고개를 들어 한서제의 두 눈을 똑바로 바라보았다. 그 눈에 깃든 열기가 아름다웠다.

"황후가 책봉되시오면, 제가 폐하 옆에 있는 것이 도리가 아니지 않겠습니까?"

설의 음성이 떨렸다. 그동안 미치도록 묻고 싶었다. 한서제가 밤마다 자신이 잠이 들면 살며시 다녀가는 것을 알고 있었다. 그저 묵묵히 침상 옆에 있는 작은 의자에 앉아 물끄러미 설을 바라만 보는 그였다. 그렇게 다정하게 매번 바라만 보면서 왜 밝은 낮에 자신을 찾지 않는 것인지 설은 한서제가 야속했다. 게다가 황후를 책봉한다 하더니 어찌 매일 건장궁에 머무는 것인지 설은 궁금했다. 매일 새는 밤이 어찌나 더딘지, 하룻밤이 일 년이라도 되는 듯싶었다. 가슴속 답답함을 참아낼 길 없었다.

오늘 아무렇지도 않은 한서제의 얼굴을 바라보자 설은 그동안 꾹꾹 담아두었던 서러움을 참을 수가 없었다. 그래서 한서제에게 저를 보내달라 투정을 한 것이었다. 그러나 그가 아무런 답도 하지 않고 자신을 바라보기만 하자 설은 두려워졌다. 설은 한서제가 정말로 가라고 말해 버릴 것 같아 두려워졌다. 그렇게 한참을 대답 없는 침묵을 견디기가 점점 어려워졌다. 설이 더 이상 참을 수 없다고 생각한 순간이었다.

"그대가 내 곁에 있는 것은 아무런 문제가 되지 않는다!"

한서제의 무뚝뚝한 답에 설의 심장이 다시 급하게 두근거렸다.

그게 무슨 말인 것인지, 당분간 연기되었다는 의미인지, 설은 알 수가 없었다. 그러자 한서제가 형형한 두 눈을 설의 시선에 맞추고는 다짐하듯 말했다.

"황후는 책봉하지 않는다!"

한서제의 답에 설의 긴장이 풀려 다리가 푹 꺾어졌다. 바닥에 머리를 부딪힐 거라 생각한 순간 한서제의 굵은 팔이 설을 가볍게 안아 올려 그의 가슴에 끌어안았다.

"그대가 내 맘에 가득 차서 다른 여인을 곁에 둘 여지가 없구나."

"폐하!"

한서제의 대답에 설은 비어져 나오는 흐느낌을 참을 수 없었다. 한서제의 달콤한 그 말만이 설의 머릿속을 채웠다. 그리고 자신을 강하게 안아주는 한서제의 팔의 감촉만이 선명했다. 그가 자신을 조금 더 강하게 안아주었으면 했다. 그의 곁에서 떠날 수 없도록 그가 자신을 꽉 붙들어주었으면 했다. 사호에서처럼 그의 곁에 머무르라고, 자신이 보호해 주겠다고 그렇게 자신을 붙잡아주었으면 싶었다.

그리고 제발 자신의 손을 놓지 말아달라고 애원하고 싶었다. 이제 설은 그의 손을 놓기가 두려워졌다. 한서제 또한 어느새 자신의 전부가 되어버렸다. 한서제 앞에서 설은 이제 온전히 그만의 여인이고 싶었다.

설의 눈에서 차오른 눈물이 한서제의 가슴을 적셨다. 자신의 품

안에 그녀를 끌어안자 그 모든 고민이 한꺼번에 사라졌다. 그녀가
곁에 있었다. 그것만이 중요했다.

"그것이 궁금했느냐?"

다정한 한서제의 물음에 설의 울음이 격해졌다. 한서제는 그녀
를 위로하듯 그녀의 등을 부드럽게 쓰다듬었다. 품 안에 있던 설
이 갑자기 고개를 들더니 한서제의 목에 팔을 감았다. 그리고는
사호에서처럼 까치발을 하더니 강하게 입술을 부딪혀 왔다. 한서
제는 달콤한 그녀의 입술을 기쁘게 맞이하였다. 거칠게 그녀의 입
술을 탐했다. 그녀가 그의 입술 사이로 혀를 힘차게 밀어 넣었다.
한서제는 자신의 입안으로 들어온 설의 말캉한 혀에 자신의 혀를
열심히 비볐다. 서로의 호흡이 달떴다. 설이 호흡이 딸려 헐떡이
자 간신히 한서제는 입술을 뗐다. 그녀의 달뜬 얼굴이 너무나
아름다웠다. 한서제가 다시 급하게 설의 머리에 두 손을 찔러 넣
고는 다시 그녀의 입안을 휘저었다. 자신에게 먼저 입맞춤해 온
설을 다시 놓을 수는 없었다.

설의 입술을 탐하던 그의 입술이 설의 귓불을 물었다. 곧 한서
제는 두꺼운 혀를 설의 귓속으로 밀어 넣었다. 그리고 저도 모르
게 한서제의 손은 아름답게 부풀어 오른 설의 가슴을 탐했다. 나
긋나긋하게 몸을 겹쳐 오는 설이 미치도록 아름다웠다. 한서제는
욕망을 참지 못하고 설을 기둥에 밀어붙였다. 그리고 입을 맞추며
설의 옷자락 사이로 손을 집어넣었다. 너무나 부드러운 설의 살결
이 손가락에 달라붙듯이 착 감겨왔다. 어느새 설의 곡거심의(曲裾

深衣)가 어깨에서 반쯤 벗겨졌다. 한서제는 고개를 내려 그녀의 수밀도와 같이 달콤한 가슴을 한입에 머금었다. 벌써 근 두어 달을 그녀를 만지지 못했다. 그래서인지 너무나 빠르게 욕망에 불이 붙었다. 미칠 듯한 이 열기를 어찌할 수가 없었다.

옷자락 사이로 모양을 드러낸 그녀의 가슴을 다른 한쪽으로 다소 거칠게 만졌다. 그녀가 고통스러운 듯이 신음을 흘렸다. 한서제의 혀에 설의 유실이 타액으로 흥건하게 젖어들었다. 한서제는 다른 손을 내려 급하게 설의 치맛자락을 위로 끌어 올렸다. 설의 부드러운 허벅지를 쓰다듬던 그의 손이 속곳 사이를 헤치고 설의 비부를 파고들었다. 그녀의 하얀 얼굴이 붉게 상기되어 너무나 아름다웠다. 설의 비부를 부드럽게 쓰다듬자 이미 흥건하게 젖은 꽃잎이 파르르 떨리는 것이 한서제의 손에 고스란히 느껴졌다. 설의 작고 귀여운 유실을 살짝 이로 깨물자 설의 신음이 깊어졌다.

"아항……."

살짝 설의 몸이 굳어지는 것이 느껴졌다. 수줍어하면서 또다시 예전처럼 거부하는 것 같아 한서제가 살짝 긴장했다. 그러나 곧 그녀가 수줍게 꺼져 갈 듯한 작은 목소리로 속삭인 말에 한서제의 이성은 저만치 달아났다.

"폐하, 조금 더…… 저를…… 항…… 강하게 안아주세요!"

그녀의 목소리가 열정으로 가득 차 있었다. 그녀의 목소리가 주술처럼 한서제를 옭아매었다. 여기서 이 상태로 그녀를 안을 생각은 없었다. 아직 유산의 충격에서 회복되지 않았을까 걱정이 되었다. 단지 아름답게 피어나는 그녀를 만지고 싶었다. 설은 꽃과 같아서 부드럽게 다루어야 했다.

"괜찮…… 겠어?"

설의 몸이 걱정된 한서제의 질문에 설이 그의 목을 끌어안고는 몸을 밀착해 왔다.

"괜찮아요. 폐하 마음대로 저를 안아주세요!"

더 이상은 버틸 수가 없었다. 한서제는 여기가 외부라는 사실도 더 이상은 생각할 수 없었다. 그녀 안으로 들어가고 싶은 열망이 그를 휘감았다. 한서제는 부드럽게 설의 꽃잎을 아래에서 위로 덧그리며 쾌락의 중심인 붉은 진주를 강하게 문질렀다. 그리고는 벌어진 꽃잎 사이로 자신의 중지를 밀어 넣었다. 설이 몸을 강하게 비틀었다. 한서제의 입술은 그녀의 가슴을 희롱하고 있었다. 아직 설은 미처 준비가 되지 않았으나 더 이상은 참을 수가 없었다. 비틀거리는 설의 몸에 팔을 두르고는 등을 기둥에 밀어붙였다. 그리고 설의 가느다란 한쪽 다리를 들어 올렸다. 무리한 자세에 설이 살짝 비명을 질렀다.

"꺄악…… 폐하!!"

한서제는 급하게 자신의 고(바지)를 내려 그의 분신을 꺼내었다. 그리고 촉촉하게 젖어 자신을 유혹하는 설의 비부에 자신의 욕망을 가져다 대었다. 설의 눈동자가 커지고 눈가가 촉촉하게 젖어들었다. 그런 설의 눈을 보며 한서제는 자신의 분신을 강하게 설의 꽃잎 사이로 밀어 넣었다. 젖어 있기는 했지만 아직 설의 입구는 다소 빡빡했다. 한서제는 설의 나머지 다리도 들어 올려 자신의 허리를 감게 했다. 기둥과 한서제 사이에 끼어 몸이 떠버린 설이 강하게 한서제의 목을 끌어안았다.

"하앙······ 폐하······."

익숙하지 않은 자세가 두려웠는지 설이 흐느꼈다. 그러나 한서제는 그녀 안으로 더욱 다가가고 싶어 그녀의 가느다란 허리를 자신 쪽으로 강하게 끌어당겼다. 불안정한 자세에 설이 크게 신음하며 한서제에게 달라붙었다. 그녀에게 더욱 강하게 자신의 허리를 밀어붙였다. 촉촉하게 젖은 그녀의 눈꺼풀에, 오뚝한 코에, 달콤한 교성을 내뿜는 입술에 무차별적으로 입맞춤했다. 설이 풍만한 가슴을 흔들며 자신의 품 안에서 관능적으로 몸부림쳤다. 그녀의 하얀 가슴이 너무나 색정적이었다. 한서제의 허리 움직임이 한층 더 격렬해졌다. 한서제는 설을 자신의 것으로 만들고 있다는 생각에, 설은 그가 자신을 그의 것으로 만들고 있다는 생각에 흥분했다.

설이 한서제의 목을 끌어안고는 열정적으로 입맞춤했다. 마치 오늘이 마지막이라도 되는 것처럼 설이 자신의 열정을 먼저 그에게 표현하고 있었다. 그에게 닿고 싶었다. 지금 이 순간 오직 이 세상에는 한서제만이 존재했다. 그의 서늘한 옷자락이 가슴에 스쳐 유실이 꼿꼿하게 솟아올랐다. 너무나 강한 몸 안의 열기가 그를 원하고 있었다. 자신의 비부를 들락거리는 그의 강한 분신에 설의 온몸에 강한 희열이 흘렀다. 정수리에서 발끝까지 온통 그로 가득했다. 그의 강한 허리짓이 자신을 원하는 그의 마음인 것 같아 설은 달아올랐다. 그를 자신의 몸 안에 가득 담고 싶었다. 강해지던 한서제의 허리짓의 속도가 설이 미처 따라가지 못할 만큼 빨라졌다. 설의 눈앞에서 하얀 불꽃이 터졌다. 격렬한 움직임을 계속하던 한서제가 이내 절정에 달한 듯 설의 몸 안에 세찬 물보라를 뿜어내었다.

설이 가느다랗게 흐느꼈다. 설의 온몸이 여전히 움찔움찔 떨려왔다. 한서제가 절정에 달한 분신을 꺼내자 예민해진 설이 부르르 몸을 떨었다. 한서제가 거친 숨을 몰아쉬며 바닥으로 쓰러져 내리는 설을 부드럽게 안아 들었다. 한서제는 바깥이라는 것도 있고 설을 안아버린 자신에게 놀랐다. 하지만 설이 먼저 입맞춤을 해오자 방으로 가야 하는 그 시간조차 도저히 참을 수가 없었다.

설이 바람에 몸이 찬 듯 몸을 떨었다. 한서제는 얼른 자신의 장포를 벗어 설의 벗은 몸을 감쌌다. 그리고 대충 자신의 몸을 수습하고는 설을 바싹 안아 올렸다. 아기처럼 자신의 어깨에 머리를 기대오는 설이 너무나 사랑스러웠다. 일단 해소되었던 한서제의 열정이 다시금 피어올랐다. 한서제는 빠른 걸음으로 자신의 방으로 발걸음을 옮겼다. 그리고 한서제는 설이 눈물을 흘리며 그만해 달라고 애원할 때까지 달콤한 쾌락을 끊임없이 선사했다.

이후 건장궁에는 훈풍이 불었다. 그것은 한서제의 분위기가 달라졌기 때문이었다. 예전과 다름없이 정무에 힘쓰는 한서제였고 행동이나 말투가 바뀌거나 한 점은 없었다. 그러나 행복한 범부의 모습처럼 부드러운 분위기가 그를 감싸고 있었다. 냉정하게만 보였던 한서제의 그런 모습이 낯설면서도 궁인들은 그 모습이 반가웠다.

그러나 여전히 미앙궁으로 거처를 옮기지 않고 건장궁에 머무는 것을 우려하는 목소리가 커졌다. 최근 흉노 쪽에서의 불온한 움직임이 감지되고 있었기 때문이었다. 다시 좌현왕의 움직임이 빨라졌다. 무리를 이끌고 다시 장성을 넘어오고 있었다. 또한 우현왕 역시 내부 결속을 위해서인지 다시금 은밀하게 살수들을 움직이고 있다는 것이었다. 일단 드러난 행동으로는 좌현왕에 대한 대응이 급했다. 하여 다시 위청이 급하게 북쪽 초원으로 파견되었다.

타닥, 타닥!
사위가 쥐 죽은 듯이 고요한 밤이었다. 건장궁의 후원 한 켠에서는 때아닌 불빛이 솟아올랐다. 벌써 오월 중순이라 하나 밤에는 서늘한 냉기에 몸이 움츠러들었다. 건장궁 내에 위치한 태액지(太液池)는 달빛이 내려 은빛으로 반짝였다.

태액지를 바라보며 하염없이 서 있는 여인의 모습이 보름달에 비쳐 신비롭게 보였다. 그녀가 입고 있는 하얀색 대수삼이 달빛을 받아 천상의 것처럼 하늘하늘해 보였다. 그녀의 까만 머리채가 까맣다 못해 짙푸르게 보였다. 달빛이 부드럽게 여인의 오뚝한 콧날을 쓰다듬고 있었다. 그리고 오월의 봄바람이 여인의 붉은 입술을 애무하였다. 그러나 천상에서 내려온 듯 가냘픈 여인의 오른손에는 어울리지 않게 검이 들려 있었다.

검을 쥔 설의 손이 떨렸다. 그리고 태액지를 바라보는 그녀의 긴 속눈썹이 은빛으로 반짝였다. 한참을 그렇게 깊이를 알 수 없는 태액지를 바라보던 설이 검을 들어 올렸다. 조용히 검을 빼는 그녀의 손길이 단호했다. 검이 달빛을 받아 차갑게 반짝였다. 그 선뜩한 은빛이 설의 가슴속을 파고들었다. 달빛에 비친 설의 표정이 처연했다.

설이 검을 들어 올렸다. 나비처럼 가볍게 날아올라 달빛을 희롱하듯 검을 휘두르는 설의 모습은 아름다웠다. 흩날리는 하얀 옷자락과 그녀의 까만 머리, 그리고 차가운 검이 미묘한 균형을 자아내고 있었다. 마치 보이지 않는 적과 싸우듯, 설의 검이 차가운 공기를 갈랐다.

휘익!

날카로운 검성이 공기를 갈랐다. 그렇게 차가운 공기를 가르고 설이 사뿐히 땅에 내려앉았다. 그리고 돌아선 그녀가 한쪽 구석에 떨어져 있던 하얀 털옷을 주워 올렸다. 그리고 결심한 듯 털옷을 타고 있던 불 속으로 집어 던졌다. 그리고 설이 검으로 자신의 왼손 손바닥을 그었다. 붉은 핏방울이 하얀 털옷에 방울방울 떨어졌다. 그것이 활짝 피어난 꽃 같았다. 그러나 이내 활활 타오르는 불빛이 털옷을 감쌌다. 핏방울도 순식간에 화염에 싸여 주변에는 매캐하게 짐승이 타는 듯한 냄새가 가득했다. 설은 자신의 욕망이 불길이 되어 그 모든 것을 태우고 있는 것 같았다.

"죄송합니다, 공자님!"

설의 입에서 비어져 나온 슬픈 목소리가 주변을 가득 채웠다.

'저를 용서해 주세요! 하지만…… 폐하 곁에 머물고 싶습니다.'

설은 마음속으로 호연제에게 용서를 구했다. 아무리 피하고 억누르려 해도 한서제에 대한 자신의 마음을 어찌할 수 없었다. 이제는 그를 은애하는 여인으로 살고 싶었다. 호연제에게는 미안하기 그지없지만 설도 처음으로 오롯이 자신만을 위해서 살아보고 싶었다. 하루를 살더라도 은애하는 이의 곁에 있고 싶었다. 애써 자신과의 연을 끊어낸 호연제의 마음을 염치없지만 받아들이고 싶었다.

'부디 무사히 살아 있어주십시오!'

설의 눈썹에 맺혔던 눈물방울이 뺨 위로 흘러내렸다. 하지만 이제는 뒤돌아보지 않을 것이었다. 과거는 생각하지 않을 것이었다. 한서제가 내민 그 손을 이제는 놓지 않을 것이었다. 설이 흘러내리는 눈물을 닦고 결연하게 돌아섰다. 뒤돌아선 설의 등 뒤로 태액지의 깊은 물이 은빛으로 반짝였다.

꽃의 황후라는 월계화(月季花)가 화려하게 피어나는 장안의 오월은 아름답기 그지없었다. 붉고 아름다운 꽃을 설이 무척이나 신기해하였다. 초원에는 꽃이 드물었다. 그래서인지 설은 건장궁 후원에 피어난 월계화를 퍽이나 애지중지하였다. 이후 붉은 월계화 사이로 거니는 설의 모습이 자주 목격되었다. 하늘하늘한 하얀 비단으로 몸을 감싼 설과 붉은 월계화의 대조가 사람들의 시선을 빼앗았다.

한서제 역시 후원을 거니는 설의 모습을 보고는 입술에 부드러운 호를 그렸다. 위화가 설의 뒤를 따르고 있었고, 한 걸음 떨어진 뒤에서 곽정이 보호하고 있었다. 부드럽게 떨어지는 오후 햇살 아래 붉은 월계화를 바라보며 미소 짓는 설의 모습이 눈부셨다. 한서제가 빠르게 그녀 곁으로 다가서자 꽃을 바라보던 설이 고개를 돌렸다. 한서제의 모습을 발견하고는 수줍게 고개를 숙였다. 위화를 비롯해 그들을 따르던 궁인들이 재빠르게 자리를 피하는 모습을 보고 한서제는 속으로 음흉한 미소를 지었다.

"월계화가 만개하니 이곳이 무릉도원이나 다름없는 것 같군."

한서제의 말에 설이 수긍하는 표정으로 고개를 끄덕였다.

"꽃의 황후라 한다지요? 참으로 곱습니다."

설이 감탄한 듯 대답하였다. 눈빛을 반짝이며 즐겁게 대답하는 설의 모습이 다소 낯설었다. 하지만 이제야 그 나이 또래의 젊은 여인의 모습을 보는 것 같아 한서제의 마음이 흐뭇했다. 결국 한서제가 설의 턱 밑에 손을 대고 설의 얼굴을 들어 올렸다. 한서제의 눈에 깃든 열기를 알아차렸는지 설이 수줍게 얼굴을 붉혔다. 한서제는 두 손을 들어 설의 얼굴을 부드럽게 감싸 안았다. 작은 얼굴이 두 손에 쏙 들어왔다. 한서제는 작은 얼굴을 사랑스러운 손길로 부드럽게 쓰다듬었다. 그리고 그녀의 까맣게 반짝이는 두 눈에 자신의 시선을 고정하였다. 한서제의 강한 눈빛을 견딜 수 없었던지 설이 두 눈을 감았다.

기다렸다는 듯이 한서제의 입술이 설의 이마를 부드럽게 스쳤다. 그리고 이내 설의 감긴 눈꺼풀에도 닿았다. 깃털처럼 가벼운 입맞춤이었다. 설의 긴 속눈썹이 파르르 떨렸다. 곧 한서제의 부드러운 입술이 설의 콧등에도 닿았다. 그리고 마침내 한서제의 입술이 긴장으로 떨고 있는 설의 입술에 닿았다. 아침 이슬에 젖은 촉촉한 월계화 꽃잎처럼 설의 입술은 향기로웠다. 그 향기로운 입술에 한서제는 간지러울 정도로 부드럽게 입맞춤하였다.

설은 한서제의 입술이 이마에 닿자 자애로운 느낌에 온몸이 고양되었다. 그리고 그의 입술이 눈꺼풀 위에 닿자 두근두근하던 심장이 터질 것만 같았다. 한서제의 깃털처럼 가벼운 입맞춤이 그가 자신을 진심으로 믿고 있다는 확신을 주었다. 부드러운 입술이 자신의 콧등에 닿고 이내 입술에 닿는 순간, 설의 세상이 한서제로 가득하였다. 항상 열정적으로 자신의 입술을 탐하던 입술과는 달리 너무나 달콤한 입맞춤에 설의 온몸이 저릿했다. 그동안 억지로 억눌렀던 그를 은애하는 마음을 더 이상은 감출 수가 없었다. 그에 대한 애정으로 설의 모든 것이 충만했다. 한서제가 그의 넓은 가슴에 설을 끌어당겨 넉넉하게 안아주었다. 그의 품 안에서 비로소 설은 자신이 완전한 여인이 된 것 같았다.

설이 자신의 허리를 강하게 끌어안자 한서제는 하늘에라도 오를 것만 같았다. 지난번 후원에서 자신의 감정을 표출한 이후, 설의 태도는 다정해졌다. 한서제의 손길에도 자연스레 반응하며 설은 금방 타올랐다. 한서제는 자신의 손길 아래 피어나는 설이 너무나 사랑스러웠다. 하얀 월계화 꽃잎처럼 그렇게 설의 피부는 연약하고 부드러웠다. 하얀 피부에 꽃처럼 새겨지는 자신의 순흔 자극이 아찔할 정도로 관능적이었다. 설이 자연스럽게 한서제에게 반응하자 그들의 밤은 너무나 불타올랐다.

그러나 한서제는 항상 자신의 품 안에서 기절하듯 잠이 드는 설을 안타까운 심정으로 바라보았다. 아직 체력이 제대로 회복하지 않은 것인지 설은 한서제를 감당하기 버거워했다. 그럴 때마다 한서제는 치밀어 오르는 열정을 삼키며 설을 끌어안았다. 부서질 것 같은 설을 놓을 수가 없었다. 지금도 한서제는 가까스로 열정을 참고 있었다. 순수하게 자신을 믿고 안겨 있는 설에게 발칙한 생각을 하고 있는 자신이 한심스러웠다. 마치 여인을 처음 알아 몸이 달아오른 철모르는 소년 같았다. 간신히 폭주하려는 열정을 수습하고 한서제는 본래 하려던 일에 집중하기로 했다.

"잠깐 이쪽으로 와보지 않겠어?"

설은 자신의 정수리에서 낮게 울리는 한서제의 음성에 그의 가슴에 기대었던 고개를 들었다. 한서제가 너무나 그윽한 눈빛으로 자신을 바라보고 있었다. 그가 자신을 가슴에서 떼어내자 서운해졌다. 그런 자신의 감정이 낯설어 당황하고 있는 설에게 한서제가 부드럽게 손을 내밀었다. 설은 갑자기 수줍어졌다. 그와 농밀한 밤을 지내면서도 한 번도 그의 손을 이렇게 밝은 햇살 아래 잡아 본 일이 없는 것 같았다. 설이 수줍게 손을 내밀어 한서제의 손을 잡자 그의 손마디에 잡힌 굳은살이 느껴졌다. 검을 지닌 무인의 손이었다. 한서제의 커다란 손이 자신의 손을 강하게 감싸 쥐자 왠지 설은 보호받고 있는 기분이었다. 이내 한서제가 소년 같은 표정을 짓더니 설을 후원 안쪽으로 데려갔다. 설은 그의 커다란 보폭을 따라가느라 숨이 찰 지경이었다. 이내 후원 후미에 멈추어 선 한서제가 자랑스러운 표정으로 한쪽으로 비켜섰다.

"어머나, 흰색 월계화가!"

설은 감탄사를 내뱉었다. 후원 한쪽에 흰색 월계화가 수줍게 자리 잡고 있었다. 붉은 월계화와는 달리 흰색의 월계화는 청순하고, 애달픈 느낌을 주었다. 그리고 급하게 옮겨 심은 듯 주변의 땅이 물기에 촉촉하게 젖어 있었다.

"폐하, 이것이 어찌 된 일인지요?"

설이 얼떨떨한 얼굴로 질문하자 한서제가 칭찬을 바라는 일곱 살배기 꼬마 같은 표정을 지었다.

"흰색이 그대를 닮았기에 오늘 아침에 옮겨 심었지."

설의 마음에 온통 햇살이 비치었다. 그 냉정하기로 이름 높던 한서제가 맞나 싶을 정도로 이리 다정하고 자상하다니, 설의 심장이 그에 대한 애정으로 술렁였다. 이렇듯 한결같이 자신을 아껴주는 그가 너무나 고맙고 사랑스러웠다. 예상치 못한 충동에 설이 까치발을 하고는 한서제의 입술에 가볍게 입맞춤하였다.

"폐하께 드리는 저의 답례입니다."

수줍고도 깜찍한 도발이었다. 한서제가 답삭 설을 안아 올렸다. 갑작스러운 한서제의 행동에 놀란 설이 비명을 지르며 한서제의 목을 끌어안았다.

"꺄악…… 폐하!"

한서제가 급하게 걸음을 옮기며 설의 귓가에 나직하게 속삭였다.

"답례는 안에서 제대로 받으마!"

뜨거운 시간을 약속하는 그의 말에 설의 온몸이 기대와 긴장으로 붉어졌다.

"제…… 제가 걸어서 가겠습니다."

설의 가벼운 저항에 한서제가 씩, 짓궂게 웃으며 대답하였다.

"이렇게 하는 편이 방까지 가는 시간을 줄일 수 있거든!"

이후 저녁 전까지 설은 한서제의 검에 실컷 희롱당해야 했다.

위화와 곽정은 설을 갑자기 끌어안고 급하게 걸어가는 한서제를 미소를 띠며 바라보았다. 헤어져 있던 시간이 무색하게 최근에는 두 분의 애정이 옆에서 느껴질 정도라 저절로 얼굴에 웃음이 피어났다. 아기를 잃고 상심해하던 설도 많이 회복되었다. 그전에는 표정이 없던 설이었으나 최근에는 가끔 미소를 보여주었다. 그 모습이 너무나 아름다워 궁녀들조차 술렁거릴 정도였다. 게다가 냉정하고 이성적인 것으로 유명했던 한서제에게서도 요즘에는 따듯한 온기가 느껴졌다. 하지만 아직도 서로 은애하는 마음을 제대

로 고백하지 못한 두 사람이었다. 그러나 저리 달달한 모습이라
니, 곧 두 분이 서로의 마음을 전하는 날이 올 것이라 기대하는 위
화였다.

14. 무사武士, 검劍을 버리다

그러나 달콤하기 그지없던 건장궁의 공기는 그다음 날 위청에게서 도착한 소식에 급격하게 얼어붙었다. 장성을 넘나들던 좌현왕 일행이 한서제가 설립한 무위, 주천 두 군(郡)이 있는 연지산을 공격하였다는 것이었다. 다행히 인명의 큰 손실은 없었으나 좌현왕이 연지산을 친 것은 뜻밖의 일이었다. 게다가 그들은 한나라 군대를 노리기보다는 말을 노렸던 듯, 묵돌의 목장이 크게 손실을 입었다. 그 소식에 한서제는 걱정이 되기 시작하였다.

묵돌은 그동안 정치와는 상관없이 좋은 말을 시장에 공급해 왔다. 그러다 보니 한나라 군대도 흉노도 묵돌과는 좋은 관계를 유지해 왔었다. 그런데 그 불문율이 깨진 것이었다. 그러나 그보다 한서제를 걱정시키는 것은 호연제의 안위였다. 좌현왕 또한 호연제를 찾고 있었고, 오히려 이번 공격이 말보다는 호연제를 노린 것이 아닌지 걱정이 되었다. 한서제는 급하게 위청에게 호연제의 신병부터 확보하라는 밀명을 보냈다.

하지만 위청이 급하게 보내온 소식에 한서제는 낙담했다. 역시 예상했던 대로 호연제가 좌현왕에게 납치되었다는 소식이었다. 우현왕이 차기 선우로 호연제를 지지하고 게다가 최근 우현왕 쪽으로 사람이 더욱 모인다는 소식에 초조했던 것이리라. 게다가 지난겨울부터 간헐적으로 장성을 넘나들다 보니 말이 부족해졌다. 결국 말을 확보하고 차기 선우 자리 경쟁에 위협이 되는 호연제를 미리 제거하기 위한 움직임이었던 것이다. 설이 이 소식을 듣게 되면 얼마나 걱정할지 한서제의 시름이 깊어졌다.

"폐하, 무슨 고민이 있으십니까?"

어두운 밤, 우두커니 정간루를 서성이는 한서제를 보고 곽정이 근심스런 표정으로 물었다. 연지산에 대한 좌현왕의 공격 소식을 듣고 근 일주일을 잠도 제대로 이루지 못하며 고민하는 한서제였다. 아무래도 호연제를 걱정하는 것이리라. 호연제의 안위가 제대로 보장되지 않으면 설 또한 근심에 빠질 것이었다.

"권력이란 것이 때로 이리 무서운 것이구나!"

어린 나이에 보위에 올라 근 12년을 천자의 자리를 지켜온 주군이었다. 그런 그도 어린 호연제가 겪어내야 하는 위협에 마음이 쓰인 것이었다.

"어린 공자가 좌현왕에게 납치된 것을 염려하고 계신 것인지요?"

한서제는 대답 없이 멀리 북쪽 하늘을 바라보았다. 본디 한서제가 전쟁을 좋아하는 호전적인 군주는 아니었다. 침략의 공포에 떠는 백성들을 보호하고자 흉노를 친 것이었다. 그러나 역시 전쟁은 예상치 못한 인연을 만들고 그로 인하여 고통받는 이들이 생겨나는 것이었다.

금방 전쟁이 끝나면 돌아오마 다짐하고 떠났던 이들의 다수는 돌아오지 못했다. 떠나는 지아비를 보내며 곧 전쟁이 끝나기를 기도했을 수많은 아낙들이 눈물을 흘려야 했다. 또 그 아들들 또한 전쟁에 징집되어 떠나갔다. 그런 백성들의 고통이 칼이 되어 한서제의 가슴을 찔렀다. 게다가 흉노 또한 살기 위해서 그리 초원을 이동하며 치열하게 살았을 것이다. 어린 호연제가 가족을 잃고 목숨의 위협에 계속 노출되고 있는 것이 안타까웠다.

"아무래도, 호연제를 더 이상 그대로 둘 수가 없구나!"

한서제가 마치 자신에게 다짐하듯 중얼거렸다. 그제야 곽정은 한서제가 호연제를 장안으로 데려올 작정임을 알았다. 어린 공자가 한서제를 위하여 설과 절연하고 떠나갔다는 것을 알고 있었다. 그러나 역시 설과 호연제는 두 몸이 될 수 없었다. 이미 우현왕은 자신의 정치적인 입지 때문에 공개적으로 호연제를 보호하기에는 무리가 있었다. 게다가 좌현왕은 처음부터 호연제의 안위에는 관심을 두지 않았다. 결국 어린 공자가 의지할 곳이라고는 없었다.

곽정 또한 설과 호연제가 한서제의 곁에 머물기를 희망했다. 사슬처럼 이어지는 은원의 고리를 끊기 위해서라도 필요했다. 게다가 한서제는 출신 성분을 가리지 않고 능력 있는 이들을 등용하였고, 이들이 한서제의 튼튼한 정치적 바탕이 되었다. 기실 이미 흉노에서 귀화한 많은 이들이 새로이 성을 하사받고 제국에 봉사하고 있었다. 명민한 호연제라면 충분히 한나라에도 보탬이 될 터였다.

"위청에게 급히 죽간을 보내라."

간결한 한서제의 명령에 곽정이 고개를 숙였다.

"존명!"

설은 이유를 알 수 없는 불안감에 계속 시달리고 있었다. 한서제가 최근에 매우 위중한 일이 생겼는지 근 일주일 가까이 설을 찾지 않고 있었다. 한서제가 국사에 분주한 것을 모르는 바는 아니었다. 하지만 최근 느껴지는 궁 안의 분위기가 너무나 설을 초조하게 만들었다. 분명 그 일은 흉노족과 관련된 일인 것 같았다. 그렇다면 혹시 호연제에게 무슨 일이 생긴 것은 아닌지 불안한 마음을 감출 수가 없었다. 그러나 곽정도 위화도 설에게는 아무런 언질을 해주지 않았다.

설은 애써 생각을 멈추었다. 그 털옷을 태워 버릴 때부터 이제는 설은 더 이상 과거를 생각하지 않기로 했다. 오직 은애하는 한서제만을 바라볼 것이었다. 홀로 저녁을 드는 설의 마음이 계속 한서제에게로 향하고 있었다. 오늘도 밤이 깊었으나 여전히 한서제는 자신을 찾지 않았다. 그가 근심하고 있다면 그를 위로해 주고 싶었다.

답답한 마음을 참을 수 없어 설이 바람이라도 쐬려 정간루로 나가고자 하였다. 위화와 곽정을 부를까 하였으나 그냥 잠시 나가기로 하였다. 조심히 방문을 나서 복도를 돌 참이었다. 설의 처소 입구 문으로 들어오는 곽정의 모습이 눈에 들어왔다. 위화가 그 모습을 보고 달려나갔다.

"폐하는 침소에 드셨습니까?"

걱정스러운 위화의 음성에 곽정이 고개를 끄덕였다.

"그 공자님의 행방을 아직도 모르는 것입니까?"

위화의 말에 설의 심장이 툭 떨어졌다. 공자라 함은 누구를 말하는 것인지, 설의 심장이 공포로 두근거리기 시작했다.

"폐하께서 신속히 공자의 신병을 확보하라 위 장군에게 어명을 보내셨습니다."

호연제가 위험한 것이 틀림없었다. 지금 위청은 연지산에 나가 있었다. 미칠 듯한 공포가 설을 휘감았다.

"가능하시겠습니까?"

"어린 공자를 각자 필요에 따라 활용하고자 할 뿐이니 안타까울 뿐입니다."

곽정의 말에 위화가 고개를 끄덕였다.

"공자님을 장안으로 데려오실 수는 없는 것입니까? 그러시면 마마도 한시름을 놓을 텐데요!"

"그것이 생각만큼 쉽지는 않습니다. 좌현왕이 공자를 통해서 앞으로 또 어떤 일을 꾸밀지 아직 확실하지가 않으니까요.”

그러나 이후 설의 귀에는 아무것도 들어오지 않았다. 떨리는 걸음걸이로 간신히 방 안으로 돌아왔다. 결국 호연제가 또다시 정치적인 회오리에 휘말렸다. 호연제에게는 아무도 없었다. 자신밖에 기댈 곳이 없는 호연제를 그리 떠난다고 보내는 것이 아니었다.

“흑, 공자님!”

죄책감으로 설의 심장이 터질 것 같았다. 이것은 벌이었다. 자신밖에 기댈 곳 없는 공자를 버려두고, 자신만의 행복을 추구했던 자신에 대한 벌이었다. 호연제를 버리고 혼자만 행복해지는 것, 그것은 불가능했다. 잠시 행복할지라도 그것은 모래에 쌓은 누각처럼 곧 스러질 것이었다. 시간이 지나면 그 죄책감은 한서제를 은애하는 감정마저 죽일 것이었다. 누군가의 불행 위에서 행복을 구할 수는 없었다. 잔인한 진실에 설의 마음이 산산이 부서졌다.

“마마!”

위화가 근심스럽게 설의 이마의 식은땀을 닦아내고 있었다. 벌써 며칠을 설이 제대로 음식을 먹지 못하고 있었다. 물조차 마시지 못하고 계속 토해내는 설이었다. 위화가 미지근한 국물을 가지고 왔다. 조금이라도 무엇인가를 먹지 않으면 안 되었다.

“마마, 조금이나마 드셔야 합니다.”

위화가 권하는 국물에 조금 입을 대던 설이 다시 토기가 올라왔는지 수저를 내려놓았다.

"읍!"

"마마, 무슨 일이십니까?"

"그저 음식의 향이 괴롭습니다."

설의 목소리에 힘이 하나도 없었다.

"폐하, 납시옵니다."

내관의 음성에 위화가 자리에서 벌떡 일어났다. 침상에서 일어나려는 설을 들어오던 한서제가 말렸다. 그리고 침상 옆 의자에 근심스런 표정으로 앉았다. 흉노 쪽의 움직임을 살피고 호연제의 신병을 확보하느라 그동안 설을 제대로 보지 못했다. 그래서 어렵게 시간을 내어 설을 찾은 한서제는 상한 그녀의 얼굴을 보자 마음이 쓰렸다.

"설, 어찌 된 일이오?"

한서제의 음성이 걱정으로 가득했다.

"송구합니다, 폐하!"

설의 음성이 떨렸다.

"무엇을 먹은 것이 있느냐?"

한서제가 위화를 돌아보며 물었다.

"그것이 음식 향기를 못 견디겠다 하십니다."

"이런. 이 일을 어찌하면 좋을꼬?"

"그것이……."

위화가 무엇인가 말을 꺼내려다 망설였다. 한서제가 위화를 보며 채근하였다.

"어서 말해보라."

"그것이 마마의 고향의 음식을 드시게 하면 어떠실는지요? 향수병에 걸리면 음식을 못 드시는 경우가 있는데, 그럴 때에는 익숙한 음식을 드시게 하는 것이 가장 빠르다고 들었습니다."

위화의 말에 한서제의 얼굴이 밝아졌다.

"그래? 그럼 어서 수소문하여 사람을 찾아보라!"

한서제의 명이 떨어지자마자 위화의 발걸음이 빨라졌다. 곽정에게 물으니 설이 양육천(羊肉串, 양꼬치)을 즐겨 먹었다고 하였다. 곽정과 위화가 애써 수소문하여 양육천을 조리할 수 있는 자를 찾았다. 어렵사리 찾은 이를 건장궁으로 불러들였다. 양육천을 먹고 난 후 설은 음식을 거부하지는 않았다. 그러자 한서제의 얼굴도 밝아졌다.

그러나 설의 얼굴이 가면처럼 굳어버린 것이 위화는 못내 마음에 걸렸다. 음식을 먹는 것도 오직 한서제의 근심을 덜어주고자 하는 의무감에서 나온 것 같았다. 그 얼굴이 왠지 죽음을 앞두고 삶을 정리하는 것만 같았다. 위화는 설명할 수 없는 불온한 기운에 더워지는 날씨에도 몸을 움츠리고야 말았다.

초조하게 위청에게서 답변이 오기를 기다리는 동안 이십여 일이 훌쩍 지나갔다. 한서제는 위청이 급히 보내온 죽간을 보고서야 한숨을 쉬었다. 한나라로 귀화한 흉노 호무(胡巫, 무당)의 정보로 좌현왕 일당을 함정에 빠지게 하여 군사의 상당 부분을 몰살하였다는 보고였다. 과거 한나라의 시조인 한희제가 당시 선우에게 당했던 전략을 고스란히 돌려준 것이었다. 게다가 다행히 호연제의 신병 또한 확보되어 위청과 더불어 장안으로 오고 있다는 낭보였다. 위청이 근심하고 있을 한서제와 설을 위하여 전령을 먼저 보낸 것이었다. 전령에 따르면 내일 오전 중에는 호연제가 장안에 도착할 수 있다고 하였다.

한서제는 그제야 겨우 한숨을 돌릴 수 있었다. 한서제는 자리에 누웠으나 잠이 오지 않았다. 극도의 정신적 피곤이 오히려 수면을 방해하고 있었다. 결국 한서제는 자리에서 일어나 설에게로 향했다. 설의 곁에 누우면 잠이 올 것만 같았다.

"폐하 납시옵니다."

설은 예상치 못한 시간에 한서제가 등장하자 몸을 긴장했다. 근 이십여 일 만에 한서제가 겨우 일찍 침소에 들었다는 기별을 들은 지 채 일각도 지나지 않았기 때문이었다. 방 안에 들어온 한서제는 별다른 말 없이 의자에 앉았다. 설은 그린 듯이, 마치 이 세상 사람이 아닌 듯 그 옆에 서 있었다.

"차를 한잔 만들어주지 않겠어?"

설의 차는 묘하게 마음을 위로하는 향이 있었고 오늘 한서제에게는 차가 필요했다. 설은 살짝 긴장한 듯하였으나 다기를 꺼내 차를 만들었다. 설의 동작이 지나치게 느릿느릿하여 한서제는 기다리다 잠이 들 것만 같았다. 설이 드디어 찻잔을 내밀었다. 한서제가 찻잔을 들자, 설이 갑자기 한서제의 얼굴을 뚫어지게 마주 보았다.

"폐하! 황공하오나 그 잔을 제게 하사해 주실 수 있으신지요?"

뜬금없는 설의 말에 한서제는 눈썹을 치켜 올렸다.

"자네가 마실 차도 있는데 어찌 굳이 내 차를 원하는 것이냐?"

"제게 주시는 선물로 내어주시면 아니 되겠는지요?"

한서제는 온갖 금은보화를 내주어도 기뻐하지 않았던 설이 무엇인가를 요구하자 잠시 이상한 생각이 들었다. 그러나 피곤함에 지친 한서제는 더 이상 생각을 발전시키지 못했다.

"이 잔을 내게 주면 너는 나에게 무엇을 줄 것이냐?"

"무엇이든 제가 드릴 수 있는 것을 말씀해 주십시오."

한서제의 농에 설이 진지하게 대답하였다.

"그렇다면 너의 검을 내게 주겠느냐?"

검은 무사의 상징이다. 검은 내어준다 함은 무사로서의 삶을 포기한다는 뜻이었다.

"원하신다면 그리하겠습니다."

설이 조용히 대답하였다.

"너는 나를 해하려 했다. 사죄하는 뜻에서 대신 너는 그 목숨을 내게 주겠느냐?"

"원하신다면 그리하겠습니다."

설이 망설임 없이 대답하자, 한서제는 진정 묻고 싶은 것을, 마음 깊이 숨겨두었던 질문을 꺼내었다.

"그렇다면…… 너는 내게…… 너의 온 마음을 주겠느냐?"

한서제의 애틋한 물음에 설이 고개를 들어 그의 눈과 마주했다. 그녀의 눈이 촉촉이 젖어 있었다.

"대답하기 전에 그 차를 지금 제게 선물로 내어주십시오."

설은 조용히 부탁했다. 한서제는 즉답하지 않는 설이 야속했다. 하지만 무엇인가를 처음으로 부탁하는 설의 소원을 들어주고 싶었다. 한서제가 고개를 끄덕였다.

"나리께서 주신 선물, 기쁜 마음으로 받겠습니다."

설은 폐하라 부르지 않고 연지산과 사호에서처럼 나리라 불렀다. 그 말과 함께 설은 차를 들이켰다. 설은 차를 마시며 그 눈을 한서제에게서 떼지 않았다. 설이 찻잔을 탁자에 조용히 내려놓았다. 그리고는 슬픈 눈으로 하염없이 한서제를 응시하였다.

"대답은 아니 주는 것이냐?"

한서제가 대답을 채근하였다.

"며칠간 잠을 이루지 못하여 피곤하시지요? 오늘은 그만 침소에 드심이 어떠시겠습니까?"

한서제는 설이 어떤 대답을 할지 가늠할 수 없었다. 절대 마음을 주지 못한다는 답변을 들을 것 같아 한서제는 계속 밀어붙이지 못했다. 중원을 호령하는 황제인 그가 설의 한마디에 마음을 졸이고 있는 것이었다.

"그래. 그 대답은 다른 날 들으마."

한서제는 설을 끌어안고는 침상에 벌렁 드러누웠다. 설은 아무런 저항이 없었다.

"오늘은 그대 옆에서 잠을 이루고 싶구나."

한서제는 설을 깊이 끌어안고 눈을 감았다.

잠이 든 한서제의 얼굴을 설은 응시하였다. 그의 반듯한 이마며, 짙고 까만 눈썹과 살짝 감긴 눈이며, 오똑한 콧날, 그리고 항상 자신을 달뜨게 했던 입술까지, 설은 모두 마음에 담았다. 그 얼굴을 영혼까지 각인하듯, 설은 조심조심 쓸어보았다. 뜨거운 눈물 한 방울이 한서제의 얼굴에 떨어졌다.

"제 마음을 원하신다면 드리지요."

설이 나지막하지만 확고하게 대답하였다. 설의 대답을 깊은 잠에 빠진 한서제는 들을 수 없었다.

"기실 제 마음은 이미 사호에서 당신께 모두 드렸습니다."

설의 입가에 쓸쓸한 미소가 피어올랐다.

"무사이기를 포기하고 당신 곁에 남고도 싶었습니다. 하지만 선우에게 진 은혜를 갚아야 했습니다. 당신이 한나라의 황제임을 알았을 땐, 미워하고 싶었습니다. 당신 때문에 나라를 잃은 공자님과 죽어간 이들을 생각하면 당신은 나의 원수였기 때문입니다. 하지만……."

설의 음성이 심하게 떨렸다.

"저는 당신을 미워할 수 없었습니다. 이다지도 제 마음은 심약한 것이었던지요? 그리고 이제는 폐하 옆에 머물고 싶었습니다. 호위무사라는 신분을 버리고 그저 폐하 곁에 여인으로 남고 싶었습니다. 폐하가 내민 손을 결코 놓고 싶지 않았습니다. 하지만 제가 나리 곁에 살아 있으면 계속 당신에게 위협이 될 것입니다. 그리고 끊임없이 공자님의 목숨을 담보로 당신을 해하라는 요구에 노출될 것입니다. 아무리 공자님이 저를 위하여 절연하고 떠나신다 해도, 제가 어찌 저만의 행복을 구할 수 있겠습니까?"

설의 목소리가 격한 슬픔과 서서히 퍼져 가는 약의 기운으로 끊어질 듯 희미해졌다.

"그러니 저는 나리의 여인으로 죽겠습니다. 제가 폐하께 아픈 기억으로 남지 않았으면 좋겠습니다. 아니, 저를 잊으십시오. 그저 당신 삶에 스쳐 지나간 여인으로 아무것도 기억하지 마십시오. 아무도 기억하지 않게, 제가 살았었다는 것도 누구였는지도 모르게 그냥 잊혀지고 싶습니다. 당신에게 상처가 되지 않도록 저는 그냥 잊혀지고 싶습니다. 초원에 그저 뿌려진다면 바람을 따라 떠돌다 당신에게 닿을 수 있을까요? 죽어선 마음껏 당신을 은애하겠습니다."

눈물이 설의 시야를 계속 가렸다. 야속한 눈물이 자꾸 은애하는 이의 얼굴을 가렸다. 설은 그에게는 절대 전해지지 않을, 이 세상에서 다시는 입에 올리지 않을 한마디를 했다.

"은애합니다. 건!"

점점 흐려지는 의식을 부여잡고 설은 마음속에 숨겨두었던 그 한마디를 한서제의 귓가에 속삭였다.

한서제는 악몽에 시달렸다. 설이 초원 너머 어디론가 멀리 사라지는 꿈이었다. 그녀는 하얀 옷을 입고 있었고, 슬픔에 젖은 눈으

로 한서제를 바라보았다. 그러나 떠나기 싫은 듯 그가 손을 잡아
주기를 기다리는 듯, 계속 그를 바라보았다. 초원이 스산한 바람
이 그녀의 머리카락을 날리고, 그녀의 서느런 옷자락이 한서제의
손안에서 스르르 빠져나가 아스라이 멀어져 갔다. 설이 항상 들고
있던 검을 들어 자신의 머리카락을 베었다. 그 까만 머리카락이
바람에 눈처럼 흩날렸다. 그리고 그녀의 독백인 듯 설의 음성이
귓가에 메아리쳤다.

나는 무사다.
주군을 지키기 위해서라면 목숨을 걸어야 하는.
하지만 차가운 검과 서늘한 옷자락만이
나의 전부는 아니다.

나는 무사다.
살기 위해선 검에 목숨을 걸어야 하는…….
그러나 무사이기 이전에 나는…….

사람이고 싶었다!
필부의 아내로, 아이들과 키우면서 오순도순 사는…….
살기 위해서, 사랑하기 위해서
목숨을 걸지 않아도 되는 세상에서
그저 평범한 사람이고 싶었다.

한서제가 무거운 눈꺼풀을 들어 올리자 설의 방, 천장이 보였다. 그리고 분명 자신의 품 안에 설이 있었다. 안심한 한서제가 설을 끌어안았다. 그리고는 뜨거운 자신의 뺨을 설의 부드러운 뺨에 대었다.

차가웠다.

뜨거운 한서제의 피부에 닿은 설의 피부가 너무나 차가웠다. 무엇인가 잘못되었다. 한서제는 전쟁터에서도 느껴보지 못한 서늘한 공포가 자신을 휘감는 것을 느꼈다.

"게 아무도 없느냐?"

한서제의 다급한 음성에 위화와 바깥을 지키던 곽정이 안으로 뛰어들어 왔다.

"어서 붉을 밝히라!"

한서제의 득달같은 명령에 궁인들이 서둘러 건장궁을 밝혔다. 붉을 밝히자, 한서제가 설을 침상에서 끌어안고 있는 모습이 보였다. 하얀 옷의 설이 그린 듯이 한서제의 품 안에 기대어 있었다. 한서제는 아주 소중한 것을 품에 안은 듯, 설이 곧 사라지는 것을 걱정이라도 하듯 꼭 끌어안고 있었다. 한서제의 입술이 설의 정수리에 닿아 있었고, 설은 안온하게 그의 가슴에 머리를 기대고 눈을 감고 있었다. 남자답고 아름다운 미남자와 그 품에 안긴 설의 모습은 아름다웠다. 그러나 어떤 위화감이 모두를 휘감았다. 무엇인가 저 아름다운 그림에는 불온함이 숨어 있었다.

"마마!"

위화가 새된 비명을 질렀다. 위화의 비명에 한서제는 그제야 아래를 내려다보았다. 설의 입에서 흘러내린 붉은 피가 설의 옷과 한서제의 가슴을 적시고 있었다.

"어서, 어의를 들이라!"

한서제가 급박하게 곽정에게 지시하였다. 그와 동시에 설이 입 안에서 붉은 피를 다시 토해냈다.

"설, 정신 차려라. 이것이 어찌 된 일이냐?"

한서제의 비통한 외침에도 아랑곳없이 감긴 설의 눈은 뜨이지 않았다.

"설!"

한서제의 비통한 울부짖음이 모두의 가슴을 먹먹하게 만들었다.

"어떠한가?"

한서제의 초조한 음성에 어의 공손책은 살짝 미간을 찡그렸다. 공손책은 항상 냉정하던 한서제가 초조해하는 모습을 보자 깜짝 놀랐다. 전임 황제의 열 번째 황자로 태어나 제위에 오를 가망성이 거의 없던 그가 온갖 정치적 술수를 이겨내고, 전쟁에서 실력을 발휘하여 제위에 오르기까지 그 누구도 그의 속내를 알 수 없었다. 그 냉정하다 못해 서리가 돌 것 같은 한서제가 설을 이리 귀하게 여겼다.

침상에 누워 있는 설은 파리했다. 진맥을 하자 설의 맥박이 가늘게 잡혔다. 곧 생명줄을 놓아버릴 듯 아주 미약했다. 게다가 기초적인 몸의 상태가 워낙 좋지 못하였다. 아직 유산의 충격에서 충분히 회복하지 못했던 터라 훨씬 상황이 나빴다.

"독(毒)으로 인한 내상 같습니다."

공손책의 말에 한서제의 심장은 쿵 하고 떨어졌다.

"독이라니?"

"이것이 매우 희귀한 독인 듯합니다. 비소도 아니고……."

공손책이 말끝을 흐렸다.

"살릴 방도가 있느냐?"

"그것이 해독을 위해서는 어떠한 독이 사용되었는지 알아야 합니다. 그래야 그 성질을 죽이는 해독제를 사용할 수 있사온데, 아무래도 이 독은 저희 한나라에는 없는 호(胡)의 독인 듯합니다."

공손책의 말에 한서제는 의자에 털썩 주저앉았다. 대체 이 황궁에 어찌 호의 독이 반입되었단 말인가? 구중궁궐, 여인네들의 암투에 독살이 발생하는 일은 종종 있었다. 그러나 대부분 그러한 경우 황제의 총애를 입기 위하여 여인들이 총희(寵姬)를 해하려 할 때 사용되곤 했다. 지금 한서제의 궁궐은 텅텅 비어 있었다. 게다가 한서제는 최근 몇 년간 어떠한 여인에게도 하룻밤 이외의 관심을 두지 않았다. 한서제의 차가운 성정을 잘 아는 여인들도 그 차가움에 누구도 감히 한서제의 총애를 기대하지 않았다.

그렇다면 도대체 누가 설을 노린 것인가? 게다가 설의 음식은 한서제가 먹는 음식과 동일했다. 즉, 기미 상궁이 철저하게 관리한 음식이었다. 음식에 독을 넣었다면 한서제 또한 영향을 받았을 것이다. 그렇다면 독은 설만이 섭취한 것이어야 했다.

"일단, 독이 더 이상 다른 곳으로 퍼지지 않도록 조치를 취하겠습니다."

공손책은 빠른 손놀림으로 설의 몸에 침을 꽂았다. 공손책의 침이 닿자 설이 가느다란 신음을 흘렸다.

"건!"

분명 그것은 황제의 휘였다. 부모나 혹은 정인만이 사석에서 부를 수 있는 휘를 설이 부른 것이었다. 모두가 놀라 숨을 죽인 사이, 한서제는 그 부름에 대답이라도 하듯 침상 옆에 있는 의자에 앉았다. 그리고는 설의 손을 꼬옥 잡아주었다. 황제의 다정한 행동에 모두가 놀라움을 금치 못했다.

"잠시 독이 퍼지지 않도록 조치를 취했습니다만, 이는 어디까지나 일시적입니다. 두 시진 이내에 해독제를 구하지 못하면……."

공손책은 차마 그 말을 끝맺음 할 수 없었다. 한서제의 얼굴이 죽은 사람의 가면처럼 창백했다.

"설을 보게 하여 주십시오."

바깥에서 들려오는 호연제의 음성에 한서제는 퍼뜩 정신을 차렸다. 호연제가 드디어 장안에 당도한 모양이었다. 도착하자마자 설을 보러 오라 일렀던 것이 생각났다. 바깥에서 위화가 호연제를 만류하는 듯했다. 바깥은 아직도 어두웠다. 여름이라 하지만 사위가 밝아지기까진 아직도 반 시진은 족히 있어야 했을 이른 시각이었다.

"안으로 들이라!"

한서제의 무거운 음성에 곧바로 호연제가 안으로 들어왔다. 호연제는 침상에 죽은 듯이 누워 있는 설과 창백한 한서제를 보자 악몽이 현실임을 알게 되었다. 밤새 흉몽에 시달리던 호연제는 새벽이 밝기가 무섭게 궁으로 들어왔다. 설을 만나기에는 이른 시간이었지만 반드시 설을 만나야 할 것 같은 불길한 예감 때문이었다. 그러나 건장궁 안을 휘감은 무거운 공기에 호연제는 긴장했다. 위화와 곽정이 자신을 막자, 한사코 고집을 부린 것이었다.

"어찌 된 일입니까?"

"독을 마셨다는구나."

한서제의 잠긴 음성에 호연제는 심장이 심하게 울렁거렸다. 우려했던 것이 현실로 나타난 것이었다. 좌현왕이 자신을 인질로 잡고 설을 위협한 것이 틀림없었다. 그동안 자신의 목숨을 계속 노렸던 것도 좌현왕이었다. 아무리 절연하고 떠났다고 해도 결코 설이 자신을 포기하지 못했을 것이 예상되었다. 그러나 지금은 한시가 급했다.

"혹시 설이 어제 먹은 음식 중에 이상한 것이 있었습니까?"

"어제 설이 먹은 음식은 나도 먹은 것들이다. 그런데 보다시피 나는 이렇게 멀쩡하지 않은가?"

"생각을 더듬어보십시오. 어제 설이 혼자만 먹거나 마신 것이 없는지?"

호연제의 애타는 외침에 한서제는 그제야 어젯밤 설이 마셨던 말리화차(茉莉花茶)가 떠올랐다.

"차(茶)다!"

그 말에 호연제는 즉시 탁자 위에 놓인 찻잔을 집어 들었다. 바닥에 아주 약간 찻물이 남아 있었다. 호연제는 지체하지 않고 자신의 품속에 있던 옥패를 꺼내어 그 물에 대었다. 녹색이었던 옥패가 흰색으로 변했다.

"앗!"

급박한 호연제의 움직임을 바라보던 한서제는 호연제의 깊은 탄식에 공포로 심장이 툭 떨어졌다.

"어떻게 된 일이냐?"

"저희 선우가(單于家)에 내려오는 독입니다. 이것을 설이 언제 마신 것인지요?"

"자정이 넘은 시간이었으니, 벌써 마신 지 두 시진(4시간)이 훨씬 지났다!"

한서제의 비통한 음성에 호연제는 아연실색하였다. 시간이 너무 지났다. 해독은 한 시진 이내에 해야 효과가 있다. 하지만 늦었더라도 호연제는 결단을 내렸다.

"이 옥패를 갈아서 설에게 먹이십시오."

한서제는 호연제의 결의에 찬 눈빛을 믿었다. 아니, 지금은 그것 이외에는 어떠한 방법도 없었다. 지푸라기라도 잡고 싶은 심정이었다. 급하게 위화에게 명해 약연(약을 가는 도구)을 가져왔으나 위화의 손놀림이 너무 더뎠다. 그러자 곽정이 엄청난 힘과 속도로 옥패를 온 힘을 다하여 부수었다. 초록색 가루를 물에 섞어 위화가 설의 입에 흘려 넣었으나 의식을 잃은 설은 그것을 받아 마시지 못하였다.

"설, 이것을 마셔야 해. 그래야 살 수 있어!"

호연제가 안타깝게 외쳤다. 순간 주변의 사람들은 한서제의 예기치 못한 행동에 숨을 죽였다. 한서제가 직접 그 물을 마시고는 마치 어미 새가 물을 주듯이 설의 입으로 넣어주는 것이었다. 공손책이 급하게 말리려 하였으나, 차마 둘 사이를 방해할 수 없었다.

"제발, 설!"

한서제는 안타까운 마음으로 자신의 입에 물을 머금어 설의 입으로 옮겼다. 너무나 차가운 설의 입술에 한서제의 마음이 무너졌다. 따뜻한 설의 입술이 그리웠다. 한서제는 온 마음을 다하여 자신의 생명을 나누어 줄 수 있다면, 사신에게라도 빌어 설을 데려오고 싶었다.

"설, 나는 너 없이 살 수 없다. 제발!"

한서제의 애통한 외침에 반응이라도 하듯, 마시지 못하고 바깥으로 흐르던 물을, 설이 조금씩 마시기 시작했다. 생명에 대한 작은 신호에 한서제는 천천히 그러나 끈질기게 조금씩 조금씩 설에게 물을 마시게 하였다. 파리했던 설의 안색이 다소 호전되었다. 그리고 차갑던 수족에도 온기가 돌았다. 위화가 미친 듯이 설의 사지를 주물렀다. 어서 피가 돌기를 바라는 듯 간절한 손놀림이었다. 모두의 간절한 염원이 설을 되살려 줄 것을 바라고 있었다.

15. 설연雪蓮, 만개滿開하다

열흘이 지나도록 설은 여전히 깨어나지 못했다. 한서제는 잠시도 쉬지 않고 설의 곁을 지켰다. 그런 주군이 걱정되어 곽정과 위화도 함께 밤을 새웠다. 한서제는 죽은 듯이 잠든 설의 얼굴을 바라보았다. 마치 달콤한 꿈을 꾸듯, 설의 얼굴은 평온해 보였다.

"설, 제발 눈을 떠다오!"

애타는 한서제의 마음을 모르는지, 설은 눈을 뜰 줄 몰랐다.

"정녕 이렇게 죽을 작정인 것이냐?"

한서제는 사호에서 검상으로 혼절하였던 설을 떠올렸다. 그때 설은 한서제의 손을 잡고 놓지 않았다. 그렇게 손을 잡았듯이 설이 이곳으로 돌아와 주기를 빌었다. 한서제는 비로소 자신의 깊은 마음속을 들여다볼 수 있었다.

설을 은애한다!!

그 마음을 마주하자, 지금껏 설에게 자신의 마음을 한 번도 전하지 못하였다는 생각이 미쳤다. 그녀의 마음만을 얻고자 했지, 자신의 마음은 한 번도 설에게 전하지 못하였다. 한서제는 그날 밤, 설이 자신에게 속삭였던 말을 기억해 냈다. 꿈이라 생각하였다. 자신이 바라던 것을 꿈에서 들었다고 생각하였다. 하여 설의 목소리를 들으면서도 눈을 뜨지 않았다. 분명 설은 마지막에 고백하였다.

"은애합니다. 건!"

그 마지막 말이 건의 가슴에 가시처럼 걸려 있었다. 그 말에 대한 답변을 한서제도 주고 싶었다. '은애한다'고 평생을 아꼈던 그 말을 그녀에게만은 전해주고 싶었다.

"설, 제발 짐에게 한 번만 기회를 다오!"

한서제는 독의 반입 과정을 밝히라 곽정에게 명했다. 설이 어찌 독을 마신 것인지, 그것이 어떻게 이 삼엄한 경비를 뚫고 건장궁으로 들어올 수 있었는지 원인을 정확히 밝혀야 했다. 한서제의 명으로 설의 거처를 샅샅이 수색하였다. 조금이라도 이상한 것이 있으면 즉시 보고하라는 지엄한 한서제의 명이었다. 그리고 최근 궁으로 들어온 것 중에 조금이라도 이상한 것이 있는지 살피라 명을 내렸다.

　위화가 설의 거처에서 작은 비단 주머니를 찾아왔다. 그제야 얼마 전 식욕이 없는 설을 위하여 양육천(羊肉串, 양꼬치)을 조리할 수 있는 자를 궁으로 불렀던 것이 생각났다. 그때 그자가 가지고 있었던 비단 주머니였다. 급하게 안을 살피니, 주머니 안쪽에 늑대 그림이 자수로 놓여 있었다. 그리고 주머니는 이중으로 제작되어 있었고, 안쪽에서는 정체를 알 수 없는 가루가 살짝 남아 있었다.

　한서제는 주머니를 보고 급히 호연제를 안으로 불러들였다. 아무래도 늑대 그림이 마음에 걸렸다. 흉노인들에게 늑대는 영험한 상징이었다. 흉노의 신화에 따르면 그들의 선조는 들판의 늑대가 키운 아이로 되어 있다. 호연제는 늑대 그림을 보자마자 울먹거렸다.

　"이것은, 이것은⋯⋯."

　호연제가 차마 말을 잇지 못하였다.

　"어찌 된 일인지 알겠느냐?"

　"이것은 흉노 선우가(單于家)에 내려오는 표식입니다. 상대를 해하지 않으면 동기가 죽는다!"

　호연제가 울먹이며 대답했다.

　"이 말은 지아비를 죽이라는 뜻입니다. 즉, 폐하를 해하지 않으면 제가 죽는다는 뜻입니다. 설은 폐하와 저를 살리고자 스스로 독을 마신 것입니다!"

　결국 설은 한서제를 위하여, 목숨을 달라던 질문에 진심으로 목숨을 바친 것이다.

위청이 복귀하면서 독의 배후가 밝혀졌다. 독은 좌현왕의 호무(胡巫, 흉노의 무당)가 꾸민 짓이었다. 호연제를 납치한 좌현왕이 호무를 통해서 비단 주머니 안에 독을 넣어 설에게 전달한 것이었다. 호연제의 목숨을 담보로 한서제를 암살하라는 명령이었다.

거칠고 척박한 환경에서 생명을 부지해야 하는 북방유목민들은 자연스레 신적인 존재에게 의지하였다. 그 넓고 황량한 초원에서 신을 찾는 것은 너무나 당연하였다. 그러니 신과 소통하는 호무의 영향력은 지대하였다. 호무는 사람을 치료하기도 하고, 미래를 점치기도 하고, 길흉을 예고하기도 하였다. 또한 죽은 영혼을 달래거나 인도하기도 하면서 사람들의 고통을 덜어주는 존재였다. 호무는 정치에도 깊게 관여하였는데, 호무의 저주는 곧 사망을 의미했다.

늑대 그림과 독은 바로 그 의미였다. 지아비를 죽이지 않으면 세상 끝까지라도 찾아 친동기를 죽인다는…… 설은 이것이 결코 마지막이라 생각지 않았다. 자신이 한서제의 곁에 살아 있는 한 이런 요구는 끊임이 없을 터였다.

결국 차에 독을 넣었던 설은 그 차를 자신이 마셨다. 지아비를 죽일 수 없다면 그 명을 피하는 방법은 단 하나뿐이었다. 설 본인이 죽는 것! 한서제를 구하고, 호연제를 구할 수 있는 유일한 방법. 설은 이번에는 무사로서의 선택을 할 수 없었다. 은애하는 정인을 위한 여인의 마지막 선택이었다.

한서제는 탄식하였다.

'설이 내게서 원했던 유일한 것이 그 독배였다니.'

"설, 너는 어찌 이다지도 내 맘을 갈가리 찢어놓는 것이냐? 네 목숨 대신 내가 사는 것이 그게 진정 네가 바랐던 것이냐?"

한서제는 설의 뺨을 가만히 쓰다듬었다.

"너 없이는 나도 살 수가 없다."

한서제의 눈에 굵은 눈물이 맺혔다.

"설! 은애한다."

한서제의 비통한 고백이었다. 한서제는 설의 손바닥에 온 마음을 담아 입맞춤하였다. 자신의 영혼의 일부를 나누어 주려는 듯, 듣지 못하면 자신의 마음을 느끼기라도 하듯, 그런 애원을 모두 담은 그런 입맞춤이었다.

"건!"

희미한 설의 음성에 한서제는 번쩍 고개를 들었다. 설이 두 눈을 뜨고 그를 바라보고 있었다. 창백하였으나 그녀의 눈빛이 열기를 품고 반짝거렸다.

"설!"

설이 자신의 손을 들어 한서제의 뺨을 부드럽게 어루만졌다.

"길고 무서운 꿈을 꾸었습니다!"

한서제는 고개를 돌려 자신의 뺨을 쓰다듬은 설의 손바닥에 다시 강하게 입맞춤하였다. 그제야 한서제는 제대로 숨이 쉬어졌다.

설의 부드러운 손길에 죽어 있던 심장에 다시 피가 돌았다. 빛을 잃었던 세상이 설이 자신을 바라보자 다시 색채를 얻었다. 소리가 사라졌던 세상은 달콤한 설의 목소리로 다시 생생해졌다. 죽음과도 같았던 무감각 상태에 다시 감정들이 살아났다. 멈추었던 한서제의 세상이 다시 움직이기 시작했다. 지금 오직 설만이 한서제에게는 세상의 전부였다. 설만이 한서제를 살아 있게 하였다. 한서제의 눈에서 처음으로 굵은 남자의 눈물이 솟아올랐다.

"그런데, 누군가의 목소리가 저를 불렀습니다."

설의 눈동자가 눈물로 반짝였다.

"다시 한 번 말씀해 주시겠습니까?"

"은애한다!"

한서제의 굵은 음성이 격정으로 떨렸다.

"너를 이 온 마음을 다하여 은애한다!"

설은 한서제의 음성을 들으며 다시 혼곤한 미몽으로 빠져들었다. 그러나 이 잠은 치유를 위한 다디단 잠이었다.

설이 깨어난 것은 그로부터 하루가 지난날이었다. 설이 눈을 뜨자, 한서제는 한시도 그녀를 눈밖에 내놓지 않겠다는 듯, 죽을 먹이는 것부터, 물을 먹이는 것까지 모두 자신이 했다. 그런 한서제의 지극정성 때문인지, 설의 상태는 눈에 띄게 호전되었다. 공손책의 말에 따르니, 호연제가 먹인 옥패는 그 독에 유일한 해독제였다. 게다가 조금만 시간이 늦었다면, 설의 목숨은 구할 수 없었다.

"공자님을 불러주십시오."

깨어나 다른 사람을 친견(親見)할 정도로 회복이 되자, 설은 제일 먼저 호연제와 만나기를 청하였다.

"정말 다행이야!"

호연제는 설의 가슴에 얼굴을 묻고는 엉엉 울었다. 그 애틋한 모습을 한서제, 위화와 곽정, 그리고 전장에서 복귀한 위청까지 모두 먹먹한 마음으로 지켜보았다. 설은 자애로운 모습으로 호연제의 머리를 쓰다듬어 주었다. 호연제가 감정을 추스르자, 설은 호연제의 눈을 바라보며 조용히 물었다.

"공자님, 그 옥패를 사용하신 겁니까?"

호연제가 고개를 끄덕였다.

"그 옥패가 없다는 것이 어떤 의미인지 알고 계십니까?"

"알고 있어. 그 옥패가 없으면 누구도 나를 선우의 아들로 인정하지 않을 거야."

호연제가 명확한 음성으로 대답하였다.

"그 이야기는 이제 저희는 결코 초원으로 돌아갈 수 없다는 뜻입니다. 그것도 알고 계십니까?"

"내겐 선우의 자리보다 이제 하나 남은 설, 네가 더 소중해."

어린 주군은 설을 위하여 흉노족 내부에서 선우 자리를 포기한 것이었다. 한서제는 둘의 대화를 듣고는 꼬맹이의 결단에 감탄을 금치 못하였다. 저 꼬맹이는 설을 살리기 위하여 모든 것을 포기한 것이었다. 역시 대단한 꼬맹이와 설이었다. 주군을 위하여 죽으려던 설이나, 설을 위하여 자신의 모든 것을 내려놓은 호연제나, 둘 다 어찌 저리 닮았는지. 이제 호연제를 질투하는 마음은 버려야 할 것 같았다. 그리고 이젠 저 둘을 하나로 받아들여야 했다.

"어서 자리를 털고 일어나라. 그것이 너의 주군으로서의 나의 마지막 명령이다."

호연제의 어른스런 명령에 설은 눈물을 가득 머금고 한마디를 했다.

"존명!"

연꽃이 피기 시작하는 칠월이 되자 설은 독의 후유증에서 상당히 빠르게 회복되었다. 호연제는 국빈(國賓) 자격으로 장안에 머물게 되었다. 호연제의 안위에 항상 노심초사했던 설은 가까이에서 자주 호연제를 보자 눈에 띄게 상태가 좋아졌다. 호연제는 생각보다 장안의 삶에 잘 적응하였다. 명민한 호연제인지라 빠르게 한자(漢字)도 익혔고(흉노는 문자가 없음), 한서제가 설립한 태학에서 열심히 공부하고 있었다. 한서제는 보위에 오르고 나서 이전 태후가 신봉하던 노자를 배척하고 유학을 국교로 하는 교육기관을 설립하였는데 태학이 바로 그것이었다. 살수의 위협에서 벗어나 안정을 찾은 호연제를 보자 설도 무거운 짐을 벗었다. 그리고 한서제의 고백을 듣고 난 이후 설은 꽃처럼 아름답게 피어나고 있었다.

한서제는 잠시 설의 방 앞에서 걸음을 멈추었다. 정무가 생각보다 일찍 마무리가 되어 저녁 식사 전에 설을 보기 위하여 급하게 설의 처소를 찾은 참이었다. 그런데 호연제가 무슨 재미난 말이라도 했는지 설의 나지막한 웃음소리가 안에서 들려왔다. 한서제가 왔음을 고하려는 내관의 입을 손을 들어 저지하면서 한서제는 귀를 기울였다. 설의 웃음소리가 음악처럼 감미로웠다.

최근에 온통 설의 마음을 차지한 꼬맹이가 괘씸하기는 했다. 그러나 설의 상태만 좋아진다면 얼마든지 호연제를 아낄 예정이었다. 게다가 호연제는 명민하여, 잘 교육을 시킨다면 오히려 나라에 도움이 될 것 같았다. 기실 흉노족에서 한나라로 귀화한 많은 이들이 한서제를 도왔다. 그들을 제국에 수혈하자 한서제는 한희제(한의 시조)의 원수를 갚는 과업을 수행할 수 있었기 때문이었다.

"폐하 납시옵니다."

내관의 음성에 설과 호연제 그리고 위화까지 모두 자리에서 일어났다.

"그동안 강령하셨습니까?"

호연제가 의젓하게 한서제의 안부를 물었다.

"그래, 지내기에 불편한 점은 없는가?"

한서제가 조카를 대하듯 다정하게 질문하였다.

"폐하가 물심양면으로 보살펴 주신 덕분에 잘 지내고 있습니다."

한서제도 호연제가 생각보다 장안의 삶에 잘 적응하는 것이 기뻤다. 호연제가 괴로워한다면 설 또한 괴로울 것이 분명했기에 한서제는 호연제의 안위를 면밀하게 챙겼다.

"폐하, 저는 이제 물러가겠습니다."

호연제와 위화가 눈치 빠르게 자리를 피하자 한서제는 속으로 '역시 명민한 녀석'이라고 웃음 지었다. 돌아서 나가는 호연제를 보던 한서제가 의자에 앉자 설 또한 자리를 잡았다.

"폐하, 감사하옵니다."

설이 진심을 담아 호연제를 구명해 준 것에 대하여 감사 인사를 했다. 설이 독을 마시고 깨어나기까지 제대로 인사할 여유가 없었던 탓이었다. 설의 인사에 한서제의 입술이 부드럽게 호를 그렸다. 그러더니 곧 한서제가 무엇인가 좋은 생각이 난 듯 짓궂은 미소를 지었다.

"감사 인사는 입맞춤이면 된다!"

설의 볼이 붉게 물들었다. 한서제는 설에게 은애한다고 고백한 이후 틈만 나면 설을 놀리느라 정신이 없었다. 항상 둘만 있게 되면 방 안의 분위기가 너무나 쉽게 후끈 달아오르는 것이었다. 설은 한서제에게 닿기만 하면 그가 절대 자신을 쉽게 놓아주지 않는다는 것을 알았다. 그래서 되도록이면 밤이 되기 전까지는 한서제의 곁에서 떨어져 있으려 노력하고 있었다. 혹시나 정무에 지장이 있을까 걱정되기도 하였으나 사실은 자신의 문제가 더 컸다. 그것이 한서제가 자신을 은애한다는 사실을 알고 나자 설은 너무나 쉽게 타올랐다. 작은 손짓 하나에도 금방 몸이 뜨거워지는지라 설은 자신에게 무슨 문제가 생긴 것은 아닌지 걱정이 되었다. 게다가 그를 바라보기만 해도 심장이 어찌나 두근거리는지 가끔은 위화나 궁인들을 보기가 민망할 지경이었다.

"어허, 그대는 황제의 명령을 거부할 생각이오?"

짐짓 한서제가 엄한 목소리를 내자 설이 수줍은 미소를 지으며 살짝 자리에서 일어났다. 살며시 한서제 곁에 다가선 설이 한서제에게 부탁하였다.

"잠시만 눈을 감아주시어요."

너무나 귀여운 설의 부탁에 한서제는 비어져 나오는 웃음을 간신히 숨겼다. 여전히 수줍어하는 설이기에 한서제는 못 이기는 척 눈을 감았다. 그러자 설의 부드러운 입술이 한서제의 입술을 깃털처럼 스쳤다. 얼른 떨어지려는 설을 한서제가 자신의 무릎에 앉혔다. 그리고 달콤한 설의 향기를 들이마시고 나자 비로소 설이 자신의 곁에 있다는 것이 생생하게 느껴졌다.

"폐하!!"

설이 갑작스러운 한서제의 행동에 비명을 질렀다.

"놀라지 말고 그 손으로 나를 위로나 해줘!"

어린아이 같은 한서제의 투정이 귀여웠다. 자신보다 덩치가 두 배는 큰 한서제가 가끔 이렇게 설에게 어리광을 피우는 것이었다. 설은 조용이 손을 들어 한서제의 머리를 부드럽게 쓰다듬었다.

"오늘 힘든 일이 있으셨는지요?"

설이 근심스런 표정으로 물었다. 최근 한서제를 괴롭히는 문제가 있어 보였다. 설은 아무것도 해줄 수 없는 자신이 미안했다. 그래서 가끔 이렇게 한서제가 투정을 하면 설은 들어주려고 노력했다. 어쩌면 한서제는 그녀 앞에서만 황제가 아닌 본래의 건의 모습을 보여주는 것일 게다. 설이 그의 머리를 자신의 가슴에 기대고 부드럽게 쓰다듬고 있자니 한서제의 한숨 소리가 들려왔다.

"가끔은 그저 그대와 초원에서 이름 없이 살고 싶다는 생각이 드는구나. 어찌 내 삶은 이리도 정치적으로 걸리는 일이 많은지……."

피곤한 듯한 한서제의 말에 설은 안타까웠다.

"무슨 일인지 여쭈어도 되겠습니까?"

설이 조심스레 묻자 한서제는 설의 허리를 더욱 강하게 끌어안았다.

"그대는 이렇게 내 곁에 있어주기만 하면 된다. 어려운 일은 모두 내가 처리할 터이니, 그저 내 곁에서 내가 그대를 은애할 수 있게만 해다오."

너무나 아름다운 한서제의 고백에 설의 심장이 달콤하게 저려왔다. 지친 그를 위로하고 싶었다. 설은 두 손을 들어 그의 얼굴을 부드럽게 감싸 안았다. 그리고 온 마음을 다해 그의 입술에 입맞춤했다. 그리고 살며시 작은 혀를 내밀어 한서제의 입술을 부드럽게 덧그렸다. 그리고 살짝 한서제의 입술이 벌어지자 그 안으로 작은 혀를 밀어 넣었다. 한서제의 치열을 훑고 안쪽 점막을 간질였다. 그리고 그의 혀에 자신의 혀를 힘차게 얽었다. 그의 타액이 향긋했다.

한서제는 설이 하는 대로 가만히 있었다. 그녀가 자신에게 먼저 다가오는 것이 좋았다. 곧 설이 자신의 입 주변에 묻은 타액을 부드럽게 혀로 닦아내고는 자신의 턱을 간질였다. 이내 설이 고개를 내려 한서제의 목덜미를 강하게 빨아들였다. 그리고 지난번 설의 검에 다친 희미한 상처를 부드럽게 핥았다. 온몸을 휘감는 열기에 한서제는 마구 움직이고 싶은 것을 간신히 참았다.

이내 수줍어하는 설의 작은 손이 자신의 곤복을 벗기고자 노력하였다. 남자의 옷을 벗기려는 서툰 그녀의 손길이었다. 결국 한서제가 참지 못하고 자신의 손으로 상의를 훌훌 벗어 던졌다. 드러난 한서제의 어깨를 설이 자국이 날 만큼 세게 빨아들였다. 설은 서투른 요부였다. 한서제는 자신의 잠잠했던 분신이 어느새 성난 고개를 드는 것을 알았다. 점점 가만히 참고 있기가 힘들어졌다. 한서제의 이마에 굵은 땀방울이 송골송골 맺히기 시작하였다.

설은 은애하는 그를 이렇게 마음껏 탐할 수 있다는 것이 행복했다. 설은 탄탄한 그의 가슴근육을 느끼며 그의 피부를 만지자 온몸에 열기가 피어올랐다. 그리고 아까부터 거대한 위용을 자랑하고 있는 한서제의 분신이 자신의 하초를 자극하고 있었다. 저도 모르게 그의 옷을 벗기려는 손길이 빨라졌다. 그러나 처음으로 건의 옷을 벗기다 보니 긴장으로 손이 떨렸다.

생각만큼 손이 신속하게 움직이지 않자 마음이 더 급해졌다. 결국 한서제가 참지 못하고 재빠르게 옷을 벗어 던졌다. 어찌 저리 신속하게 벗을 수 있는지 가끔은 경탄할 지경이었다. 눈부시게 드러난 매끄럽고 탄탄한 한서제의 상체를 설의 손이 부드럽게 애무하였다. 그리고 설은 한서제의 가슴에 남아 있는 희미한 검 자국을 작고 음란한 혀로 핥아대기 시작하였다.

너무나 달콤한 고문에 한서제의 온몸이 떨렸다. 분명 설은 자신을 미혹하는 요부였다.

"이 못된 고양이 같으니라고!"

한서제의 외침에 설이 고개를 들어 뇌쇄적인 미소를 지었다. 그 미소에 한서제는 또다시 넋이 나가고 말았다. 설이 이렇게 관능적이었는지 몰랐다. 은애하는 마음을 고백하고 나니 설은 한서제에게 아름다운 모습을 숨기지 않고 드러내 주었다. 그녀의 작은 눈길 한번, 소심한 손길 한번에 한서제는 심장이 두근거렸다. 아름답게 피어나는 그녀는 자신만을 위한 꽃이었다.

한서제가 갑자기 으르렁하는 소리를 내더니 설의 입술에 거칠게 입맞춤하였다. 그리고는 강하고 빠른 손길로 설의 몸에서 곡거심의를 벗겨냈다. 순식간에 전세가 역전되어 설은 한서제의 허벅지에 다리를 벌리고 앉은 자세가 되었다. 실오라기 하나 걸치지 않은 태고의 모습 그대로였다. 한서제는 설의 등을 한 손으로 받치고 다른 한 손으로 설의 풍만한 가슴을 가운데로 그러모아 쥐었다. 그리고는 거슬거슬한 혀로 핥기 시작하였다.

가슴에서 시작한 열기가 빠르게 설을 채우고 있었다. 이내 한서제가 설의 허벅지 안쪽의 부드러운 살을 만졌다. 설은 벌써 자신의 비부에서 흥건하게 흘러내린 이슬이 한서제의 고(바지)를 적시고 있다는 것을 알자 부끄러워졌다. 그러나 한편 설은 한서제의 커다란 손이 자신의 안쪽에 닿기를 갈망하고 있는 자신을 발견했다. 설이 애타는 신음 소리를 흘렸다.

"건!! 하앙……. 제발……."

설의 교성에 한서제의 기다란 손가락이 설의 꽃잎을 부드럽게 덧그렸다. 가벼운 접촉에도 이미 흥분한 설의 꽃잎이 파르르 떨렸다. 아래위로 부드럽게 꽃잎을 덧그리던 한서제가 기다란 중지를 벌어진 꽃잎 사이로 밀어 넣었다. 설이 살짝 긴장하자 이내 검지까지 손가락 두 개가 침입하였다. 한서제의 두 손가락이 좌우로 설의 꽃잎을 벌렸다. 그리고 그가 이내 엄지로 설의 진주를 자극하자 설이 한서제의 허벅지 위에서 저도 모르게 몸을 뒤로 활처럼 젖혔다.

"하앙……… 앙……."

설의 신음이 높아졌다.

"제대로 느끼고 있구나!!"

한서제가 감탄한 듯이 중얼거리자 설의 온몸이 붉어졌다. 한서제의 손의 움직임이 더욱 빨라졌다.

"앗, 너무 뜨거워요……."

빠르게 자신의 비부를 자극하는 한서제의 손에 철저히 농락당하고 있었다. 한서제가 다시 그녀의 가슴을 강하게 빨아들이자 설의 눈앞에 섬광이 보였다. 얕은 절정에 설이 온몸을 축 늘어뜨리고 한서제에게 몸을 기대왔다. 한서제가 자신의 고를 급하게 벗어던졌다. 설의 꽃잎이 기대로 다시금 떨려왔다.

거대한 위용을 자랑하는 한서제의 분신을 보자 설은 어떻게 저렇게 큰 검이 자신의 몸에 들어올 수 있는지 의문에 싸였다. 그러나 그 생각도 잠시 한서제가 설의 허리를 커다란 손으로 결박하고는 살짝 들어 올렸다. 그리고 자신의 분신 위로 설을 끌어 내렸다. 그리고 아래에서 강하게 허리를 쳐올렸다.

"헉…… 폐하……."

설은 교성을 지르며 한서제의 어깨에 얼굴을 묻었다. 설은 자신을 휘감은 뜨거운 쾌감에 철저히 농락당하고 있었다. 시작이 어떠했었는지 하나도 기억나지 않았다. 한서제의 분신이 점점 더 부피를 늘리면서 설의 비부를 들락거렸다. 안쪽에서 시작한 강한 열기가 발끝까지 그리고 손끝까지 퍼졌다. 강하게 마찰되는 살과 살이 부딪히는 소리만이 방 안을 채웠다. 뱃속이 불을 머금은 듯 너무나 뜨거웠다.

"폐하, 너무…… 하앙……. 뜨거워요!"

설의 온몸이 격렬하게 흔들렸다. 아래서 자신을 자극하는 한서제의 분신과 자신의 가슴에 닿은 탄탄한 한서제의 가슴근육에 설은 점점 이성을 잃어갔다. 그동안은 항상 자신의 감정을 억제하였던 설이었다. 하지만 오늘은 그에게 자신의 솔직한 느낌을 그대로 전달하고 싶었다.

"오늘 그대의 반응은 무척 귀엽구나."

한서제가 낮게 중얼거리자 설의 온몸이 울리는 것 같았다. 한서제가 강하게 자신을 아래에서 쳐올리자 설은 날아갈 것만 같았다.

그때 한서제가 설의 손을 자신의 목에 둘렀다. 결합이 한층 더 깊어졌다. 한서제의 이마에서 흘러내린 땀방울이 설의 가슴에 떨어졌다. 두 사람의 몸에서 흐르는 땀과 체액이 섞였다. 설은 자신의 비부 안쪽이 탐욕스럽게 건을 탐하고 있음을 알았다. 그저 그에게 몸을 맡기고 그를 자신 안에 품고 싶었다.

"폐하도…… 아앙…… 저 때문에 기분이 좋으신가요?"

설이 수줍게 물었다. 자신만 이렇게 행복한 것은 아닌지 걱정이 되었다.

"너무 좁아! 하지만 무척이나…… 윽…… 기분이 좋구나!"

한서제가 열에 달뜬 음성으로 중얼거렸다. 설이 극도의 쾌감에 달하자 그녀의 내부가 강하게 수축하였다. 그리고 한서제의 분신을 강하게 조이자 한서제의 장난스러운 말투는 아내 사라졌다. 한서제가 그의 턱을 설의 정수리에 비비며 속삭였다.

"사랑스럽구나!!"

그의 목소리가 흥분으로 떨렸다. 설은 자신으로 인하여 침착한 한서제가 흥분하는 것을 보자 기뻤다. 그 또한 자신으로 인하여 기쁨을 느끼고 있는 것이었다. 그것이 눈물 나게 감격스러웠다. 그러자 설의 안쪽이 더욱 흥건하게 젖어왔다.

"아……."

드디어 설의 안쪽에서 시작된 열기가 한서제를 태울 정도로 뜨거워졌다. 설은 자신이 눈처럼 녹아버릴 것만 같았다. 너무나 안쪽이 뜨거워서 설은 더 이상 참을 수가 없었다.

"건, 이제…… 더 이상은……."

설이 거칠게 헐떡거렸다. 그러자 한서제의 움직임이 도저히 설이 따라갈 수 없을 만큼 빨라졌다. 설의 머리카락이 미친 듯이 흔들리며 한서제의 가슴에 부드럽게 휘감겼다.

"나도 녹아버릴 것만 같다!"

한서제가 그렇게 속삭이자 그의 분신이 설의 내부에서 한계치만큼 커졌다. 설의 신음이 깊어졌다.

"건……."

설의 눈앞이 다시 하얗게 물들었다. 그 순간 한서제가 설의 몸에 파정하며 속삭였다.

"은애한다!"

설의 얼굴에 만족스러운 미소가 떠올랐다. 그렇게 두 사람은 잠시 숨을 고르며 서로를 강하게 끌어안고 있었다. 말하지 않아도 이렇게 함께 있다는 것이 너무나 충만한 느낌을 주었다. 은애하는 이들의 행위는 이렇게 감미롭고 충만한 것이었다. 설은 서로가 같은 방향을 바라보고 있다는 것에 행복해졌다.

사실 한서제를 요즘 괴롭히고 있는 문제는 황후 책봉 문제였다. 최종 세 명의 후보에 올랐던 이들의 처리가 문제였다. 이미 최종 후보에 오른 여인들을 어찌해야 할는지 머리가 지끈거렸다. 설이 곁에 있는 지금, 아무런 애정도 없이 그들을 허울뿐인 자리에 둘 수는 없었다. 그러나 국법에 따르면 황후나 부인에 책봉되지 않더라도 최종 간택에 올랐던 그녀들은 평생 혼자 살아야만 했다. 한서제는 결국 이들에게 특별히 결혼을 허가한다는 왕명을 내리고 땅을 주어 사가로 돌려보냈다.

왕의 처사에 대소신료들의 상소가 빗발쳤다. 빨리 황후를 간택하고 후사를 이어야 한다는 소리가 높아졌다. 한서제는 설을 우선 부인(夫人)으로 책봉하기 위한 물밑 작업을 시작하였다. 그리고 설의 아버지를 찾기 위해서 노력하였다. 그러나 아무런 단서가 없다 보니 별다른 진전이 없어 한서제의 속이 타들어갔다.

그러한 장안에 새로운 바람이 불었다. 전임 황제의 명을 받아 서역으로 향했던 장철이 근 이십 년 만에 복귀한 것이었다. 흉노와의 관계가 험악해질 무렵 한강제는 대월지(大月支)라는 나라의 소식을 접하게 되었다. 대월지는 본래 하서 지역(지금의 중국 감숙성 내의 황하 서쪽 일대)에 위치한 국가였다. 전성기 무렵에는 흉노도 위협할 정도로 국력이 강성하였다. 이후 세력이 팽창한 흉노의 침입에 의해 왕이 살해당하고, 먼 곳으로 쫓겨났다. 한강제는 이들과 연합하여 흉노의 세력이 더욱 커지지 않도록 할 작정이었다. 그리고 대월지와 군사 동맹을 맺기 위해 사신을 파견하였는데, 이에 자발적으로 지원한 사람이 바로 장철이었다.

떠날 때 백여 명의 무리로 출발했던 인원은 고된 여정으로 줄어들었다. 결국 장안에 복귀할 때 돌아온 이는 장철과 그의 충실한 부하 단 두 사람뿐이었다. 오랜만에 귀국한 신하를 한서제는 기쁜 마음으로 맞이하였다.

"폐하, 신(臣) 장철 이제야 원정을 끝마치고 귀국하였나이다."

떠날 때에는 홍안의 청년이었던 그가 이제는 중년의 나이가 되어 돌아온 것이었다. 이루 말할 수 없는 고초를 겪었음에 분명한 그였다. 한서제는 시간이 흘렀음에도 포기하지 않고 전임 황제의 명을 받들어 귀국한 그가 존경스러웠다.

"고생이 많으셨습니다. 일단 쉬고 이후 차차 이야기를 나누도록 합시다."

"폐하, 성은이 망극하옵니다."

한서제는 절을 하고 물러서는 그의 얼굴이 어딘지 낯이 익다는 생각을 하였다. 커다랗고 시원한 눈매와 오똑한 콧날이 설을 연상시켰다. 한서제는 뒤로 돌아서 나가는 그를 응시하였다. 장철의 옷깃 사이로 흰색 옥패가 살짝 보였다. 순간 한서제는 그것이 왜인지 낯이 익다는 생각이 들어 고개를 갸웃했다.

칠월의 대기가 열기를 머금고 건장궁을 채웠다. 건장궁 후원 연못에도 연꽃이 아름답게 피어났다. 더위가 점점 기승을 부리고 있었다. 더위에도 불구하고 정무에 집중하고 있는 한서제에게 손님이 찾아왔다.

"평양공주 마마 듭시옵니다."

공주의 입실을 알리는 내관의 음성에 한서제는 고개를 들었다. 지난번 누워 있던 설을 보고 화급하게 사라지고 나서 처음이었다.

"오셨습니까?"

누나를 맞이하는 한서제의 음성이 다정했다.

"폐하, 오랜만에 뵙습니다."

평양공주의 인사에 한서제가 빙긋 미소를 지었다. 그 미소가 싱그러워 평양공주는 놀랐다. 항상 무겁기만 하던 한서제를 저리 행복하게 만든 것은 분명 설이라는 여인일 것이리라.

"언제까지 이궁(離宮)인 건장궁에 머물 예정이십니까? 어마마마도 이제 황상이 미앙궁으로 복귀하시기를 고대하고 있으십니다."

평양공주의 말에 한서제가 '끙' 하고 한숨을 쉬었다. 난감해하는 한서제의 표정을 보고 평양공주가 말을 이었다.

"설이라는 여인 때문인 게지요?"

한서제가 고개를 끄덕였다.

"정히 그 여인의 처지가 걸리시거든 낮은 직첩이라도 내리시면 되지 않습니까?"

"누님, 저는 설을 제 정당한 반려로 맞이하고 싶습니다."

한서제의 대답이 진지했다. 황제의 승은을 입은 여인들에게 내려지는 직첩은 얼마든지 있었다. 출신 성분에 상관없이 하룻밤일지라도 황제를 모신 여인들에게는 직첩이 내려진다. 그러나 한서제는 설을 자신의 반려로 맞이하고 싶다는 것이었다. 그것은 정치적인 위험을 감수해야 하는 쉽지 않은 결정이었다. 단순히 황제의 승은을 입고 총애를 받는 여인들과는 그 정치적인 무게가 달랐다. 황후의 자리는 그래서 어렵고 힘든 자리였다.

"그런데 무엇이 걸리시어 이리 망설이고 계십니까? 혹시 설이란 여인이 흉노 여인이라는 저자의 소문 때문입니까?"

"그것이……."

한서제가 말을 잇지 못했다.

"그녀를 얼마나 은애하십니까?"

갑작스러운 누나의 질문에 한서제가 놀랐다. 평소답지 않게 누나가 감정에 대한 질문을 하자 한서제는 낯설었다. 평양공주는 항상 어려울 때마다 자신의 곁에서 물심양면으로 도움을 주었다. 한서제가 정치적으로 난감할 때마다 항상 좋은 충고를 해주었던 냉철한 누나였다. 그런 그녀가 다른 무엇보다 설에 대한 한서제의 감정을 걱정하고 있었다.

"그녀가 있어야 저는 숨을 쉽니다."

간단하지만 묵직한 말에 평양공주는 한서제의 설을 은애하는 마음을 알 수 있었다. 생전 처음으로 여인을 은애하게 된 한서제가 낯설면서도 한편으론 인간적으로 변모한 그가 다행이라 생각되었다. 후궁들의 암투에 죽을 고비를 수차례 넘긴 어마마마를 보면서 힘을 키우고자 노력했던 한서제였다. 그 누구도 마음에 담지 않을까 내심 걱정하였었다. 그런데 그의 마음에도 이리 훈풍이 불다니, 설이 계속 한서제의 곁에 머무는 것이 좋을 것이다. 그러나 너무 거리가 먼 신분의 차이 때문에 섣불리 설은 한서제에게 다가서지 못하는 것이 분명했다. 그런 설을 보며 한서제 또한 안절부절못했으리라.

평양공주는 애타는 두 연인을 자신이 도와주고 싶었다. 그것이 자신이 연영(淵影)과 장철에게 진 마음 빚을 갚는 길이리라. 장철을 은애한 나머지 그의 마음속에 연영이 있는 것을 알면서도 그를 가지고 싶었다. 하여 연영을 자신 대신 흉노에게 시집가게 만들었다. 하지만 그때 그녀가 설을 잉태하고 있던 것을 알았다면 그리 모질게 둘을 갈라놓지는 않았으리라. 상심한 장철 또한 곧 황제의 명을 받아 서역으로 향하고 나서야 평양공주는 자신의 욕심을 저주했다. 어쩌면 설이 이렇게 한서제의 곁에 있게 도와주는 것이 그들에게 속죄하는 유일한 길일 것이다.

　"설이 지닌 옥패가 있지 않습니까?"

　평양공주의 말에 한서제가 움찔했다. 한서제는 누나의 말에 놀라움을 금치 못했다.

　"어찌 그것을 알고 계신 것입니까?"

　"아마도 서역에서 돌아온 이에게도 비슷한 것이 있을 겝니다. 그를 제후로 봉하고 설의 신분을 회복해 주면 황후로 책봉하는데 다소 반대는 있을 것입니다만…… 아주 불가능한 것은 아니죠."

　평양공주가 잠시 말을 멈추었다.

　"그러나 그 정도 반대도 물리치시지 못해서야 되겠습니까?"

　평양공주가 냉정하게 한마디를 덧붙였다.

　"알겠습니다."

　한서제의 대답에는 모든 반대나 어려움쯤은 해결하겠다는 굳은 결의가 들어 있었다. 목표를 세우면 반드시 이루어내는 한서제였다. 평양공주는 한서제의 추진력을 믿었다.

"그런데 누님께서는 어째서 설을 도와주시는 것입니까?"

평양공주의 얼굴에 쓸쓸한 웃음이 피어올랐다.

"제가 진 마음 빚이라 해두죠, 후훗."

평양공주가 아무렇지도 않은 듯 웃었지만 한서제는 알아차렸다. 그녀의 눈빛이 아픔으로 아릿한 것을. 지나간 과거는 자세히 묻지 않기로 했다. 한서제는 차갑게만 보였던 누나에게도 청춘이 있었음을 알았다.

"감사합니다, 누님!"

한서제는 고개를 숙였다.

"저는 이만 날이 좋으니 어마마마와 함께 연꽃 구경이나 하렵니다. 그리고 이번에 장철이 안석국(安石國)에서 들여온 류(석류)라는 꽃이 퍽이나 아름답다고 소문이 났던데 저도 한 뿌리 얻을 수 있는지 부탁이라도 해봐야겠습니다."

평양공주는 그 말을 남기고 사라졌다. 멀어지는 누님의 뒷모습을 한서제가 바라보았다. 그 어깨가 오늘따라 시려 보이는 것이 마음에 걸렸다. 얼마 전 부마를 잃은 누님이었다. 홀로 남은 누님을 생각하면 마음이 쓰렸다. 하지만 누님이 애써 자신을 도와준 것을 실행하는 것이 보답하는 일일 것이다. 한서제는 바로 곽정을 불러 장철에 대한 조사를 명하였다.

16. 설雪, 봄을 잉태하다

"헉!"

설은 흠칫하고 놀라 잠이 깨었다. 꿈속에서 설은 한서제와 함께 초원을 달리고 있었다. 드넓은 초원 위로 시원한 바람이 불었다. 상쾌한 바람에 설의 까만 머리가 부드럽게 흩날렸다. 한서제도 즐겁게 웃고 있었다. 간만에 무거운 곤복을 벗고 사호에 머물던 때로 돌아간 것 같았다. 앞서 달리는 한서제의 뒤를 쫓아가던 설의 앞에 갑자기 커다란 늑대가 나타났다. 형형한 눈으로 설을 바라보던 늑대가 갑자기 뛰어올라 설의 가슴팍으로 뛰어든 것이었다. 소스라치게 놀라 잠에서 깬 설을 한서제가 안아주었다.

"무슨 일이오? 이렇게 땀을 다 흘리고?"

한서제가 걱정스러운 표정으로 설을 바라보았다. 설이 답삭 한서제에게 안겨왔다. 한서제가 부드럽게 땀에 젖은 설의 머리카락을 얼굴에서 떼어주었다. 칠월 말경에 한서제와 설은 미앙궁으로 복귀하였다. 설이 독을 마시고 깨어난 이후 한서제는 세심하게 설에게 무슨 문제가 있는지 관찰했다. 다행히 설의 몸에 이상은 없었으나 한서제는 행여나 깨지는 것을 대하듯 설을 귀애하였다. 놀랐던지 설이 몸을 바들바들 떨고 있었다. 한서제는 부드럽게 설의 등을 쓰다듬어 주었다. 그러자 설이 바싹 한서제의 가슴에 안겨왔다.

어젯밤 늦게까지 사랑을 나누고 둘 나 알봄으로 잠이 들었던지라 한서제의 체온이 따뜻하게 설을 감쌌다. 그러자 놀랐던 가슴이 진정되었다. 자신의 등을 부드럽게 쓰다듬은 한서제의 손길이 다정했고 한서제의 탄탄한 가슴에 볼을 기대자 마음이 포근해졌다.

"설, 혹시 몸이 불편한 게요?"

한서제가 다정하게 물었다.

"아닙니다. 그저 잠시 놀라서 그렇습니다."

"무엇에 그리 놀란 것이오?"

"그것이 꿈에 폐하와 함께 초원을 달리고 있었습니다. 그런데 갑자기 나타난 늑대가 제 가슴팍으로 뛰어들기에……."

설의 목소리가 떨렸다. 다행히 꿈이라는 말에 한서제는 안심했다.

"이런, 놀랐겠소! 놀란 가슴은 지아비가 진정시켜 줘야겠지?"

한서제의 목소리가 장난스럽게 변하는가 싶더니, 갑자기 안고 있던 설의 몸을 돌려 등 뒤에서 설을 끌어안는 자세로 바꾸었다. 설이 놀라서 뭐라 말을 하기도 전에 한서제의 커다란 손이 설의 가슴을 뒤에서 가볍게 움켜쥐었다. 그리고는 희롱하듯이 손바닥으로 살살 설의 유실을 문질렀다. 그리고는 다른 한 손을 내려 설의 꽃잎을 부드럽게 아래에서 위로 덧그렸다. 예상치 못한 한서제의 애무에 설이 긴장했다. 등 뒤에 닿는 한서제의 탄탄한 가슴근육이 고스란히 느껴졌다. 그리고 한서제의 강건한 다리 근육이 설의 엉덩이에 닿았고 이내 커다란 존재감을 드러내고 있는 그의 분신이 설의 엉덩이 사이를 비집고 들어왔다.

"폐하!"

갑작스런 한서제의 움직임에 설이 가느다랗게 항의했다. 그러나 한서제는 아랑곳하지 않고 설의 뒷목을 입술로 부드럽게 쓸었다. 설에게서 향긋한 꽃향기가 났다. 그녀의 향기는 항상 한서제를 미치게 만들었다. 탐해도 탐해도 부족했다. 설의 목덜미에 코를 박고 그녀의 향기를 흡입하면서 한서제의 두 손은 부지런히 움직였다. 손톱 끝으로 설의 유실을 장난치듯 긁자 설의 온몸이 나긋나긋해졌다. 다른 손으로 꽃잎을 뒤에서 앞으로 덧그리고 설의 붉은 진주를 가볍게 튕기자 설의 꽃잎이 촉촉하게 젖어왔다.

"아흥……."

설이 달콤한 신음을 내뱉었다. 한서제는 설의 달콤한 교성을 더욱 끌어내려는 듯, 설의 가슴을 강하게 움켜쥐었다. 한 손에 다 잡히지 않는 설의 하얀 가슴이 한서제의 구릿빛 손과 대비되어 색정적으로 보였다. 한서제가 장난스레 손가락 사이에 유실을 끼우고 살짝 비틀었다. 그러자 설이 놀란 듯 몸을 움찔했다. 달콤한 저릿함이 느껴졌다. 설의 목덜미를 쓸던 한서제의 혀가 설의 뽀얗고 하얀 어깨를 머금었다. 간지러운 감각에 설이 움찔하자 한서제가 장난치듯 설의 꽃잎을 덧그리다가 중지를 꽃잎 안으로 밀어 넣었다. 한서제의 중지가 꽃잎을 파고들자 쾌감이 허리에서 시작하여 점점 위로 올라왔다.

"폐하……."

설이 관능적인 목소리로 가르랑거렸다. 한서제의 손가락이 이제 검지까지 안으로 들어왔다. 그리고는 빠르게 넣다 뺐다를 반복하다 꽃잎을 벌리듯이 옆으로 움직였다. 도톰하게 부풀어 오른 설의 꽃잎이 맑은 이슬을 끊임없이 토해냈다. 꽃잎 사이를 희롱하는 손가락과 굳은살이 박인 한서제의 손바닥이 설의 붉은 진주를 마찰하자 설이 가늘게 몸을 떨기 시작했다.

"건!"

설이 열에 들떠 한서제의 휘를 불렀다. 한서제는 손을 더욱 분주하게 움직였다. 설의 가슴을 반죽하듯이 아래서 위로 치대었고, 또 다른 손은 설의 꽃잎과 진주를 무차별적으로 공격했다. 설이 견디지 못하고 너무나 강한 쾌감에 온몸이 경련하기 시작했다. 그러자 설의 비부가 강하게 한서제의 손가락을 조였다. 그런 설을 절정으로 이끌려는 듯이 한서제는 설의 목덜미를 물어뜯듯이 입맞춤하며 가슴과 비부를 더욱 강하게 희롱하였다. 문자 그대로 설은 한서제에게 삼켜지고 있었다.

"아웅…… 하앙……."

설이 달콤한 신음을 지르며 절정에 달하더니 온몸을 느슨하게 이완했다. 한서제가 손가락을 빼내자 민감해진 설은 그 감각만으로도 다시 절정에 달할 것 같았다. 설이 미처 가쁜 숨을 가누기도 전에 한서제의 분신이 설의 엉덩이 사이를 가르고 들어왔다. 이미 커질 대로 커진 한서제의 분신이 자신의 꽃잎에 마찰되자 설의 온몸이 꿈틀했다. 한서제가 장난치듯 설의 꽃잎에 자신의 분신을 마찰시키며, 붉은 진주를 건드렸다. 설의 꽃잎은 그 강한 마찰에 견딜 수 없는지 울컥 꿀을 토해냈다.

"건, 제발……."

장난치듯 자신의 꽃잎을 희롱하는 한서제에게 설이 애원했다.

"무엇을 원하지?"

한서제가 허리를 앞뒤로 움직이며 설의 귓가에 뜨거운 입김을 불어넣으며 짓궂게 속삭였다. 그의 낮은 목소리가 지독하게도 관능적이었다. 원하는 것을 주지 않고 바깥에서 마찰만 해대니 설은 미칠 것만 같았다.

"제발, 당신을 제게 주세요!!"

설이 온몸을 붉히며 애원했다. 제정신일 때면 절대로 할 수 없는 말이지만 지금 자신의 온몸을 휘감은 이 강렬한 열정에 설은 이성을 잃었다. 흐느끼는 설을 계속 뒤에서 희롱하던 한서제가 갑자기 설의 꽃잎 안으로 진입했다.

"하악, 건!"

설이 열에 들떠 신음했다. 설의 목소리에 한서제가 허리를 힘차게 움직이자 설이 온몸을 바들바들 떨기 시작했다.

탁, 탁!

방 안을 가득 채운 살과 살이 부딪히는 소리와 한서제와 설의 신음 소리가 뇌쇄적으로 들렸다. 한서제의 움직임이 거칠어질수록 설의 내벽이 강하게 수축했다. 한서제도 자신의 분신을 조이는 설의 내부에 쾌감이 짙어졌다. 강하게 자궁 안쪽까지 찌르자 설이 경련하듯이 몸을 움츠렸다.

"설!"

한서제는 거의 빠질 듯이 분신을 빼냈다가 다시 강하게 안으로 진입했다. 설이 저도 모르게 허리를 움직여 한서제와 함께 움직였다. 그녀의 요염한 엉덩이가 자극적으로 움직였다. 자신의 분신을 품고 몸을 움직이는 그녀가 강하게 한서제의 분신을 죄고 있었다. 두 사람의 호흡이 절정을 향해 거칠어졌다. 설의 입속으로 한서제가 자신의 손가락을 집어넣자 설이 강하게 손가락을 빨기 시작했다.

결국 참지 못한 한서제가 이어진 채로 설의 허리를 잡아 몸을 앞으로 돌려 안았다. 그리고는 강하게 설의 꽃잎을 탐하며, 붉어진 설의 입술을 한입에 머금었다. 설이 한서제의 굵은 목을 강하게 끌어안으며 애타게 혀를 얽어왔다. 두 사람의 혀가 거칠게 마찰했다. 맹렬하게 설의 혀를 탐하며, 또한 한서제의 분신 역시 맹렬하게 설의 아랫도리를 탐했다. 설이 자신도 모르게 몸을 활처럼 구부리며 자신의 부푼 가슴을 한서제의 탄탄한 가슴에 기대왔다. 가슴과 가슴이 마찰하자 설의 신음이 더욱 거세어졌다.

"건, 이제는…… 더 이상은 안 돼요!"

너무나 강한 희열에 이성을 잃은 설이 열락에 들떠 소리쳤다. 설의 감은 눈 사이로 하얀 불꽃이 섬광처럼 폭발했다. 머리끝에서 발끝까지 휘감은 강한 쾌락에 설이 몸을 바들바들 떨었다. 그런 설을 바라보며 한서제는 생명의 물보라를 설의 안에 한가득 쏟아내었다.

"폐하!"

설이 다소 원망스런 눈초리로 한서제를 바라보았다. 설을 끌어안고 계속 여기저기를 희롱하는 한서제의 손길에 설은 정신이 없었다. 지치지도 않고 한서제는 설의 가슴이며, 비부를 계속 끈적하게 자극하고 있었다. 그러던 와중에 그의 분신이 다시 힘을 얻기 시작했기 때문이었다. 자신의 몸속에서 다시 크기를 키우는 검에 설은 몸이 찔린 듯 움찔했다. 한서제는 짓궂은 미소를 지으며 설의 귓가에 속삭였다.

"그대가 너무 아름다운 탓이오! 그러니 너무 나무라지는 마시오!"

"하지만…… 잠시 쉴 틈을 주셔야지요!"

'아주 죽이실 작정입니까?' 하는 표정으로 설이 한서제를 올려 다보았다.

"그대가 너무 사랑스러운걸! 나는 그대를 안아도 안아도 항상 목이 마르다오."

드물게 민망한 표정을 지으며 한서제가 애원하자 설의 얼굴이 풀어졌다. 이렇게 자신을 열정적으로 사랑해 주는 지아비를 어찌 사랑하지 않을 수 있으랴? 결국 설은 놀란 자신을 진정시켜 주겠 다는 한서제의 고집에 조반 직전부터 실컷 운동을 해야 했다.

조반을 뜨는 설을 한서제가 지그시 바라보았다. 다행히 독에서 회복한 이후 큰 탈은 없었다. 사랑스러운 설이 이리 자신의 곁에 있다는 것에 감사하고 싶었다. 그러나 이제는 설을 더 이상 이렇 게 그늘에 둘 수만은 없었다.

"설!"

한서제의 음성에 설이 고개를 들었다. 설의 눈빛이 따스했다. 그 눈빛은 자신을 사랑하는 설의 마음을 그대로 보여주고 있었다. 그래서 눈이 부셨다. 설에게 그에 준하는 빛을 더해주고 싶었다.

"혹시 그대의 아버지를 만나고 싶지는 않소?"

갑작스러운 질문에 설의 눈빛이 순간 흔들렸다. 설도 만나고 싶 었다. 지금 이렇게 한서제의 사랑을 듬뿍 받고 있으나 그래도 마 음 한구석에서는 부모의 따뜻한 품이 그리웠다.

"살아 계시다면 뵙고 싶습니다."

설의 음성이 떨렸다.

"그리고 묻고 싶습니다. 어찌 어머니를 그 먼 곳으로 떠나게 하셨는지, 그립지는 않으셨는지, 한번이라도 찾고 싶은 마음은 없었는지⋯⋯."

한서제가 그런 설을 자신의 품으로 바싹 끌어당겨 부드럽게 안아주었다. 그리고 떨리는 설의 등을 부드럽게 쓰다듬었다. 그러자 떨리는 설의 몸이 진정되었다. 그녀의 정수리에 턱을 괴고 한서제가 나직하게 속삭였다.

"그대가 지닌 그 옥패 말이오. 어머니께서 남겨주셨다고 했었지?"

"네."

"혹시 그 옥패에 어떤 사연이 있는지 알고 있소?"

"잘 모릅니다. 당시 어머니를 모셨던 분에게 듣자 하니 한시도 그것을 어머니께서 떼어놓지 않으셨다 하더군요."

"잠시 그 옥패를 내게 빌려줄 수 있겠소?"

한서제의 부탁에 설이 그의 가슴에 기대었던 고개를 들었다.

"혹시⋯⋯."

설의 음성이 떨렸다. 어쩌면 아버지를 혹은 아니면 부모님과 관련된 누군가를 찾을 수 있는 것일까? 설의 마음이 기대로 술렁거렸다.

"잠시만 나를 믿고 기다려 주시오."

다정하고 믿음직한 그의 말에 설이 그의 허리를 끌어안았다. 한서제의 약속을 믿을 것이었다. 그가 어떤 세상을 보여주든 설은 지아비인 그를 믿을 것이었다.

한서제는 태극전(황제가 정무를 보는 곳)으로 장철을 불렀다. 복귀하고 여정의 피로를 풀고 주변을 정리할 수 있는 시간을 주었던 것이 벌써 한 달이 흘렀던 것이었다.

"폐하, 소신 장철입니다."

한서제는 안으로 들어오는 장철을 바라보았다. 곽정의 보고에 따르면 장철은 이십여 년 전 서역원정대를 꾸릴 때 직접 자원을 했다고 하였다. 당시 나이 스물넷이었던 그는 혼인을 하지 않고 있었다. 그의 아버지는 회남왕이 다스리던 지방의 태수였다. 당시 장철은 회남왕의 딸이었던 연영공주를 지근거리에서 보필하였다. 그리고 정확히 이십 년 전 연영공주는 선우에게 시집을 갔다. 정보가 틀리지 않는다면 그가 설의 아버지일 가능성이 컸다.

약관의 나이에 출사한 그의 관심은 중원에만 머물지 않고 새로운 세계를 향하여 열려 있었다. 그래서 아무도 자원하지 않았던 미지의 세계를 향하여 용감하게 나아갔던 것이다. 긴 세월을 거쳐 장안으로 돌아온 그의 눈빛은 여전히 새로운 세계에 대한 열망으로 빛나고 있었다. 청춘은 단지 나이의 문제가 아니었다. 그것은 새로운 것을 열망하는 자세의 문제라는 생각이 들었다.

"가까이 들라!"

한서제의 말에 장철이 가까이 다가왔다. 장철의 옷깃 사이로 하얀 옥패가 보였다. 아무래도 한시도 떼어놓지 않고 있는 것 같았다. 한서제가 설의 옥패를 장철에게 보여주었다.

"혹시 이 옥패를 알고 있소?"

한서제가 옥패를 내밀자 장철의 눈빛이 격한 감정으로 흔들렸다.

"폐하, 어찌 이것을 폐하께서 가지고 계시옵니까?"

"알아보시겠소?"

한서제의 질문에 장철이 떨리는 목소리로 대답하였다.

"이것은 제가 정인에게 주었던 옥패입니다."

그리고는 장철이 자신의 옥패를 내어놓았다. 흰색 연꽃 모양이 정교하게 새겨져 있었고, 두 개를 합치자 하나의 연꽃이 피어났다.

"그대의 정인은 어찌 되었소?"

"그분은 화번공주로서 선우에게 시집을 갔습니다."

장철의 얼굴이 예전 기억을 떠올린 듯 아스라한 추억에 빠져들었다.

"그대의 정인이 회남왕의 따님이었던 연영공주가 맞소?"

한서제의 질문에 장철의 눈이 크게 떠졌다. 어찌 한서제가 자신과 연영공주와의 일을 알고 있단 말인가? 떨리는 마음을 겨우 가다듬고 장철은 대답하였다.

"맞습니다."

한서제는 그의 대답에 고개를 끄덕였다. 역시 장철이 설의 아버지가 맞았던 것이다.

"그녀에게 아이가 있다는 것을 알고 있소?"

한서제의 말에 장철의 어깨가 떨렸다. 시집간 공주가 아이를 낳은 일이 새삼스러울 것은 없었다. 하지만 지금 한서제의 질문에 장철의 심장이 저도 모르게 두근거리기 시작했다.

"몰랐습니다."

이십 년 전 첫눈이 내리던 날, 연영공주가 그를 찾아왔었다. 다음 해 삼월이면 화번공주로 떠난다며 하염없이 흐느낀 공주였다. 아무것도 할 수 없었던 그였다. 당시 지엄했던 황제의 명령과 연영이 떠나지 않으면 그녀를 죽이겠다던 평양공주의 서슬을 감히 거역할 수 없었다. 목숨을 걸고 그녀를 지키지 못했다. 그래서 그녀가 초원으로 떠나고 이곳에 남을 수 없어 원정대에 자원을 했다. 그렇게 이십여 년을 떠돌았어도 그녀의 대한 기억을 지울 수가 없었다.

"연영공주는 선우에게 시집을 가고 얼마 안 되어 여아를 출산하고 그 아이가 채 삼칠일이 되기 전에 죽었소. 그런데 태어난 그 아이는 선우의 핏줄이 아니라는 소문 때문에 버려질 뻔했다 하더군!"

"그런 일이……."

장철은 충격으로 정신을 차릴 수가 없었다. 장철은 차마 말을 잇지 못했다. '설마 그 아이가', 장철은 달콤한 가능성을 생각하고 있었다. 그러나 그 가능성과는 상관없이 그저 연영공주의 딸이라면 만나보고 싶었다.

"혹시 그…… 아이가 살아 있습니까?"

"지금 그 아이가 장안에 있다네!"

한서제의 목소리가 마치 운명을 알리는 천둥소리처럼 장철의 귀를 울렸다. 장철의 눈에서 굵은 눈물이 흘러내렸다. 연영의 아이가 살아서 장안에 있다니 믿을 수가 없었다.

"그 아이를 소신이 만나볼 수 있습니까?"

장철의 목소리가 기대로 떨렸다.

"오늘 밤 건장궁으로 오시게."

설은 초조하게 방 안을 서성이고 있었다. 아침에 자신의 옥패를 들고 나간 한서제를 애타게 기다리고 있었다. 벌써 시간이 해시(亥時, 오후 아홉 시에서 열한 시)에 가까워 오는데 아직도 한서제를 볼 수 없었다.

"마마, 폐하 납시옵니다!"

내관의 음성에 설이 자리에서 일어나 한달음에 문까지 달려갔다. 문을 열고 들어서는 한서제를 저도 모르게 끌어안고 말았다.

"폐하!"

그리운 그의 향기가 설의 긴장된 마음을 진정시켰다. 한서제가 설의 머리를 부드럽게 쓰다듬고 떨고 있는 설을 따뜻하게 안아주었다.

"설, 그대를 만나보고자 하는 사람이 있소!"

한서제의 말에 설이 번쩍 고개를 들었다. 극도의 긴장으로 설은 쓰러질 것만 같았다. 혹시나 하고 기대하였으나 기대가 실망이 되어버릴까 봐 두려웠다. 한서제가 그런 설을 진정시키듯이 말했다.

"그대 곁에는 항상 내가 있소. 그러니 겁먹을 필요 없소!"

겨우 설이 한서제의 품에서 얼굴을 들었다. 그런 설을 한서제가 조용히 의자에 앉혔다.

"폐하, 장철 어르신께서 드셨습니다!"

내관의 말에 설이 긴장했다. 설의 얼굴이 극도의 긴장으로 굳어졌다. 이내 문이 열리고 안으로 들어서는 사람을 설이 멍하니 바라보았다. 처음 보는 얼굴이었으나 왠지 따뜻하고 그리운 이를 만난 기분이었다.

장철은 여인의 까만 눈빛이 자신을 바라보자 심장이 멈추는 것만 같았다. 마치 연영공주가 살아 돌아온 듯, 그녀의 아름다운 자태를 그대로 닮은 여인이었다. 한서제의 품에 쓰러질 듯 안겨 있는 그녀를 보자 오랜 세월의 모진 고초를 모두 견뎌온 장철의 눈가가 설명할 수 없는 감동으로 촉촉하게 젖어들었다.

"마마, 소신 장철 인사드리옵니다."

설은 할 말을 잃고 그대로 굳어버렸다. 그가 자신의 가족일지도 모른다는 가능성에 설의 심장이 미친 듯이 뛰고 있었다. 그런 그녀 쪽으로 장철이 조심스레 다가와서 품에서 옥패 한 쌍을 꺼내어 탁자에 내려두었다. 반쪽이었던 연꽃이 하나로 아름답게 피어 있었다. 그것을 보자 설의 눈에서 눈물방울이 흘러내렸다.

"이것은……."

설의 음성이 떨렸다.

"제가 정인에게 주었던 이 세상에 단 하나뿐인 옥패입니다."

설을 바라보는 장철의 눈빛이 따스했다.

"당시 회남왕의 따님이신 연영공주 마마를 불초한 소신이 감히 마음에 품었습니다. 그러나 황명을 받아 화번공주로서 떠나시는 그분을 잡을 수 없었습니다."

장철의 음성이 후회로 떨렸다. 죽어가면서도 잊지 못했던 어머니의 정인, 그리고 자신의 아버지! 설은 묻고 싶은 것이 많았다. 그러나 너무나 많은 감정들로 인하여 차마 말을 꺼낼 수 없었다. 그러자 한서제가 설의 손을 지그시 잡아주었다. 용기를 주는 것 같은 그의 손길에 설은 꼭 묻고 싶었던 질문을 했다.

"그분을 은애하셨습니까?"

"그분은 제 마음속에 존재하는 단 한 명의 제 정인이십니다. 지난 이십 년간 한시도 그분을 잊어본 적이 없습니다."

장철의 간절한 말에 설의 입에서 흐느낌이 새어 나왔다. 어머니만의 일방적인 감정이 아니었던 것이다. 그녀는 은애하는 두 사람의 자식이었던 것이다. 그저 이 세상에 태어나 하찮게 버려질 생명이 아니었던 것이다. 그제야 설은 오롯이 자신의 존재를 인정할 수 있었다. 사랑받으며 태어난 그녀는 누군가를 사랑할 수도, 사랑받을 자격도 있는 그런 존재인 것이었다. 설이 한서제의 손을 꼭 잡았다.

"제 휘는 설(雪)입니다. 제가 삼칠일도 채 되기도 전에 돌아가신 어머니께서 제게 주신 휘입니다. 저를 가지게 된 날이 첫눈 오는 날이었다고요."

설의 말에 장철의 심장이 툭 떨어졌다. 연영공주와의 단 한 번이었던 달콤한 밤이었다. 그 밤이 이렇게 연영공주와 자신의 사이에 아름다운 결실을 맺은 것이었다. 장철은 하늘에 감사하고 싶었다.

"마마, 저를 용서해 주십시오! 연영공주 마마께서 아이를 회임한 상태로 초원으로 떠나 것을 저는 지금껏 모르고 있었습니다."

장철의 목소리가 고통으로 떨렸다. 그녀가 사신의 아이를 품은 채로 그 먼 곳으로 떠난 것을 모르고 살았다. 그저 용기를 내어 그녀의 손을 잡지 못한 자신을 원망하고 있었다. 그러나 만약 연영이 회임한 것을 알았다면 죽더라도 용기를 내었을 것이었다. 지나간 세월과 이제야 마주한 진실이 이리 슬프고 애달팠다.

"저를 원망하셔도 됩니다. 하지만 하늘을 우러러 그분을 연모하였던 제 마음은 아직도 변함이 없습니다. 끝까지 연영공주 마마를 지키지 못한 저를 미워하셔도 됩니다. 마마의 존재를 지금까지 몰랐던 저를…… 용서해 주십시오!"

"용서할 것이 무엇입니까? 모두 운명의 바람에 휘말린 가여운 사람들이었던 거죠."

설의 목소리가 물기를 머금고 있었으나 침착하게 장철에게 당부하였다.

"자주 찾아와 세상 사는 이야기를 해주십시오. 저는 어머님에 대한 기억이 하나도 없습니다. 저도 부모에 대한 기억을 이제라도 쌓아가고 싶습니다."

아직 그를 아버지라 부르는 것은 낯설었다. 하지만 설은 조금씩 시간을 들여 그를 알아갈 참이었다. 시간이 지나면 그를 언젠가는 아버지라 부를 수 있는 날이 올 것이었다.

"마마!"

장철은 감동으로 흐느꼈다. 설이 자신을 원망하지 않고 받아들여 준 것이 고마웠다. 조금씩 거리를 줄여 나가리라! 아직 서로에게 낯설지만 하늘에서 연영이 그들을 도와줄 것이었다. 방 안을 가득 채운 따뜻한 분위기가 새로운 가족의 탄생을 알렸다.

원광 6년 여름, 이십여 년 전 황명을 받아서 서역으로 향했던 장철은 복귀하여 곤란했던 여행의 경과와 서방의 정세에 대하여 세세히 보고하였다. 그의 보고는 한서제의 대외정책을 더욱 화려하게 빛낼 매우 중대한 진언이었다. 장철의 진언으로 서방과 동방을 잇는 사주지로(絲綢之路, 비단길의 중국식 표현)가 개척되었다.

장철은 박망후(博望侯)에 칭해졌다. 넓게 바라본다는 뜻의 박망(博望)은 그에게 참으로 적절한 이름이었다. 그리고 장철은 설택의 뒤를 이어, 황제 다음의 지위인 승상이 되었다. 장철은 물심양면으로 한서제의 정책을 도왔고, 세상은 현군(賢君)과 명재상(名宰相) 덕분에 태평성대를 이룬다고 칭송하였다.

그리고 장철은 같은 해 양녀를 맞이하였다. 박망후 장철의 아름다운 양녀는 곧 한서제와 혼인을 하여 부인(夫人)의 직첩을 받았다. 그러나 그 여인이 한서제의 곁에 머물던 '설'이라는 이름의 여인이라는 것을 아는 이는 극소수에 불과하였다.

10월의 청명한 가을 하늘 아래 미앙궁에는 국화가 아름답게 피어났다. 그 넓은 미앙궁에서 가장 아름다운 하얀 국화는 미단궁에 피어났다. 꽃을 사랑하는 설을 위하여 한서제가 철마다 하얀 꽃을 볼 수 있도록 후원을 가꾸었기 때문이었다.

공식적으로 '부인(夫人)'의 직첩을 받은 설을 모시는 궁인들의 숫자는 이전보다 늘었으나, 여전히 설의 행동은 조용하고 조심스러웠다. 달라진 것이 있다면 한서제의 모후에게 정식으로 문안 인사를 드리게 된 것뿐이었다. 다만 한서제가 거의 매일 미단궁에 머물다 보니 항상 분주한 것은 위화였다. 그러나 한서제의 애정을 듬뿍 받고 있는 설은 위화가 별다른 노력을 하지 않아도 한 떨기 꽃처럼 아름다웠다.

조반 준비를 지휘하는 위화의 움직임이 분주하였다. 어젯밤에도 예외 없이 미단궁으로 납신 한서제의 조반까지 준비해야 하니 한 치의 소홀함이 있어서는 안 되었다. 조반이 방으로 들어가고 나서야 겨우 위화는 한숨을 돌릴 수 있었다.

"으읍!!"

아침을 뜨던 설이 구토를 하자 한서제의 얼굴이 사색이 되었다. 최근에 영 입맛이 없다면서 식사를 제대로 하지 못하던 설이었다. 양육천(羊肉串, 양꼬치)을 먹고 싶다는 설의 말에 한달음에 구해온 참이었다. 설이 오랜만에 맛있게 먹는 모습을 보면서 한서제의 얼굴에 부드러운 미소가 떠올랐다. 본래 가냘픈 체형의 설이었다. 하지만 최근에 더욱 마른 듯해 한서제의 애가 바짝바짝 탔었다. 그런데 얼마 만인지 설이 음식을 맛있게 먹는 모습을 보자 한서제는 먹지 않아도 배가 불렀다. 양육천 하나를 맛있게 먹고 두 개째를 먹던 설이 갑자기 올라온 토기를 참지 못하고 신음을 한 것이다.

"괜찮은 것이오?"

한서제가 걱정스런 표정으로 물었다. 설의 안색이 파리했다. 가뜩이나 하얀 얼굴이 이제는 마치 백지장처럼 창백했다. 한서제가 그런 설을 부드럽게 안아주자, 다시 설이 신음을 했다.

"으읍, 으읍!"

그런 설이 안쓰러워 한서제는 안절부절못했다. 다행히 토하지는 않았으나 진이 빠진 설이 한서제의 품 안에서 축 늘어졌다. 한서제의 품 안에 있던 설이 가느다란 목소리로 속삭였다.

"조금 어지럽습니다."

어지럽다는 말에 설을 침상에 눕히려 한서제가 설을 안아 올리려 하자 그만 설이 정신을 잃었다.

"여봐라, 바깥에 위화 있느냐?"

한서제의 부름에 위화가 득달같이 들어왔다. 창백한 설보다 그녀를 안고 있는 한서제의 얼굴이 더욱 창백해 보였다.

"부르셨습니까?"

"어서, 어서 어의를 부르라!"

한서제의 명에 위화가 읍을 하고 물러났다. 물러나면서 위화는 속으로 조용히 웃음 지었다. 최근 두 달째 마마의 달거리가 없었다. 게다가 토기에 기절이라니 예전 회임하였을 때와 증상이 동일했다. 명민한 황제라 평소라면 충분히 알아차릴 만도 했다. 하지만 설을 너무 과하게 애지중지하다 보니, 걱정이 앞서 미처 거기까지는 생각을 못하고 있는 듯했다. 실로 오랜만에 미잉궁에도 애기씨의 울음소리가 들릴 것이었다. 어의를 부르러 향하는 위화의 발걸음이 나비처럼 가벼웠다.

終

원삭 원년, 꽃피는 사월. 장안은 황궁에서 전해진 기쁜 소식으로 시끄러웠다. 황제가 보위에 오른 지 십사 년 만에 비로소 황자를 얻은 것이었다. 황자가 탄생하고 곧 설은 황후에 책봉되었다. 성안에는 황후가 흉노 여인이라는 소문이 파다하였으나 아무도 그것을 입 밖에 내는 자는 없었다.

한서제의 모후 서희는 황자를 낳아준 설을 아꼈다. 설이 황자를 회임하자 서희는 황후 책봉을 서둘렀다. 한서제의 주변에는 설 이외에 다른 여인들이 없었고, 한서제는 오직 설만을 아꼈다. 황제가 오직 한 여인만을 귀애하니 대신들도 반대할 수가 없었다. 물론 평양공주의 지원도 크게 작용하였다. 황후는 서희를 친어머니처럼 극진히 모셨고 모후와 황후가 함께 정원을 거닐 때면 그 미모로 인하여 시어머니와 며느리 관계가 아닌 모녀지간으로 종종 오해를 받기도 하였다.

한서제는 호연제에게 성(姓)을 하사하고 제후로 삼았다. 새로이 김(金)이라는 성을 하사받은 호연제는 그 영민함으로 차후 조정에 출사하면 나라의 큰 일꾼이 되리라는 것이 세간의 중평이었다. 그러나 그보다 호연제에게 주어진 가장 큰 영화는 따로 있었다. 한서제는 호연제가 죽을죄를 지었더라도 세 번을 구명해 주겠다는 전무후무한 권리를 그에게 하사하였다. 그 모든 것이 죽을 뻔한 황후를 살리는데 호연제가 일조하였기 때문이라는 소문이 무성하였지만 황제도 황후도 이에 대하여 아무런 언급은 하지 않았다. 그러나 무엇보다도 호연제가 황후의 전폭적인 사랑을 받는 것은 틀림없어 보였다.

아직 바람이 찬 이월인데 황궁 뜰 안에는 때 이른 봄이 찾아왔다. 황후가 기거하는 미단궁 정원에 노란 설연(雪蓮)이 한껏 피어난 것이었다. 황후는 추위에도 아랑곳 않고 궁인들과 더불어 꽃을 즐겼다.

"황제 폐하 납시오."

내관의 음성에 꽃을 바라보던 황후가 고개를 들었다. 작년에 황자를 순산하였던 것이 믿기지 않을 정도로 가녀린 자태의 미인이었다.

"오셨습니까?"

황후의 아름다운 미소에 황제는 눈이 부신 듯 미소를 지었다.

"무엇을 그리 보고 있는 것이오?"

다정한 한서제의 물음에 설이 부드럽게 대답하였다.

"꽃을 보고 있었습니다. 아직 눈도 녹지 않고 바람이 찬데 퍽이나 빨리 봄을 맞이하고 싶었던 모양입니다."

한서제는 정원에 피어난 노란 꽃을 바라보았다.

"설연(雪蓮)이로군!"

"꽃이 참 어여쁩니다."

설의 말에 한서제도 대답하였다.

"그래, 참으로 어여쁘구나!"

"봄소식을 먼저 알려주니 귀한 식물입니다."

"그래, 참으로 귀하도다."

설은 한서제가 꽃이 아니라 자신을 바라보고 있음을 그제야 알았다. 설은 살짝 얼굴을 붉혔다.

"폐하!"

한서제는 여전히 자신의 앞에서 목까지 얼굴을 붉히는 설을 그저 아름답게 바라보았다.

"황후, 바람이 찬데 이제 그만 안으로 들어갑시다."

"오늘은 날이 모처럼 봄같이 따뜻합니다."

"나는 추운 것 같으이."

한서제의 엄살에 주변의 궁인들은 조용히 웃음 지었다. 분명 황제는 황후를 한동안은 놓아주지 않을 것이었다. 그것을 잘 아는 황후는 부러 딴청을 피웠지만, 황제를 이길 수는 없었다.

달뜬 신음 소리가 방 안을 가득 메웠다. 한서제의 허벅지에 걸터앉은 설은 가쁜 숨을 내쉬었다. 한서제가 빨아들이듯 입맞춤하면서 한 손으로 설의 가슴을 희롱하였기 때문이었다. 곡거심의는 언제 벗겨졌는지 기억조차 할 수 없었고, 이미 하상(치마)은 허리까지 끌어 올려져 하얀 다리가 고스란히 드러났다. 건장한 구릿빛 한서제의 다리와 설의 하얀 다리가 얽혀 있는 것은 묘하게도 색정적으로 보였다. 설은 뒤로 넘어가려는 몸을 간신히 한서제의 어깨에 팔을 두르고 지탱하고 있었다. 게다가 아까부터 그의 분신이 그녀를 계속 희롱하고 있었다.

"은애한다."

한서제는 그 말을 설이 듣지 못하면 큰일이라도 날 듯이 매번 그녀의 귓가에 속삭였다. 그 말은 주문이라도 되듯 언제나 설을 무장해제시켰다. 설이 살며시 그의 가슴에 머리를 기대자 한서제의 커다란 손이 설의 심의(深衣)를 어깨에서 거칠게 떼어냈고 드러난 설의 등을 부드럽게 쓰다듬었다. 그리고는 미소를 지으며 혀를 가슴으로 미끄러뜨려 옷자락을 이로 끌어 내렸다. 아름다운 가슴이 드러나자 한서제는 유실을 단숨에 입안에 머금었다. 그리고는 치마를 걷어 올리고는 다른 한 손으로 이미 열기로 뜨거워진 설의 여성을 농락했다.

설은 그의 손길보다 자신을 바라보는 뜨거운 그 눈빛에 항상 심장이 두근거렸다. 그가 그 뜨거운 눈으로 자신을 바라보면 아무것도 생각할 수 없었다. 애타게 입맞춤하던 한서제가 장난스러운 웃음을 짓더니, 큰 손으로 설의 허리를 감싸 안았다. 그러자 황제의 욕정의 증거가 날카롭게 벼린 칼처럼 여린 설의 몸을 가득 채웠다.

"허억!"

설은 흘러나오는 신음을 미처 삼킬 수 없었다. 한서제는 그런 설의 신음을 더 끌어내려는 듯 허리를 강하게 추어올렸다. 자신의 품 안에서 아름답게 피어나는 설을 바라보는 것은 질리지 않았다. 어느새 설이 자신의 움직임에 맞추어 스스로 몸을 흔들자, 한서제 또한 더 이상 여유를 부릴 수 없었다. 가슴과 가슴이 완전히 맞닿아 서로의 체온이 그대로 전해졌다.

한서제가 자세를 바꾸자 설은 전혀 다른 곳에서 피어나는 희열에 정신을 잃을 지경이었다. 밭은 숨을 설이 내쉬었고 한서제의 호흡도 가빠졌다. 정신이 아득해지는 희열을 느끼면서 설은 그의 가슴에 머리를 기대었다. 한서제 또한 그런 설만큼 희열을 느끼면서 그녀의 몸 안에 새로운 생명을 불어넣었다.

힘없이 한서제의 가슴에 잠시 머리를 기대고 있던 설이 한서제의 품 안을 벗어나려 바르작거렸다. 그러자 한서제는 설을 얼른 다시 힘주어 안았다.

"폐하!"

설의 온몸이 다시 도홧빛으로 물들었다. 그 모습을 한서제는 기쁜 듯이 바라보았다.

"놓아주십시오."

설이 미약한 저항을 하자 한서제는 다시 설을 놀리고 싶어졌다.

"네가 너를 놓아주면 너는 내게 무엇을 주겠느냐?

"원하는 것은 모두 드리겠으니 제발 저를 놓아주시어요."

"어째서?"

한서제의 짓궂은 질문에 설이 머뭇거리면 작게 속삭였다.

"자세가 너무 망측하여……."

차마 말을 끝맺지 못하는 설이었다. 그도 그럴 것이 설은 거의 전라로 한서제의 허벅지에 양다리를 벌리고 앉아 있었다. 게다가 아직 한서제의 분신은 그녀의 몸 안에 있었다.

"은애한다."

한서제가 다시 주문을 걸듯 설의 귓불을 혀로 간질이고, 귀에 뜨거운 숨결을 불어넣으며 속삭였다.

"그런데 그대는 어찌하여 내게 한 번도 은애한다는 말을 하지 않는 것이오?"

한서제가 삐친 듯이 설에게 투덜거렸다. 생각해 보니 설이 한서제에게 직접 은애한다는 말을 한 적은 없었다. 독을 마시기 직전에 속삭이며 말하였으나 엄연히 그때 한서제는 공식적으로 잠들어 있었다.

"그것이 항상 폐하가 저를 안으시면 아무 생각도 할 수가 없는지라……."

설이 부끄러운 듯 중얼거렸다. 그런 설 때문에 한서제는 다시 온몸이 충전되는 기분이었다.

"헉!"

설의 몸 안에서 다시 커지는 한서제의 분신에 설이 숨을 삼켰다. 항상 휘몰아치는 한서제 때문에 설은 미처 답변할 틈이 없었다. 설은 한서제의 입술에 깊이 입맞춤하며 오늘은 반드시 말하리라 다짐하였다. 그 말을 하지 않으면 밤새 건의 날카로운 검에 농락당할 터였다.

"건. 은애합니다!"

'이 온 마음을 다 바쳐 당신을 은애합니다'. 미처 내뱉지 못한 말을 설은 맘속으로 중얼거렸다. 자신의 마음이 그에게 닿기를 바랐다. 그러나 설이 무엇인가를 생각할 수 있었던 것은 거기까지였다.

정확히 9개월 후, 설은 자신을 꼭 닮은 딸을 낳았다. 아기를 보러 온 호연제를 보고 한서제는 말했다.

"아무래도 꼬맹이, 너와 나는 새로운 인연을 맺어야겠다."

한서제의 말에 호연제와 설이 동시에 그를 바라보았다.

"빙부(聘父)와 사위는 어떠한가?"

한서제가 빙긋이 웃자 호연제의 하얀 얼굴이 붉게 물들었다.

그렇게 영원한 행복이라는 꽃말을 지닌 설연(雪蓮)화처럼 설과 건은 기나긴 겨울을 거쳐 아름다운 꽃을 피웠다.

[完]

작가 후기

　저는 중학교 때부터 읽은 로맨스 소설을 쌓으면 여아수독오거서(女兒須讀五車書)는 될 거라고 말하곤 하는 열렬한 로맨스의 팬입니다. 그런데 책을 읽다 보면 어떤 부분은 맘에 들고, 조금 아쉬울 때도 있습니다. 즉, 여자주인공을 오해하여 괴롭히던 남자주인공이 더욱 반성을 많이 했으면 하거나 혹은 좀 더 농도 짙은 애정씬이 있었으면 좋겠다 이런 생각들을 하게 되는 거죠.

　그런 생각을 하면서 스마트 폰으로 로맨스 소설을 이북으로 열심히 사보다가 어느 날 제 마음에 드는 이야기를 직접 써보고 싶어졌습니다. 그래서 한나라 한무제 시대를 배경으로 해서 한무제와 흉노 여인의 사랑을 생각해 냈습니다. 일종의 원수 간의 장애가 많은 사랑이 컨셉이었습니다.

달나라에서도 보인다는(물론 실제로는 안 보입니다!) 만리장성은 중국을
최초로 통일한 진시황제가 흉노의 침략에 대비하여 쌓은 것입니다. 흉
노는 기원전 2세기 최전성기에는 현재의 중국보다 더욱 넓은 영역을 지
배한 북방민족입니다. 게다가 로마 제국 멸망의 원인이 된 게르만족 이
동을 유도한 그 훈족이 바로 흉노라는 것이 역사학계의 한 가지 설(說)
입니다.

흉노를 위시한 다양한 북방 유목민족들과 강 남쪽 농경민족인 한족
이 황하(黃河)를 두고 갈등해 온 것이 중국의 역사라 해도 과언이 아닙
니다. 한무제 시대는 이러한 북방의 유목민족인 흉노와 중원의 농경민
족인 한족(漢族)이 맹렬하고도 가장 치열하게 경쟁했던 시대입니다. 이
역동적인 시대에 매료되어 설연(雪蓮)이 시작되었습니다.

한무제의 시대는 중국 역사상 가장 휘황찬란했던 시대로 평가받고
있습니다. 그 중심에 있는 한무제는 정치적으로나 문화적으로나 중국
역사에서 매우 중요한 인물입니다. 그런데 한무제를 둘러싼 재미있는
사랑 이야기가 참 많습니다.

한무제가 금옥(金屋, 황금으로 만든 집)을 지어주겠다 약속했던 첫째 부
인 진황후, 헌중(軒中, 화장실)에서 사랑을 받아 두 번째 황후에 오른 위
자부, 경국지색이라 일컬어졌으나 요절한 이부인, 한무제 덕분에 굽은
손가락이 펴졌다는 구익부인 조씨 등 그의 업적만큼이나 로맨스와 관
련된 설화도 다양합니다.

그러나 무엇보다도 제가 한무제라는 인물에 매료된 것은 그가 남긴

추풍사(秋風辭)라는 부(賦) 때문입니다. 이렇게 멋진 부를 쓴 사람이라면 사랑도 그만큼 열정적으로 했을 것 같아서요. 사실 작품 속 설에 대한 여러 가지 에피소드는 위의 실존 여인들의 에피소드가 섞여서 만들어 졌답니다.

그리고 왜 여주인공이 흉노 여인(?)이 되었냐 하면, 최근 실크로드 및 북방초원에 매료된 제 개인적인 취향 때문입니다. 그래서 초원을 말을 타고 질주하는 여자 주인공을 생각해 내었습니다. 설은 어쩌면 초원을 따라 떠돌며 살고 있는 유목민처럼 바람처럼 자유롭게 살고 싶은 제 소망이 반영된 인물입니다.

그런데 설연을 쓰면서 참으로 재미있는 일이 몇 가지 있었습니다. 작품 초반에는 단순하게 한무제를 벤치마킹하여 가상의 한서제를 구상하고, 그가 연지산에 군(郡)을 설치했다는 역사적 배경만을 차용할 예정이었습니다. 그리고 일부 지명과 여자 주인공이 흉노 여인이라는 설정만을 쓰려고 했습니다. 그런데 쓰다 보니 계속 그 시대에 대한 공부가 추가되었고 가상의 지명이나 궁전 이름 등 고유명사를 만들기가 너무 어려워 실제 고유명사를 그대로 쓰기도 하였습니다.

그런데 쓰고 보니 실제 역사와 디테일이 완벽하게 일치하지는 않지만 매우 비슷한 이야기가 만들어졌습니다! 예를 들면, 한서제의 호위무사인 위청이요. 그 이름 정말 순간적으로 생각해 낸 것인데, 실존 인물이 있었습니다! 정말로 그 한무제 시대에 흉노 정벌로 이름을 날린 인물이더군요. 그리고 호연제도 실제 흉노에서 한족으로 귀화하여 김씨성을 하사받은 김일제라는 실존 인물이 있었고요. 게다가 나이대도 매우 비슷했습니다.

얼마 전에 작품을 끝내고 설연의 배경이 된 서안(장안)에 다녀왔습니다. 한무제의 무릉(武陵)을 보러 갔다가 작품 속 호연제의 모티브가 된 김일제의 묘를 만났습니다. 워낙에 계획 없이 자유롭게 여행하는 저인지라 김일제 묘가 거기 함께 있는 줄 몰랐거든요. 당시 제가 호연제 캐릭터에게 애정이 솟구쳐 호연제를 주인공으로 두 번째 이야기를 쓰고 있었는데 정말 신기한 조우였습니다.

게다가 네 잎 클로버가 중국에 들어온 시기가 한무제 시대인데요, 김일제 묘 근처에서 행운의 네 잎 클로버도 찾았습니다! 이런 여러 가지 신기한 우연 때문에 쓰는 동안에도 그리고 쓰고 나서도 매우 행복했습니다.

마지막으로 신인에게 기회를 주신 예원북스에 감사드립니다. 꼼꼼히 피드백 주셔서 초반 응모작과는 비교할 수 없을 만큼 개선된 이야기를 만들 수 있도록 도와주신 유경화 실장님, 그리고 본래 TL 쪽으로 응모한 제 원고를 버리지(?) 않고 로맨스팀에 넘겨주신 박우진 팀장님께 감사드립니다.

그리고 무엇보다 부족한 제 작품을 읽어주신 독자님들께 감사드립니다. 잠시나마 설과 한서제의 사랑 이야기로 행복해지셨으면 합니다.

2015년 가을, 이수현 드림.